U0145971

Terry Eagleton

Literary Theory
An Introduction

Anniversary Edition

二十世纪
西方文学理论

（纪念版）

〔英〕特里·伊格尔顿 著

伍晓明 译

北京大学出版社
PEKING UNIVERSITY PRESS

著作权合同登记号 图字：01-2017-5800

图书在版编目 (CIP) 数据

二十世纪西方文学理论：纪念版 /（英）特里·伊格尔顿（Terry Eagleton）著；伍晓明译. —2版. —北京：北京大学出版社，2018.5
（博雅文学译丛）
ISBN 978-7-301-29291-4

Ⅰ.①二⋯　Ⅱ.①特⋯　②伍⋯　Ⅲ.①文学理论—西方国家—20世纪　Ⅳ.① I0

中国版本图书馆 CIP 数据核字（2018）第 032213 号

Literary Theory: An Introduction 2nd Revised Edition, Anniversary Edition by Terry Eagleton,
ISBN:978-1-4051-7921-8
Copyright ©1983,1996,2008 by Terry Eagleton
All Rights Reserved. This translation published under license. Authorized translation from
the English language edition, published by John Wiley & Sons. No part of this book may be
reproduced in any form without the written permission of the original copyrights holder.
Copies of this book sold without a Wiley sticker on the cover are unauthorized and illegal.

书　　　名	二十世纪西方文学理论（纪念版） ERSHI SHIJI XIFANG WENXUE LILUN
著作责任者	〔英〕特里·伊格尔顿（Terry Eagleton）著　伍晓明 译
责任编辑	张文礼　张凤珠
标准书号	ISBN 978-7-301-29291-4
出版发行	北京大学出版社
地　　　址	北京市海淀区成府路 205 号　100871
网　　　址	http://www.pup.cn　新浪微博 @ 北京大学出版社
电子邮箱	编辑部 wsz@pup.cn　总编室 zpup@pup.cn
电　　　话	邮购部 010-62752015　发行部 010-62750672 编辑部 62767315
印　刷　者	北京中科印刷有限公司
经　销　者	新华书店
	650 毫米 ×980 毫米　16 开本　20.5 印张　297 千字 2007 年 1 月第 1 版 2018 年 5 月第 2 版　2023 年 10 月第 7 次印刷
定　　　价	82.00 元

未经许可，不得以任何方式复制或抄袭本书之部分或全部内容。
版权所有，侵权必究
举报电话：010-62752024　电子邮箱：fd@pup.cn
图书如有印装质量问题，请与出版部联系，电话：010-62756370

为我的老师乐黛云

这一翻译最初即因她之嘱而成

目　录

中译本新版译者前言

本书原据英国文学理论家与批评家伊格尔顿初版于 1983 年的 *Literary Theory: An Introduction* 译出。中译本以《西方二十世纪文学理论》为名由陕西师范大学出版社于 1986 年初版，1987 年再版。初版距今已整整 20 年之久。此次由北京大学出版社获英国 Blackwell 出版公司授权重新出版前，我根据伊格尔顿此书 1996 年的第二版对原来的译文做了逐字逐句的仔细修订，增加了若干译者注释，并译出了作者为其第二版所专写的长篇《后记》。此《后记》意在概括其书初版 13 年来西方文学理论领域中所发生的主要变化，不啻为原书的某种续篇，而其中的注释则为读者提供了有关这一阶段的西方文学理论发展情况的极其详尽的参考书目。

本中译本原来的译后记中简单介绍过伊格尔顿的生平。20 年后的今天，似乎需要对之再补充数语。我当时描述伊格尔顿的批评观点为"仍然处于发展过程"之中。现在看来，他的思想已大致经历了三个不同的阶段：在第一阶段中，他试图将威廉姆斯的人本主义的马克思主义与他自己所受之罗马天主教教育中的那些价值观念调和起来。5 年以后，他拒绝了人本主义的马克思主义，并转而提倡某种阿尔都塞式的"文本科学"（science of the text）。是为其思想发展的第二阶段。5 年以后，他的思想又为之一变。此次他明确地转而提倡"革命批评"，其目标是使文学研究最终致力于实际的社会问题而非单纯的文本知识。本书 1996 年出第二版时，伊格尔顿尚在牛津大学圣凯瑟琳学院（St. Catheine's College）任教。他目前则任教于英国曼彻斯特大学英美研究系。

本书中译本的初版实为我在理论翻译上的"少作"。20 年后的今日，竟有可能将其加以仔细修订而重新出版，我深以为幸，因为这似乎为我提供了一个改正过去的误读与误译的机会。着手修订前，确曾不无惶恐，以为定会于其中发现不少令我汗颜之处。所幸情况其实并非如此。今日重新读来，觉得当年的翻译基本仍可接受。所以，虽然确是做了逐字逐句的认真校对，但改动却并非很多。当然，假如让我今天完全重新翻译此书，其译文风格当会有所不同。此不同读者也许能于正文与后记之间在译文风格上的某些差异而窥见一二。本书中译本原来所取的书名《二十世纪西方文学理论》在当年广为读者所知，所以现在也一仍其旧，尽管本书书名的直译应为《文学理论导论》。我为中译本初版所写的译后记也基本原封附上，尽管时间已经过去了那么久，似乎应该再重写一篇才是。但窃以为此译后记仍能为读者提供一些信息，并且也带着我自己在 20 世纪 80 年代的某些不成熟的痕迹，就让我把它也在这里保存下来吧，尽管我现在对这篇后记已经并不满意了。

没有我的老师乐黛云，我是不会开始翻译这本书的，这本曾在那个渴望新鲜文学理论的 20 世纪 80 年代为很多中国文学研究者带来了可贵的西方信息的文学理论著作。是乐黛云老师，结束其在哈佛大学和伯克利大学的访问学者工作之后，刚从美国回到北京大学，即嘱我翻译此书，意在为当时西方现代文学理论的教学提供一些新的信息。如果本译本在当年起到了它的独特的作用，并将会继续保持为一部有用的西方文学理论著作，那么乐黛云老师应该是首先被感谢者。

在修订译文过程中，承蒙坎特伯雷大学 Denis Walker 博士为我解释若干疑难，其劳不可不记；首都师范大学庄美芝将她对包括拙译在内的三个中译本的前二十几页的译文所做的比较提供给我参考，亦不无小补。在此一并致谢。

虽已经仔细修订，错误仍当在所难免。敬请读者不吝教正。

伍晓明

2006 年 2 月 10 日于坎特伯雷大学

二十五周年纪念版序言

　　这本书的年纪已经有四分之一世纪了；但如果它的牙口似乎比这个年纪还稍微要更老一些[1]，那也许是因为，自其问世以来，已经发生了那么多的事情。其中的一件已发生之事就是，文学理论不再像 25 年前那样占有居高临下的地位了。本书最初写成时，理论就像让－吕克·戈达尔的电影一样，新颖，陌生，危险，神秘，而且激动人心。有些学生仍然不无道理地觉得，文学理论还是一如既往地完全如此；但正如现代主义艺术所产生的冲击力量最终被吸收，直到乔伊斯的《尤利西斯》——就像弗雷德里克·杰姆逊曾说过的——开始显得完全就是个合乎成规的故事，理论也不再像它曾经那样是稀奇古怪之事了。确实，就像我在本书后记中提到的，我们近来已经目睹了对于理论的某种抵抗（anti-theory），尽管这种抵抗本身也与理论兴趣有关。在这一点上，这种对于理论的抵抗有别于通常那些对于理论的出于市侩之见的拒绝。这些拒绝所反映出来的主要是某种敌意，而不是某种论据。

　　那么，理论已经被"制度化"了吗？我想，如果将"制度化"一词（此词带有注射器和紧身衣这样的险恶含义）视为纯粹的贬义词[2]，

---

　　[1]　"牙口……老"（long in the tooth），这本来是说马的。马老了牙龈就会萎缩，使牙齿显得更长。汉语中用于谈论牲口年龄的"牙口"一词也是这个意思。通过使用这一俚语，作者将本书幽默地比为一匹服役已久的老马。

　　[2]　英语"institutionalize"有两义：一、将病人、老人以及尤其是精神病人收入医院、养老院或精神病院；二、将某种事物作为一种制度建立起来，将其加以制度化。作者此处一语双关：文学理论变成学院的常规科目有似精神病人被收入精神病院，文中括号里提到的注射器和紧身衣即隐指后者。

这一问题就无法恰当地回答。理论如今在学术机构中被广泛地教授，这是应该得到赞许之事，而不应作为某种卑劣的屈服而遭受谴责。自从我1970年代早期在牛津大学的一个非正式研讨班上每周教授马克思主义理论以来，事情在这一方面已经变好了很多。那个研讨班当时甚至都没有在大学课程名单上得到广告，而且还遭到我的同事们的广泛反对；那个研讨班进行得不那么像一个正统的研讨班，而更像一个为那些在意识形态上被打得遍体鳞伤的学生们提供的避难所。如今大部分学习文学的学生却都可以期待总有一到两门理论课可选，这已经成了司空见惯地受到欢迎之事。

然而在另一种意义上，这也许确实是某种屈服，或至少也是某种令人不安的妥协，因为理论从未仅仅意在作为吸引那些在知识市场上花钱的顾客们的又一种产品而与那些教授伟大经典的课程并肩而立。这样看待理论就是误解理论之何以为理论。在其最佳状态中，理论向其他这些知识追求提出问题，而不是作为诸种选项之一而与这些知识追求温顺地共存。它并不单纯为对于文学作品的研究提供各种新的方法，而是去探究文学本身和文学制度本身的性质和作用。它并不供给我们对付经典文本的各种更加精致复杂的方法，而是去探究经典性这一概念本身。它的目的并非只是帮助我们看到文学作品表达什么意义，或文学作品如何有价值；相反，它首先质疑我们有关"表达意义"本身又是什么的各种常识性观念，并对于我们用以判断文学艺术之价值的标准提出问题。将一门理论课与一门讲 D. H. 劳伦斯小说中的月亮象征的课放在一起，就是犯了哲学家会说的某种范畴错误。那就像是把马克思主义也简单地作为社会学的一种来学习，而不是去抓住马克思主义除了别的以外同时也是对于社会学这一概念本身的一种批判这个要点。学术界由于其结构本身就倾向于鼓励这类概念错误。就像市场一样，学术界有时也把不可比较的东西并排摆在一起。

因而，如果确切地理解，文学理论就是某种关于话语的话语（metadiscourse）。文学理论并不作为谈论文学的诸种方式之一而出现，而是对其他各种形式的批评分析采取一种批判姿态。它尤其倾向于怀疑这些批评分析所说的大部分都是在回避问题。批评家们可能会问某一特定的叙述特技是否有效，但叙事学家们则首先就要知道这个叫作叙事的奇怪动物是什么，而且不愿意被我们所具有的那种认为人人看见一个故事时都能认识那是一个故事的直观感觉所欺骗。如果批评家，比如说，去在一部小说中辨别荣格心理学中的一些模式，那么理论家则热心于知道"小说"究竟意味着什么。小说能被定义吗？一部短的长篇小说与一篇长的短篇小说／故事如何不同？批评家们可以争论奥斯卡·王尔德到底是大作家还是小作家，理论家们则宁愿首先调查我们借以做出这些判断的那些（经常是无意识的）规范和标准。所有阅读都要求解释，但诠释学家则探究我们进行解释时所发生的是什么。一个批评家可能会谈论一个文学人物的无意识，一个理论家则更可能首先去问"人物"是什么，以及文本是否也能有某种无意识。

过去20年间所发生的是，人们可能会冒险称之为"纯粹"或"高端"理论的东西不再那么流行了。对于符号学、诠释学、后结构主义和现象学的谈论不如1970年代和1980年代那么多了。甚至精神分析理论，尽管其所具有的种种魔力和诱惑，也不像以前那样地位显赫了。相反，后现代主义和后殖民主义已经与变弱但却继续存在着的女性主义一道夺取了这一学科的各个指挥高地。这是很有意思的演变，因为这种情况所表示的，除了其他事情以外，乃是一种从纯粹理论的空气稀薄的山顶向着日常文化的波谷和平原的转移。同样的说法可能也适合于在1980年代和1990年代期间繁荣一时的所谓新历史主义。女性主义、后现代主义和后殖民主义皆远不止于是文学现象。在某种意义上，这也是纯粹理论的情况，因为纯粹理论中实际上极少有什么是在文学竞技场中起源的。现象学、诠释学和后结构主义是哲学潮流，精神分析是治疗实践，符号学是有关符号的一般科学，而不仅只是有关文学符号的科学。新历史主义试图抹去文学作品与非文学作品之间的区别，就像结构主义在它的年代里也曾做过的那样。尽管如此，一口气同时谈论诸如后结构主义和后现代主义，或符号学和后殖民主义，就是又一个范畴错误。这两对术语各自之中的前者是理论实体，各自之中的后者则是文化和政治现实。将它们想象为或多或少是同样的事情，那就会像是认为海德格尔的哲学跟全球变暖是同样种类的事情一样。这同样也是学术界有时引诱我们去犯的那类错误。

在某种意义上，这种向着日常文化和政治生活的回归显然是应该受到欢迎之事。然而，像往常一样，这也是要付出代价的。纯粹理论可能有其问题，但纯粹理论与日常之事拉开的那一距离容许纯粹理论经常成为对于日常之事的一种有力批判。这一思想中的大部分事实上都有一个隐而不显的乌托邦层面。后结构主义梦想有朝一日那些僵硬的等级和那些压迫人的两极对立将被撬开，从而释放出一种差异与多样化的游戏。无论解释活动中包含什么滑动游移，诠释学继续保持着其对人类理解的可能性的信念。接受理论，带着它的隐含的"更多权力归读者!"的口号，寻求将读者从批评家们迄今为止一直分配给他们的被动地、温顺地遵从作品的地位上解放出来，并将读者视为主动者和共同创造者。在这一理论潮流背后，1960年代学生运动提出的那些要求依稀可见。

大部分后现代主义的情况就不是这样。的确，后现代主义有激进的一翼，但对于那些更加志得意满的后现代主义思想来说，多元主义、多元文化和对于各种人类差异的尊重大约差不多就是一切了。但在一个历史上空前强大的资本主义势力正在迫使全世界就范的世界上，这很难被视为一种充分的政治立场。马克思主义的特点则是一方面拒绝从社会和政治撤退到"话语"之中，另一方面也拒绝与我们所知的社会存在进行一种玩世不恭的或自甘失败的共谋。其他形式的政治批评，例如后殖民主义，于是就可以根据这一标准来评判。有些后殖民思想潮流将全球权力和资源划分视为理所当然，反而将自身局限于认同与种族问题。但也有些更有前途的后殖民思想类型表现着对于西方帝国主义的经典社会主义批判在当下的坚持不懈，无论这些分析需要怎样根据那被有些人乐观地称为晚期资本主义之物而做出修正。

我希望本书于其25周年之际的再版将有助于重温本书写作之时理论所能鼓舞起来的那种强烈激动。如果本书之继续流行可以告诉我们任何东西的话，那就是这一激动之潮还绝对没有退去。我不知道对下述之事究竟是应该高兴还是生气：《二十世纪西方文学理论》竟成为美国一所有名的商学院的学习科目，因为这所商学院好奇地想要发现一部学术文本如何竟能变成一本畅销书。

特·伊

2007

第二版序

本书是使现代文学理论对于尽可能广泛的读者群变得可以理解并且具有吸引力的一个尝试。自其1983年问世以来，我可以欣喜地报告说，已经研究过这本书的不仅有文学批评家们，而且也有律师们，不仅有文化理论家们，而且也有人类学家们。从某种意义上说，这也许并非全然令人吃惊。这本书所欲证明的正是，事实上并没有什么下述意义上的"文学理论"，亦即，某种仅仅源于文学并仅仅适用于文学的独立理论。本书中所勾勒的任何一种理论，从现象学和符号学到结构主义和精神分析，都并非**仅仅**（simply）与"文学"作品有关。相反，它们皆出现于人文研究的其他领域，并且都具有远远超出文学本身的意义。我想这就是本书之所以流行的一个原因，而且也是值得新版的一个原因。不过，我也为本书所吸引的非学术性读者所动。与绝大多数这类作品不同，本书已经做到了达于学术界以外的读者，而这从文学理论的所谓精英性来看就尤其意味深长。如果说文学理论是一种困难的甚至是奥秘的（esoteric）语言，那么这种语言却似乎是一种让从来没有见过大学内部的人感兴趣的语言。如果是这样的话，那么大学里面那些因其奥秘性（esotericism）而打发掉它的人就应该再想一想了。无论如何，在一个期待着意义就像其他一切那样可以被立即消费的后现代，还有着那些发现值得努力去获得一些谈论文学的新方式的人，这是令人鼓舞的。

有些文学理论确实过分地圈子化并有意晦涩，而本书则代表了化解由此而起的损害，并使文学理论更加容易接近的一个尝试。但是，在另外一种意义上，这样的理论也恰是精英主义的反面。在文学研究中，真正的精英主义乃是这样一种观念，即文学作品只能为那些具有某种特定文化教养的人所欣赏。有骨子里就有"种种文学价值标准"的人，也有在文学之外的黑暗中苦苦渴望的人。自1960年代以来文学理论之发展的一个重要原因，就是来自所谓"无文化教养的"（uncultivated）环境的不同新型学生进入高等教育，冲击了此种假定，致使其逐渐崩溃。理论是将文学作品从"文明化的感受力"（civilized sensibility）对其的遏制中解放出来，并将其开放于一种至少原则上人人都能参加的分析的方法之一。奇怪的是，那些抱怨此种理论之困难的人，常常并不期待自己一下子就读懂一本生物学或化学工程学的教科书。为什么文学研究就应该与此有任何不同呢？也许是因为我们都期待着文学本身是一种对任何人都立即唾手可得的"普通"语言吧。正确理解的文学理论是由民主的激力而不是精英的激力所形成的。就此而言，如果文学理论确实沦为不可卒读的华而不实之辞，那它就背离了它自身的历史起源。

序

想为 20 世纪中发生于文学理论的变化的各个开端确定一个日期的人，可以比决定其为 1917 年做得更糟。[1] 就在这一年，年轻的俄国形式主义者维克多·什克洛夫斯基（Viktor Shklovsky）发表了他那篇开拓性的论文《作为手段的艺术》（Art as Device）。从那时起，特别是最近 20 年来，文学理论数量激增，"文学"（literature）、"阅读"（reading）和"批评"（criticism）的含义已经发生了深刻的变化。但是，这个理论革命的大部分成果尚未超出专家和热心者的小圈子：它尚待于充分影响文学研究者和普通读者。

本书打算向那些以前没有或几乎没有这方面知识的人较为全面地阐述现代文学理论。虽然这样的介绍显然会有省略和过分简化之处，但我力图做到的是使这一学科通俗化而不是庸俗化。既然我认为"中立地"、不含价值判断地描述是不可能的，因此我在本书中自始至终都在阐明某一论点，我希望这将增加本书的兴味。

经济学家凯恩斯（J. M. Keynes）曾经说过，那些厌恶理论或者声称没有理论更好的经济学家们只不过是在为更古老的理论所控制而已。对于文学研究者与批评家来说，情况是同样的。有些人抱怨文学理论过于深奥难懂，疑心它是某种神秘知识，是一个有些近似于核物理学的专家领域。的确，"文学教育"并不鼓励分析思想；但是，文学理论实际上也并不比许多理论研究更困难，而且比有些理论研究还要容易得多。我

---

[1] 作者的意思是，这些开端的准确日期不易确定，而将其定为 1917 年比定为其他日期可能还稍好一些。——译注

希望本书能够帮助那些害怕这一学科超出自己理解范围的人消除神秘感。有些学者与批评家也反对文学理论"介入读者与作品之间"。对于这种反对有一个简单的回答，即如果没有某种理论——无论其如何不自觉其为理论或隐而不显——我们首先就不会知道"文学作品"是什么，也不会知道我们应该怎样阅读它。敌视理论通常意味着对他人理论的反对和对自己理论的健忘。本书的目的之一就是解除这种压抑并使我们记住这一点。

特里·伊格尔顿

导言：文学是什么？

如果存在着文学理论这样一种东西，似乎显然就应该存在着某种叫 作文学的东西，以作为这种理论的研究对象。因此，我们可以用这样的问题来开始本书：文学是什么？

有过各式各样定义文学的尝试。例如，你可以将其定义为虚构（fiction）意义上的"想象性"（imaginative）写作——一种并非在字面意义上追求真实的写作。但是，只要稍微想一想人们通常用文学这一标题所概括的东西，我们就会发现这个定义是行不通的。17世纪英国文学包括莎士比亚（Shakespeare）、韦伯斯特（Webster）、马维尔（Marvell）和弥尔顿（Milton）；但是它也延伸到培根（Francis Bacon）的论文、邓恩（John Donne）的布道辞、班扬（Bunyan）的精神自传，以及托马斯·布朗（Thomas Browne）所写的无论什么东西。在必要时，人们甚至可能用文学包括霍布斯（Hobbes）的《利维坦》（*Leviathan*）或克拉仁登（Clarenden）的《反叛史》（*History of the Rebellion*）。17世纪的法国文学除了高乃依（Corneille）和拉辛（Ratine）以外，还包括拉罗什福科（La Rochefoucauld）的箴言、博絮埃（Bossuet）的悼词、布瓦洛（Boileau）的诗学、萨维尼夫人（Madame de Savigne）写给女儿的书信和笛卡儿（Descartes）与帕斯卡尔（Pascal）的哲学。19世纪英国文学通常包括兰姆（Lamb）（但却不包括边沁〔Bentham〕）、麦考莱（Macaulay）（但却不包括马克思〔Marx〕）、穆尔（Mill）（但却不包括达尔文〔Darwin〕或斯宾塞〔Herbert Spencer〕）。

因此，"事实"（fact）与"虚构"（fiction）的区分对于我们似乎并无多少帮助，而这绝不仅仅是因为这一区分本身经常是值得怀疑的。例如，有人已经论证，我们把"历史"真实与"艺术"真实对立起来的做法就根本不适用于早期冰岛传说（Icelandic sagas）。[1] 在 16 世纪末与 17 世纪初的英国文学中，"小说"（novel）一词似乎被同时用于指称真实的和虚构的事件，而且甚至新闻报道也很少被认为是事实性的。小说和新闻报道既非全然事实，也非全然虚构：我们对这些范畴的明确区分在此根本就不适用。[2] 吉本（Gibbon）无疑会认为他所写的是历史真相，《创世纪》（*Genesis*）的作者对他的作品可能也会这样认为；但是现在它们被一些人读作"事实"，而被另一些人读作"虚构"；纽曼（Newman）肯定认为他的神学沉思是真实的，但是现在对于很多读者来说，它们却是"文学"。而且，如果"文学"包括很多"事实性"作品的话，它也排斥了相当一批虚构作品。《超人》（*Superman*）连环漫画和流行小说是虚构性的，但是一般却不被视为文学，当然更不会被视为"纯文学"（Literature）。如果文学是"创造性的"或"想象性的"作品，这是否就意味着，历史、哲学与自然科学就是非创造性的和非想象性的作品呢？

也许，我们需要一种完全不同的方法。也许，文学的可以定义并不在于它的虚构性或"想象性"，而是因为它以种种特殊方式运用语言。根据这种理论，文学是一种写作方式，这种写作方式，用俄国批评家罗曼·雅各布逊（Roman Jakobson）的话来说，代表一种"对普通言语所施加的有组织的暴力"（organized violence committed on ordinary speech）。文学改变和强化普通语言，系统地偏离日常言语。如果在一个公共汽车站上，你走到我身边，嘴里低吟着"Thou still unravished bride of quietness"（汝童贞未失之宁馨新妇），那么我立刻就会意识到：文学

---

[1]　参见 M. I. 斯特布林—卡门斯基（M. I. Steblin-Kamenskij）《传奇精神》（*The Saga Mind*, Odense, 1973）。

[2]　参见伦纳德·J. 戴维斯（Lennard J. Davis）《事实与虚构的社会史：早期英国小说中作者的否认》（*A Social History of Fact and Fiction: Authorial Disavowal in the Early English Novel*），见爱德华·W. 赛义德（Edward W. Said）编：《文学与社会》（*Literature and Society*, Baltimore and London, 1980）。

在我面前。我知道这一点是因为，你的话的组织（texture）、节奏和音响大大多于可从这句话中抽取的意义——或者，按照语言学家更为技术性的说法，这句话的能指（signifier）与所指（signified）之间的比例不当。你的语言吸引人们注意其自身，它炫耀自己的物质存在，而"你知道司机们正在罢工吗？"这样的陈述则并不如此。

实际上，这就是俄国形式主义者提出的"文学"定义。俄国形式主义者的队伍中包括维克多·什克洛夫斯基、罗曼·雅各布逊、奥西普·布里克（Osip Brik）、尤里·图尼雅诺夫（Yury Tynyanov）、鲍里斯·艾钦包姆（Boris Eichenbaum）和鲍里斯·托马舍夫斯基（Boris Tomashevsky）。形式主义者出现于 1917 年布尔什维克革命之前的俄国，而活跃于整个 20 年代，直到斯大林主义有效地使其沉默。作为一个富有战斗和论争精神的批评团体，他们拒绝前此曾经影响着文学批评的不无神秘色彩的象征主义理论原则，并且以实践的科学的精神把注意力转移到文学作品本身的物质实在之上。批评应该使艺术脱离神秘，并让自己去关心文学作品实际上如何活动：文学不是伪宗教，不是心理学，也不是社会学，而是一种特殊的语言组织。它有自己的特定规律、结构和手段（devices），这些东西都应该就其本身而被研究，而不应该被化简为其他东西。文学不是传达观念的媒介，不是社会现实的反映，也不是某种超越性真理的体现；它是一种物质事实，我们可以像检查一部机器一样分析它的活动。文学不是由事物或感情而是由词语制造的，故将其视为作者心灵的表现乃是一个错误。奥西普·布里克曾经戏言，即使没有普希金（Pushkin）这个人，普希金的《欧根·奥涅金》（*Eugene Onegin*）也还是会被写出来的。

形式主义实质上乃是语言学之应用于文学研究；而这里所说的语言学是一种形式语言学，它关心语言结构而不关心一个人实际上可能说些什么。因此，形式主义者也越过文学"内容"（在这里一个人可能总是会被诱入心理学和社会学）的分析而去研究文学形式。他们不仅不把形式视为内容的表现，而且将这一关系头足倒置：内容只是形式的"动因"（motivation），是为某种特殊的形式演练提供的一种机会或一种便利。《堂·吉诃德》（*Don Quixote*）并非是"关于"名为堂·吉诃德的这个人物的故事：这个人物仅仅是集拢各种不同叙述技巧的手段。《畜牧场》（*Animal Farm*）在形式主义者看来并不是一个关于斯大林主义的寓言；相反，斯大林主义不过为这篇寓言的创作提供了一个有用的机会。正是这种有意反常的坚持，使形式主义者在其反对者那里得到了形式主义这一贬称；而且，尽管他们并不否认艺术与社会现实的关系——他们之中确有一些人与布尔什维克有密切联系——他们却挑衅地宣称，研究这种关系并不是批评家的事。

形式主义者从把文学作品看作种种"手段"的某种不无随意性的组合开始，后来才将这些手段视为一个整体文本系统（a total textual system）之内的相关元素或"功能"。"手段"包括声音、意象、节奏、句法、音步、韵脚、叙述技巧，等等，实际上也就是文学的全部形式元素；而这些元素的共同之处就是，它们都具有"疏离"（estranging）或"陌生"（defamiliarizing）效果。文学语言的特殊之处，即其有别于其他话语之处，是它以各种方法使普通语言"变形"。在文学手段的压力下，普通语言被强化、凝聚、扭曲、缩短、拉长、颠倒。这是被"弄陌生"（made strange）了的语言；由于这种〔与普通语言的〕疏离，日常世界也突然被陌生化了。在日常语言的俗套中，我们对现实的感受和反应变得陈腐了、滞钝了，或者——如形式主义者所说——被"自动化"了。文学则通过迫使我们更鲜明地意识到语言而更新这些习惯性的反应，并使对象更加"可感"。由于我们必须比平常更努力更自觉地对付语言，这个语言所包容的世界也被生动地更新了。杰拉德·曼利·霍普金斯（Gerard Manley Hopkins）的诗可以为此提供一个非常鲜明的例证。文学话语疏离或异化普通言语；然而，它在这样做的时候，却使我们能够更加充分和深入地占有经验。平时，我们呼吸于空气之中却意识不到其存在；像语言一样，它是我们借以生存于其中之物。但是，如果空气突然变浓或受到污染，它就会迫使我们以新的警觉注意自己的呼吸，结果可能是我们的生命体验的加强。我们读到一个朋友草书的便条时并不怎么注意它的叙述结构；但是，如果一个故事突然中断又重新开始，如果它

4

不断从一个叙述层次转到另一叙述层次，并且推延其高潮以保持悬念，我们就会鲜明地意识到它的结构方式，同时我们对它的介入也可以被强化。故事，形式主义者一定会说，使用"阻碍"或"延迟"手段以保持我们的注意，而在文学语言中，这些手段是被"暴露出来"的。正是这些促使维克多·什克洛夫斯基对斯特恩（Laurence Sterne）的小说《商第传》（*Tristram Shandy*）——一本经常阻碍自己的故事线索，以致使它几乎无法有任何进展的小说——做了一个恶作剧式的评论，说这是"世界文学中最典型的小说"。

因此，形式主义者把文学语言视为一套偏离于语言标准的语言，或一种语言暴力：相对于我们平常所使用的"普通"语言，文学是一种"特殊"语言。不过，发现一种偏离就意味着能够确认被偏离的那一标准。虽然"普通语言"（ordinary language）是某些牛津哲学家喜爱的概念，但是牛津哲学家的普通语言与格拉斯韦根（Glaswegian）码头工人的普通语言却不会有多少共同之处。这两个社会集团用以写情书的语言通常也不同于他们与地区牧师的谈话方式。以为只存在着一种"标准"语言，一种由所有社会成员同等分享的通货，这是一种错觉。任何实际语言都是由极为复杂的一系列话语组成的，而这些话语由于使用者的阶级、地域、性别、地位等等之间的不同而互有区别。它们不可能被整整齐齐地结合成一个单独的、纯粹的语言共同体。一个人的标准可能是另一个人的偏离：用"ginnel"（里巷）代替"alleyway"（胡同）在布赖顿（Brighton）也许很有诗意，但在巴恩斯利（Barnsley）它可能就是普通语言。甚至公元15世纪最"平淡无奇"的文本今天在我们听来也可能由于其古意盎然而具有"诗意"。如果我们偶然碰到某一产生于久已消失的文明之中的断篇残简，我们不可能仅凭观看就知道它是不是"诗"，因为我们可能无法再接近那个社会的"普通"语言；不过，即使进一步的研究将揭示出它是"偏离的"，这也仍然不能证明它就是诗，因为并非一切从标准语言的偏离都是诗，例如俚语就不是。如果没有关于它如何在特定社会中作为一件语言作品而实际发挥作用的大量材料，我们不可能仅仅看它一眼就认定它不是一篇"现实主义的" 5

文学作品。

俄国形式主义者并非没有意识到上述这一切。他们承认，标准和偏离随社会和历史环境的转移而改变。就此而论，是不是"诗"取决于你此时之所在。一篇语言过去是"疏离的"并不保证它永远而且到处如此：它的疏离性仅仅相对于某种标准的语言背景而言；如果这一背景改变，那么这件作品也许就不再能被感受为文学了。如果每个人都在普通酒馆谈话中使用"汝童贞未失之宁馨新妇"这样的说法，那么这种语言可能就不再具有诗意。换言之，对于形式主义者来说，"文学性"（literariness）是由一种话语与另一种话语之间的种种**差异性**关系（*differential* relations）所产生的一种功能；"文学性"并不是一种永远给定的特性。他们一心想要定义的不是"文学"，而是"文学性"，即语言的某些特殊用法，但这种用法是既可以在"文学"作品中发现，也可以在文学作品之外的很多地方找到的。任何一个相信可以根据这类特殊的语言用法来定义"文学"的人都必须面对下述事实：曼彻斯特（Manchester）人使用的隐喻比马威尔（Marvell）作品中的隐喻还多。没有任何一种"文学"手段——换喻法（metonymy）、举隅法（synecdoche）、间接肯定法（litotes）、交错配列法（chiasmus），等等——没有在日常话语中被广泛运用。

但是，形式主义者仍然假定，"使陌生"（making strange）是文学的本质。只不过他们是从相对化的角度看待这种语言用法的，将其视为一种类型的言语与另一种类型的言语之间的对比问题。但是，假如我在酒店桌边听见有人说："This is awfully squiggly handwriting!"（这糟糕得像虫子爬的书法）那又会怎么样呢？这是"文学"语言还是"非文学"语言？事实上，这是"文学"语言，因为它出自那特·哈姆森（Knut Hamsun）的小说《饥饿》（*Hunger*）。但是我怎么知道它是文学呢？它毕竟并没有将任何特殊的注意集中于其自身的语言表演。对于"我怎么知道这是文学"这个问题的回答之一是，它出自那特·哈姆森的小说《饥饿》。它是我作为"虚构"来阅读的作品的一部分；这部作品宣布自己是一部"小说"；它可以列入大学的文学教学大纲，等等。它的**上下文**告诉我它是文学，但是这句话本身并没有任何内在特征和性质，使它能够区别于其他各种话语。一个人很可以在酒店里这么说，而并不因其文学的机巧而受到欣赏。像形式主义者一样看待文学实际上就是把一切文学都看作**诗**（*poetry*）。当形式主义者开始考虑散文作品时，他们经常就把他们用于诗的分析技巧直接扩展过去。但是，一般的看法是，除了诗以外，文学还包括很多其他类型——例如，那些并不在语言上关注自身的，也不以任何引人注目的方式自我炫耀的现实主义和自然主义的作品。人们有时说某一作品"优美"（fine）正因为它**并不**过分引人注目：他们欣赏它的含蓄的平淡或低调的节制。况且，对于那些总是辞藻华丽，但一般并不被划为文学的玩笑、足球啦啦队的歌和口号、报纸标题和广告，我们又该怎么说呢？

关于"疏离性"的另一个问题是，假如你有足够的创造性，那就没有任何一种写作不可以被读为具有疏离性的写作。试考虑一个平淡无奇的、明白无误的陈述，例如有时在伦敦地铁所见到的一句话："Dogs must be carried on the escalator"（自动楼梯上必须牵着狗）。这句话也许并不像乍看上去那么明确：它的意思是不是，你**必须**在自动楼梯上牵一条狗？如果你没有找到一条迷路的杂种狗牵在手里上楼，你就会被禁止登上这架自动楼梯吗？很多表面看来直截了当的标语都包含这类的意义暧昧。例如，"Refuse to be put in this basket"（垃圾放入此篓／拒绝被放入此篓），或者，按照一个加利福尼亚人的读法被理解的英国路标"Way out"（出口）。但是，即使撇开这些恼人的意义暧昧不谈，地铁提示也还是可以作为文学来读的。一个人可以让自己被前几个沉重的单音节词的威胁性的断续音紧紧抓住；可以在句子达到"carried"（牵着）一词所蕴涵的丰富的暗示性时，发现自己心里回响着要帮助跛脚狗生活的颤音；甚至可以在"escalator"（自动楼梯）一词的轻快而曲折的音节中发觉对由这一事物本身的上下滚转活动所发声音的摹仿。当然，这很可能是一种没有收获的消遣，不过这并不比声称在描写决斗的诗中听见轻剑的砍刺之声更无收获。而它至少还有这样的优点，即表明"文学"可能至少也既是一个作品对人们做了什么的问题，也同样是一个人们对作品

6

做了什么的问题。

但是，即使有人想以这种方式来阅读这条提示，这也还只是将其作为**诗**来阅读，而这仅仅是通常被包括在文学中的东西的一部分。因此，让我们来考虑"误读"这条提示的另一种方式，也许会使我们走得更远。请设想深夜里的一个醉汉，趴在自动楼梯扶手上，花了好几分钟时间吃力地细读这条提示，然后低声自语道："太对了！"这里发生了哪一类错误？这位醉汉实际上是把这条提示看作某种具有普遍的甚至宇宙性的意义的陈述了。通过运用某些阅读成规，他把这些词语从其直接语境中撬了出来，将之普遍化，从而使它们超出其实用目的而具有了某种更广泛而且或许也更深刻的含义。这当然是人们称之为文学者所包含的一种活动。当诗人告诉我们他的爱人像一朵红玫瑰时，我们知道，正因为他是把这一陈述放在诗中的，所以我们不应该追问他是否真有这样一个爱人，她在他看来由于某种奇妙的原因就像一朵玫瑰。他正在告诉我们的东西与所有女性和爱情有关。因而，我们可以说，文学是"非实用"话语：与生物学教科书或写给送奶人的便条不同，它并不服务于任何直接的实际的目的；相反，文学应该被认为是指涉各种事情的普遍状态的。有时——尽管并非总是——它可能会利用特殊语言，就好像是有意要显示这一事实似的，从而就表明了，这里重要的是对于女人的某种**谈论方式**，而不是任何一个实在的女人。有时，这种不注意所谈论之现实而集中于谈论方式本身的情况被用来表明，文学是一种自我指涉的语言（self-referential language），即一种谈论自身的语言。

然而，用这种方法定义文学也有一些问题。一方面，要是乔治·奥威尔（George Orwell）听说，我们应该这样来读他的各篇散文，就好像他在其中所讨论的主题并不如他讨论它们的方式那么重要的话，他可能会大吃一惊。在很多被分类为文学的东西中，所说事物的真实程度（truth-value）及其实用性被认为**是**决定总体效果的重要因素。但是，即使"非实用地"对待话语是文学的题中应有之义，由这一"定义"得出的结论也必然是，事实上不可能给文学下一个"客观的"定义。这样，为文学下定义就变成了一个人们决定如何去**阅读**的问题，而不是去判定所写事物之本质的问题。有几类作品——诗、戏剧、小说——显然意在"非实用"，但是这并不保证它们实际上也会被非实用性地阅读。我读吉本对罗马帝国的描写，很可能不是因为我糊涂到竟去相信它是关于古代罗马的可靠资料，而是因为我欣赏吉本的散文风格，或沉醉于他对人类腐败的生动描写，无论它们的历史来源如何。我读罗伯特·彭斯的诗却可能是因为，作为一位日本园艺学家，我尚未搞清红玫瑰是否繁盛于18世纪的不列颠。可以说，这当然不是将其"作为文学"来读的；但是，是否仅仅当我把奥威尔关于西班牙内战的描写普遍化为关于人类生活的某种一般陈述，我才是在将他的散文作为文学来读呢？的确，在学术机构中，许多被作为文学加以研究的作品就是为了要被读作文学而被"构造"出来的，但却也有很多作品并不是这样。一件作品可能是作为历史或哲学而开始其生命的，然后逐渐被列入文学；或者，它可能是作为文学而开始的，后来却由于其考古学上的意义而受到重视。有些文本的文学性是天生的，有些是获得的，还有一些是被强加的。在这里，教养可能比出身重要得多。问题也许不在于你自何而来，而在于人们怎样对待你。如果他们决定你是文学，那么你似乎就是文学，不管你自己觉得你是什么。

从这个意义上说，人们可以认为，文学并不是从《贝奥武甫》(*Beowulf*)直到弗吉尼亚·伍尔芙(Virginia Woolf)的某种写作所展示的某一或某些内在性质，而是人们**把自己联系于**作品的一些方式。在由于各种原因而被称为"文学"的一切中，想分离出一些永恒的内在特征也许不太容易。事实上，这就像试图确定一切游戏所共有的唯一区别性特征一样地不可能。文学根本就没有什么"本质"。如果把一篇作品作为文学阅读意味着"非实用地"阅读，那么任何一篇作品都可以被"非实用地"阅读，这正如任何作品都可以被"诗意地"阅读一样。如果我研究铁路时刻表不是为了发现一次列车，而是为了刺激我对于现代生活的速度和复杂性的一般思考，那么就可以说，我在将其读作文学。约翰·M.艾里斯(John M. Ellis)曾经论证说，"文学"一词起作用的方式颇似"杂草"一词：杂草并不是一种具体的植物，而只是园丁出于某种理由想要

8

除掉的任何一种植物。[1]"文学"也许意味着某种与之相反的东西：它是人们出于某种理由而赋予其高度价值的任何一种作品。哲学家可能会说，"文学"和"杂草"不是**本体论**（ontological）意义上的词，而是**功能**（functional）意义上的词：它们告诉我们的是我们的所作所为，而不是事物的确定存在。它们告诉我们一篇作品或一棵蓟草在某种社会关系中的作用，它与其周围环境的联系和区别，它的行为方式，它可能被用于其上的种种目的，以及簇集在它周围的人类实践，等等。从这一意义上说，"文学"纯粹是一种形式性的、空的定义。即便我们主张，文学是以非实用性的态度看待语言，我们也仍然没有触及文学的"本质"；因为，诸如玩笑等类其他语言行为也是如此。总之，我们之能否明确区别我们与语言的"实际"关系和"非实际"关系是大有疑问的。为了乐趣而读小说显然不同于为了了解情况而看路标。但是，假使为了改善你的精神而读一本生物教科书呢？这是不是"实用地"对待语言？在很多社会中，文学都发挥过高度的实际作用，例如宗教作用。也许，明确区别"实际"和"非实际"仅仅在我们这样的社会中才有可能，因为文学在这里面已经不再有多少实际作用。我们也许正在把某种"文学"感作为一个普遍定义提供出来，但事实上它却具有历史的特定性。

这样，我们还是没有发现这一秘密，即为什么兰姆、麦考莱和穆尔的作品是文学，而边沁、马克思和达尔文的作品一般说来却不是？那个简单的回答也许是，前三位是"美文"（fine writing）的范例，而后三位不是。这个回答的缺点是，它基本上是不真实的，至少按照我的判断是如此；但它的优点是，它意味着，人们一般是把他们认为**好**（good）的作品称为"文学"的。对此说法的一个显而易见的反驳是：如果这种说法是完全正确的，那就不会有所谓"坏文学"了。我可以认为兰姆和麦考莱的作品受到的评价过高，但是这并不一定意味着，我不再将其视为文学。你可以认为雷蒙德·钱德勒（Raymond Chandler）"在他那类作家中出类拔萃"，但却并不认为他的作品是真正的文学。另一方面，如

---

[1] 《文学批评理论：一个逻辑的分析》（*The Theory of Literary Criticism: A Logical Analysis*, Berkeley，1974），第37—42页。

果麦考莱**真**是一个坏作家——如果他对语法一无所知，并且似乎除了白鼠以外对什么都不感兴趣——那么人们很可能根本就不会把他的作品称为文学，即使是坏文学。价值判断似乎显然与何者被断定为文学，何者不被断定为文学大有关系——这样说的意思并非一定是，作品必须要"美"（fine）才可以是文学，而是，它必须**在性质上**属于被断定为美的那类作品：它可以是一种被普遍认为具有价值的写作模式中的一个低劣的例子。没有人会说一张公共汽车票是低劣文学的一例，但是有人也许会说厄内斯特·道森（Ernest Dowson）的诗是。在这一意义上，"美文"或 belleslettres（纯文学）一词是意义暧昧的：它指一类普遍受到高度尊重的作品，同时它却不一定要你必须认为这类作品中某一具体作品是"好"的。

有了这一保留以后，认为"文学"是一种被赋予高度价值的作品这一建议还是很有启发性的。但是这一建议却有一个相当具有摧毁性的后果。它意味着，我们可以一劳永逸地抛弃下述幻觉，亦即，"文学"具有永远给定的和经久不变的"客观性"。任何东西都能够成为文学，而任何一种被视为不可改变的和毫无疑问的文学——例如莎士比亚——又都能够不再成为文学。任何这样一种信念，即以为文学研究就是研究一个稳定、明确的实体，一如昆虫学是研究各种昆虫，都可以作为妄想而加以抛弃。一些种类的虚构是文学，而另一些却不是；一些文学是虚构的，而另一些则不是；一些文学在语言上是关注自身的，而有些极度精致的辞令却不是文学。在下述意义上，亦即，文学是一种具有确定不变之价值的作品，以某些共同的内在特性为其标志，文学是并不存在的。因此，从现在起，当我再在本书中使用"文学的"或"文学"这些字眼时，我将给它们画上隐形的叉号，以表明这些术语并非真正合适，只不过我们此刻还没有更好的代替者而已。

为什么如果把文学定义为被赋予了高度价值的写作，就会得出文学不是一个稳定实体的结论呢？因为谁都知道价值判断（value-judgements）是极为可变的。为某日报所作的一个广告宣布："时间流逝，价值永恒"，就好像我们到现在还相信应该杀掉弱婴或者公开展览精神病人一样。人

10

们可能会把一部作品在一个世纪中看作哲学，而在下一个世纪中看作文学，或者相反；人们对于他们认为有价值的那些作品的想法当然也同样会发生变化。甚至人们对于自己用以进行价值判断的那些依据的想法也会变化。当然，正如我已说过的那样，这并不一定意味着，他们会拒绝将文学的头衔授予一部他们开始认为低劣的作品：他们可能仍然称之为文学，意思大致是，它属于他们普遍重视的那一类作品。但是这却必然意味着，所谓的"文学经典"以及"民族文学"的无可怀疑的"伟大传统"，却不得不被认为是一个由特定人群出于特定理由而在某一时代形成的一种**建构**（construct）。根本就没有**本身**（in itself）即有价值的文学作品或传统，一个可以无视任何人曾经或将要对它说过的一切的文学作品或传统。"价值"是及物词：它意味着某些人在特定情况中依据某些标准和根据既定目的而赋予其价值的任何事物。因此，假定我们的历史能发生足够深刻的变化，我们将来很可能会创造出这样一个社会，它将完全不能从莎士比亚那里再获得任何东西，他的作品那时看起来可能只是完全不可理解地陌生，充满这样一个社会认为是有局限性的和毫不相干的思想与感情方式。在这种情况下，莎士比亚也许不会比今天的很多涂鸦更有价值。虽然很多人会认为这种社会状况将是一种可悲的贫乏，我却觉得，不准备考虑这种可能性是武断的，因为这种社会状况可以产生于普遍全面的人的丰富。卡尔·马克思曾为这一问题所困扰：为什么古希腊艺术保持着"永恒的魅力"，尽管产生这种艺术的社会条件久已消失？不过，我们怎么知道它将魅力"永"驻，既然历史尚未结束？让我们设想一下，通过某些纯熟的考古学研究，我们更多地了解到古希腊悲剧对它原有观众的实际意义，发现他们所关切的事与我们的有天壤之别。于是我们开始根据这种深化了的知识重读这些戏剧。结果之一可能是，我们不再欣赏它们。我们可能终于认识到，我们原先欣赏它们是因为，我们在无意地按照我们的偏见阅读它们；而一旦这样做的可能性减小，这种戏剧也许就不再意味深长地向我们说话了。

我们在某种程度上总是从自己的关切出发来解释文学作品的——的确，从某种意义上说，"我们自己的关切"概括了我们所能做的一切——

这一事实可能就是为什么某些文学作品似乎世世代代保持自己价值的原因之一。当然，这可能是因为，我们仍然分享作品本身的许多成见；但这也可能是因为，人们一直在评价的实际上根本不是"同一"作品，尽管他们也许认为是。"我们的"荷马（Homer）并不是中世纪的荷马，我们的莎士比亚也不是他同时代人心目中的莎士比亚；情况很可能是，不同的历史时代为了自己的目的构造了"不同的"荷马和莎士比亚，并在这些作品中发现种种可加以重视或贬斥的成分，尽管这些成分并不一定相同。换言之，一切文学作品都被阅读它们的社会所"改写"，即使仅仅是无意识地改写。的确，任何作品的阅读同时都是一种"改写"。没有任何一部作品，也没有任何一种关于这部作品的当时评价，可以被直截了当地传给新的人群而不在其过程中发生改变，虽然这种改变也许几乎是不被察觉的；这也就是为什么说那被当作文学的乃是一个极不稳定的东西的原因之一。

我的意思并不是说，文学不稳定是因为价值判断是"主观的"。根据这种看法，世界分为"外在于彼"的坚固事实，例如中央大车站，和"内在于此"的任意的价值判断，例如爱吃香蕉或者觉得叶芝（Yeats）的某一首诗的语气是从防御性的威吓而转为坚韧的屈从。事实是公开的和无可怀疑的，价值则是一己的和无缘无故的。讲述一个事实，例如"这座大教堂建于 1612 年"，与记录一个价值判断，例如"这座教堂是巴洛克（baroque）建筑的辉煌典范"，当然有显著的不同。但是，假定我是在带着一位外国观光者游览英国时说了上面的第一句话，并发现她对此感到相当困惑呢？她也许会问，你干吗不断告诉我所有这些建筑物的建造日期？为什么要纠缠于这些起源？她可能会接着说，在我们的社会中，我们根本就不记载这类事件：我们为建筑物分类时反而是看它们朝西北还是朝东南。上述假设有什么用呢？它可能将会部分地证明潜在于我的描述性陈述之下的不自觉的价值判断系统。这类价值判断不一定与"这座大教堂是巴洛克建筑的辉煌典范"这类判断相同，但它们仍然还是价值判断，我所做的任何事实陈述都不可能逃出这一范围。对于事实的种种陈述毕竟还是**陈述**，而陈述已经假定着一系列可以质疑的判断，例如：这些才是值得做出的陈述，也许是比某些其他陈述更值得做出的陈述；我才是有资格做出这些陈述并且也许也能够保证其真实性的人；你才是值得接受这些陈述的人；做出这些陈述才可以成就某些有用之事，等等。酒店里的聊天很可能是意在传达信息，但在这类对话中，同时凸显出来的东西乃是会被语言学家称为"纯粹交流性"（phatic）的那一因素，即对交流行为本身的关心。在与你聊天时我也在表明，我很看重与你交谈，我认为你是一个值得交谈的人，而我自己并不是一个反社会者，我也不打算对你评头品足，等等。

就此而言，完全价值中立的陈述是根本不可能的。当然，在我们自己的文化中，一般认为讲述一座大教堂建于何时比对其建筑风格发表看法更为价值中立；但是人们也可以设想一种情境，其中前一陈述会比后者更"浸透价值判断"（value-laden）。也许"巴洛克"与"辉煌"已经多少成为同义语，而在我们中间只剩下一小撮顽固分子还坚持相信一座建筑物的建造日期有重要意义；我的陈述则被认为是表达这种党派偏见的隐语。我们的一切描述性陈述都活动在一个经常是隐而不现的价值范畴（value-categories）网络之中，没有这些范畴，我们彼此之间就确实会根本无话可说。这并不仅仅是说，我们拥有所谓事实知识这样一种东西，而它们可能会被特定的利害关系和价值判断所歪曲，虽然这种情况当然也是可能的；这种说法也意味着，没有特定的利害关系，我们根本就不会有知识，因为这样一来我们就看不出费心竭力去了解一件事物这种做法的意义何在。利害关系并非只是危害我们知识的偏见，它构成我们知识的一部分。认为知识应该"不含价值判断"（value-free）这种主张本身就是一个价值判断。

也许，爱吃香蕉很可能只是个人问题，然而，这种说法事实上是成问题的。对于我的这种饮食趣味的彻底分析可能会表明，它们与幼年期的某些形成性经验（formative experiences）、与我和自己父母及兄弟姐妹的关系，以及与其他很多文化因素都密切相关，而这些因素就像火车站一样，完全是社会性的和"非主观性的"。对于我作为某一特定社会成员而被生于其中的那一根本性的信念和利害关系结构来说，情况就更是如此了，例如，相信我是应该保持健康的，相信两性之间的种种差异是基于人类生理的，或者相信人类是比鳄鱼更重要的，等等。我们可以不同意这一或那一看法，但我们之所以能这样做仅仅是因为，我们分享了某些"深层"的认识方式和评价方式，而它们是与我们的社会生活密不可分的，因此不改变这种生活就不可能改变它们。如果我不喜欢邓恩（Donne）的某一首诗，没有人会因此而重重惩罚我；但如果我争辩说邓恩的作品根本就不是文学，那在某种情况下我可能就会丢掉饭碗。我当然可以随意投工党或保守党的选票；但如果我相信，这种选择本身只不过掩盖着一个更深刻的偏见——民主的意义仅限于几年一次在选票上画钩——并且按照我的这种信念行动，那么，在某种非常环境中，我可能就会以蹲监狱而告终。

　　给我们的事实陈述提供原则和基础的那个在很大程度上是隐藏着的价值观念结构是所谓"意识形态"的一部分。我用"意识形态"大致指我们所说的和所信的东西与我们居于其中的那个社会的权力结构（power-structure）和权力关系（power-relations）相联系的种种方式。按照这样一个粗略的意识形态定义来看，并非我们所有的潜在的判断和范畴都可以被有用地说成是意识形态的。我们当然是已经如此根深蒂固地习惯于想象我们自己是在走向未来（但至少有另一个社会是认为自己正在退入未来），但尽管这种看法**可以**（may）与我们社会的权力结构有十分重要的关系，它却不一定永远和到处如此。我所说的"意识形态"并非简单地指人们所持有的那些非常牢固的、经常是不自觉的信念；我指的主要是那些感觉、评价、认识和信仰模式，它们与社会权力的维持和再生产有某种关系。我们可以用一个文学上的例子来说明，这些信仰决不仅仅是个人的怪癖。

　　在其著名研究《实用批评》（*Practical Criticism*，1929）中，剑桥批评家瑞恰兹（I. A. Richards）试图证明，对于文学的价值判断实际上是非常随意和主观的。他的方法是，先给他的本科生一些除去了标题和作者姓名的诗，然后让他们进行评论。结果，他们的判断简直是五花八门，久受尊重的诗人价值大跌，无名之辈却受到赞扬。然而，在我看

13

来，这个研究项目中远为令人感兴趣的一个方面，而且显然是瑞恰兹本人没有看到的一个方面，恰恰是，在这些意见的具体差异之下，竟然存在着如此一致的不自觉的价值标准。阅读瑞恰兹的学生对文学作品的阐述，人们会惊奇于他们自发地分享着的认识和解释习惯：他们期待文学应该是什么，他们带着怎样的假定去读一首诗，以及他们想从这首诗中获得什么满足。实际上，这一点儿都不令人奇怪：这一试验的所有参加者据说都是上层或中上层阶级的白人青年，是受私立学校教育的 1920年代的英国人，而他们对于一首诗所做出的反应远非仅仅取决于纯"文学"因素。他们的批评反应与他们更广泛的成见和信仰深缠在一起。但这并非是一个谁应该受**责备**的问题：任何批评反应都有这种纠缠，因此根本就没有"纯"文学批评判断或解释这么一回事情。如果有人应受责备的话，那就是瑞恰兹自己。作为一个年轻的、白种的、中上层阶级的、男性的剑桥大学导师，他无力将他本人也基本上分享着的那一利害关系语境对象化，因而就无法充分认识到，评价中那些局部的、"主观的"差异是在一个具体地、社会地结构起来的认识世界的方式之内活动的。

如果把文学看作一个"客观的"、描述性的范畴是不行的，那么把文学说成只是人们随心所欲地想要称为文学的东西也是不行的。因为这类价值判断完全没有任何随心所欲之处：它们植根于更深层的种种信念结构之中，而这些结构就像帝国大厦一样不可撼动。于是，至此为止，我们不仅揭示了文学并不在昆虫存在的意义上存在着，以及构成文学的种种价值判断是历史地变化着的，而且揭示了这些价值判断本身与种种社会意识形态的密切关系。它们最终不仅涉及个人趣味，而且涉及某些社会群体赖以行使和维持其对其他人的统治权力的种种假定。如果这一论断似乎极为牵强，或好像是一种个人偏见的话，那么我们可以通过描述"文学"在英国的兴起来检验这一论断。

一 英国文学的兴起

　　在 18 世纪的英国，文学这一概念并不像今天有些时候那样，仅限于"创造性"或者"想象性"作品。它意味着社会中被赋予价值的全部作品：诗，以及哲学、历史、随笔和书信。使一部作品成为"文学"的不是其虚构性——18 世纪对骤然兴起的小说是否真是文学抱着极其怀疑的态度——而是其是否符合"优雅文章"（polite letters）的某些标准。换言之，衡量什么是文学的标准完全取决于意识形态：体现某一社会阶级的种种价值和"趣味"的作品具有文学资格，而里巷谣曲、流行传奇故事（romances），甚至也许连戏剧都在内，则没有这种资格。因而，在这一历史时期，文学这一概念之"浸透价值判断"（value-ladenness）基本上是不言而喻的。

　　然而，在 18 世纪，文学所做的却不仅只是"体现"某些社会价值：文学既是严密保卫这些价值的深沟壁垒，也是广泛传播它们的大道通衢。遭受重创但却故态依然的 18 世纪英国刚刚经历了上一世纪社会各个阶级互相残杀的流血内战；为了重新巩固动摇的社会秩序，体现在艺术中的那些新古典主义观念，理性（Reason）、自然（Nature）、秩序，以及社会行为的合宜得体（propriety），就成为关键概念。由于需要将势力日益强大而精神依然粗鄙的中产阶级与占据统治地位的贵族结合起来，由于需要传播温文尔雅的社会行为举止、"正确的"趣味习惯和共同的文化标准，文学获得了某种新的重要性。它包括一整套的意识形态机构：种种期刊、咖啡馆、阐明社会和美学问题的专论、布道、古典作品翻译、行为举止与道德指南，等等。文学不是一个"亲身经验"（felt

16　experience）、"个人反应"或"想象的独特性"（imaginative uniqueness）的问题：这样一些今天对于我们来说与整个"文学"观念密不可分的字眼在亨利·菲尔丁看来也许是无足轻重的。

　　其实，我们自己的文学定义是与我们如今所谓的"浪漫主义时代"一道开始发展的。"文学"（literature）一词的现代意义直到 19 世纪才真正出现。这种意义上的文学是晚近的历史现象：它是大约 18 世纪末的发明，因此乔叟甚至蒲伯都一定还会觉得它极其陌生。首先发生的情况是文学范畴的狭窄化，它被缩小到所谓"创造性"或"想象性"作品之上。18 世纪最后几十年中出现了对各种话语的重新区别和重新界定，亦即，对于那个也许可以被叫作英国社会的"话语形成"（discursive formation）的东西的彻底改组。[1] "诗"（poetry）所意味着的东西开始远远多于韵文（verse）所意味的东西：在雪莱写《为诗辩护》（*Defense of Poetry*，1821）的时候，诗这一概念表达着与早期工业资本主义英国的功利主义意识形态根本对立的人的创造力。当然，"事实性"（factual）和"想象性"（imaginative）作品之间的区别早就得到了承认："诗"（poetry）或"诗"（poesy）这个词传统上就已经挑上了虚构，菲利普·锡德尼（Philp Sidney）在他的《诗辩》（*Apology for Poetry*）中还为此进行过动人的辩护。但到了浪漫主义时代，文学实际上已经是在变成"想象性"的同义词：写那些不存在者似乎比描述伯明翰或记录血液循环更激动人心也更有价值。"想象性"（imaginative）一词在意义上的暧昧就暗示着上述态度：它既带有"假想的"（imaginary）这个描述性的词的泛音，意为"字面上不真实的"，但当然也是一个评价性的词，意为"赋有远见的"（visionary）或"善于创新的"（inventive）。

　　既然我们都是一些后浪漫主义者，就是说，我们是浪漫主义时代

---

　　[1]　"Discursive formation"中之"formation"兼有"去形成……"与"被形成为……"之意，并因此而有"物之如何被形成"以及"所形成之物"之意。而所形成者通常应该是有结构的，因此大致上也可以译为"结构"。但这就会与本书中被始终一贯地译为"结构"的"structure"这一重要概念相混。此处汉语译文以"话语形成"翻译"discursive formation"，也是既想强调其"去形成种种不同话语"这一形成活动或过程本身，也想传达作为被形成之物而由这一话语活动或过程本身中所涌现出来的种种特定话语之意。——译注

的产物而不是自信的后来者，所以我们很难把握这一观念是如何地奇怪，如何地具有历史局限性。而对于绝大多数英语作者来说，即对那些其"赋有想象力的远见"（imaginative vision）如今已被我们恭敬地抬举到那些只会描写黑死病或华沙犹太居留区的作者的"散文化"（prosaic）的话语之上的绝大多数英语作者来说，这一观念的奇怪之处和历史特殊性就一定是更加难于把握的了。的确，就是在浪漫主义时代，"散文化"这个描述性的词才开始带上单调乏味（prosy）、沉闷无聊和平淡无奇这些否定性的含义。如果不存在之物被认为比存在之物更富于吸引力，如果诗或想象力被赋予高于散文或"事实"之上的特权，那么就很有理由假定，这种情况告诉我们有关浪漫主义者生活于其中的种种社会的一些重要东西。

　　我们谈论的历史时期是一个革命时期：中产阶级的反抗在美国和法国推翻了旧的殖民主义或封建主义的政体，而同时的英国呢，显然是靠着它在 18 世纪奴隶贸易中和帝国主义的海上霸权所攫取的巨大利润，已经开始了它的经济"起飞"，成为世界第一工业资本主义强国。但是，这些革命所释放出来的理想的希望和活跃的能量，即浪漫主义创作赖以为生的那些能量，却与新的资产阶级体制的严酷现实发生了可以导致悲剧的矛盾。在英国，粗鄙庸俗的功利主义迅速成为工业中产阶级的统治意识形态。这一阶级崇拜事实，将人类关系缩简为市场交换，并把艺术作为无利可图的装饰而加以摒弃。早期工业资本主义的无情纪律连根拔起了一个又一个的社会共同体（communities），使人变成工资奴隶，将让人异化的劳动过程强加于刚刚形成的工人阶级，对于无法变成开放性的市场上的商品的东西则一无所知。由于工人阶级以武装的抗议来对付这种压迫，由于对海峡对面的革命的恼人记忆仍然在统治者身上作祟，所以英国政府对于这种抗议实行了粗暴的政治镇压。这种镇压把英国在部分浪漫主义时期中变成了一个事实上的警察国家。[1]

17

---

[1]　参见 E. P. 汤普森（E. P. Thompson）《英国工人阶级的形成》（*The Making of the English Working Class*，London，1963）、E. J. 霍布斯鲍姆（E. J. Hobsbawm）《革命的年代》（*The Age of Revolution*，London，1977）。

在这些暴力面前，浪漫主义者赋予"创造性想象力"（creative imagination）的特权绝不能仅仅被视为一种消极的逃避主义。相反，"文学"现在成为有限几个保持着独立的被围之地：在这里，工业资本主义从英国社会表面上全面抹去的创造性价值可以受到赞美和肯定。"想象性创造"（imaginative creation）可以被作为非异化性劳动的一个意象而给予出来，诗歌心智的直觉的、超越性的眼界则可以对奴役于"事实"的理性主义或经验主义的意识形态提供生动的批判。文学作品本身开始被视为神秘的有机统一体，而与资本主义市场中残缺不全的个人主义形成对立：它是"自发的"（spontaneous）而不是精心算计的，是创造性的而不是机械性的。于是，"诗"这个词不再单指一种技术性的写作方式：它具有深刻的社会、政治和哲学含义；听到它的声音，统治阶级可能真的会立即抓起枪来。文学已经完全成为另一个可供选择的意识形态，而"想象力"本身呢，随着布莱克（Blake）和雪莱等人，则变成了一种政治力量。它的任务就是以艺术所体现的那些能量和价值的名义改造社会。大部分重要的浪漫主义诗人本身都是政治活跃分子，他们在自己的文学信念和社会信念之间所感到的不是冲突而是连续。

然而，在这种文学激进主义之中，我们还可以察觉另一种强调，一种我们更为熟悉的强调：对于想象力所具有的主权与自律，以及对于它之光荣地远离养孩子或者为政治正义而斗争这类散文化的、平淡无奇的事情的强调。如果想象力的"超越"性成为对于贫血的理性主义的一个挑战，那么它也可以为作者提供一个对于历史本身的舒适的绝对替代。这样一种与历史的分离的确反映了浪漫主义作家的实际处境。艺术像任何其他东西一样正在变成商品，而浪漫主义艺术家不过是一个渺小的商品生产者；尽管他夸张地自称为人类的"代表"，自称在以民族的声音发言并且表达着永恒的真理，但在一个并不愿意付给预言者较高工资的社会里，他却日益生存于社会的边缘。因此，浪漫主义者的极其热烈的理想主义（idealism）从这个词的更哲学的意义上来说乃是唯心主义的（idealist）。由于在可以将工业资本主义实际改造成为一个正义社会的社会运动中不能享有任何适当的地位，作家愈发被驱入自己的创造心灵的孤独之中。对于正义社会的向往经常逆转成为对于永逝不返的古老的、"有机"的英国的软弱无力的追怀。直到威廉·莫理斯（William Morris）的时代，诗的幻想与政治实践之间的距离才开始大大缩小，因为在 19 世纪晚期，莫理斯使这一浪漫人本主义服务于工人阶级运动这一事业。[1]

现代"美学"或艺术哲学在我们目前讨论的这一时期之内兴起绝非偶然。主要是从这一时代中，从康德（Kant）、黑格尔（Hegel）、席勒（Schiller）、柯勒律治（Coleridge）和其他人的著作中，我们继承了"象征"（symbol）与"审美经验"（aesthetic experience）、"美感和谐"（aesthetic harmony）与艺术品的独特性这些当代观念。以前，一些人出于各种各样的目的写诗、演戏、作画，另一些人以各种各样的方式读诗、观剧、赏画。现在，这些具体的、随历史而变的实践正在被归结为某种特殊的、神秘的能力，即所谓"美感"，而一种新型的美学家则在力图揭示其内在的结构。这些问题以前并非从未被人提起，但现在却开始具有一种新的重要意味。假定存在着所谓"艺术"这样一种不变的客体，或所谓"美"（beauty）或"美感"（aesthetic）这样一种可以孤立出来的经验，这主要是我们已经论及的艺术与社会生活相离异的产物。如果文学已经不再具有任何显而易见的作用——如果作家不再是传统上的那种寄食于宫廷、教会或某个贵族保护人的人——那么也有可能使这一事实转而对文学有利。"创造性"写作的全部关键就在于，它是光荣的无用，是高居于任何卑下的社会目的之上的"目的本身"（end in itself）。失去保护人以后，作家在诗中找到了一个替代。[2] 其实，《伊里亚特》（*Iliad*）作为艺术对于古希腊人的意义不可能同于大教堂作为艺术品对于中世纪人的意义，也不可能同于安迪·沃霍尔（Andy Warhol）的作品作为艺术对

19

---

[1]　参见雷蒙·威廉斯（Raymond Williams）《文化与社会：1780—1950》（*Culture and Society 1780-1950*，伦敦 London，1958），尤见其第二章《浪漫艺术家》（The Romantic Artist）。

[2]　参见简·P. 汤普金斯（Jane P. Tompkins）《历史上的读者：文学反应的变化形式》（The Reader in History: The Changing Shape of Literary Response），见简·P. 汤普金斯编《读者反应批评》（*Reader-Response Criticism*，Baltimore and London，1980）。

于我们的意义，但美学的作用就是压住这些历史差异。艺术被从始终纠缠它的物质实践、社会关系与意识形态意义中抽拔出来，而被提升到一个被孤立地崇拜着的偶像的地位。

在 18 世纪初，半带神秘色彩的象征（the symbol）学说是美学理论的中心。[1] 对于浪漫主义，象征确实成为解决一切问题的万应灵药。在象征之内，日常生活中无法解决的一系列矛盾冲突——主体与客体、普遍与特殊、感觉与概念、物质与精神、秩序与自发——都可以奇迹般地得到解决。这些冲突被人们在这个时代中痛苦地感受到是毫不奇怪的。客体在一个只能将其视为商品的社会中显得死气沉沉，因为它们被与生产或使用它们的人类主体分开了。具体和普遍似乎已经分道扬镳：枯燥的理性主义哲学忽视具体事物的种种感性特征，目光短浅的经验主义（那时和现在都是英国中产阶级的"官方"哲学）则无法越过这个世界的个别的零头碎片而看到他们有可能构成的任何总体画面。推动社会进步的那些活跃的、自发的能量应该受到培养，但是它们那潜在的无政府势力必须受到一个具有约束力量的社会秩序的控制。象征融合了动与静、动荡的内容与有机的形式、心灵与世界。它的物质形体是绝对的精神性的真理的媒介，认识这一真理的是直接的直觉而非任何艰苦的批评分析过程。就此而论，象征以一种不容置疑的方式使这样的真理与心灵接触：或者你看见它，或者你看不见它。象征是一种非理性主义的基石，是对据理而推的批评探究的事先破坏，而它从那时起就一直猖獗于文学理论之中。象征是**浑然**（unitary）之物，所以，剖析象征——把它拆开来研究它的活动机制——几乎就像试图分析神圣的三位一体（the Holy Trinity）一样亵渎神灵。象征的所有不同部分都各在自己的从属地位上为了共同利益而自发地一起进行工作。因此，象征，或文学作品本身，之在整个 19 世纪和 20 世纪被作为人类社会本身的一个理想模式而不断地被给出来，就几乎是无可惊异的了。只要下层阶级忘记自己的痛苦不幸并为整体的利益而团结一致，很多

---

[1] 参见弗兰克·克莫德（Frank Kermode）《浪漫主义的意象》（*The Romantic Image*，London，1957）。

令人生厌的骚乱就都可以被避免。

　　我希望我已证明，从某种意义上说，大可不必把"文学和意识形态"作为两个可以被互相联系起来的独立现象来谈论。文学，就我们所继承的这一词的含义来说，**就是**一种意识形态。它与种种社会权力问题有着最密切的关系。但假如读者到现在还不相信这一点的话，那么关于19世纪后期文学情况的叙述也许会更有说服力一些。

20

　　如果有谁被要求对19世纪后期英国文学研究的增长只给出一个解释，他的回答也许勉强可以是："宗教的衰落。"在维多利亚时代中期，这个一向可靠的、无限强大的意识形态陷入深刻的困境。它不再能赢得群众的感情和思想，在科学发现和社会变化的双重冲击下，它原先那无可怀疑的统治正处于消亡的危险之中。对于维多利亚时代的统治阶级来说，这是非常令人担忧的，因为从任何理由来说，宗教都是一种极其有效的意识形态控制方式。像一切成功的意识形态一样，宗教活动依靠的主要不是明确的概念或系统的学说，而是意象、象征、习惯、仪式和神话。它是情绪的和经验的，因而能使自己与人类主体的最深处的种种无意识之根缠结在一起；正如艾略特（T. S. Eliot）所了解的那样，任何一种社会意识形态，如果它不能与这种深刻的、非理性的恐惧和需要相契合，就不可能长存久在。而且，宗教可以在每一个社会层面上发挥作用：如果它有适于少数精英的理论版，它也有适于广大群众的虔诚牌。它提供一种极好的社会"黏合剂"，从而把虔诚的农民、受过启蒙的中产阶级自由主义者和神学知识分子全纳入一个组织之中。它的意识形态力量在于它能够把信仰"物质化"为实践行为：宗教是圣杯（the chalice）的分享和对收获的感谢，而不仅仅是关于圣体合质（consubstantiation）或最高圣母崇拜（hyperdulia）的抽象论辩。[1]它的终

---

　　[1]　圣体合质（consubstantiation）是基督教神学的一种观点，认为圣餐礼中之饼和酒与耶稣的肉体和血乃一起存在，而不是饼与酒被变为耶稣的血与肉。最高圣母崇拜（hyperdulia）是罗马天主教中对圣母玛利亚的特殊崇拜，有别于天使和圣徒崇拜（dulia）及仅仅对上帝的崇拜（latria）。——译注

极真理像文学象征所传达的那些真理一样，方便地拒绝了理性的证明；因此，这些真理的权利是绝对的。最后，宗教，至少维多利亚时代的宗教，是一种**安抚**力量，它培养驯顺、自我牺牲和沉思的内心生活。因此，维多利亚时代的统治阶级一看到这种意识形态话语的可怕解体就惊慌失措是毫不奇怪的。

然而，幸运的是，另一种极为相似的话语就近在手边：英国文学。乔治·戈登（George Gordon），牛津大学早期英国教授，在他的就职讲演中评论说："英国正在生病……英国文学必须拯救它。由于（我所理解的）教会已经衰落，而社会补救方法也迟迟不来，英国文学现在具有三重作用：当然，我认为它仍然要愉悦和教导我们，但是首先它应该拯救我们的灵魂和治疗这个国家。"[1]戈登的话是说在我们这个世纪的，但在维多利亚时代的英国，却到处都可以发现它们的回响。这样一想真是让人吃惊：如果不是由于19世纪中期强烈的意识形态危机，我们今天也许就不会拥有如此丰富的简·奥斯汀（Jane Austin）资料汇编和供佯装博学者使用的庞德（Pound）指南！当宗教逐渐停止提供可使一个动荡的阶级社会借以融为一体的社会"黏合剂"、感情价值和基本神话的时候，"英国文学"被构成为一个学科，以从维多利亚时代起继续承担这一意识形态任务。这里的关键人物是马修·阿诺德（Matthew Arnold），他对于自己所属的社会阶级的需要敏感得异乎寻常，而他这样做时又是十分可爱地直言不讳。阿诺德认识到，最迫切的社会需要是教养或使粗鄙庸俗的中产阶级"希腊化"，因为他们已经证明自己无力以一种适度丰富和精致的意识形态来从根本上巩固他们的政治和经济权力。这个任务可以通过向他们灌输某种传统的贵族生活方式来完成。这些贵族，阿诺德敏锐地认识到，已经不再是英国的统治阶级，但是他们还有一些意识形态库存，可以资助他们的中产阶级主人。国立学校，通

[1] 转引自克里斯·鲍迪克《英国文学研究的社会使命》(*The Social Mission of English Studies*，未发表博士论文，Oxford，1981)，第156页。这一出色研究对我帮助很大，它已经以《英国文学批评的社会使命》(*The Social Mission of English Criticism*) 为名出版 (Oxford，1983)。

过把中产阶级联系于"自己民族的最优秀的文化","将赋予他们伟大性和高贵的精神,而这些都是这些阶层的人目前说话的方式还不足以自行传授的"。[1]

然而,这一策略的真正的优点在于它将会具有的控制和同化工人阶级的效果:

> 如果一个民族的感情的格调和精神的崇高会减低和变暗,这本身就是其严重的不幸。但是更严重的不幸是当我们考虑到,处于目前状况的中产阶级,以其狭隘、粗鄙、愚钝、乏味的精神和文化,将肯定不能塑造或同化低于他们的群众,因为群众的同情心现在实际上比他们的同情心更为广博。这些群众已然来临,他们急欲拥有世界,急欲获得更生动的生命和活动感受。在他们这个不可遏制的发展过程中,他们的自然教育者和启蒙者就是那些直接位于其上的人,即中产阶级。如果中产阶级不能赢得他们的同情或给予他们指导,社会就有陷入混乱状态的危险。[2]

阿诺德毫不虚伪,令人耳目一新:他没有制造任何虚弱的借口,例如进行工人阶级教育主要是为了他们自己的利益,或者他对他们的精神状况的关心是——用他自己最珍视的一个词来说——完全"无私的"关心,等等。这种观点的一位 20 世纪支持者的话说得更为露骨:"如果不让工人阶级子女分享任何非物质性的财富,他们不久就会长成那些会威胁地要求物质财富的共产主义大人。"[3] 如果你不抛给群众几本小说,他们也许就会相应地给你扔上几枚炸弹!

文学在好几个方面都是这项意识形态事业的适当候选人。作为一项　22

---

[1]　《法国的大众教育》(The Popular Education of France),见 R. H. 萨普尔 (R. H. Super) 编《民主教育》(Democratic Education, Ann Arbor, 1962),第 22 页。

[2]　同上书,第 26 页。

[3]　乔治·桑普森 (George Sampson)《为英国人的英国文学》(English for the English, 1921),转引自鲍迪克 (Baldick)《英国文学研究的社会使命》(The Social Mission of English Studies),第 153 页。

自由主义的、"让人成人的"（humanizing）消遣，它可以为政治上的偏执与意识形态上的极端提供一副有力的解药。既然文学——如我们所知——处理的不是内战，不是妇女的受压迫和英国农民的被剥夺这类历史琐事，而是普遍人类价值，那么文学就能够帮助劳动人民放开眼界，把自己对正当生活条件或更多支配自己生活的这类细小要求置于一个宇宙视野之中；它甚至可能最终使他们在对永恒真理和美的高尚沉思中忘记这些问题。英国文学，正如一本维多利亚时代的教师手册所指出的，有助于"增进所有阶级之间的同情和同胞感"。另一位维多利亚时代作者说文学在"烟尘和搅扰之上，在忧虑、生意和争辩这些人类低级生活的喧嚣骚乱之上"开辟了"一片宁静光明的真理之域，一切人都可以在这里相会和漫步"。[1] 文学将在群众中培养尊重不同思想和感情的习惯，从而说服他们承认，除了他们自己的观点，世界上还存在着其他观点，也就是说，他们的主人的观点。文学会向他们传播资产阶级文明的道德财富，会使他尊重中产阶级的成就，而且还会——既然阅读本质上是一种孤独的、沉思的活动——抑制他们身上进行集体政治行动的分裂倾向。文学会使他们为自己民族的语言和文学而骄傲：如果稀少的教育和漫长的工时使他们不能亲自创作文学杰作，他们可以在下述思想中获得安慰，亦即，他们自己之中的另一些人——英国人——已经创作了杰作。根据写于 1891 年的一篇英国文学研究论文，英国人民"在有关他们与国家的关系问题上以及有关他们作为公民的职责问题上需要政治的修养和指教，他们在感情上也需要受到影响，方法是让传奇和历史中所描绘的英雄和爱国的榜样生动而富于吸引力地呈现在他们面前"[2]。而且，所有这些都不必付出教他们希腊罗马古典文学所需的代价和劳动就可以实现：英国文学是用他们自己的语言写成的，因此对于他们来说是

---

[1] H. G. 鲁宾逊（H. G. Robinson）《论英国古典文学在教育工作中的用途》（On the Use of English Classical Literature in the Work of Education），《麦克米兰杂志》（*Macmillan's Magazine*）1860 年第 11 期，转引自鲍迪克（Baldick）《英国文学研究的社会使命》（*The Social Mission of English Studies*），第 103 页。

[2] J. C. 柯林斯（J. C. Collins）《英国文学研究》（*The Study of English Literature*，1891），转引自鲍迪克《英国文学研究的社会使命》（*The Social Mission of English Studies*），第 100 页。

很容易接触的。

　　像宗教一样，文学主要依靠情感和经验发挥作用，因而它非常宜于完成宗教留下的意识形态任务。的确，在我们这个时代，文学实际上已经等于分析性思想和概念性探究的对立物；当科学家、哲学家和政治理论家被困于这些枯燥乏味的论述性活动时，文学研究者却占据了更可贵的感情和经验领域。至于谁的经验，哪类情感，那又是另外一个问题了。从阿诺德起，文学就成了"意识形态教条"的敌人，这种态度很可能会让但丁、弥尔顿和蒲伯大吃一惊；诸如黑人劣于白人这类信念的真伪对错竟不如体验它们时的感觉印象来得重要！当然，阿诺德本人也有一些信念，虽然阿诺德像其他任何人一样，认为自己的信念是据理而得的立场而不是意识形态的教条。即便如此，直接传达这些信念——例如，公开论证私有财产是捍卫自由的堡垒——也不是文学的事。相反，文学应该传达**永恒**（*timeless*）的真理，从而使群众不去注意他们眼前的要事，并培养他们容忍与大度的精神，由此就可以保证私有财产的继续存在。正如阿诺德试图在《文学与教条》（*Literature and Dogma*）和《上帝与圣经》（*God and the Bible*）中把基督教中的一些令人困窘的教条融成富有诗意的暗示性音响一样，中产阶级的意识形态苦药也应该被包上文学的糖衣。

　　文学的"经验"性质还在另外一种意义上便利于意识形态事业。因为"经验"不仅是意识形态的故土，即它可以最有效地扎根之处，而且经验在其文学形式中还是一种想象性的自我满足。如果你没有金钱和闲暇去访问远东，除非也许是作为受雇于大英帝国的战士，那么你总还是可以通过阅读康拉德（Conrad）或吉卜林（Kipling）的作品去间接地"经验"它。按照某些文学理论的说法，这甚至比你亲身漫步于曼谷还要真实。人民大众实际上贫乏——一种由他们的社会状况所造成的贫乏——的经验可由文学来补足：代替为了改变这种状况而进行的工作（阿诺德进行了这一工作，而且做得比几乎任何一个试图继承他的衣钵的人都更为深入，这是他的光荣），你可以交给他们《傲慢与偏见》（*Pride and Prejudice*），从而使他们在想象中满足自己对于更充实的

23

生活的渴望。

因此，下述现象确实耐人寻味：作为一门学科，"英国文学"不是在大学，而是在技工学院、工人院校和大学附属业校中首先成为常设课程的。[1] 英国文学实际上就是穷人的古典文学——它是为处于英国公学和牛津剑桥这些迷人的小圈子之外的人提供最便宜的"人文"（liberal）教育的一种方法。从一开始，在莫里斯（F. D. Maurice）和查尔斯·金斯利（Charles Kingsley）等"英国文学研究"开拓者的著作中，强调的就是社会各个阶级之间的团结、"更大的同情心"的培养、民族骄傲的灌输和"道德"（moral）价值标准的传播。这最后一项关切——它至今仍是英国的文学研究的突出标志，但也是使其他文化中的知识分子目瞪口呆的一个经常原因——是这一意识形态工程的根本组成部分之一。的确，"英国文学研究"的兴起几乎是与"道德"（moral）一词本身的意义的历史转变同步的，而阿诺德、亨利·詹姆斯（Henry James）和利维斯（F. R. Leavis）则是这一意义变化了的"道德"的重要的批评阐释者。道德（morality）不应再被理解为一套公式化了的规范或明确的伦理体系：毋宁说它是对生活本身的整体性质，对间接的、具有细微色调差别的人类经验细部的一种敏感的全神贯注。稍微改变一下措辞，我们可以说，上述情况意味着，旧的宗教意识形态已经丧失力量，因此一种更精微的传达道德价值标准的方式，一种不靠讨厌的抽象而借"戏剧性的体现"（dramatic enactment）来发挥作用的方式，就适逢其时了。既然这些价值在哪里都不如在文学中被表现得那么生动，因为它们在文学中是以其有如当头一棒的无可怀疑的实在性而使人深切感受到的，所以文学并非仅仅是道德意识形态的女仆：F. R. 利维斯的著作应该最为生动地表明了下述一点——文学就是现代的道德意识形态。

工人阶级并不是维多利亚社会中"英国文学"光束所集中照耀的唯一受压迫阶层。一位皇家调查团的证人在 1877 年说，英国文学可以被

---

[1]　参见莱昂内尔·戈斯曼（Lionel Gossman）《文学和教育》（*Literature and Education*），《新文学史》（*New Literary History*）第 13 卷，第 2 号，1982 年冬，第 341—371 页。又见 D. J. 帕尔默（D. J. Palmer）《英国文学研究的兴起》（*The Rise of English Studies*，London，1965）。

认为是"妇女……以及去当教师的二、三等公民"的合适科目。[1] 英国文学的"软化"(softening)和"人化"(humanizing)效力——这是英国文学早期倡导者反复使用的字眼——在当时的关于性别的意识形态观念中显然是女性的。英国文学研究在英国的兴起与高等教育机构逐渐地、勉强地接受妇女的过程平行；而且，既然英国文学研究是件轻松事，涉及的不是货真价实的学院式"科目"的较为阳刚的论题而是较为柔美的感情，因此它似乎是可以塞给那些在任何情况下都见斥于科学和专门职业的女士们的一种合适的、不是学科的学科。阿瑟·奎勒·考奇爵士(Sir Arthur Quiller Couch)，剑桥大学第一位英国文学教授，会用"先生们"一词来开始一堂听众大部分都是女性的课。虽然现代的男讲师们可能已经改变了他们的态度，但是那使英国文学成为一门女性所读的流行大学课程的意识形态状况却依然如故。

如果英国文学研究有其女性的一面，它随着时间的推移也获得了男性的一面。把英国文学设立为学科的时代也是英国高度帝国主义的时代。当不列颠的帝国主义开始遭受其年轻的对手德国和美国的威胁时，过量资本对于过少海外领土的卑鄙无耻的争夺——这种争夺将在 1914 年第一次资本主义世界大战中达到顶峰——使对于民族使命和民族认同的意识成为迫切的需要。在英国文学研究中，关键不在英国**文学**而在**英国**文学：我们伟大的"民族诗人"莎士比亚和弥尔顿，亦即，对于"有机的"民族传统和认同(identity)的意识，而新应征者则可以通过人文学习而被接纳到这一传统和认同中来。在这一时期和 20 世纪早期，教育机关的报告和官方的英国文学教学调查中经常怀旧地提及伊丽莎白时代英国的"有机的"社群("organic" community)，在这里面贵族和平民在莎士比亚式的剧院中找到了共同的聚会场所，这些我们今天也许还可以重新创造出来。毫不奇怪，最有影响的这类政府报告之一《英国的英文教学》(The Teaching of English in England，1921)的作者不是别人，而是亨利·纽博尔特(Henry Newbolt)爵士，一位鼓吹侵略主义的小诗

25

---

[1]　转引自戈斯曼(Gossman)《文学和教育》(Literature and Education)，第 341—342 页。

人，即犯下那写出不朽诗句"Play up! Play up! And play the game!"（加油！加油！遵守比赛规则！）之罪的人。克里斯·鲍迪克（Chris Baldick）曾经指出过将英国文学纳入维多利亚时代文官考试的重要性：一旦由方便地包装过的自己的文化财富武装起来，大英帝国主义的政府官员们就可以怀着对自己的民族认同的安全感而冲向海外，并且还能够向羡慕他们的殖民地人民炫耀这种文化优越性。[1]

英国文学，一门适合于妇女、工人和那些希望向殖民地人民炫耀自己的人的学科，花了很长时间才侵入牛津和剑桥的统治阶级权力的堡垒。与各门学科相比，英国文学研究是暴发户和业余爱好者的事，根本无法与希腊罗马古典研究、哲学、历史三大学科（the Greats）或语文学（philology）的严格性进行势均力敌的竞争；既然每位英国绅士都在闲暇时阅读文学作品，系统研究它们又有何意义呢？[2] 因此这两所古老大学都对这个令人痛心的半瓶子醋学科采取了强烈的防守行动：一门学科的定义是其内容可以考学生，而由于英国文学不过是关于文学趣味的无稽之谈，因此我们很难知道，怎样才能使它令人不愉快到足以有资格成为一项合适的学术研究。不过，我们应该说，这是自那时起即已被有效地解决了的有关英国文学研究的若干问题之一。牛津第一位真正的"文学"教授瓦尔特·雷利（Walter Raleigh）对于自己的学科表现出来的那种轻浮的蔑视，你只有读到才能相信。[3] 雷利在第一次世界大战以前那几年坚守着自己的教学岗位；大战的爆发使他得到解脱，因为他可以抛弃文学的女性幻想，而把自己的笔用于某种更男性的事业——战争宣传。这种解脱之感在他的作品中是显而易见的。英国文学可使自己在这些古老大学中的存在合理化的唯一方法似乎就是把自己系统地误认为古

---

[1]　参见鲍迪克（Baldick）《英国文学研究的社会使命》（*The Social Mission of English Studies*），第 108—111 页。

[2]　"The Greats"是口语表达，指"literae humaniores"，即牛津大学所教的三门荣誉学士学位课程：古代希腊罗马古典研究、哲学、古代历史。拉丁语"Literae humaniores"意为"更具人文性的研究"。——译注

[3]　参见鲍迪克《英国文学研究的社会使命》（*The Social Mission of English Studies*），第 117—123 页。

典文学，但是古典研究者可并不愿意自己身边有这么一个可怜的拙劣模仿者。

如果说第一次帝国主义世界大战赋予了瓦尔特·雷利爵士一个与其伊丽莎白时代同名人更加一致的英雄身份，从而多少算是结束了他对英国文学研究的轻蔑的话，那么，这次大战也标志着英国文学研究在牛津和剑桥的最后胜利。[1]英国文学最有力的对手之一——语文学（philology）——与德国的影响密切相关；既然英国恰好在与德国进行一场大战，那么就有可能诋毁古典语文学为一种蠢笨的日耳曼（Teutonic）胡说，一种任何一位自尊的英国绅士都不应与之发生联系的东西。[2]英国战胜德国意味着民族骄傲的复兴和爱国情绪的高涨，这当然只会对英国文学研究这一事业有所支持；而与此同时，恰如当时一位评论家所说，战争所造成的深刻的精神创伤，以及对于原先一切被人坚信的文化假定的几乎令人无法容忍的怀疑，导致了一种"精神饥饿"，而对此诗似乎提供了一种解决。我们竟应该把大学英国文学研究至少部分地归功于一场毫无意义的大屠杀——这真是一个可以让人获得不少教训的思想。这场大战以其对统治阶级所唱高调的毁灭而结束了英国文学原先赖以滋生和繁盛的某些更为刺耳的沙文主义：在威尔弗雷德·欧文之后，已经很难再有什么瓦尔特·雷利了。[3]英国文学研究骑着战时民族主义走向权力宝座；但英国文学也代表着认同感已经深受动摇，心灵已经被自己所经历的恐怖留下了难愈创伤的英国统治阶级对于精神解决方法的一种探求。文学将会既是安慰也是再肯定；在这一熟悉的基地之上，英

26

---

[1]　瓦尔特·雷利（Walter Raleigh，1861—1922）爵士的伊丽莎白时代同名人为瓦尔特·雷利（Walter Raleigh，1554？—1618）爵士，英国冒险家与作家，深受伊丽莎白一世（Queen Elizabeth I）宠爱。1585年被伊丽莎白一世封为爵士。后来被其继承者詹姆斯一世指控为犯有叛国罪，并因此被监禁于伦敦塔中，最终被处死。——译注

[2]　参见弗朗西斯·马尔赫恩（Francis Mulhern）《"细察"运动》（The Moment of "Scrutiny"，London，1979），第20—22页。

[3]　威尔弗雷德·欧文（Wilfred Owen，1893—1918），英国诗人，以其创作中所表达的对战争的残酷和破坏的愤慨以及对其受害者的同情而闻名。他在诗歌的谐音或半押韵（assonance，即元音押韵而辅音不押韵，如 late 和 make）方面所做的尝试在1930年代极有影响。——译注

国人可以重新集结起来去探究历史的梦魇，并发现某种可以取代这一梦魇之物。

在剑桥大学，这一新学科的设计师们大体是这样一些人：人们可以赦免他们把英国工人阶级引入战场之罪。F. R. 利维斯曾经在前线做过医护人员，昆妮·多萝西·罗丝（Queenie Dorothy Roth），即后来的Q. D. 利维斯（Q. D. Leavis），因为是妇女而免于战争服务，而且她在战争爆发时还只是个孩子。I. A. 瑞恰兹在毕业以后进了部队；这些先驱者的著名弟子们，威廉·燕卜荪（William Empson）和 L. C. 奈特斯（L. G. Knights），在 1914 年也都还是孩子。而且，英国文学研究的这些倡导者们基本上都来自另一个社会阶层，一个不同于把英国拖入战争的阶层的阶层。F. R. 利维斯是乐器商的儿子，Q. D. 罗丝是绸布商的女儿，瑞恰兹是柴郡（Cheshire）一位工厂经理的儿子。英国文学研究将不是由在这些古老大学中占据早期文学教席的贵族化业余爱好者们，而是由孤陋寡闻的（provincial）小资产阶级的后裔们形成。他们是一个首次进入这些传统大学的阶级的成员，因而能以一种阿瑟·奎勒·考奇爵士的信徒们做不到的方式认出那些影响文学判断的种种社会假定，并予以挑战。他们谁也没有受过奎勒·考奇那种纯文学教育的使人残废的损害：F. R. 利维斯从历史学转入英国文学，他的女弟子 Q. D. 罗丝在她的研究工作中运用了心理学和文化人类学；I. A. 瑞恰兹则受过精神和伦理科学的训练。

在把英国文学形塑成一门严肃的学科时，这些人摧毁了战前一代上层阶级的种种假定。在英国文学研究中，此后还没有任何运动能够赶得上他们当时的立场所显示的勇气和激进态度。在 1920 年代初期，谁都不知道研究英国文学到底有何价值，但是到 1930 年代初期，问题却已经成为，除了英国文学，还有什么其他东西值得你去浪费时间？英国文学不仅是一门值得研究的学科，而且是**最**富于教化作用的事业，是社会形成（the social formation）的精神本质。英国文学绝非某种业余性的或单凭印象的冒险，而是一个竞技场，在这里，有关人类存在的一些最根本问题——作为一个人而存在意味着什么，与他人发生有意义的关系意味着什么，依据最根本的价值的中心而生活意味着什么——都被鲜明生动地凸显出来，并且成为细察（scrutiny）的对象。《细察》（Scrutiny）就是利维斯等人1932年创办的批评杂志的刊名；这份杂志之坚韧不拔地专注于英国文学研究的道德重要性以及英国文学研究与整个社会生活的质量的相关性，至今还无人企及。无论《细察》的"失败"与"成功"何在，也不管人们怎样争论文学权力当局（the literary Establishment）的反利维斯偏见与《细察》运动本身的尖刻暴躁二者之间的是非曲直，事实仍然是，英国当今的英国文学研究者们，无论他们自己是否意识到这一点，其实无一不是"利维斯派"，因为他们都已不可救药地被这一历史事件所改变了。今天，人们已不必再标明自己是利维斯派，犹如人们已不必再标明自己是哥白尼派：恰如哥白尼重新塑造了我们的天文学信念一样，以利维斯为代表的潮流已经流入英国的英国文学研究的血管，并且已经成为一种自然而然的批评智慧，其根深蒂固的程度不亚于我们对于地球环绕太阳转动这一事实的坚信。"利维斯辩论"已经有效死亡这一事实也许正是《细察》取得胜利的重要标志。

利维斯等人的看法是，如果让阿瑟·奎勒·考奇等人得胜，文学批评就会被扳入一条历史岔道，从而成为一个与人是否偏爱土豆胜于番茄这一问题一样没有内在重要性的问题。面对这种变幻难测的"趣味"（taste），他们强调严格的批评分析，即对于"书页上之文字"的一种训练有素的注意。他们力主这一点不仅出于技术的或美学的原因，而且也是因为它与现代文明的精神危机紧密相关。文学不仅自身就重要，而且它还浓缩了种种创造性能量，种种在现代"商品"社会中处处都处于防御地位的能量。与"大众社会"中极为明显的对语言和传统文化的庸俗贬低相对，在文学中，而且也许仅仅在文学中，让语言的种种创造性运用得以实现并受到欣赏的那一生死攸关的原始能力才继续显露。一个社会的语言的质量最能说明这一社会的个人和社会生活的质量：一个已经停止重视文学的社会是一个被致命地关闭在曾经创造和维持了人类文明中的最佳成分的那些冲动之外的社会。在18世纪英国的文明化的社会风俗中，或在 17 世纪的"自然的""有机的"农业社会中，人们可以发现某种活生生的敏感性，没有这种敏感性，现代工业社会就会衰退以致死亡。

在 1920 年代末和 1930 年代在剑桥大学成为某种英国文学研究者，就意味着要被卷入此种对工业资本主义最使人平庸化的种种特征所发动的斗志昂扬的、论战性的猛烈攻击。要知道，做一名英国文学研究者不仅是有价值的，而且是一个人所能想象的最重要的生活道路：你正在以你自己的谦虚的方式帮助把 20 世纪社会向后推向 17 世纪英国的"有机"社群，你正走在文明本身的最前列。那些谦卑地期待着阅读几首诗或几本小说的学生的神秘感在考入剑桥后很快就被消除了：英国文学并不是诸种学科之一，而是所有学科之中最核心的学科，远高于法律、科学、政治、哲学或历史。这些学科，《细察》勉强地承认，当然有其地位，但是这种地位需要文学这块试金石来检验，因为与其说文学是一门学科，不如说它是与文明本身休戚与共的精神探索。《细察》以惊人的大胆重新勾勒了英国文学的地图，批评则至今尚未从其影响中彻底恢复过来。这张地图的通衢大道经过乔叟（Chaucer）、莎士比亚、琼森（Jonson）、詹姆斯一世时代的作家（the Jacobeans）和玄学派诗人（the Metaphysicals）、班扬（Bunyan）、蒲伯、萨缪尔·约翰逊（Samuel Johnson）、布莱克、华兹华斯（Wordsworth）、济慈（Keats）、奥斯汀、乔治·乔略特（George Eliot）、霍普金斯（Hopkins）、亨利·詹姆斯、约瑟夫·康拉德（Joseph Canrad）、T. S. 艾略特和劳伦斯（D. H. Lawrence）。这就是"英国文学"：斯宾塞（Spenser）、德莱顿（Dryden）、复辟时期的戏剧、笛福（Defoe）、菲尔丁（Fielding）、理查森（Richardson）、斯特恩（Sterne）、雪莱、拜伦（Byron）、丹尼生（Tennyson）、勃朗宁（Browning）、大多数维多利亚时代的小说家、乔伊斯（Joyce）、伍尔芙和劳伦斯以后的大多数作家构成一个"B"字型的道路网络，其中散布着一些不通之小路。狄更斯是先被放了出去，后又被包括了进来；"英国文学"还包括两个半女作家，因为爱米莉·勃朗台（Emily Brontë）只被算作一个边缘情况；英国文学的作者几乎都是保守派。

摒弃仅仅只是"文学的"那些价值标准的《细察》坚持，人们如何评价文学作品与人们怎样判断整个历史和社会的本质紧密相关。面对那 29些视解剖文学作品为某种非礼行为或文学领域之内的严重肉体伤害事件的批评方法，它提倡对这些神圣不可侵犯的对象进行最为谨严精密的分析。惊于下述自鸣得意的假定，即用优美的英语写成的任何一本著作都几乎同样地好，它坚持应对不同的文学质量进行最为严格的区别：某些作品是"有助于生活"（made for life）的，而某些作品则肯定是无助于生活的。不安于传统批评的那种脱离现实的美学，利维斯在其早年看到了面向社会和政治问题的必要性：他有一段时间甚至谨慎地接受了某种经济共产主义。《细察》不仅是一份杂志，而且是一场道德和文化的改革运动的中心：它的拥护者将走入中小学校和大学去开展战役，通过文学研究来培养一种丰富的、复杂的、成熟的、有辨别力的、道德上严肃的反应（这些都是《细察》的关键词），这种反应将有助于个人在一个由廉价小说、使人异化的劳动、陈词滥调的广告和导致庸俗的大众传媒所构成的机械化了的社会（a mechanized society）中幸存。

我说"幸存"（survive）是因为，除了利维斯与"某种形式的经济共产主义"有过一度短暂的调情以外，根本没有人严肃考虑过去实际**改变**这样一个社会。问题在这里似乎主要不是力求改变产生这种萎靡文化的机械化了的社会，而是试图忍受它。就此而论，人们可以说，《细察》从一开始就不战而降。它所思考的唯一改革是教育：通过跻身于教育机构，《细察》成员希望在分散于各处的少数优秀分子身上发展一种丰富的、有机的敏感性；然后这些人就可以把这种敏感性传播给其他人。在对于教育的这种信念方面，利维斯是马修·阿诺德的真正继承人。但是，既然由于"大众文明"的潜移默化式的有害影响，这样的个人注定少而又少，所以唯一的真正希望只能是，四面楚歌的少数知识分子在当代荒原上高擎文化火炬，并且通过他们的弟子门生传给后人。我们完全有根据怀疑教育是否具有阿诺德和利维斯所赋予的改造力量。教育终究仍是社会的**组成部分**而非社会问题的解决方法；而且，正如马克思所说，谁又来教育教育者呢？《细察》信奉这种理想主义／唯心主义的

"解决方法"（idealist"solution"）是因为它不愿意设想一种政治解决方法。把你的英国文学课花在警告学生们提防广告的操纵性和流行报刊的语言贫乏上面当然是一项重要任务，而且肯定比让他们背诵《轻骑旅的冲锋》（*The Charge of the Light Brigade*）更为重要。[1] 作为它的不朽业绩之一，《细察》已经实际上在英国创立了这样的"文化研究"（cultural studies）。但是，其实也有可能向学生们指出，只是由于牟利动机，广告和流行报刊才以其现行形式而存在。"大众"文化不是"工业"社会的必然产物，而是这样一种特定工业制度的结果：它组织生产主要是为了利润而不是为了使用，它关心的主要是什么可以出售而不是什么东西具有价值。没有任何理由认为这种社会秩序会永久不变，但必要的改变却会远远超出对《李尔王》的敏感阅读。因此，《细察》的整个计划既激进得令人毛骨悚然，但同时也荒谬得让你难以置信。一位评论家曾经敏锐地指出过，在这里"西方的衰落"被认为通过文本细读就可避免。[2] 难道**文学**真能击退工业劳动的毁人影响和传媒的庸俗吗？通过阅读亨利·詹姆斯而感到自己属于文明本身的道德前卫无疑是很舒服的，但是所有那些不读亨利·詹姆斯的人呢？他们甚至从未听说过詹姆斯，而且肯定会至死都心满意足地不知道曾经活过和死过这么一个人。这些人当然构成社会的压倒多数，难道他们就一定道德麻木，人性平庸，想象缺乏？这里人们正在谈到的也许就是自己的父母和朋友，所以说话需要稍加谨慎。这些人中有很多在道德上似乎是严肃的，而且也不乏敏感：他们并不特别倾向于到处杀人、放火和抢劫，而且即使他们这样做的话，把这归因于他们没有读过亨利·詹姆斯似乎也是令人难以置信的。《细察》运动毫无疑问地是精英主义的：对于那些无幸在唐宁学院（Downing College）

---

[1] 《轻骑旅的冲锋》（*The Charge of the Light Brigade*）是英国桂冠诗人丹尼生（Alfed Tenntson, 1809—1892）1855年为纪念克里米尔战争（Crimean War）巴拉克拉瓦（Balaklava）战役（1854年10月25日）中英国轻骑旅向俄国军队发起的冲锋而作的著名英语诗篇。——译注

[2] 参见伊恩·赖特（Lain Wright）《F. R. 利维斯，细察运动和批评》（F. R. Leavis, The Scrutiny Movement and the Crisis），见乔恩·克拉克（Jon Clarke）等编《三十年代英国的文化和危机》（*Culture and Crisis in Britain in the Thirties*，London，1979），第48页。

念过英国文学的人的能力，它表现出一种深刻的无知和不信任。[1]看来，"普通人"似乎必须是 17 世纪的牧牛人或"生气勃勃的"澳洲丛林人才可以被接受。

但是，还有一个多少与此相反的问题：如果说，并非所有不能认出诗中的跨行（enjambement）的人都很污秽和粗鲁，那么，所有能够如此的人也并非都在道德上非常纯洁。有很多人倒的确是深深沉浸在高级文化之中，然而，在《细察》问世大约十年之后，人们发现，这其实并没有阻止他们中间的一部分去从事诸如在中欧主持屠杀犹太人这样一些活动。利维斯派批评的力量在于，它能够回答瓦尔特·雷利爵士所无力回答的问题：为何阅读文学？一言以蔽之，这个答案是，它使你成为一个更好的人。再没有什么理由能够比这更有说服力了。但是，在《细察》创刊几年之后，当盟军开进集中营去逮捕那些用歌德（Goethe）的一卷作品来消磨闲暇时间的指挥官时，似乎有人就需要对此做些解释了。如果阅读文学作品确实可以把你变成更好的人，那这也绝对不会像这些人在极度兴奋时所设想的那么直截了当。你当然可以去探索英国小说的"伟大传统"，并且相信这样做时你是在致力于一些基本价值问题——一些与在工业资本主义工厂的无益劳动中耗尽生命的男男女女生死攸关的问题。但是这也可以被认为，你正在否定性地切断自己与这些可能不那么敏于认出诗中的一个跨行怎样体现了自然的平衡运动的男男女女的联系。

英国文学研究的这些设计师们的中下层阶级出身可能与此有关。作为不奉国教的、粗俗土气的、工作努力的、谨德慎行的中产阶级，《细察》成员很容易看出那些占据这些古老大学早期文学教席的上层英国绅士们的轻浮的业余态度。这些人非我族类：他们，作为曾经将自己同胞拒于这些古老大学门外的社会上流，不会是店主之子或布商之女特别乐于敬重的对象。但是，如果说这个中下层阶级对高踞于其上的衰微的贵族阶层满怀深刻敌意的话，它也极力要与低处于其下的工人阶级划清

31

---

[1]　唐宁学院（Downing College）是剑桥大学的一所学院，利维斯自 1930 年代早期起即在其中任教。——译注

界限，因为它始终有坠入这一阶级行列的危险。《细察》就产生于这种社会性的情感矛盾（ambivalence）：对待文学—学术权力当局态度激进，涉及人民大众时心胸狭隘。它对于"种种标准"的强烈关注既是对于那些觉得瓦尔特·萨维奇·兰道（Walter Savage Landor）与约翰·弥尔顿各有魅力的贵族式业余文艺爱好者的一种挑战，同时也是对于任何试图在文学竞技场中摩拳擦掌者的严格考验。[1] 其收获是目的的坚定单一，是此目的之既未为品酒式的琐屑也未被"大众"的平庸所污染。其损失则是极其内向的孤立主义：《细察》成为一个处于守势的精英集团；他们，就像以前那些浪漫主义者一样，将自己视为"中心"，其实却处于边缘；相信自己代表"真正的"剑桥，而真正的剑桥却在忙于拒受他们学术职位；感觉自己是文明的前锋，却怀旧地赞美 17 世纪受剥削的农业劳动者的有机整体性。

关于这一有机社会，唯一确定的事实就只是，正如雷蒙·威廉斯所说，它从一开始就已经永逝不返了。[2] 种种有机社会仅仅是用以谴责现代工业资本主义商品化生活的种种方便的神话。由于无力为这种社会秩序提供一个政治的替代物，《细察》成员们就奉献了一个"历史的"替代物，一如浪漫主义者以前之所为。当然，几乎就像每一个极力主张某种历史乌托邦的英国作家小心翼翼地所做的那样，他们也强调说，他们并非真要实际上回到这一黄金时代。对于利维斯主义者来说，有机社会流连驻足之处乃是英语的某些运用方式。商业社会的语言抽象而贫血：它已与活生生的感官经验之根失去接触。在真正的"英语"写作中，语言却"具体地表演着"（concretely enacted）这些亲身体验：真正的英国文学在语言上是丰富、复杂、具体、可感的，最好的诗则应该——夸张一点说——是这样的诗，它被高声朗读时听起来就像嚼苹果。这种语言的"健康"和"活力"（vitality）是一个"心神健全的"文明的产物：它

---

[1]　瓦尔特·萨维奇·兰道（Walter Savage Landor, 1775—1864），英国作家，曾就读于牛津大学，但因与校方不合而弃学。作有抒情诗、戏剧、史诗等，而以其描写历史人物之间的对话的《想象的交谈》（*Imaginary Conversations*）最为著名。——译注

[2]　参见《乡村与城市》（*The Country and the City*，London，1973），第 9—12 页。

体现一种业已历史地丧失了的创造性完整，而阅读文学作品就是与人自己的存在之根恢复生命攸关的（vital）接触。文学在某种意义上本身就**是**一个有机社会：它之所以重要是因为它已经就是一个完整的社会意识形态。

利维斯等人对于"根本的英文性"（essential Englishness）的信念——确信某些英文比其他英文更是英文——是上层阶级的沙文主义的某种小资产阶级的翻版，正是这种沙文主义最先促成了英国文学的诞生。这种猖獗的侵略主义在 1918 年以后锋芒渐敛，因为退役军人和国家资助的中产阶级学生开始渗入牛津剑桥的公学气质之中，而"英文性"成为这种侵略主义的一个较为谦虚和朴素的代替物。英国文学作为一门学科在一定程度上是英国文化之中阶级音调逐渐转变的派生物："英文性"主要是一个激发民族精神而不是煽动帝国主义情绪的问题；它是乡村的、人民的和地方的而不是都市的和贵族的。然而，如果说"英文性"在一方面碰伤了某位瓦尔特·雷利爵士的种种温和的假定，那么它在另一方面也与这些假定串通一气。它是被一个新的社会阶级改变了音调的沙文主义：这个阶级只要稍微努点儿力就可以把自己认为是约翰·班扬的"英国人民"而非势利的统治特权阶级的后裔。他们的任务是捍卫莎士比亚式英文的旺盛活力，使之免受《每日先驱报》（*Daily Herald*）以及诸如法语这类命运不济的语言的侵犯，因为在这类语言中，词语已经不能具体地表演出它们自己的意义。整个这一有关语言的观念都基于一种天真的模仿论（mimeticism），亦即，当词语开始处于事物状态，从而根本不再成其为文字时，它似乎才最为健康。除非语言遍布实际经验的物质纹理，胀满真实生活的浓稠汁液，不然它就是异化和堕落的。以这种对于"根本的英文性"的信任为武器，就可以送走具有拉丁风格的（latinate）或使用抽象语言的（verbally disembodied）作家（弥尔顿、雪莱），而把领导地位授予"戏剧性的具体"（the dramatically concrete）（邓恩、霍普金斯）。毫无疑问，对于文学地形的此种重新勾勒只能被看作是对一个传统的某种仍有争辩余地的**建构**（*construction*），一个为某些明确的意识形态成见所形成的建构：这些作家被认为就是恰恰真正体现了英文性的本质的作家。

实际上，这张地图已经被一种极大地影响了利维斯的文学批评在别处绘制着。T. S. 艾略特 1915 年就已经来到了伦敦。他是圣路易（St. Louis）一个"贵族的"家族的后代，而这一家族的文化领袖这一传统角色正在受到自己国家内工业中产阶级的侵蚀。[1]像《细察》一样，反感于工业资本主义的精神贫瘠，艾略特在古老的美国南方生活中瞥见了一个替代物——这个难以把握的有机社会的又一个候选者，在这里血统和教养仍然举足轻重。由于文化上背井离乡，精神上无依无靠，艾略特来到英国，开始对它的文学传统进行一项全面的拯救与拆毁工作，一项被恰当地形容为"本世纪似乎所能创建的最为野心勃勃的文化帝国主义业绩"的工作。[2]玄学派诗人和詹姆斯一世时代的剧作家身价骤增；弥尔顿和浪漫主义作家则地位陡降；一些精选的欧洲作品，包括法国象征主义者在内，也得到输入。

与《细察》的情况相同，上述一切远非仅仅是一种"文学的"再评价：它所反映的乃是对于英国历史的一种全面的政治解读。在 17 世纪早期，当君主专制制度和英国国教仍在繁荣之际，诗人如约翰·邓恩和乔治·赫伯特（两者都是保守的英国国教徒）等就展示出了敏感性的某种统一，思想与感情的某种轻松融合。语言与感官经验直接接触，理智"处于感官的尖端"，而有思想就像闻玫瑰一样实在。到了这一世纪末，英国人从这种天堂状态中沦落下来。狂乱的内战处死了君主，下层阶级的清教主义（puritanism）扰乱了国教，将要创造现代世俗社会的那些力量——科学、民主、理性主义、经济个人主义——蒸蒸日上。于是，大约自安德鲁·马威尔以降，英国人一路江河日下。在 17 世纪之中的某个时候，虽然艾略特无法确定其准确时间，某种"敏感性的分裂"（dissociation of sensibility）开始出现：思（thinking）不再类似于

---

[1]　参见加布里埃尔·皮尔逊（Gabriel Pearson）：《艾略特：象征主义的美国用法》（Eliot: An American Use of Symbolism），见格雷厄姆·马丁（Graham Martin）编《透视中的艾略特》（*Eliot in Perspective*，London，1970），第 97—100 页。

[2]　见格雷厄姆·马丁（Graham Martin）：《导论》（Introduction），同上书，第 22 页。

嗅（smelling），语言游离于经验，而其结果就是约翰·弥尔顿造成的文学灾难，他把英语麻醉成为一种枯燥无味的仪式。当然，弥尔顿也是一个清教主义的革命者，而这与艾略特对他的厌恶也许并非全然无关。的确，弥尔顿就是英国的这一伟大的非国教的激进传统的组成部分，而正是这一传统产生了 F. R. 利维斯，因此利维斯那么迅速地赞同艾略特对于《失乐园》（*Paradise Lost*）的判断就非常具有反讽意味了。弥尔顿之后，英国文学的敏感性继续分裂为无关的两半：有些诗人能思而不能感，有些诗人能感而不能思。英国文学堕落成为浪漫主义和维多利亚风格：此时，"诗的天才"（poetic genius）、"个性"（personality）和"内心之光"（inner light）这些异端邪说已经根深蒂固，而所有这些都是一个业已丧失集体信仰和堕入漫无目标的个人主义的社会的导致无秩序的学说。直到 T. S. 艾略特出现，英国文学才开始恢复。

　　艾略特实际上所猛烈攻击的是整个中产阶级自由主义（liberalism）的意识形态，也就是工业资本主义社会占统治地位的正统意识形态。自由主义、浪漫主义、新教主义、经济个人主义：所有这些都是那些被从有机社会的乐园中放逐出去的人的反常信条，他们因为已经别无长物而只能求助于自己那渺小的个人才智。艾略特自己的解决方法则是一种极右的权威主义（authoritarianism）：人们必须为一个非个人的秩序而牺牲自己微不足道的"个性"（personalities）和见解。在文学范围内，这一非个人的秩序就是大写的传统（the Tradition）。[1] 当然，就像任何其他的文学传统一样，艾略特的传统事实上也是经过高度选择的产物：的确，它的主导原则似乎主要不是看哪一部过去的作品具有永久价值，而是看哪一部作品将有助于艾略特创作自己的诗。然而，这一人为的构造物却又自相矛盾地充满着一种绝对权威的力量。重要的文学作品在它们自己之间形成一种理想的秩序，一个时而因新杰作的进入而被重新界定的秩序。在这一传统的拥挤空间中，现存的经典作品客气地改变它们的位置排列，从而为新来者让出地方，并因此而显出不同的面貌；但是，

34

---

[1]　参见《传统与个人才能》（Tradition and the Individual Talent），见 T. S. 艾略特（T. S. Eliot）《论文选集》（*Selected Essays*，London，1963）。

为了获准进入此传统，这一新来者原则上必定从一开始就已经被包括在此传统之内了，因此新来者的进入就有助于肯定这一传统的种种核心价值。换言之，此传统永远不会打盹儿：它总是已经神秘地预见到那些尚未创作出来的重要作品；而且，尽管这些作品一旦创作出来就会引起对于此传统本身的重新评价，它们最终还是会被此传统的胃轻而易举地吸收。一部文学作品只有存在于此传统之中才合法，正如一位基督教徒只有生活于上帝之中才能得救；一切诗都可以是文学，但只有某些诗才是大写的文学（Literature），取决于此传统是否恰好从它中间流过。这，就像神恩一样，是一件不可思议之事：此传统有如全能的上帝或一个心血来潮的专制君主，有时会从一些"重要的"文学名著那里收回它的恩宠，反将其赐予某些卑贱渺小的、没入历史蛮荒之中的作品。传统俱乐部的会员身份则只能经由邀请而获得：有些作者，如 T. S. 艾略特，确实就发现此传统（或"欧洲精神"，如艾略特有时所说）恰好就正在他们身内自然而然地涌流，但是，正如神恩接受者的情况一样，这并不取决于个人功绩，所以你对此无论如何都是无能为力的。这样，此传统的会员身份就允许你可以同时既独揽权威而又自我克制地谦卑，而这样一种结合艾略特后来会发现甚至更容易通过加入基督教会而达到。

在政治领域，艾略特对权威的提倡采取了各种不同的形式。他向准法西斯主义的法国运动 Action Française（法兰西行动）频送秋波，提及犹太人时有几次口气颇为否定。1920 年代中期皈依基督教以后，他提倡一种主要是乡村性的社会，由少数"大家族"和一小群就像他自己一样的神学知识分子精英来治理。这样一个社会中的绝大多数人将是基督教徒，尽管由于艾略特对于绝大多数人的信仰能力有一个非常保守的估计，这一宗教信仰基本上只能是无意识的，是在季节更替之中被体验到的。这副拯救现代社会的灵丹妙药大约就在希特勒的军队侵入波兰时被奉献给了世界。

对于艾略特来说，一种与经验紧密结合的语言的优点是，它可以使诗人绕开理性主义思想的致命抽象而抓住读者的"大脑皮层、神经系统和消化道"。[1] 诗不应该吸引读者的心智：一首诗实际上**意味**些什么其实是无关紧要的，艾略特就声称过他自己几乎完全不为对其作品的那些显然古怪的解释所烦扰。意义不过是扔给读者以分散其注意力的肉包子；与此同时，诗却以更为具体和更加无意识的方式悄然影响读者。这位博学的艾略特先生，理智上难以理解的诗的作者，实际上在这里暴露了一切右翼非理性主义者对于理智的全部蔑视。他聪明地感到，中产阶级自由理性主义的语言已经枯竭：空谈"进步"或"理性"再也不能使人信服，尤其值此欧洲战场尸横遍野之际。中产阶级的自由主义已经衰落；诗人必须挖到这些已经失去了信用的概念的后面去，方法是发展出一种会与"神经直接交流的感觉性语言"。他必须选择"带有伸向最深层的恐惧和欲望的网状须根"的字词，[2] 亦即那些充满暗示性的扑朔迷离的意象，它们可以渗入那些"原始的"层次，那些在其之上一切男女都体验着同样的东西的层次。也许有机社会毕竟还是存在着，尽管只存在于集体无意识之中；也许心灵中存在着某些深层的象征和韵律，即种种亘古不变的原型（archetypes），诗可以触及它们并使之复活。彻底背弃历史并且以神话取其而代之，欧洲社会的危机——全球战争、严重的阶级矛盾、衰退的资本主义经济——似乎就可以得到解决。深居于金融资本主义之下的是渔王（Fisher King），亦即关于诞生、死亡和复活的种种有力意象，在其中人类也许可以发现普遍的认同。艾略特因而于 1922 年发表了《荒原》（*The Waste Land*），一首向我们暗示生殖崇拜（fertility cults）就包含着使西方得救之线索的诗。他那令人义愤的先锋性技法（avant-garde）被用于最后卫性的（arrière-garde）目的：它们扭散常规意识，以便在读者中恢复一种在血液与内脏之中的普遍认同感。

艾略特认为语言在工业社会中已经陈腐不堪，毫无裨益，因而不再适于诗的观点与俄国形式主义如出一辙，但艾兹拉·庞德、T. E. 休姆（T. E. Hulme）和意象主义运动（Imagist movement）也分享着同一观点。

36

---

[1] 《玄学派诗人》(The Metaphysical Poets)，见 T. S. 艾略特 (T. S. Eliot)《论文选集》(*Selected Essays*，London，1963)，第 290 页。

[2] 《本·琼森》(Ben Jonson)，同上书，第 155 页。

诗已经撞上了浪漫主义的暗礁，成为令人作呕的、女里女气的东西，其中充斥着滥感和柔情。语言已经变软并失去阳刚之气；因此需要使之重新硬化，要让它像石头一样坚实并且重新与物质世界相联。理想的意象主义诗大概是由一些疙里疙瘩的意象所构成的三行短句，就像一位军官厉声发出的命令。情感是凌乱的和可疑的，属于一个陈旧的时代，是高度夸张的自由个人主义的感伤之情的一部分，这些东西现在则必须屈从于现代社会的非人性化的商品世界。对于 D. H. 劳伦斯来说，情感、"个性"和"自我"都已同样失去信用，因此它们必须为自发的—创造性的生命/生活（spontaneous-creative Life）的无情非个人力量让路。在这一批判立场之后，人们再次看到政治：中产阶级的自由主义已经完结，因而将被更为坚韧的和男性的纪律所取代，而这一纪律庞德将要在法西斯主义中发现。

至少是在其刚开始之时，《细察》并没有走上极右的反动道路。相反，它所代表的恰恰是自由人本主义所做出的最后抵抗，一个关切着艾略特和庞德并不关心的个人独特价值与创造性的人际关系领域的抵抗。这些价值可以被概括为"生命/生活"（Life），这是《细察》因为不能为其下定义却反而把这种情况弄得对它自己有利的一个词。如果你要求他们提供有关自己论点的某些言之成理的理论声明，你就证明自己还处于外部黑暗之中：你要么就感到生命/生活，要么就感不到生命/生活。伟大的文学是一种向生命/生活虔诚地开放的文学，而生命/生活是什么又可以被伟大的文学所阐明。这一情况是循环的、凭借直觉的、可以抵抗任何推论的，因此它所反映的乃是利维斯主义者他们自己的封闭小圈子。难于说清的是生命/生活在大罢工（the General Strike）中会将你置于哪一方，或者赞美其在诗中的颤动的呈现与赞同大量失业是否相容。如果生命/生活确实是在什么地方创造性地发挥着作用的话，那就是在利维斯很早就开始支持的劳伦斯的作品中，而在劳伦斯那里，"自发的—创造性的生命/生活"似乎又与最恶毒的性别歧视、种族歧视和权威主义愉快地共存，但《细察》成员中却好像并没有什么人对于这种矛盾特别感到不安。这些劳伦斯与艾略特和庞德所共享的极右派特征——对于种种自由的（liberal）和民主的价值的极度轻蔑，对于非个人的权威的奴性屈从——几乎都被编辑掉了：劳伦斯被卓有成效地重构为一位自由主义的人本主义者，并且被置于从简·奥斯汀到乔治·艾略特、亨利·詹姆斯和约瑟夫·康拉德这一英国小说"伟大传统"的胜利最高峰。

在劳伦斯的令人可以接受的那一表面上，利维斯正确地发现了对于工业资本主义英国的非人性（inhumanity）的有力批判。劳伦斯，一如利维斯本人，同时也是 19 世纪浪漫主义抗议传统的继承者：抗议资本主义的使人机械化的工资奴役，抗议它的残酷的社会压迫和文化毁灭。但是，由于劳伦斯和利维斯都拒绝对他们所反对的制度进行政治分析，因此他们只能空谈自发性—创造性的生命 / 生活，而这一生命 / 生活则愈是坚持着具体的东西，就愈是变得抽象。当对于下述这样的问题的回答，即研讨班上对于马威尔的反应怎样才能改变工厂中的工人的机械化了的劳动，越来越无把握的时候，利维斯的自由人本主义就被驱入了最平庸的政治反应的怀抱之中。《细察》持续到 1953 年，利维斯则一直活到 1978 年；但是，在后来这些阶段，生命 / 生活显然使下列事情成为必需：对于大众教育的强烈敌视、对于晶体管收音机的无情反对，以及下面这样一种阴暗的怀疑，即"电视瘾"（telly-addiction）与学生之要求参与高等教育大有关系。现代的"技术—功利"（technologico-Benthanite）社会将无保留地谴责为"呆痴化的与致呆痴的"社会：这似乎就是严格的批评分辨的最终结果。晚年的利维斯将为英国绅士的消逝而感到遗憾；车轮已经周而复始。

利维斯的名字与"实用批评"（practical criticism）和"文本细读"（close reading）紧密相连，而他自己所发表的一些著作则堪入 20 世纪最明敏的、最具有开创性的英国文学批评之列。"实用批评"这个词值得稍加深入思考。实用批评意味着一种方法，它摒弃辞藻华丽的纯文学空话，并且完全不惮于分解作品；但是它也假定，通过将注意力集中于从其文化和历史的语境中孤立出来的诗或散文作品，你就可以判断文学的

"伟大性"和"中心性"。按照《细察》的假定，这里当然不会有任何问题：如果文学在显示出对于直接经验的具体感受时是"健康"的话，那么你当然可以通过一段文字来断定这一点，就像医生可以通过记录你的脉搏和皮肤的颜色来判断你是否有病一样。没有必要在作品的历史语境中考察作品，更不用说讨论这一作品所凭借的那个观念结构了。要做的事情就只是评价某一具体段落的语气和敏感性，将其"确定"下来，然后就再转向下一段。很难说这种方法就真比较为严格的品酒方式高明多少，假如那可能被文学印象主义者说成"极乐"（blissful）的东西只不过被你称为"成熟的健壮"（maturely robust）的话。如果生命/生活这个字眼似乎过于宽泛而朦胧，那么探究它的这种批评技术似乎就相应地过于狭窄。由于实用批评本身大有成为一种过分实用的专业的危险，从而与一个其所关心者恰是文明之命运的运动不甚相称，所以利维斯主义者们需要用一个"形而上学"（metaphysic）来对它进行基础加固，并且就在劳伦斯的作品中找到了很现成的一个。既然生命/生活不是一个理论体系而是一件有关种种具体直觉的事，你就始终能够站在这些直觉一边，以攻击他人的种种体系；但是，既然生命/生活又是你所能想象出来的绝对价值，你又同样可以用它来痛打那些鼠目寸光的功利主义者和经验主义者。所以，根据敌方火力的方向，你很可以花上相当的时间从这一前沿阵地穿到另一前沿阵地。生命/生活作为一个形而上学原则可以如你所能希望的那样冷酷无情与毫无疑义，以福音式的确定性区别文学中之良莠；不过，由于它始终只在具体的个别中显示自己，本身并不构成任何系统理论，因而它又永远是牢不可破的。[1]

　　"文本细读"也是一种值得考察的说法。像"实用批评"一样，它意味着详尽的分析性解释，从而为唯美主义的闲言碎语（chit-chat）提供了可贵的解毒剂；但它似乎也在暗示着，所有先前的批评学派在每行中平均只读两到三个词而已。其实，号召文本细读不仅仅是强调对文本给予应有的注意。它必然使人想到对此物而非他物的注意：对于"书页

---

　　[1]　"区别文学中之良莠"原文为"dividing the literary sheep from the goats"，这里我们没有直译。——译注

之上的文字"而不是对于产生和环绕它们的种种语境的注意。它既意味着对关注的聚焦，也意味着对关注的限制。对于那种会舒舒服服地从丹尼生（Tennyson）的语言质地一直扯到他的胡须长短的文学评论，这种限制当然是极为必要的。但是，在驱走这些漫不相关的轶闻时，"文本细读"也赶开了很多别的东西：它促进了下述错觉，即任何语篇，无论其"文学"与否，都能够被孤立地充分研究甚至理解。这是文学作品之"物化"（reification）——将作品作为客体本身来对待——的开端，这种"物化"将在美国新批评中胜利地臻于极致。

在剑桥的英国文学研究与美国的新批评之间，剑桥批评家 I. A. 瑞恰兹的著作是一条重要的纽带。如果说，利维斯试图拯救批评的办法是将其变为某种近于宗教之物，从而继承马修·阿诺德的工作，那么，瑞恰兹在其 1920 年代的著作中则力求以实事求是的"科学的"心理学原则为批评提供一个牢固的基础。瑞恰兹文笔的尖利严冷与利维斯作品的迂曲热烈形成一种意味深长的对照。瑞恰兹争辩的是，由于历史变化，尤其是科学发现，已经超越和贬低了人们迄今赖以生存的种种传统神话，社会因此而陷入危机。人类心理的微妙平衡因此受到危险的搅扰；而既然宗教再也无助于恢复这种平衡，诗就必须承担起这一重任。诗，瑞恰兹以令人吃惊的随便口气说道，"能够拯救我们；它完全可以是克服混乱的一个手段"。[1] 像阿诺德一样，他也将文学提倡为一种可以重建社会秩序的自觉的意识形态，并且在世界大战之后那些社会分裂、经济衰退、政治动乱的年代中进行了这项工作。

瑞恰兹宣称，现代科学是真知识的模范，但是在感情方面它还使人意犹未足。它不去满足广大民众所要求的对于"是什么"（what）和"为什么"（why）这些问题的回答，却沾沾自喜它回答了"怎么样"（how）这个问题。瑞恰兹本人并不相信"是什么"和"为什么"是真正的问题，但是他宽宏大量地承认，绝大多数人是相信这些的。因此，若非为这些虚假问题（psudo-questions）提供某些虚假答案（psudo-answers），

39

---

[1]　《科学与诗》（*Science and Poetry*, London, 1926），第 82—83 页。

社会就有可能陷于解体。诗的作用就是提供这类虚假答案。诗是一种"表情"（emotive）语言而非"指事"（referential）语言，即一种"虚假陈述"（psudo-statement），它似乎是要描述世界，其实不过以令人满意的方式组织起我们对于世界的感情。最有效的诗是这样一种诗，它以最低限度的冲突或阻挫组织起来最大数量的冲动（impulses）。没有这样的心理疗法，价值的种种标准就很可能在"电影和音箱的更为凶险的潜在势力"的压迫之下崩溃。[1]

瑞恰兹定量的、行为主义的心理模式其实只是他正在为之提出解决方法的社会问题的组成部分。瑞恰兹不仅没有对视科学为一纯粹工具性及中立地"指涉性"（referential）之事这一异化了的观点提出疑问，反倒赞同这种实证主义的幻想，然后又站不住脚地以某种较为愉人的东西去力图补充它。利维斯是与技术—功利主义者们开战，而瑞恰兹却是试图在这些人自己的游戏中略胜一筹。通过将一种有缺陷的功利主义的价值论与一种本质上是唯美主义的人类经验观（瑞恰兹认为，艺术代表着一切最好的经验）结合起来，瑞恰兹把诗作为一种"精致地调和"现代生存之混乱的手段送给我们。如果历史矛盾在现实中无法解决，它们可以在沉思冥想的心灵中作为各种心理"冲动"而得到和谐的调解。行动并非特别值得追求，既然它总是倾向于妨碍诸种冲动之间的任何充分平衡。瑞恰兹说，"种种基本反应在其中混乱失衡的生命绝不可能是杰出的生命"。[2] 较为有效地组织种种无法无天的低级冲动将保证种种更高级的和更好的冲动的幸存；这与维多利亚时代的信念——组织各个下层阶级将保证各个上层阶级的幸存——相去不远，而且的确与之有着重要的联系。

活跃于 1930 年代末至 1950 年代的美国新批评就以上述这些理论原则为重要标志：新批评通常被认为包括了艾略特、瑞恰兹，也许还有利维斯和威廉·燕卜荪的著作，以及一些重要的美国文学批评家，其中有约翰·克罗·兰色姆（John Crowe Ransom）、W. K. 威姆塞特（W.

---

[1] 《文学批评的原则》（*Principles of Literary Criticism*，London，1963），第 32 页。

[2] 同上书，第 62 页。

K. Wimsatt)、克林思·布鲁克斯（Cleanth Blooks)、艾伦·塔特（Allen Tate)、门罗·比尔兹利（Menroe Beardsley）和 R. P. 布莱克默（R. P. Blackmur)。意味深长的是，这一美国运动植根于经济落后的南方——一个重视传统的血缘和教养的地区；就是在这里，年轻的艾略特初次瞥见了那个有机社会。在美国新批评时期，由于北方资本主义垄断集团的侵入，南方事实上正在经历着迅速的工业化过程；但是，"传统的"南方知识分子，如为新批评命名的约翰·克罗·兰色姆，仍然能够在这里为工业北方的枯燥乏味的科学理性主义找到一种"审美的"（aesthetic）替代物。像艾略特一样，由于工业侵略而在精神上背井离乡的兰色姆首先在 1920 年代的所谓流亡者文学运动中，随后又在 1930 年代的右翼农业政治中，发现了避难所。新批评的意识形态开始成形：科学的理性主义正在蹂躏古老南方的"审美生活"，人类经验正在被剥除其感觉特性，而诗是一种可能的解决方法。诗的反应，与科学的反应不同，尊重其对象的感觉上的完整性：它不是一个理性认识的问题，而是一种情感活动，这种情感活动以一条从本质上来说具有宗教性的纽带将我们与"世界的身体"联结起来。通过艺术，被异化了的世界可以在其全部的丰富多样性中被恢复给我们。诗，本质上作为一种冥想方式，并不鼓励我们改变世界，却鼓励我们崇敬它的既成形式，并且教导我们以一种无私的谦卑态度去接近它。

换言之，就像《细察》一样，新批评是失去依傍的、处于守势的知识分子的意识形态；这些知识分子在文学中重新虚构出了他们在现实中所无法找到的一切。诗是新宗教，是一个挡开工业资本主义的异化而使人可以怀旧的避风港。诗本身对于理性探究来说就像全能的上帝本身一样难于理解：它作为一个自我封闭的客体而存在，在其独特的本性中神秘地完整无缺。诗是不可能被自身以外的任何其他语言解释出来的东西：它的每一部分都在一个复杂的有机统一体中与其他部分相融合，而破坏这一统一体就无异于某种亵渎神明。因此，对于美国新批评派来说，就像对于 I. A. 瑞恰兹一样，文学文本是从所谓"功能主义的"（functionalist）角度来理解的：一如美国功能主义社会学发展了一个"无冲突"的社会模式，其中每一元素都"适应"（adapted）其他元素一样，诗也在其各种特征的匀称合作中消除了一切阻力、反常和矛盾。"连贯一致"（coherence）与"整合"（integration）是主调；但是，如果诗也应该在读者心中造成对待世界的某种明确的意识形态态度——某种大致是以沉思冥想的态度顺受一切的态度——那么对于内在的连贯一致的强调就不能被推而至极，因为如此推而至极会使诗完全脱离现实，而只是在其自身的自律存在（autonomous being）中光辉地打转。因此就有必要把对于作品的内在统一的此种强调与下述坚持结合起来，即通过这种统一，作品在某种意义上就"相应"（corresponded）于现实本身。换言之，新批评在走向一种纯粹的形式主义时半途而废，因为它笨拙地给自己掺进了某种经验主义，即这样一种信念：诗的话语已经以某种方式在自身之内"包括"了现实。

如果诗真地应该成为一个居于其自身之中的客体，新批评就必须切断它与作者和读者双方的联系。I. A. 瑞恰兹曾经天真地假定，诗不过是一种透明的媒介，通过它我们就可以观察诗人的种种心理过程：阅读仅仅是我们在自己心中重新创造出作者的精神状态。其实大部分传统文学批评都形式不同地持有这种观点。伟大的文学是伟人（Great Men）的产物，其价值主要在于使我们得以密切接近他们的灵魂。这种立场存在着几个问题。首先，它把一切文学都归结为一种隐蔽的自传：我们不是在把文学作品作为文学作品来读，而只是在将其看作去间接地了解某人的种种方式。其次，这种观点使下述情况成为必需，亦即，文学作品确实就只是作者心灵的"表达"，但这却似乎并不像是一种讨论《小红帽》（*Little Red Riding Hood*）或某些高度因袭传统成规的宫廷抒情诗的有效方法。[1] 即使我读《哈姆雷特》时真的接近了莎士比亚的心灵，说我接近了他的心灵又有什么意义呢，既然我所接近的他的心灵只是《哈姆雷特》的文本？为什么不就直说我是在阅读《哈姆雷特》，既然除了这部戏剧本

---

[1] 《小红帽》（*Little Red Riding Hood*）是法国诗人与散文作家夏尔·佩罗（Charles Perrault, 1628—1703）的民间故事集《鹅妈妈的故事》（*Contes de ma mère l'oye*，1697）中的一个著名故事。——译注

身之外莎士比亚并没有留下有关它的任何其他证据？难道他"心中之所想"不同于他笔下之所写？但这一点我们又何从得知？难道他自己就知道他心中之所想是什么？作者们是否始终都充分占有着自己的意思？

新批评家们坚持，作者写作时的意图即使可以被发现，也与对于他或她的作品的解释毫不相干，他们就这样大胆地跟伟人文学论分手了。同样，特定读者的种种感情反应也不应与诗的意义混为一谈：诗意味着它所意味的东西，无论诗人的意图或者读者由之而产生的主观感觉是什么。[1]意义是公共的和客观的，就直接镌刻在文学文本的语言之中；意义既不是去世已久的作者头脑中的某种通常被信以为真而其实虚幻的冲动，也不是读者可以附会到他的文字上去的种种武断的、一己的会解（significances）。我们将在第二章中考虑这一观点的正反两面；与此同时，还应该认识到，新批评家们对于这些问题的态度与他们急于将诗变成一种像耳瓶与圣像一样结实的和具有物质性的自足客体的迫切欲望密切相联。诗成为一种空间性的形象而非一个时间性的过程。从作者和读者中拯救文本的活动与从任何社会和历史语境中解放文本的活动联袂而行。当然，人们还是需要了解一首诗的文字对于其本来的读者可能意味些什么，不过也只有此种相当技术性的历史知识才是唯一受到许可的。文学是对于种种社会问题的解决而不是社会问题的一部分，诗必须被救离历史的残骸，并吊升到历史之上的崇高空间之内。

新批评所做的其实是把诗变为崇拜偶像（fetish）。如果说，I. A. 瑞恰兹是将文本"非物质化"，使之仅仅成为开向诗人心灵的一扇透明窗户，那么，美国新批评家们就是将其矫枉过正地重新物质化了，使之看来不大像一种意义过程，却更像某种四角方方的、有着水刷石前脸的建筑物。这可真是颇有反讽意味，因为此种诗所抗议的那个社会秩序恰恰是充满了这样的"物化"，它们把人、过程和机构统统化为了"东西"。就像浪漫主义的象征一样，新批评的诗也这样地浸透了某种绝不容忍任

[1]　参见《意图谬误》（The Intentional Fallacy）与《感情谬误》（The Affective Fallacy），收入 W. K. 威姆塞特（W. K. Wimsatt）和门罗·比尔兹利（Monroe Beardsley）《语像》（*The Verbal Icon*，New York，1958）。

何理性论辩的绝对神秘权威。一如我们至此为止所考察的大部分其他文学理论，新批评在根本上乃是一种纯粹的非理性主义，一种与宗教教条（一些重要的美国新批评家是基督教徒）和农业运动的"血与土"右翼政治密切相联的非理性主义。然而，这并非意味着新批评比《细察》更敌视批评分析。以前的某些浪漫主义者往往会在文本的无限神秘之前肃然起敬，新批评家却有意精心培养最结实最实用的批评解剖技术。正是那一促使他们去坚持强调作品的"客观的"地位的冲动也引导他们去提倡一种严格"客观的"作品分析方法。对于一首诗的一种典型的新批评阐释是对它的种种"张力"（tensions）、"因是因非之言"（paradoxes）和"情感矛盾"（ambivalences）进行极为严格的调查，指出它们如何被这首诗的坚固结构消解并整合为一体。如果诗本身应该成为新的有机社会，成为科学、唯物主义和"审美的"奴隶制南方之衰落等问题的终极解决，那就很难让它屈从于文学批评中的印象主义或者拖泥带水的主观主义。

43

　　而且，新批评是在北美文学批评竭力走向"专业化"、竭力成为一门可接受的体面学科的年代中发展起来的。在一个硬科学占统治地位的知识标准的社会里，它的全套批评工具乃是按照硬科学自己提出的条件而与其竞争的一种方法。新批评运动本来是作为技术专制主义社会的人文主义补充或替代物开始其生涯的，但它却在自己的方法中重复了这种技术专制主义（technocracy）。反叛者于是没入了其所反叛的统治者的形象之中，而随着 1940 年代和 1950 年代的来临，这一反叛者又很快被现存学术权力当局所同化。不久，新批评似乎就成了文学批评世界中最自然的事物；你确实很难再想象还有任何其他东西曾经存在过。从纳什维尔和田纳西，即这些逃亡者的家乡，到美国东海岸名牌大学的这一艰苦长途跋涉终于完成了。

　　新批评在学院中大受欢迎至少有两个很好的原因。首先，它提供了一种方便的教学方法，以应付数量日益增加的学生。[1] 把一首短诗发给学生们去领悟比开设一门世界伟大小说课当然要省事得多。其次，新批

---

[1] 参见理查德·奥曼（Richard Ohmann）《英国文学在美国》（*English in America*，New York，1976），第四章。

评之视诗为种种冲突态度的微妙平衡以及种种对立冲动的公正调和的观点，对于持有怀疑态度的自由主义知识分子具有深刻的吸引力，因为这些人已被冷战中那些互相冲突的教条搞得不知所措。以新批评的方式读诗就意味着不对任何事情做出任何承诺：诗所教给你的一切就是"不偏不倚"（disinterestedness），即对任何特定事物的冷静的、思辨的、毫无偏手的拒绝。它很少推动你去反对麦卡锡主义或者促进公民权利，却促使你把这类压力仅仅体验为局部的东西，无疑会被它们的互补性对立物在其他某个地方加以和谐的平衡。换言之，它是开给政治惰性的一个处方，因而也是一个让人屈服于政治现状的处方。这种温和的多元主义当然有其限度：用克林斯·布鲁克斯的话来说，诗"把各种态度联合成为一个服从某一总体性的支配态度的等级体系"[1]。多元主义当然是很好的，只要它不侵害等级秩序就行；诗之组织（texture）上的种种不同的偶然当然是可以让人愉快地欣赏的，只要这些东西没有触动它的主导结构就行。种种对立是应该被容忍的，只要它们最终能够融为一片和谐就行。新批评的局限在本质上就是自由民主主义（liberal democracy）的局限：约翰·克罗·兰色姆写道，诗"就好比一个民主国家，它实现国家的种种目的而并不牺牲其公民的个人性格"[2]。要是能够知道南方奴隶对此断言会作何感想，那倒一定会是非常有意思的。

44

　　读者也许已经注意到，在我以上所讨论的最后几位批评家的著作中，"文学"（literature）已经不知不觉地一滑就变成了"诗"（poetry）。新批评家和 I. A. 瑞恰兹几乎只关心诗；T. S. 艾略特虽然涉足于戏剧（drama）但是却没有触及小说（novel），F. R. 利维斯倒是讨论了小说，但他是在"戏剧诗"（dramatic poem）的标题之下考察它们的——这就是说，小说在这里可能被当成了任何东西，但却就是没有被当成小说。其实，绝大多数文学理论都无意识地"突出"某一种特定的文学类型，但却由之而得出某些普遍的看法；追溯文学理论史中的这一过程，找出正在被当作范式（paradigm）的特定文学类型，这一工作一定是非常有

---

[1]　《精致的瓮》（*The Well Wrought Urn*，London，1949），第 189 页。

[2]　《新批评》（*The New Criticism*，Norfolk，Conn.，1941），第 54 页。

意思的。就现代文学理论的情况而言，诗之成为范式更具有特殊意味。因为在所有文学类型中，诗显然是最与历史绝缘的一种：在这里，"敏感性"可以在其最纯粹的、最少受到社会污染的形式之中自由活动。相反，却很难把《商第传》（*Tristram Shandy*）或《战争与和平》（*War and Peace*）视为象征性情感矛盾（symbolic ambivalence）的种种组织严密的结构。然而，即使在诗中，我刚才所评论的那些批评家对可以被简单化地称之为"思想"者也毫无兴趣。艾略特的批评对于文学作品实际所**说**的东西不屑一顾：其注意力几乎完全局限于语言的种种性质、感觉的种种类型，以及意象与经验的种种关系。对于艾略特来说，一部"经典"就是一部源于一个由种种共享信仰所构成的结构的作品，但这些信仰到底是什么却不如它们之被普遍分享这一事实那么重要。对于瑞恰兹来说，分心费神于信仰是文学鉴赏的绝对障碍：我们读诗时所体验到的强烈情感也许确实被**体验**为一个信仰，但这只不过是另一种虚假状态而已。只有利维斯以及他的下述观点逃离了这种形式主义：他认为，一部作品的复杂的形式统一性，及其"在生命 / 生活面前的虔诚的开放性"，都是单一过程的各个方面。然而，他实际上却倾向于将对于诗的"形式"批评与对于小说的"道德"批评加以区分。

我已经提到，新批评有时还包括英国批评家威廉·燕卜荪，但事实上他却可以被更有意思地解读为新批评的主要理论的一个无情反对者。使燕卜荪看起来好像是一个新批评家的是他那挤柠檬式的分析方式，以及那种惊人的、信手拈来的创造力，他即借此以阐明文学意义中的种种极其细微的差别。不过，所有这些都服务于一种老式的自由理性主义（liberal rationalism），一种与艾略特式或布鲁克斯式的象征主义的奥秘性（symbolist esotericism）格格不入的自由理性主义。在他的《七种类型的暧昧》（*Seven Types of Ambiguity*，1930）、《田园诗的若干形式》（*Some Versions of Pastoral*，1935）、《复杂字词的结构》（*The Structure of Complex Words*，1951）以及《弥尔顿的上帝》（*Milton's God*，1961）这些重要著作中，燕卜荪给这种狂热的虔敬兜头浇了一盆极其英国式的常识冷水，这在他那有意平淡的、低调的、轻松口语化的文风中是显而易见的。新批评将文本与理性话语和社会语境分开，燕卜荪则毫无顾忌地坚持将诗作为一种可被合理解释的"普通"语言，即一种与我们通常的说话和行动的方式联系在一起的说话方式，来对待。他是一个面无惭色的"意图主义者"（intentionalist），重视作者可能欲说的任何东西，并且以最公平大方的、最英国化的方式对之进行解释。对于燕卜荪来说，文学作品远不是作为一个密不透光的封闭客体存在的。相反，文学作品是开放的：理解作品必然包括对于文字被社会地使用于其中的总体语境的把握，而不是去简单地追溯内在的语言上的连贯一致的种种类型（patterns of internal verbal coherence）；同时，这类语境始终都可能是不确定的。对比燕卜荪著名的"暧昧"与新批评的"因是因非之言""反讽"和"感情矛盾"是很有趣的。新批评的这些术语意味着两个相反而相成的意义的省事的融合：新批评的诗就是由这些正反对立所组成的整齐结构，不过它们绝不会真正威胁我们对于连贯一致的需要，因为它们总是可以被融为一个封闭的统一体。相反，燕卜荪的"暧昧"却绝不可能被最终固定：它们指示着这样一些地点，在这里诗的语言变得动摇不定、渐趋朦胧，或者做出某些指向自身之外的姿态，从而意味深长地暗示着意义的某些永远不可穷尽的语境。感情矛盾的闭锁性结构把读者关在门外，从而将其化为某种只能去羡慕和欣赏作品的被动，"暧昧"则促使读者积极参与：燕卜荪所定义的"暧昧"是"任何一种无论怎样细微的意义差别，它为对于同一语篇的他种可能反应留有余地"[1]。正是读者的反应帮助"暧昧"的实现，而这一反应所依赖的则远远超出诗本身。对于 I. A. 瑞恰兹和新批评派来说，诗中的一个词的意义完完全全地是"语境性的"（contextual），亦即，它是诗的内在语言组织的一种功能。对于燕卜荪来说，读者必然会把话语的全部社会语境，亦即，那些使理解成为可能的不言而喻的假定，都带给作品，这些假定可能会受到文本的挑战，但文本当然也与这些假定相连。燕卜荪的诗学是自由主义的、社会的和民主的，因而，尽管有其光彩夺目的独特风格，它所求助的主要还是普通读者的可能的共

---

[1] 《七种类型的暧昧》（*Seven Types of Ambiguity*，Harmondsworth，1965），第 1 页。

鸣和期待，而不是专业批评家的技术专制主义的批评方法。

　　就像所有英国式常识一样，燕卜荪的常识也有其严重的局限性。他是一个老派的启蒙主义的理性主义者，他对于正当、合理、普遍人类同情和普遍人性的信仰既很可爱，又很可疑。燕卜荪对于他自己的智力敏感性与单纯的共同人性之间的差距不断地进行自我批判性的探究："田园诗"（Pastoral）被规定为这样一种文学模式，在此之中上述二者可以快乐地共存，尽管某种不安的、反讽的自我意识并非没有感到其间的不和。但是，燕卜荪的反讽，以及他所心爱的田园诗这一形式的反讽，也是一种更深刻的矛盾的征候。它们标志着 1920 年代到 1930 年代中有自由主义倾向的文学知识分子所处的进退维谷之境：他们意识到了现在已经高度专业化的批评智力与对它所研究的那个文学的种种"普遍"成见之间的显著差距。这样一个被困扰的、暧昧的意识，一个感觉到了对诗中之细微意义差别进行辨析与经济大萧条之间的冲突的意识，只有靠一个对"共同理性"的信仰才能解决这些责任问题，而这一"共同理性"其实也许并没有看上去那么共同，却更多几分特殊，一种取决于特定社会的特殊。田园诗并非真是燕卜荪的有机社会：吸引他的是这一形式的松散和失调，是它的贵族与农民、世故者与单纯者的反讽的并列，而不是任何"有活力的统一"。但是田园诗还是给他提供了对于一个迫切的历史问题的某种想象性解决，此问题就是：知识分子与"共同人性"的关系、宽容的理智怀疑主义与压迫性的信仰的关系，以及专业化的批评对于一个危机四伏的社会的用处。

　　燕卜荪认为一部文学作品的意义在某种程度上始终是混乱的，绝不可能被简化为一个终极的解释；在他的"暧昧"与新批评派的"感情矛盾"的对立中，我们发现了我们随后将会探讨的结构主义者与后结构主义者之间的争辩的某种先声。据说燕卜荪对作者意图的关切在某些方面还会使人联想到德国哲学家埃德蒙德·胡塞尔（Edmund Husserl）的著作。[1] 无论这种说法正确与否，它都为我们转向下一章提供了一个方便的过渡。

―――――
[1]　见克里斯托弗·诺里斯（Christopher Norris）《威廉·燕卜荪与文学批评的哲学》（*William Empson and the Philosophy of Literary Criticism*，London，1978），第 99—100 页。

二　现象学、诠释学、接受理论

　　1918 年，毁于一场史无前例的恶战的欧洲躺在废墟之中。紧接着这场巨大的灾难，一股社会革命浪潮席卷了欧洲大陆：1920 年前后爆发了柏林斯巴达克起义和维也纳大罢工，慕尼黑、布达佩斯建立了工人苏维埃，大规模工厂占领运动遍及意大利。这些起义都被狂暴地镇压了，但是战争的屠杀及其引起动荡的政治余波却从根本上动摇了欧洲资本主义社会秩序。这一秩序惯常依赖的种种意识形态及其借以进行统治的种种文化价值标准也陷入一片混乱。科学好像已经衰退为贫乏的实证主义，目光短浅地忙于事实的分类；哲学在这样的实证主义与不堪一击的主观主义之间似乎已经四分五裂；形形色色的相对主义和非理性主义猖獗一时，而艺术则反映着这种茫然无措的状态。正是在这个早于第一次世界大战就已开始的广泛的意识形态危机之中，德国哲学家埃德蒙德·胡塞尔试图发展一种新的哲学方法，一种将把绝对的确定性给予一个分崩离析的文明的哲学方法。胡塞尔后来在他的《欧洲科学的危机》（*The Crisis of the European Sciences*，1935）一书中写到，这是在非理性主义的野蛮与通过一种"绝对自足的精神科学"（absolutely self-sufficient science of spirit）而获得精神再生之间进行的一个选择。

　　像他的哲学前辈勒奈·笛卡儿（René Descartes）一样，胡塞尔以暂时拒绝他所谓的"自然态度"（natural attitude）来开始他对确定性的追寻。所谓"自然态度"是常识性的、普通人的那种信念，即认为客体独立于我们而存在于外部世界，而我们对于它们的知识则是普遍可靠的。这种自然态度仅仅把知识的可能性视为理所当然，然而成问题的恰恰就

48

是这一点。那么，我们**能**弄清和肯定些什么呢？胡塞尔主张，尽管我们无法确信事物的独立存在，我们却可以肯定它们如何直接显现于我们的意识，无论我们正在经验的那一事物是否仅仅是幻觉。客体可以不被视为在其自身中之物（things in themselves），而被视为意识所设定的或所"意指"（intended）的东西。[1] 一切意识都是对于某物的意识：在思维中，我意识到我的思想正在"指向"（pointing towards）某一对象。思想行为与思想对象是内在相联的、相互依存的。我的意识并非只是世界的被动记录，它积极地构造世界或"意指"世界。于是，为了建立确定性，我们首先必须忽略超出我们直接经验的一切，或将其"放入括号"；我们必须把外在世界完全还原为我们的意识内容。这个所谓"现象学还原"（phenomenological reduction）是胡塞尔的第一个重要步骤。每种没有"内在"于意识的东西都要严格排除；一切实在事物都必须按其呈现于我们心中的面貌而作为种种纯粹"现象"（phenomena）来对待，这就是我们可以由之而开始的唯一绝对材料。胡塞尔为他的哲学方法赋予的名称——现象学（phenomenology）——即源于这一坚持。现象学就是关于纯粹现象的科学。

然而，这还不足以解决我们的问题。因为，当我们检查我们心中的内容时，我们所能发现的一切也许只不过是一连串杂乱的现象，一条混沌的意识之流，在此之上我们是很难建立起任何确定性的。然而，胡塞尔所关心的那种"纯粹"现象并不止于偶然的个别的细节。纯粹现象是种种普遍**本质**（essences）所组成的一个系统，因为现象学在想象中改变每一对象，直到发现什么是这个对象的不变成分。呈现给现象学认识的不仅是——例如——有关嫉妒或者红色的经验，而是这些事物的普遍类型或本质，即嫉妒本身或红色本身。完全纯粹地把握任一现象就是把握其中本质性的和不变性的东西。希腊文中的表达类型（type）这个

---

[1] "在其自身中之物"（things in themselves），源于康德的哲学概念，或译为"物自体"或"物自身"。"意指"（to intend）是胡塞尔现象学中的重要概念。"意指"即意之所指，而意之所指始终为物，此即正文中所说之"一切意识都是对于某物的意识"。动词"to intend"的名词为"intentionality"，此在胡塞尔哲学的汉语翻译中经常被译为"意向性"。——译注

意思的词是 *eidos*，胡塞尔由此而称他的方法为：与现象学的还原一起，实现"类型"的抽象（"eidetic" abstraction）。

这一切听起来似乎是难以忍受的抽象和玄虚，而且也确实如此。但现象学的目标其实恰恰与抽象相反：它是要回到具体之上，回到坚实的根据之上，正如它的著名口号"回到事物本身！"所提出的那样。哲学一直过分关心概念而过分忽视实在的材料，因而它一直是在最脆弱的基础上建筑它那头重脚轻、摇摇欲坠的知识体系。现象学，通过抓住我们可以经验地肯定的东西，则可以提供一个使真正可靠的知识得以建立的基础。它能够成为"科学的科学"，即提供一个可以用来研究任何事物的方法，无论此一事物是记忆、火柴盒还是数学。它把自己当作一门关于人类意识的科学，这一意识并非仅仅被设想为特定个人的感觉经验，而是被设想为心灵本身的"深层结构"。与一般科学不同，它探究的不是知识的这一或那一特殊形式，而是首先使任何一种知识成为可能的种种条件。因此，就像它以前的康德哲学一样，它也是一种"先验的"（transcendental）探究方式；先天地具有它的人类主体或个人意识则是"先验的"主体。现象学考察的并不是我看一只特定的兔子时所恰好感到的东西，而是兔子的，以及感知兔子这一活动的，普遍本质。换言之，现象学并不是一种经验主义（empiricism），只关心特定个人的偶然的、零碎的经验；它也不是一种"心理主义"（psychologism），仅仅感兴趣于特定个人的可观察的心理过程。它要揭示意识本身的结构，并且也就在这同一活动中揭示一切现象本身。

显然，即使从对于现象学的这一简短描述来看，现象学也是一种方法论上的唯心主义，因为它力图探索一个被称为"人类意识"的抽象物和一个由种种纯粹的可能性所构成的世界。但是，如果说胡塞尔拒绝了经验主义、心理主义和自然科学的实证主义，他认为自己也正在与康德这类思想家的古典唯心主义进行决裂。康德没有能够解决这一问题：心灵如何才能真正认识外在于心灵的对象？现象学，在其主张在纯粹感知中被给予的东西就是事物的本质之时，希望超越这种怀疑主义。

这与利维斯和有机社会似乎天悬地隔。但果真如此吗？归根结底，向"事物本身"的回归，以及对于种种脱离了"具体"生活的理论的急不可耐的打发，与利维斯的天真的模仿理论——诗的语言即体现现实本身——相去并不太远。在这样一个严重的意识危机的时代，利维斯和胡塞尔都转向具体，转向可凭直觉认识的事物以寻求安慰；而二者的诉诸"事物本身"都包含着彻头彻尾的非理性主义。对于胡塞尔来说，有关现象的知识是绝对确定的，或如他所说，是"具有必然真理的"（apodictic），因为它是直观性的（intuitive）：我之不能怀疑这类事物一如我之不能怀疑脑袋上所受到的尖锐一击。对于利维斯来说，某些类型的语言是"直观地"正确的、有活力的、富有创造性的；而无论他怎样把批评想象为一种合作性的论辩，这一点最终还是不可否认的。

50　而且，对于他们两来说，在把握具体现象的活动中所直观（intuited）到的东西是某种普遍的东西：对于胡塞尔来说是 *edios*，对于利维斯来说是生命／生活。换言之，他们不必越出直接感觉的安全地带去发展一种"全面的"理论；现象已经现成地配备着理论而来。但是这一理论注定是一种权威主义的理论，因为它完完全全地依赖直观（intuition）。对于胡塞尔来说，现象无须受到**解释**，亦即在言之有理的论辩中被以这种或那种方式建构起来。现象，用利维斯的一个关键词来说，就像某些文学判断一样，把自己"不可抗拒地"强加于我们。这样的教条主义——体现在利维斯的整个生涯之中——与对于理性分析的保守轻蔑之间的联系是不难看出的。最后，我们也许还可以注意一下胡塞尔关于意识的"意向"理论是如何提出下述一点的，亦即，"存在"（being）和"意义"（meaning）总是紧密相关的。没有任何对象没有主体，也没有任何主体没有对象。胡塞尔像影响了 T. S. 艾略特的英国哲学家 F. H. 布拉德雷（F. H. Bradley）一样，认为对象与主体正是同一枚硬币的两面。在一个对象显现为异化了的、脱离人的目的的东西，主体则因此而陷入令人焦虑的孤独的社会里，这当然是一个令人感到安慰的学说。心灵和世界得以破镜重圆了——至少是在心灵里。利维斯也一心于弥合主体与对象、"人"与其"自然人类环境"之间的深刻裂痕，而这一裂痕正是"大众"文明的后果。

二　现象学、诠释学、接受理论　｜　061

如果说现象学一方面是保证了一个可知的世界，那么它另一方面则是确立了人类主体的中心地位。的确，它所允诺的其实正是一个关于主体性（subjectivity）本身的科学。世界是我所设定或者所"意指"的东西：它将作为我的意识的相关物而在与我的关系之中被把握，而这一意识则不是会犯错误的经验性的意识，而是先验性的意识。这是那种确有把握的事——认识自己。19 世纪科学的粗蠢的实证主义曾经威胁要从世界中把主体性完全夺走，新康德主义哲学则驯顺地亦步亦趋；自 19 世纪后期以降的欧洲历史进程似乎已将沉重的疑团投向下述这一传统的假定："人"控制自己的命运，人永远是自己世界的创造性中心。现象学对此所做出的反应是恢复先验主体的合法王位。主体应被视为一切意义的来源和开端：主体本身并不是世界的组成部分，因为首先乃是主体使世界存在。在这一意义上，现象学重温了经典的资产阶级意识形态的旧梦。因为这样的意识形态原来就以下述信念为轴心："人"先于他的历史和种种社会条件，它们从他涌流出来一如水从泉中喷射出来。这个"人"在一开始是如何得以存在的——他是否既是社会条件的创造者但也是社会条件的产物——这样的问题却没有得到严肃的思考。于是，通过把主体重新确定为世界的中心，现象学为一个严重的历史问题提供了一个想象的解决。

在文学批评领域中，现象学对俄国形式主义有一定影响。正如胡塞尔"括起了"（bracketed off）实在的对象以便去注意认识对象的活动一样，对于形式主义者来说，诗也"括起了"实在的对象，从而把注意力集中于感知对象的方式。[1] 不过，现象学对于文学批评的主要影响表现在所谓日内瓦批评学派身上。这一学派在 1940 年代和 1950 年代非常活跃，其主要代表人物有比利时的乔治·普莱（Georges Poulet）、瑞士批评家让·斯塔罗宾斯基（Jean Starobinski）和让·卢塞（Jean Rousset），以及法国人让－皮埃尔·理查德（Jean-Pierrre Richard）。苏黎世大学的德语教授艾米尔·斯太格（Emil Staiger）和美国批评家希利斯·米勒（J.

51

———————
[1]　然而，这里有所不同：由于胡塞尔希望分离出"纯"符号，所以他"括起了"符号的声音和书写特征，形式主义者的注意力却仅仅集中在符号的物质性上。

Hillis Miller）的早期著作也与这一学派有关。

现象学批评是运用现象学方法于文学作品的一个尝试。一如胡塞尔之"括起"实在对象，在现象学批评中，文学作品中的实际历史语境，它的作者、创作条件和读者也都被置之不顾；相反，现象学批评的目标在于对文本进行全然"内在"的阅读，一种根本不受任何外在之物影响的阅读。文本自身被还原为作者意识的纯粹体现；它的风格方面和语义方面的一切都被作为一个复杂总体的有机部分而把握，而这一总体的起统一作用的本质就是作者的心灵。为了认识这一心灵，我们不能涉及我们有关作者的任何实际知识——传记批评是被禁止的——而只能涉及他或她的意识在作品本身中所显现出来的那些方面。而且，我们所关心的是这一心灵的种种"深层结构"，它们可以在反复出现的各种主题和各种意象模式中被发现；而把握这些我们就是在把握作者"体验"（lived）他的世界的方式，以及作为主体的他与作为对象的世界之间的种种现象学关系。一部文学作品的"世界"不是一个客观现实，而是德语所谓的 *Lebenswell*，亦即那个被个别主体实际上组织起来和经验到的现实。现象学批评尤其会把注意力集中于一个作者体验时间或空间的方式、自我与他人的关系，或他对种种物质对象的感知。换言之，对于现象学批评来说，胡塞尔哲学对方法问题的关心经常就成为文学的"内容"。

为了掌握这些先验结构，为了渗入作者意识的内部，现象学批评力

52　求达到完全的客观和中立。它必须清除自己的偏见，移情地投入作品的"世界"，尽量准确和公正地复制出它在此中所发现的一切。如果它在对付一首基督教的诗，那么它并不想对这种特定的世界观进行价值判断，却欲去证明作者"体验"它时会有何感受。换言之，现象学批评完全是一种非批判性的、非评价性的分析模式。批评并没有被视为一种建构，一种对于作品的积极解释，其中必然包含着批评家个人的兴趣和倾向；批评不过是对文本的消极接受，是对文本的种种精神本质的纯粹转录。现象学批评假定一部文学作品构成一个有机整体，一位特定作者的全部作品亦然，这样现象学批评就能够在年代全然无关、主题极不相同的各种作品之间自信地运动，坚定地追寻着种种统一。现象学批评是一种唯

心主义的、本质主义的、反历史的、形式主义的和有机主义的批评，是整个现代文学理论的种种盲点、偏见和局限的纯净蒸馏。但现象学批评中最令人印象深刻的、最值得注意的事实是，它成功地生产出了一些具有相当洞见的个别批评研究成果（不仅仅是普莱、理查德和斯塔罗宾斯基的那些批评著作）。

对于现象学批评来说，一部文学作品的语言不过是其种种内在意义的"表达"（expression）。这种把语言或多或少地当成二手东西的看法可以追溯到胡塞尔本人。因为胡塞尔现象学中确实没有为语言本身留下多少地方。胡塞尔谈论纯粹是个人性的或内在的经验领域，但这样一个领域其实只是一种虚构，因为一切经验都包含语言，而语言必然是社会性的。声称我正在拥有一个完全是个人性的经验是没有意义的：我是不会拥有什么经验的，除非经验在以某种语言的形式发生，而我在这一语言中可以确认它。对于胡塞尔来说，为我的经验提供意义性的不是语言，而是那个将种种特殊现象认识为种种普遍者的活动，一个被认为是独立于语言而发生的活动。换言之，对于胡塞尔来说，意义先于语言：语言不过是为我不知怎么就已经占有了的种种意义命名的次要活动。我如何能不先拥有语言就先占有种种意义？——这是胡塞尔的体系所无力回答的一个问题。

20世纪的"语言学革命"——从索绪尔和维特根斯坦（Wittgenstein）直到当代文学理论——的标志即在于承认，意义不仅是某种被在语言中"表达"或者"反映"出来的东西：意义其实是被语言**生产**出来的。我们并不是先有意义或经验，然后再着手为之穿上语词；我们能够拥有意义和经验仅仅是因为我们拥有一种语言以容纳它们。而且，这就意味 53 着，我们作为个人而拥有的经验归根结底是社会性的；因为根本不可能有私人语言（a private language）这种东西，而想象一种语言就是想象整个一种社会生活。相比之下，现象学却希望保持某些"纯粹的"内在经验不受语言的社会感染，或希望把语言仅仅视为一个方便的系统，用以"固定"独立于语言而形成的种种意义。在一句泄露天机的话中，胡塞尔把语言描写为"与在其充分的清晰性中被看到的事物保持完全的一致"。[1] 但是，如果没有一个可任人支配的语言中的种种概念资源，人又怎么能够真正看清某一事物？意识到语言对自己的理论提出了一个严重的问题，胡塞尔试图摆脱这一困境，其做法是设想某种语言，它将会纯然是意识的表现——它将不会有任何下述负担，即在说话时需要表示那些外在于我们心灵的意义。这一尝试是注定要失败的：唯一可以想象到的这种语言将会是纯然孤独的、内在的言语（utterances），它们将不会表达任何东西。[2]

完全没有受到外在世界污染的、不具有意义的孤独言语（a meaningless solitary utterance）这样一个观念是现象学本身的一个特别合适的形象。尽管现象学声称自己已经从传统哲学的利爪中救出了人类活动和经验的"生活世界"（living world），它还是作为一个没有世界的头脑而开始和告终的。它允诺为人类知识提供一个坚实的基础，但却必须为此付出重大代价：牺牲人类历史本身。因为人类的种种意义在非常深刻的意义上当然是历史性的：意义并不是一个去直观一头洋葱的普遍本质是什么的问题，而是一个社会个人之间不断变化着的实际往来的问题。尽管现象学把注意力集中于那个被实际地经验着的现实，那个作为 Lebenswelt（生活世界）而不是作为惰性事实的现实，它对这个世界的态度依然是沉思冥想式的和非历史性的。现象学力图通过退缩到一个有永恒的确定性等在那里的思辨领域之中而消除现代历史的梦魇；就这样，在它那孤独的、异化了的沉思之中，它成了它想要克服的这一危机的一个征候。

对于意义之有历史性的承认是导致胡塞尔最著名的学生，德国哲学家马丁·海德格尔（Martin Heidegger），与胡塞尔思想体系决裂者。胡塞尔是从先验主体开始的，海德格尔则拒绝了这一出发点，而从对人之生存（existence）的不可压缩的"被给定性"（givenness），即他所谓的 Dasein（此在），出发。正是由于这一原因，他的著作经常被相对于

---

[1] 《现象学的观念》（*The Idea of Phenomenology*，The Hague，1964），第 31 页。

[2] 见雅克·德里达（Jacques Derrida）《声音与现象》（*Speech and Phenomena*，Evanston，IL.，1973）。

他老师的无情的"本质主义"（essentialism）而被描述为"存在主义的" 54
（existentialist）。从胡塞尔转向海德格尔就是从纯粹理智的领域转向这样
一种哲学，一种沉思活着是如何被感受的哲学。英国哲学通常谦虚地
满足于探究种种允诺行为或者对比短语"nothing matters"（什么都不要
紧）与"nothing chatters"（什么都不嘀啾）的语法，[1] 海德格尔的主要
著作《存在与时间》（*Being and Time*，1927）则让自己直接针对有关存
在（being）本身——尤其是人的特定存在方式——的问题。此种存在，
海德格尔论证说，首先总是"存在于在世界之中"（being-in-the-world）：
我们之所以是主体仅仅是因为我们与他人和物质世界实际上密不可分地
联在一起，这些关系对于我们的生活是构成性的，而不只是偶然的。世
界并不是一个"在那里"而有待于理性分析的对象，一个与沉思的主体
相对立的对象：它从来不是我们能够从其中走出而与之相对者。我们是
从这样一个现实之内作为主体而出现的：它从不可能充分地对象化，它
同时包括"主体"与"对象"双方，它的意义不可穷尽，它构成着我们
一如我们构成着它。这个世界不是某种可以按照胡塞尔的方式分解为种
种内心意象（mental images）之物：它有着它自己的野蛮专横的、不受
约束的本性（being），它抗拒着我们的种种计划，而我们则仅仅作为它
的一部分而存在。胡塞尔之将先验自我（the transcendental ego）扶上王
位不过是理性主义启蒙哲学的最后阶段；对于这种哲学来说，是"人"
把自己的形象专横地印在世界之上。相反，海德格尔将部分地把人从这
一想象的统治地位上移开。人的生存是与世界的对话，其更为恭敬的行
为不是去说而是去听。人的知识总是开始于并且活动在海德格尔所谓
"成见"（pre-understanding）之内。我们在开始有系统地思想以前已经分
享了一大堆互相心照不宣的假定，这些假定是我们从自己与世界的实际

————————

[1]　这两个短语形式上非常相似，而且还互相押韵，但却分属于极其不同的意义领域。
前者是很日常的说法，后者则具有某种诗意或文学性，需要读者想象出某种上下文来使其有某
种意思。我将后一短语勉强译为"什么都不嘀啾"。"Chatter"本为象声词，指猴子和某些鸟类
的叫声，又用以指人之模糊不清的唠叨或喋喋不休。但既然这里说的是"nothing"，"无物"，而
不是"无人"，所以不以"唠叨"或"喋喋不休"而以"嘀啾"译之。——译注

密切联系中零星采集来的，而科学或理论则不过是这些具体关切的部分抽象，正如地图是真实地形的抽象一样。理解首先不是某种可以被孤立起来的"认识"，即不是我之某种特定行为，而是人的生存结构的组成部分。我之过着人的生活只是因为我不断地向前"投射"（projecting）自己，不断地认识到和实现着存在的种种新的可能性；这也就是说，我从来也不与自己完全同一，我总是一个已被抛到我自己之前的存在。我的生存从来都不是我可以作为已经完成的对象而加以把握的东西，它始终是新的可能性，始终是悬而未决；而这就等于说，人（human being）是由历史或时间构成的。时间并不是我们就像瓶子在河里漂浮一样而活动于其中的媒介：时间就是人生本身的结构，时间在成为我所计量的某种东西以前乃是某种做成我的东西。于是，理解，在其成为对任何特定事物的理解以前，是 Dasein（此在）的一个层面，是我的不断自我超越（self-transcendence）的内在动力。理解从根本上就是历史性的，它始终被卷入我所置身的具体境况，而我又一直在力图超越这些具体境况。

如果人的生存是由时间构成的，那么它也同样是由语言构成的。语言在海德格尔看来并非仅仅是交流工具，某种表达"观念"的第二性手段：语言就是人生在其中活动的层面，是语言首先把世界带入存在。完全就人而言，仅仅在有语言的地方才有"世界"。海德格尔主要并不是从你或我可能说什么的角度来思考语言的：语言有一个自己的存在，人则前来分享这一存在，而仅仅由于分享语言人才成其为人。语言作为个人在其中展开自己的领域总是先于个别主体而存在；而说语言包含着"真实"(truth)则主要并不是说语言是用以交流准确信息的工具，而是说它是一个现实在此"揭示"(un-conceals)自己，并把自己交给我们去沉思的地方。从语言之被认为一个具有准客体性（quasi-objective）的事件并先于所有特定个人这一意义上说，海德格尔的思想与结构主义的理论极为相似。

因而，居于海德格尔思想中心的不是个别主体而是存在本身。西方形而上学传统的错误在于将存在视为某种客观实体（objective entity），并将之与主体截然一刀两断；海德格尔则力图回到苏格拉底以前的思想，回到主体与对象的二元论尚未展开的那个时候，并将存在视为已经同时包含了主体与对象二者之物。这一富有启发性的洞见的结果却是——尤其是在他的晚期著作中—— 一个在存在的秘密之前的卑躬屈膝。为了能够谦恭地聆听——照一位英国评论者的尖刻说法，这种聆听带有一个"被惊呆了的农民"（stupefied peasant）的全部特征——星体、天空和森林，就必须拒绝启蒙理性对待自然的那种无情的、统治性的、视其为工具的态度。人必须通过把自己完全交给存在而为存在"开路"：他必须转向大地，这位永不疲倦的母亲，一切意义的初源。海德格尔，这位德国西南部黑森地区的哲学家，也是"有机社会"的又一个浪漫主义倡导者，尽管在他这里这一学说的后果比在利维斯那里将更为危险。对农民的崇扬、为了自发的"成见"而对理性的贬低、对聪明的被动性的赞美——所有这一切，再加上海德格尔的下述信念："本真的"向死存在（"authentic"existence-towards-death）优于毫无个性的大众生命，致使他在1933年成为希特勒的公开支持者。这一支持本身并没有持续很久，但它却内在于这一哲学本身之中。

56

这一哲学的可贵之处之一在于，它坚持理论知识始终是在一个实际社会利害关系的语境中出现的。非常有意义的是，海德格尔的可知客体的范例是工具：我们并非沉思冥想地认识世界，而是将世界理解为一个由种种互相联系在一起的事物组成的系统，就像一把锤子，它们是"在手边"（to hand）的，亦即是某一实践计划的要素。知（knowing）与行（doing）紧密相连。但这种农民式的实践性的另一面却是某种沉思冥想性的神秘主义：当锤子损坏时，当我们不再认为它理所当然就应该可用时，它的熟悉性就被剥除了，于是它就把自己的本真存在（authentic being）交给了我们。一把损坏了的锤子比一把没有损坏的锤子更是一把锤子。海德格尔与形式主义者都相信艺术就是这样一种陌生化（defamiliarization）：当凡·高（van Gogh）向我们展示一双农民的鞋时，他把它们从日常环境中疏离出来，从而让它们那非常本真的鞋性闪现出来。的确，对于晚年的海德格尔来说，仅仅在艺术中，这类现象学的真理才能显露自己，这正如文学对利维斯来说乃是前来代替一种据说现代社会已经丧失掉的存在方式一样。艺术，像语言一样，不应被视为个别主体的表现，主体只是世界的真相在其中讲述自己的场所或媒介，而一首诗的读者所必须注意**聆听**的也正是这一真相。对于海德格尔来说，文学解释并不基于人的活动：它首先并不是某种我们所做的事，而是某种我们必须使之发生的事。我们必须向作品被动地开放自己，使自己屈从于文本那神秘的不可穷尽的存在，让自己接受它的质问。换言之，我们在艺术面前的姿态必须具有某种奴性，就是海德格尔提倡的德国人民在元首面前应有的那种奴性。看来，资产阶级工业社会的专横理性的唯一代替品就是奴颜婢膝的自我克制了。

我已谈到，对于海德格尔来说，理解完全是历史性的，但这一说法现在却需要加以某些限定。海德格尔的主要著作的标题是《存在与时间》而非《存在与历史》，而这两个概念之间是存在着重要的区别的。"时间"在某种意义上是一个比历史更为抽象的概念：它使人联想到的是岁月的流逝或者我体验我个人生活形态的方式，而不是民族之间的斗争、民众的养育与杀戮，或国家的建立与推翻。"时间"对于海德格尔来说本质上仍是一个形而上学的范畴，而"历史"对于其他一些思想家来说却不是。历史来自我们实际之所做，而这就是我现在所理解的"历史"。但这种具体的历史与海德格尔几乎全然无关：尽管他确实区别了 *Historie*，大致意为"所发生者"（what happens）和 *Geschichte*，这是被体验为具有本真性意义的"所发生者"。当我接受我对于自己的存在的责任，抓住自己的种种未来的可能性，生活在对自己的未来死亡的持续意识之中时，我自己的个人历史是本真地有意义的。这种看法的是非姑且不论，但这似乎与我怎样"历史地"生活并没有任何直接关联——就"历史地"意味着我与种种特定个人、种种实际社会关系和种种具体制度之密不可分而言。所有这些从海德格尔的深奥晦涩的文章这一奥林匹斯高山上看下来都是微不足道的。对于海德格尔来说，"真正的"历史是一个内向的、"本真的"或"存在的"（existential）历史：对于恐惧和虚无的支配，面向死亡的决心，我的种种力量的"聚集"。这个历史其实是在作为种种更普通更实际的意义上的历史的替代物而活动的。正如匈牙利批评家乔治·卢卡契（Georg Lukács）所指出的，海德格尔的著名的"历史性"(historicity) 其实是无法真正区别于非历史性 (ahistoricity) 的。

因而,海德格尔最终未能通过历史化而推翻胡塞尔和西方形而上学传统的静态永恒真理。他所做的一切其实只是建立起来了一种不同的形而上学实体——*Dasein*(此在)本身。他的作品既代表着与历史的遭遇,也代表着对历史的逃避;同样的说法也适用于他与之调过情的法西斯主义。法西斯主义是垄断资本主义企图消除种种已经变得无法忍受的矛盾的一个绝望的最后尝试,而它的做法则部分地是提供一个完全不同的历史,一个关于鲜血、泥土、"本真的"种族、死亡的庄严和自我克制,以及将会延续千年的德意志帝国的叙事。这并不是要说,海德格尔的哲学总的来说只不过是法西斯主义的理论基础;而是**要**说,海德格尔为现代历史的危机提供了某种想象的解决,就像法西斯主义也为之提供了某种想象的解决一样,而且二者分享了很多共同的特征。

海德格尔把他的哲学事业称为"存在的诠释"(hermeneutic of Being);"诠释"一词意味着一个关于解释(interpretation)的科学或艺术。海德格尔的哲学通常被称为"诠释现象学"(hermeneutical phenomenology),以区别于胡塞尔及其追随者的"先验现象学"(transcendental phenomenology);它之被称为"诠释现象学"是因为,它将自己基于种种有关历史解释的问题而非先验意识。[1]"诠释学"(hermeneutics)一词起初仅用于《圣经》的解释;但在 19 世纪期间它扩大了自己的范围,把整个有关文本解释的问题都包括进来了。海德格尔最著名的两位作为"诠释学者"的前辈是德国思想家施莱尔马赫(Schleiermacher)与狄尔泰(Dilthey);他最为人称道的后继者是现代德国哲学家汉斯乔治 - 伽达默尔(Hans-Georg Gadamer)。与伽达默尔的主要研究著作《真理与方法》(*Truth and Method*,1960)一起,我们就是处在那些从未停止过折磨现

---

[1] 见理查德·E. 帕尔默(Richard E. Palmer)《诠释学》(*Hermeneutics*,Evanston, IL., 1969)。诠释现象学传统中的其他著作有让 - 保罗·萨特(Jean-Paul Sartre)的《存在与虚无》(*Being and Nothingness*,New York, 1956)、莫里斯·梅洛 - 庞蒂(Maurice Merleau-Ponty)的《知觉现象学》(*Phenomenology of Perception*,London, 1962),以及保罗·利科(Paul Ricoeur)的《弗洛伊德与哲学》(*Freud and Philosophy*,New Haven、Conn. and London,1970)与《诠释学与人文科学》(*Hermeneutics and the Human Sciences*,Cambridge,1981)。

代文学理论的种种问题之中。一个文学文本的意义是什么？作者的意图
（intention）与这一意义究竟在多大程度上相关？我们能够希望理解那些
在文化上与历史上对我们都很陌生的作品吗？"客观的"理解是否可能？
还是一切理解都与我们自己的历史处境相联？我们将会看到，在这些问
题中，有待解决的远远不止一个"文学解释"。

对于胡塞尔来说，意义是"意向性的客体"（intentional object）。他
用这个词说明意义既不能被归结为说者或听者的心理活动，也并非完全
独立于这些心理过程。意义并不在一张扶手椅是客体性的这一意义上是
客体性的，但它也并不单单是主体性的。就其能够以很多不同的方式被
表达而始终保持为同一意义而言，意义是一种"理想的"（ideal）客体。
根据这种看法，一部文学作品的意义是永远确定的：它与作者写作时心
中所有的或所意指的任何"内心客体"（mental object）同一。

这其实就是美国诠释学家赫什（E. D. Hirsch Jr.）所采取的立场。他
的主要著作《解释的有效性》（Validity in Interpretation，1967）在很大程
度上得益于胡塞尔现象学。但赫什并不因此而认为，既然一部作品的意
义与作者写作时所意谓的东西相一致，因此文本就只能有一种解释。可
以有多种不同的有效解释，但是它们全都必须在作者的意义所允许的
"种种典型的期待与可能性这一系统"（a system of typical expectations and
probabilities）之内活动。赫什也不否认，一部文学作品对于不同时代的不
同人们可能"意味"着不同的东西。但他主张，这更恰当地说乃是一部
作品的"会解"（significances）问题，而非其"意义"（meaning）问题。[1]
我也许能以某种方式导演《麦克白斯》（Macbeth），从而使之与核战争

---

[1] "Significance"有几个意思：一、重要，值得注意；二、隐藏的意义或真正的意义；
三、有某种意义、意义性。赫什主要是相对于"meaning"（意义）而使用这个词的。此处姑译
为"会解"。会解（significance）与意义（meaning）的区别也许可以被表述为"读者意义"与"作
者意义"的区别。在赫什看来，读者意义当然需要在作者意义所规定的范围内活动，否则对一
部作品的理解就不是对"这一作者"的"这一部"作品的理解了。但是在作者意义中似乎有其
明亮之区与晦暗之区，亦即有其为作者本人自觉而明确之点，但亦有其对不为作者本人自觉并
因而晦暗之点。读者的阅读可能会照亮这些晦暗之点，并得出其实并未真正超出作者意义之范
围的所谓读者意义。——译注

相关，但这一事实却并不改变下述事实，即从莎士比亚自己的观点来看，这并不是《麦克白斯》所"意谓"的。会解在历史中变化，意义却经久不变；作者放进种种意义，读者则决定种种会解。

在将文本的意义与作者所意谓的东西等同起来的时候，赫什并不认为我们始终都能接近作者的各种意图。他或她也许去世已久，或者已经把自己的意图忘得一干二净。由此看来，我们有时也许会撞上一个对于文本的"正确"解释，但却绝对无法知道这一点。但这并不令赫什过分担心，只要他的基本立场——文学的意义是绝对的和永恒的，是能够完全抵抗历史变化的——可以维持下去。而赫什能够维持这一立场则基本上是因为，他的意义理论像胡塞尔的一样，是前语言学的。意义是某种作者所**意欲**（wills）的东西：它是一个幽灵似的、没有词语参与进去的内心活动，一种随后才在一套特定的物质性记号之内被永远"固定"下来的活动。它是意识的事，而非语言的事。这样一种无语的意识之究竟存在于什么之中并没有得到清楚的交代。也许本书读者愿意在这里试验一下：请从这本书上抬起头来待上片刻，并在你的头脑中默默地"意谓"某种东西。你"意谓"了什么了？它是否与你刚刚用以形成你的反应的那些词语不同？相信意义乃是由词语加一个无语的意欲（willing）或意向（intending）行为所组成就很像是相信，每次我"特意"开门时，我在开它时都进行了一次沉默的意欲行动。

试图确定一个人头脑中所正在进行者，并主张这就是一篇书写的意义，这种做法显然是有问题的。首先，在写作时，一个作者头脑中可能思绪纷然，浮想联翩。赫什倒是承认这一点，但他认为这些东西不会与"文字意义"（verbal meaning）混淆起来；然而，为了维持自己的理论，他却被迫把作者所可能意谓者大幅度地压缩为他所谓的种种意义"类型"，即一些容易对付的意义范畴，一些可以让批评家将一个文本窄化进去、简化进去和筛选进去的范畴。这样，我们对一个文本的兴趣就只能是对于这些宽泛的意义类型的兴趣，而所有的特殊性则均从其中被小心地放逐出去了。批评家必须尽力重构出被赫什称之为作品的"内在文类"（intrinsic genre）的东西，赫什用这个术语大致指在写作时可能支

59

配了作者意义的种种普遍成规和种种认识方式。我们所能得到的大概就不会比这更多了：想要**准确地**恢复莎士比亚用"cream-fa'd loon"所表达的意义无疑是不可能的，所以我们只好满足于确定他一般可能会想到的东西。[1]一部作品的所有特殊细节都被假定为是受这类一般原则支配的。这对文学作品的细节、复杂性和冲突性是否公道，那就是另一问题了。为了保证一部作品的意义永远安全，使其免遭历史的蹂躏，批评必须提防作品中那些可能会违法乱纪的细节，并把它们用"典型"意义的围栏圈起来。这种对待文本的态度是权威主义的和审判式的：任何赶不进"可能的作者意义"的围栏中去的东西都被粗暴地开除掉了，留在围栏里的一切则严格地隶属于一个单独的控制一切的意图。神圣经典的不变意义被保存了；至于人们用它干什么，以及人们怎么用它，却仅仅成了一个有关"会解"的次要问题。

这一提防的目的完全是要保护私人财产。对于赫什来说，作者的意义是作者自己的，因而不应受到读者的偷窃或侵入。文本的意义不应该被社会化，不应被变为其形形色色的读者的公有财产；它完全属于作者自己，就是作者死后也应该有支配这一财产的唯一权利。有趣的是，赫什却退而承认自己的观点实际上是相当武断的。在文本自身的本性中并没有什么东西强迫读者必须按照作者的意义解释作品；问题仅仅在于，如果我们不愿意尊重作者意义，我们就没有任何解释"标准"，从而要冒为批评的完全混乱大开闸门的危险。这就是说，赫什的理论就像绝大多数集权主义政体一样，根本无力合理地证明自己的种种主导价值标准。从原则上说，毫无理由可以表明，为什么作者的意义就比头发最短或脚丫最大的批评家们所提供的解读更为可取。赫什对作者意义的捍卫类似于人们对土地所有权的捍卫，这种捍卫始于追溯若干世纪以来的法律继承过程而终于承认，如果充分追溯这一过程的话，那么这些所有权

---

[1]　因为"Cream-fac'd loon"中的"loon"一词在英语中有好几个意思：蠢笨的人、疯狂的人，在苏格兰英语中它可以是男孩子或妓女，在古英语中它意味着下层人或流氓，最后，它还是一种吃鱼而叫声奇怪的鸟。"Cream-fac'd" = "Cream-faced"，形容的是奶油色（乳白色、淡黄色）的面容。——译注

都是与别人争夺而得来的。

即便批评家能够接近作者的意图，这就会使文学文本安全地建立在一个明确的意义之上吗？如果我们要求一个对于作者的种种意图的意义的解释，然后又要求一个对这一解释本身的解释，并如此类推，那又该怎么办呢？作者的意义只有像被赫什认为的那样是一些纯粹的、坚固的、"自我同一"的事实，能够无可怀疑地用以维系作品的时候，安全在这里才有保障。但是，这样来看待任何一种意义的方式都是十分可疑的。意义们不像赫什所设想的那么稳定和明确，即便作者的意义也是一样。它们所以不然的理由是——尽管他不会承认——意义是语言的产物，而语言则总是有些让人捉摸不定的地方。要想知道什么可以叫作拥有一个"纯粹"意图或表达一个"纯粹"意义是很困难的；仅仅是由于赫什把意义跟语言分开，他才能信赖这样一些怪物。作者的意图本身就是一个复杂的"文本"，它就像任何其他文本一样，可以加以争辩、翻译和各种不同的解释。赫什对于"意义"和"会解"的区分在一定的意义上显然是合理的。莎士比亚不太可能认为自己是在描写核战争。当格特鲁德（Gertrude）把哈姆雷特描写为"肥胖"（fat）的时候，她大概也并不是要说他体重超重（overweight），就像现代读者可能倾向于以为的那样。[1] 但赫什的区分所具有的绝对性肯定是不成立的。截然区分"文本所意谓的"与"文本对我所意谓的"是根本不可能的。我对于《麦克白斯》在它的时代的文化环境中的可能意义的解释仍然是**我的**解释，这一解释必然受到我自己的语言和文化参考框架的影响。我绝不可能用我的鞋带把自己从这一切中提起来，从而以某种绝对客观的方式来了解莎

---

[1]　作者此处指的是莎士比亚《哈姆雷特》第五幕第二场中王后格特鲁德看哈姆雷特与雷欧提斯比剑时对现任丈夫说的话："他身体太胖，有些喘不过气来。来，哈姆雷特，把我的手巾拿去，揩干你额头上的汗。王后为你饮下这一杯酒，祝你的胜利了，哈姆雷特。"（莎士比亚：《莎士比亚全集》，朱生豪等译，北京：人民文学出版社，1994 年，第 418 页。此段原文为：He's fat, and scant of breath. Here, Hamlet, take my napkin, rub thy brows; The queen carouses to thy fortune, Hamlet.）格特鲁德是哈姆雷特的母亲，死去的丹麦国王的妻子。国王之弟诱惑了格特鲁德，谋杀了自己的兄长，篡夺了王位，并娶兄嫂为妻。在莎士比亚的时代，说人胖并不是说人可能患有肥胖病。后者是一个现代概念。——译注

士比亚心中实际所想的是什么。任何一种有关这样的绝对客观性的观念都是幻想。赫什自己并不寻求这种绝对确定性，主要是因为他知道自己是无法得到它的：他必须使自己满足于对作者的"可能的"（probable）意图的重构。但他并没有去注意到，从某些方面来说，这类重构只能在他自己的那些被历史地制约着的意义和认识框架之内进行。而这样的"历史主义"却恰恰成为他所进行的论战的鹄的。于是，就像胡塞尔一样，赫什也提出了一种知识形式，它没有时间性而且崇高地公正无私。但他自己的著作之远非公正无私——他只相信自己是在保卫文学作品的永恒意义免遭某些当代意识形态的侵害——这一情况却是会使我们带着怀疑的目光来观察这类主张的一个因素。

　　赫什眼中牢牢盯住的靶子是海德格尔、伽达默尔及其他人的诠释学。对他来说，这些思想家关于意义始终是历史性的这一坚持打开了通向完全相对主义的大门。根据这种相对主义的论点，一部文学作品能在星期一意味着一种东西，而在星期五意味着另一种东西。推想一下为什么赫什会发现这种可能性如此可怕，那会是很有趣的；为了止住相对主义的胡说，他回到胡塞尔并且辩称，意义是不会改变的，因为意义始终是个人在特定时刻的意向活动。从某种显而易见的意义上说，这是错误的。如果我在某种情况下对你说"Close the door！"（关门）而当你已经关上门时，却不耐烦加上一句，"I meant of course open the window"（我说的当然是开窗户），那你就完全有权指出，无论我打算让它们意味着什么，英语"Close the door！"所意味的都只是它们所意味的。这不是说人们不能设想出某些上下文来，在其中"Close the door"（关门）意味着某种与其通常意义全然不同的东西：它可以是一种隐喻性地表达"不再进一步谈判"的方式。这句话的意义，就像任何其他语句一样，绝不是永远固定的：如果不乏机智的话，一个人能够想出各种上下文，在其中这句话可以意味着无数不同的东西。但是，假使一阵大风正在穿堂而过，而我又只穿着一件游泳衣，那么这句话的意思在其具体境况中可能是很清楚的；而除非我发生了口误或某种无法解释的一时疏忽，不然即便我声称我的意思"真"是"开窗户"也无济于事。显而易见，这表明我的话的意义并不是由我的私人意图决定的——我不可能在其中想让我的话意味什么就意味什么，就像《爱丽丝》(Alice)中的汉普提－当普提(Humpty-Dumpty)误以为他可以做到的那样。语言的意义是一个社会性的问题。在某种非常真实的意义上，语言在属于我以前就属于我的社会。

　　而这就是海德格尔所理解的，也是伽达默尔在《真理与方法》中所继续加以完善的。对于伽达默尔来说，一部文学作品的意义从未被其作者的意图所穷尽；当一部文学作品从一个文化和历史语境传到另一文化历史语境时，人们可能会从作品中抽出新的意义，而这些意义也许从未被其作者或其同时代的读者预见到。赫什在一定意义上是会承认这一点的，但他把它贬入"会解"的领域；而对于伽达默尔来说，这种不稳定性却是作品自身的特性之一。所有解释都是取决于具体境况的，是由特定文化的那些具有历史相对性的标准所形成并受其制约的；没有什么可能去"如其所是"(as it is)地认识文学文本。赫什发现正是海德格尔诠释学中的此种怀疑主义最令人沮丧，并且对之发起了退却之中的抵抗。

　　对于伽达默尔来说，对一部过去作品的所有解释都存在于过去与现在的对话之中。面对这样一部作品，我们带着海德格尔式的智慧的被动性去聆听它陌生的声音，让它质疑我们现在的种种关切；反之，作品对我们"说"什么也取决于我们能从自己的历史制高点而向它提出的那些问题。作品对我们说的也将取决于我们能否重构出作品本身即为其"答案"的那个"问题"，因为作品也是一个与它自己的历史的对话。一切理解都是**生产性**的：理解总是"别有所解"(understanding otherwise)，亦即去实现文本中新的可能性，去使其变得不同。现在只有经由过去才可理解，它与过去一起形成一个有生命的连续；过去则总是通过我们自己的在现在之中的片面观点被把握的。当我们自己的种种历史意义和假定的"视域"(horizon)与作品置身于其中的"视域"相"融合"时，理解这一事件就发生了。我们就在这样的时刻进入艺术作品的生疏世界，但同时也将其带进我们自己的领域，从而达到对于我们自己的更加

62

全面的理解。伽达默尔说，这样我们就是"回家"而不是"离家"。

很难看出，为什么赫什会发现所有这些都令人如此不安。相反，这一切似乎全都是过分地四平八稳。伽达默尔可以把自己和文学同样地交付于历史之风，因为这些飘零的落叶终将归根——而它们之终将归根是因为，在整个历史之下，沉默地纵贯着过去、现在和未来的是一个起着统一作用的本质即"传统"。也像 T. S. 艾略特的看法一样，一切"有效"作品都属于这一传统，一个既通过我所正在沉思的过去作品而发言，也通过正在进行"有效"沉思活动的我而发言的传统。过去与现在、主体与客体、生疏与熟识就这样被一个包括着双方的存在（Being）安全地配合在一起。伽达默尔并不担心我们那些隐含着的文化上的既成观念（preconception）或"成见"（pre-understanding）会对过去文学作品的接受造成不利影响，因为这些"成见"来自传统本身，而文学作品又是传统的一个组成部分。偏见（prejudice）是积极因素而不是消极因素：是启蒙运动，以其对于完全无私的知识的梦想，导致了现代这种"反对偏见的偏见"（prejudice against prejudice）。创造性的偏见，作为与短暂的和歪曲性的偏见相对立者，是那些来自传统并且使我们联系于传统的偏见。传统本身的权威，加上我们自己的努力自我反思，将决定我们的种种既成观念哪些合法哪些不合法——这就像我们自己与过去作品之间的历史距离不仅没有为真正的理解造成障碍，反而通过除去作品中所有仅仅暂时性的会解而实际帮助了真正的理解一样。

我们也很可以问一问伽达默尔，他心目中的"传统"到底是谁的和什么"传统"。因为他的理论仅仅依赖于这样一个庞大的假定：确实存在着单个的"主流"传统；一切"有效"作品都加入这一传统；历史形成一个没有决定性的断裂、冲突和矛盾的不断连续体；而"我们"（谁们?）从传统那里继承的种种偏见应该受到珍重。换言之，这一理论假定，历史乃是这样一个地方，在其中"我们"始终并且随时随地都是在家；过去的作品将会加深——而非消灭——我们现在的自我理解；而生疏则其实始终都是不知不觉的熟悉。简而言之，这是一种相当自负的历史理论，是把某种观点投向整个世界；而对于这种观点来说，"艺术"

则基本上只意味着崇高的日耳曼传统的经典。它对作为种种压迫力量和
解放力量的历史和传统，亦即种种由于冲突和统治而被撕得四分五裂的
领域，则几乎一无所思。对于伽达默尔来说，历史不是一个斗争、打断
和排斥的场所，而是一条"连续的链"，一条永远流动的河，或者几乎
是——人们也许可以说——一个志趣相投者的俱乐部。种种历史差异都
被宽宏大度地承认了，但这仅仅是因为它们都被这样一种理解有效地取
消掉了，这一理解"沟通那分开着解释者与文本的时间距离；因而它克
服着……落到作品之上的意义异化"。[1] 因而，不必把自己移情地投入
过去以尽力超越时间距离，就像狄尔泰等所相信的那样，因为这一距离
已被习惯、偏见和传统所沟通。传统掌握着一个我们必须服从的权威：
没有什么去向这一权威进行批判性挑战的可能，也不能去猜想其影响之
是否可能对我们绝非有益。传统，伽达默尔辩称，"有着一个存在于种
种理性论辩之外的自圆其说"（a justification that is outside the arguments
of reason）。[2]

伽达默尔曾把历史形容为"我们所是之交谈"（The conversation that
we are）。诠释学视历史为过去、现在和未来之间的活的对话，并力图耐
心地消除这一无止境的相互交流过程中的种种障碍。但诠释学却无法容
忍这样一个有关交流之失败的想法，亦即，这一交流的失败不仅仅是暂
时性的，也不是能够仅仅通过更敏感的文本解释就纠正过来的，而是**系
统性**的：这一失败可以说是被建筑到整个社会的种种交流结构之中的。
换言之，诠释学无法面对意识形态这一问题——无法面对这一事实：人
类历史的这一不中止的对话至少有半数时间乃是权势者对无权势者的
独白；或者，即使它的确是"对话"时，对话双方——例如，男人和女
人——也很少占据同等地位。它拒绝承认，话语总是被某一可能绝非
仁慈的权力所抓住；而最不能在其中承认这一事实的话语就是它自己
的话语。

64

---

[1] 《真理与方法》（*Wahrheit und Methode*，Tubingen，1960），第 291 页。

[2] 转引自弗兰克·伦特里奇亚（Frank Lentricchia）《新批评之后》（*After the New
Criticism*，Chicago，1980），第 153 页。

我们已经看到，诠释学倾向于将注意集中于过去的作品：它所提出的理论问题主要是从这一角度产生出来的。考虑到诠释学之始于《圣经》的诠释，这其实并不值得大惊小怪，但这也很值得注意：这意味着批评的主要作用是去理解经典。我们很难想象伽达默尔如何对付诺曼·梅勒（Norman Mailer）。[1] 这个传统主义的强调与下述这个强调形影相随：这就是那个认为文学作品形成一个"有机"统一体的假定。在通常以"诠释的循环"（hermeneutical circle）著称的过程中，诠释学方法力图把一篇文本的每一成分都纳入一个完美的整体：种种个别特征在整个上下文中才可理解，而整个上下文则须通过种种个别特征才可理解。诠释学通常并不考虑这样一种可能性，即文学作品可能会是散漫的、不完全的和有内在矛盾的，尽管有很多理由可以认为它们确实如此。[2] 值得注意的是，尽管 E. D. 赫什讨厌浪漫主义的种种有机主义的概念（organicist concepts），他仍然分享了下述偏见，即文学作品是统一的整体，而且它从逻辑上就必然地如此：作品的统一性基于作者的无所不在的意图。其实并没有理由说明，为什么作者不该有几个互相矛盾的意图，或者为什么他的意图不会由于某种原因而是自相矛盾的。但是这些可能性赫什都没有考虑。

诠释学在德国的最新发展以"接受美学"（reception aesthetics）或"接受理论"（reception theory）知名。与伽达默尔不同，接受理论并非心无二用地全神贯注于过去的作品。接受理论考察读者在文学中的作用，因而它是个相当新颖的发展。人们的确可以把现代文学理论大致分为三个阶段：全神贯注于作者的阶段（浪漫主义和 19 世纪）、绝对关心作品的阶段（新批评），以及近年来注意力显著转向读者的阶段。读者在这个三重奏中历来地位最低——但这其实是很奇怪的，因为没有读者就根本

---

[1]　诺曼·梅勒（Norman Mailer, 1923— ），美国小说家，以其 25 岁在巴黎写的第一部小说《裸者与死者》（*The Naked and the Dead*, 1948）而一举成名。他在其写作中成功地结合了新闻写作的事实性与小说写作的主观性与想象力。他的小说和非小说作品是对他认为内在于 20 世纪美国的中央集权结构之中的集权主义的一个强烈批判。——译注

[2]　见皮埃尔·麦切利（Pierre Macherey）《文学生产理论》（*A Theory of Literary Production*, London, 1978），尤见第 1 章。

没有文学作品。文学作品并非存在于书架之上：它们是仅在阅读实践中才能被实现的意义过程。为了使文学发生，读者其实就像作者一样重要。 65

阅读活动中包含着什么？让我以——几乎完完全全是随意地——一部小说的开头两句为例："'What did you make of the new couple ?' The Hanemas, Piet and Angele, were undressing."（"'你看这新一对儿怎么样？'哈尼马们，皮特和安吉拉，在脱衣服。"）（约翰·厄普代克〔John Updike〕：《夫妇们》〔Couples〕）我们应该怎样来理解它们呢？我们也许迷惑了片刻，因为这两句话之间显然缺乏联系，直到我们弄懂了，在这里起作用的是文学常规，据此我们可以把一句直接引语归于一个人物，哪怕作品本身并没有明确地这样做。我们推想，开头的话是某个人物，很可能是皮特·哈尼马或者安吉拉·哈尼马说的；但是我们为什么这样假定呢？引号中的语句也许是根本就没有被说出来的：它也许是个想法，或是其他某人提出的一个问题，或是放在小说开头的一种题词。这句话也许是别人对皮特或者安吉拉讲的，或者是一个突然来自上天的声音说的。最后一种解答之所以看来不大可能的理由之一是，对一个来自上天的声音来说，这个问题有点烟火气，而且我们可能也知道，一般说来，厄普代克是位现实主义作家，他通常并不赞成这类手法；不过一位作家的作品不一定形成前后一贯的整体，因而过分倚重这一假定也许是并不明智的。基于现实的理由，这个问题不可能是由一个合唱队异口同声提出的，也不太可能是皮特或安吉拉以外的其他人提出的，因为我们随后就得知他们正在脱衣服，因而也许猜想他们是夫妻，并且知道，至少在我们伯明翰郊区，夫妻不会一起当众进行脱衣练习，无论他们分别独自一人时会干些什么。

我们读到这些语句时可能已经进行了一整套的推测。例如，我们也许推测，被提到的"一对儿"是一男一女，虽然到目前为止还没有什么东西告诉我们这一对儿并不是两个女人或两只幼虎。我们假定，不管是谁提出了这一问题，他或她肯定是不能看见别人的内心活动的，不然就没有必要提出这一问题。我们也许猜想，发问者重视被问者的判断，虽然现在还没有足够的上下文让我们断定这一问题并不是嘲弄或者挑衅。我们想象，"哈尼马"在语法上可能是"皮特和安吉拉"的同位语，以表明这是他们的姓，这就为他们的已婚提供了一个重要证据。但是我们不能排除这一可能性，即除了皮特和安吉拉，还有一群人也姓"哈尼马"，也许是他们整个家族，他们全都在一个大厅里一起脱衣服。皮特和安吉拉可能同姓这一事实并不肯定他们就是夫妻：他们也许是特别解放的或特别乱伦的兄妹、父女或母子。我们已经假定，他们在互相看着对方脱衣服，虽然目前还没有什么告诉我们这一问题并不是从一间卧室或一间海滨板棚里向另一间喊过去的。也许皮特和安吉拉是小孩，虽然这个相对复杂的问题使这一点不大可能。大多数读者现在可能已经假定皮特·哈尼马和安吉拉·哈尼马是已婚夫妇，他们在卧室里一起脱衣服，刚才他们经历了某一事件，也许是一个宴会，其中有一对新婚夫妇出席，但所有这些都没有被实际上讲出来。

这些就是这部小说的头两句话：这一事实意味着，一旦我们读下去，很多问题就当然会得到回答。这里我们由于无知而被迫进行的猜想和推测过程不过是我们阅读时始终都在进行的事情的一个更集中和更戏剧化的例子。我们读下去时将会遇到更多的问题，而这些问题又只能通过进一步的假设而加以解决。我们将会得知这些话中还没有告诉我们的种种事实，但我们又得对这些事实做出种种不一定可靠的解释。阅读厄普代克小说的一个开头就使我们付出了数量如此惊人的复杂的多半是无意识的劳动：尽管我们很少注意到这一切，我们其实一直都是在忙于构想有关文本意义的种种假设。读者连接种种断裂，填补种种空白，进行种种推测，验证种种预感，而这么做就意味着去利用我们那些不言而喻的有关一般世界的和有关特定文学成规的知识。文本自身其实只是对于读者的一系列"暗示"，是要读者将一件语言作品构成为意义的种种邀请。用接受理论的术语来说，读者使本身不过是纸页上有序黑色符号链的文学作品"具体化"（concretizes）。没有读者方面这种连续不断的积极参与，就没有任何文学作品。对于接受理论来说，任何作品，无论看来如何坚实，其实都是由一些"空隙"（gaps）构成的，这就像对于现代物理学来说桌子乃是由"空隙"构成的一样。例如,《夫妇们》头两句话之间就有这样一个"空隙",而读者必须为二者之间提供一个原来没有的联系。作品充满了种种"不定因素"(indeterminacies),即种种其结果取决于读者之解释的成分,而这些成分又可以受到很多不同的也许是互相冲突的解释。这里的悖论是,作品提供的信息愈多,它就变得愈不确定。莎士比亚的诗句"secret black and midnight hags"(隐秘的、黑色的、深夜的女巫们)在一定意义上限定了所说到的女巫的类型,从而使所说者更为确定,但是因为这三个形容词都富有暗示性,可以唤起不同读者的不同反应,所以文本在试图使自己更加确定之时也使自己变得更不确定了。

67

对于接受理论来说,阅读过程始终是一个动态过程,一个通过时间开展的复杂运动。文学作品本身仅仅作为被波兰理论家罗曼·英伽登(Roman Ingarden)称之为一组"纲要"(schemata)或一般说明的东西存在着,而读者必须将它们予以实现。为此,读者将把某些"成见",亦即一个由种种信念与种种期待所形成的朦胧语境,带给作品,而作品的各种特征就将在其中得到评价。然而,在阅读过程进行下去的时候,这些期待本身又将会被我们所得知者修正,于是诠释的循环——从部分移向整体再回到部分——就开始转动起来了。读者将选择文本的某些成分,将其组织成为前后一致的整体,排除一些东西,突出另一些东西,以一定方式使某些项目"具体化",从而努力从文本中找出一个连贯的意义;读者将努力把作品中的不同角度统一起来,或者不断地变换角度,从而建立一个整合起来的"幻象"(illusion)。我们在第 1 页上得知的东西将在记忆中隐没或"缩小"(foreshortened),或许也会被我们随后所得知的东西彻底改变。阅读不是一往直前的线性运动,不是一种累积:我们起初的推想产生了一个参考框架,随后发生的事情可在其中得到解释;但随后发生的事情也许也会反过来改变我们原先的理解,突出它的某些要点并使其他成为背景。我们一边读一边变换假设,修正信念,做出愈益复杂的推断和预测;每句话都开出一个将被下一句话证实、怀疑或破坏的视野。我们在阅读中同时瞻前而顾后,预言而回想,或许还在意识到这一文本的其他各种可能的实现，那些已被我们的阅读所勾销了的实现。而且，整个这一复杂活动都是在多层次上同时进行的，因为文本有"背景"与"前景"，有不同的叙事观点，有可供选择的意义层次，而我们就在这些之间不停地活动。

所谓康斯坦萨（Constance）接受美学学派的沃尔夫冈·伊瑟尔（Wolfgang Iser）——以上我一直主要在讨论他的理论——在《阅读活动》（*The Act of Reading*, 1978）中谈到文本所运用的种种"策略"，以及文本所包含的种种常见主题和典故的"全套剧目"。为了阅读，我们必须熟悉一部特定作品所运用的种种文学技巧和成规，我们必须对它的种种"代码"（code）有所了解。所谓代码是指一些规则，它们系统地支配着作品生产自己的意义的种种方式。请再次回忆一下我在《导言》中讨论过的伦敦地铁提示："Dogs must be carried on the escalator"（自动楼梯上必须牵着狗）。为了理解这条标语，我所需要做的远远超过了简单地一字接一字地阅读它。例如，我必须知道，这些文字属于一个也许可以被称为"指涉代码"（code of reference）者——这条提示不是仅仅起着装饰作用的语言作品，用以在那里愉悦乘客，它应该被理解为正在指涉实在的自动楼梯上的实在的狗和乘客们的行为。我必须调动自己的一般社会知识以让自己认识到，这条提示是有关当局设在那里的，这一当局有权惩罚违反者，而我作为公众成员之一，也是这一提示所含蓄地针对着的人，但是所有这一切在这些文字本身中都是隐而不显的。换言之，我必须依据某些社会代码和语境才能正确理解这一提示。但是我在这里也必须运用某些阅读规则或惯例——这些惯例告诉我"自动楼梯"指的是这一自动楼梯而非在巴拉圭的一架楼梯，"必须牵着"意味着"现在必须牵着"，等等。我必须认识到这条提示乃是这样一种"文类"（genre），它实际上几乎完全不可能去"有意"造成我在《导言》中所提到的那种"暧昧"。区别"社会的"和"文学的"代码这里并不那么容易：将"自动楼梯"具体化为"这一自动楼梯"也好，采取一条消除暧昧的阅读惯例也好，这些本身都有赖于一整个的社会知识网络。

因此，我是通过按照某些看似恰当的代码来解释这一提请人们注意的标志的；但对伊瑟尔来说，这并不是阅读文学时所发生的全部。如果支配文学作品的种种代码与我们用以解释作品的种种代码"如合符契"的话，那么全部文学就都会像伦敦地铁提示一样平淡无味了。对于伊瑟尔来说，最有效的文学作品是迫使读者对于自己习以为常的种种代码和种种期待产生一种崭新的批判意识的作品。作品质问和改变我们带到它那里去的种种未经明言的信念，"否定"（disconfirms）我们那些墨守成规的认识习惯，从而迫使我们第一次承认它们的本来面目。有价值的文学作品不仅不加强我们的种种既成认识，反而违反或越出这些标准的认识方式，从而教给我们种种新的理解代码。这与俄国形式主义十分类似：在阅读活动中，我们那些习以为常的假定被"陌生化"和对象化到这样一种程度，以致我们可以批判并修正这些假定。如果我们以自己的阅读策略改变作品，作品同时也改变我们：作品就像科学实验中的对象，也许会给我们的种种"问题"一个出乎意料的"回答"。对于伊瑟尔这样的批评家来说，阅读的全部意义就在于，它使我们产生更深刻的自我意识，促使我们更加批判地观察自己的种种认同。这就好像是，当我们努力阅读一本书时，我们所"阅读"的其实一直就是我们自己。 69

　　伊瑟尔的接受理论其实基于一种自由人本主义的意识形态，即相信我们在阅读时应该柔顺、虚心，随时准备着让自己的种种信念成为问题，并且允许它们受到改造。在这种情况背后，存在着伽达默尔诠释学的影响，尤其是它对那个源于与生疏者之遭遇而被丰富了的自我知识的信任。但是，伊瑟尔的自由人本主义，就像大多数这类主义一样，并不如它第一眼看上去那么自由。他写到，一个具有种种强烈的意识形态信念的读者很可能是一个不够格的读者，因为他（她）更不容易接受文学作品的改造力量。这里的含义是，为了在作品手中经受改造，我们首先必须仅仅暂时地保持着自己的种种信念。唯一的好读者大概必须**已经**是一个自由主义者：阅读活动产生一种主体，而这种主体又是这一活动的先决条件。这种情况还有另一自相矛盾之处：因为假使我们一开始就没有坚持自己的种种信念，那么让它们受到作品的质问和颠覆也就没有什么真正的意义。换言之，实际上并没有什么大不了的事情会发生。读者并未受到彻底的批判，而只不过被作为一个更彻底的自由主义的主体而还给了他（她）本人。阅读主体的一切都在阅读活动中受到质问，只有它是何种（自由主义的）主体这点除外：这些意识形态界限决不能受到批判，不然整个模式就会崩溃。从这个意义上说，阅读过程的多元性和开放性都是可容许的，因为它们以某种始终被保持着的封闭的统一性为前提，那就是阅读主体的统一性，它之被违反和被越出的结果只是被更充分地还给它自己。正如伽达默尔的情况那样，我们能够侵掠外国领土是因为我们始终是神不知鬼不觉地在自己家里。文学想去深刻影响的读者是已经具备了那些"正确"能力和反应的读者，他精于运用某些批评技术并且承认某些文学惯例；但又恰恰是这种读者最不需要受到影响。这样一个读者从一开始就被"改造了"，并且恰恰就因此而随时准备接受进一步的改造。为了"有效地"阅读文学，你必须发挥某些其定义始终存在争论的批评能力；但恰恰就是这些能力文学是无力质问的，因为文学本身的存在就依赖这些能力。你规定为"文学"作品的东西总是与你考虑为"适当的"批评技术的东西密切相联：一部"文学"作品就意味着，或多或少地，一部可被这样的研究方法有效地阐明的作品。但在这种情况中，诠释的循环实在只是恶性的循环而非良性的循环：你从作品中得到什么在很大程度上取决于你先在作品中放入什么，这里对读者几乎不存在任何深刻的"挑战"。伊瑟尔似乎会通过强调文学的那个打乱与改变读者的种种代码的力量来避免这种恶性循环；但是，正如我已经论证过的，这本身就无言地假定了那种"给定的"读者，而这种读者又恰恰是要由阅读产生出来的。读者与作品之间的封闭性回路反映了文学的学术机构的封闭性；只有某些种类的作品和读者才能申请加入这一机构。

统一自我（the unified self）说和封闭文本（the closed text）说秘密地潜伏在很多接受理论的表面上的开放性之下。罗曼·英伽登在《文学艺术品》（The Literary Work of Art, 1931）中教条地假定，文学作品形成有机整体，而读者填充作品种种"不定因素"的目的就在于完成这种和谐。读者必须以"适当的"方式，就是说，以根据制造商的说明去涂颜色的儿童图画书的方式，来连接作品的各个不同部分和层次。对于英伽登来说，文本现成地配备着"不定因素"而来，读者则必须将作品"正确地"具体化。这就大大限制了读者的活动，把他时而贬低为不过一个文学零工，跑来跑去地填补着零碎的不定因素。伊瑟尔则是一个更有自由主义精神的雇主，允许读者与文本在更大的程度上合作：不同的读者有自由以不同的方式"实现"作品，而且也没有能够穷尽文本的意义潜能的唯一正确解释。但是一道严格的命令却限制了这种慷慨：读者必须建构作品，使它具有内在的**一致性**。伊瑟尔的阅读模式基本上是功能主义的：各个部分必须前后一贯地适应整体。事实上，在这个武断的偏见之后，存在着格式塔心理学的这样一个影响，即一心想把种种分离的感觉整合为可以理解的整体。的确，这一偏见在现代批评家中是如此流行，以致人们很难发现它只是一种理论上的偏爱，而其实却并不比其他任何理论上的偏爱更少争论性。我们绝对没有必要去假定：文学作品构成或者应该构成和谐的整体，而文学批评则必须温和地"加工处理"意义之中的很多富有启发性的摩擦和冲突，以便去诱导作品成为和谐的整体。伊瑟尔认为英伽登对文本的看法是过于"有机主义的"，他自己则欣赏现代主义的、多元的作品，部分地是因为这种作品使我们对解释作品的工作更为自觉。但是，当读者终于构想出一个可以阐明作品并且使得作品中绝大多数成分相互连贯的工作假设时，作品的"开放性"却成了某种将被逐渐消除掉的东西。

71

　　文本的不定因素恰好激励我们采取行动去消除它们，从而代之以一个稳定的意义。按照伊瑟尔显然权威主义的说法，不定因素必须被"正常化"，亦即使其驯服并且屈从于某一坚固的意义结构。读者似乎是既在解释作品也在与作品作战，以奋力将作品的混乱的"多义"（polysemantic）潜能固定在某个易于驾驭的框架之内。伊瑟尔非常公开地说到要将这一多义的潜能"约简"为某种秩序——但这样的说法竟出自一个"多元主义的"（pluralist）批评家之口，人们也许会感到很奇怪。除非做到这一点，不然统一的阅读主体就会遭受危害，而不能在"自我纠正性的"（self-correcting）阅读疗法中作为一个健全的实体而回到自己。

我们始终都值得以下述问题来检验任何一种文学理论：它在乔伊斯的《芬尼根的守灵夜》（*Finnegans Wake*）这儿会怎样起作用呢？在伊瑟尔这里回答注定是：作用起得并不会太好。应该承认，伊瑟尔研究过乔伊斯的《尤利西斯》（*Ulysses*）；但他主要的批评兴趣乃是在 18 世纪以来的现实主义小说上面，而《尤利西斯》确实可以被通过某些方式而纳入这一现实主义小说的模式。伊瑟尔之认为最有效的文学打乱和逾越种种公认代码的看法会适用于荷马、但丁和斯宾塞他们各自时代的读者吗？这种观点不是对于一个现代欧洲自由主义者来说才更有代表性吗？对于这样一位自由主义者，"种种思想体系"注定会具有某种否定的而非肯定的意味，因此他总是转向那种显得是在破坏这些体系的艺术。难道不是有相当一部分"有效的"文学恰恰是肯定了而非打乱了它们自己时代的种种公认代码吗？把艺术力量主要放在否定方面——放在逾越和造成陌生化方面——这对伊瑟尔和形式主义者来说都意味着对于自己时代的社会和文化体系的一种明确态度：这种态度在现代自由主义中即相当于对种种思想体系本身的怀疑。它之能够这样做本身就已经雄辩地证明了，自由主义对于某个特定思想体系——那个支撑它自己的立场的体系——是很健忘的。

为了把握住伊瑟尔的自由人本主义的种种局限，我们可以将他与另一位接受理论家，法国批评家罗兰·巴特（Roland Barthes）做个简短的对比。巴特的《文之悦》（*The Pleasure of the Text*,1973）的方法与伊瑟尔的方法大概是要多不同就有多不同——而套用定型化的说法，这一不同乃是法国享乐主义者与德国理性主义者之间的不同。伊瑟尔主要集中于现实主义作品，而巴特却以现代主义文本为例，而对阅读做出了截然不同的描述。这些现代主义文本把所有明确的意义都融解为一场自由的文字游戏，它们试图以语言的不断滑动和游移而分解种种压抑性的思想体系。这样的文本所要求的与其说是"诠释学"，毋宁说是"色情学"（erotics）；既然无法把文本抓到明确的意义之中，读者干脆就在挑逗性的符号滑动之中，以及因随浮即沉而撩人眼目的意义闪现中纵情享受。由于卷入了这种充满活力的语言欢舞，并沉醉于文字本身的肌理组织

(texture)之中，读者不再充分了解那种有的放矢性的快乐，即建筑一个连贯一致的系统，老练地把种种作品成分结合在一起，从而支撑起一个统一的自我；相反，读者现在更加了解的乃是一种受虐的(masochistic)激动，即感到那样一个自我之被粉碎和消散在作品本身的种种纠缠纷乱的网络之中。阅读不像实验室而更像闺房（boudoir）。现代主义文本不仅不在自我之地位——那个已经被阅读活动投入问题之中的自我之地位——的某种最终恢复中把读者返还给自己，反而在一种对于巴特来说既是读者的极乐也是性高潮的 *jouissance*（享乐）中炸毁读者的安全的文化认同。

我们的读者也许已经在怀疑，巴特的理论并非毫无问题。在一个有人不仅缺乏书籍而且缺乏食物的世界上，这种自我沉溺的、先锋派的享乐主义中有些令人不安之处。如果说伊瑟尔为我们提出了一个严格的"标准化"模式去控制语言的无边无际的潜能，那么巴特却赠送给我们一种私人性的、非社会性的、本质上混乱的经验，而这种经验也许只是前者的反面。两位批评家都流露出对于体系性思想的自由主义式厌恶；二者都以不同的方式忽视了读者在历史之中的位置。因为读者当然不是在真空中遭遇种种文本的：一切读者的位置都是被社会地和历史地决定的，而他们之怎样解释种种文学作品又将受到这种事实的深刻影响。伊瑟尔意识到了阅读的社会方面，但却宁愿主要集中在阅读的"美学"方面；康斯坦萨学派的更有历史头脑的成员是汉斯·罗伯特·姚斯（Hans Robert Jauss），他力图把一部文学作品以伽达默尔的方式置于它的历史"视野"之中，即置于它由之产生的种种文化意义的语境之中，并探索作品本身的历史视野与它的种种历史读者的种种不断变化的"视野"之间的种种转换关系。这个工作的目标是创立一种新的文学史——一种不再集中于作家、影响和文学潮流，而集中于为其所受到的历史"接受"的各个不同阶段所规定的和所解释的文学的文学史。这并不是说文学作品自身保持不变而它们的解释发生变化：作品和文学传统本身按照它们在其中被接受的各种历史"视野"而积极地改变。

让－保罗·萨特（Jean-Paul Sartre）的《什么是文学?》（*What is Literature?* 1948）对文学接受做了更为详细的历史研究。萨特的书所阐明的是，对一部作品的接受绝不是有关它的一个"外在的"事实，即不是书评和销售这样的偶然问题。接受是作品自身的一个构成层面。每一个文学文本的构成都出于对其潜在的可能读者的意识，都包含着一个它为其而写者的形象：每一部作品都在自己内部把伊瑟尔所谓的"隐含读者"（implied reader）编入代码（encode），作品的每一种姿态里都含蓄地暗示着它所期待的那种"接受者"（addressee）。在文学生产中正像在其他任何一种生产中一样，"消费"是生产过程本身的一部分。如果一部小说以"Jack staggered red-nosed out of the pub"（杰克鼻子通红地晃出了小酒店）开头，那它就已经隐含了这样一个读者，他懂得相当程度的英语，知道一个"pub"（小酒店）是什么，并且具有关于酒精与面部炎症之间的联系的文化知识。这并不仅是说作者"需要读者"：作者所用的语言已经隐含着某一范围的而非其他范围的可能读者，而在这种事上作者并不一定会有太多的选择余地。一个作者的心目中也许根本就没有任何特定的读者，他可能根本就不在乎谁来读他的作品，但是，作为文本的一个内在结构，某一种类的读者已经被包括在写作活动之内了。即使我自言自语的时候，如果我的言语——而非我自己——没有期待着某个潜在的听者，那它们就根本不是言语。因而，萨特的研究一开始就提出下述问题："一个人为谁写作?"不过，这一问题是从历史的角度而非"存在的"角度提出来的。这一研究追溯了 17 世纪以来法国作家的命运：从 17 世纪的"古典"风格之标志着作者与读者之间有一个被确定了下来的契约或一个由种种假定构成的共享框架，直到那个不可避免地要向它所蔑视的资产阶级说话的 19 世纪文学的向内生长的自我意识。这一研究结束于当代"承担"（committed）作家的两难困境：他既无法让自己的书面向资产阶级和工人阶级发言，也无法让它面向某种有关"普遍的人"（man in general）的神话发言。

姚斯式与伊瑟尔式的接受理论似乎提出了一个迫切的认识论问题。如果人们认为"文本自身"（text in itself）只是一副骨架，一组"纲要"，有待于不同读者以不同方式将其"具体化",那么人们又怎么可能是在讨论这些"纲要"之时而没有已经将其具体化了呢?[1] 在谈论"作品自身"之时,在将其作为标准以衡量对于它的各种特定解释之时,除了其实已经被人们自己具体化了的作品,人们难道还在与任何其他东西打交道吗? 批评家是否在认为自己拥有关于"作品自身"的某种上帝式的知识,即一种没有给予普通读者的知识,所以这些读者就只好满足于自己对于作品的必然片面的构造? 换言之,这又是那个老问题的一个翻版:当电冰箱的门关着的时候,人们怎样可能知道电冰箱里的灯是否关上了。罗曼·英伽登考虑了这个困难但却找不出适当的解决方法;伊瑟尔许给读者相当程度的自由,但是我们还没有自由到可以随心所欲地进行解释。因为一个解释要想成为**这一**文本而非其他文本的解释,它在某种意义上就必须受到文本自身合乎逻辑的制约。换言之,作品在一定程度上决定着读者对它的反应,不然批评就会陷入全面的无主状态。《荒凉山庄》(*Bleak House*)就会仅仅成为读者们所拿出来的成千上万个不同的、经常相互抵触的解读,而"作品自身"却会作为某种神秘的未知数而失落。[2] 如果文学作品不是一个包含某些不定因素的确定结构,如果文学作品中的每种东西都不确定,都有赖于读者所选择的建构作品的方法,那又会发生什么呢? 在什么意义上我们才能说我们是在解释"同一部"作品呢?

74

并非一切接受理论家都感到这是一种困境。美国批评家斯坦利·菲什(Stanley Fish)就非常乐于承认,当你开始动手研究时,你会发现讨论班的课桌上根本就没有什么"客观的"文学作品。《荒凉山庄》仅仅是有关这部小说的形形色色既成的或将来的阐释。真正的作者是读者:

---

[1] 所谓"文本自身"(text in itself)是在康德哲学的"物自身"(本书所用的翻译是"在其自身中之物")的意义上使用的。非常简单地说,在康德看来,我们所能认识的只是各种事物呈现给我们的种种"现象",而事物的"本相",亦即,"在其自身中之物"或"物自身",是不可知的。所以,从认识论上说,如果真有所谓"文本自身"或完全只在其自身之中的文本,那么这样的文本自身也是不可知的。是以有本书作者此处如此之讨论。——译注

[2] 《荒凉山庄》(*Bleak House*)是英国维多利亚时代小说家查尔斯·狄更斯(Charles Dickens,全名 Charles John Huffam Dickens,1812—1870)的主要作品之一。——译注

因为不满于在文学事业中仅仅处于伊瑟尔式的搭档地位，读者现在打倒老板，自己掌权。对于菲什来说，阅读不是一个去发现作品的意义的问题，而是一个去体验作品对你**做**了什么的过程。他的语言观念是实用主义的（pragmatist）：例如，一个倒装句也许会使我们产生惊奇或迷惑之感，而批评不过就是阐释读者对于书页上前后相继之文字的连续反应。然而，作品对我们"做"什么实际上只是一个我们对作品做什么的问题，即解释问题；批评注意的对象是读者的经验结构，而不是可以在作品本身中发现的任何"客观"结构。作品中的一切——其语法，其种种意义，其种种形式单位——都是解释的产物，它们绝不是"实际上"给定的；但这些就提出了一个有趣的问题：菲什认为他在阅读时所解释的到底是什么？对于这一问题他以令人耳目一新的坦率回答道：他不知道，不过他认为其他任何人也都不会知道。

其实，菲什是在谨慎地提防着他的理论似乎要导致的诠释上的无主状态。为了避免把作品消融成为成千上万互相竞争的解读，他诉诸读者所共享的某些"解释策略"，它们将控制他们的个人反应。不过这里并不是说任何旧的阅读反应都行：这里提到的读者是学术机构培养出来的"有专业知识的（informed）或内行的（at-home）"读者，所以他们的种种反应不至于过分互相歧异，以致从根本上就破坏了一切合理的辩论。然而，他坚持，作品自身"之中"其实什么都没有——认为意义由于某种原因而"内在"于文本的语言，只是等待着读者的解释而将其释放，这样的想法只是某种客观主义的错觉。他认为，沃尔夫冈·伊瑟尔就成了这样一种错觉的牺牲品。

菲什与伊瑟尔的争论在一定程度上只是言语之争。菲什很正确地
75 主张，文学中或世界上没有什么东西是"给定的"（given）或"确定的"（determinate），如果"给定的"或"确定的"意味着"未经解释的"（non-interpreted）的话。没有任何独立于人类意义的"专横"事实，也没有我们并不认识的事实。但是，这并不是"给定的"一词的必然意义甚至通常意义：如今没有什么科学哲学家会否认实验室中的事实是解释的产物；它们仅仅是在达尔文进化论是解释这种意义上才不是解释。尽

管科学假设与科学事实之间有区别，二者却无疑都是"解释"，很多传统的科学哲学家所想象的二者之间的不可逾越的鸿沟当然只是一个幻觉。[1] 你可以说，把 11 个黑色记号看成单词"nightingale"（夜莺）是一种解释，或者，把某种东西看成黑色或看成 11 或看成一个单词也是一种解释，而你会是正确的；但如果你在绝大多数情况下都把这些记号的意思读成了"nightgown"（睡衣），那你就会错了。每一个人都能同意的解释可以是定义一件事实的方法之一。但是要证明有关济慈（Keats）的《夜莺颂》（*Ode to a Nightingale*）的种种解释不对就更不容易了。这后一种更为宽泛的意义上的解释经常碰上科学哲学家所谓的"理论之非充分确定性"（the underdetermination of theory），意思是，任何一组事实都能被不止一种理论所解释。但在决定我刚才所提到的 11 个记号是否形成单词"nightingale"（夜莺）或者"nightgown"（睡衣）时，情况却似乎并非如此。

这些记号表示着某一种鸟这一事实完全是人为的（arbitrary），这只是语言的和历史的约定俗成。如果英语不是这样发展的，那么这些记号可能就不会表示这种鸟。也许在我所不知道的某种语言中，这些记号表示"dichotomous"（两分的）这个意思。也许还存在着某种文化，它根本不把这些记号看作印刷记号（imprints），即我们意义上的"记号"（marks），却把它们看作不知怎么从白纸里面浮现到表面上来的一些黑点。这种文化可能也有着不同于我们的计数体系，把它们不算作 11 却算作 3 加上某个不确定的数目。在**它的**书写形式中，在用来表示"夜莺"的词与表示"睡衣"的词之间也许根本就没有区别，如此等等。这就意味着：语言中没有什么是上天给定的或者永远固定下来的，正如英语"nightingale"（夜莺）一词在它自己的时代也不仅只有一个意义这一事实所提示的那样。但是解释这些记号却不能随心所欲，因为这些记号经常被人们以某些方式用在他们的种种社会交流活动之中，而这些实际的社会性的用法**就是**这个词的各种意义。当我在一部文学作品中认出这

---

[1]　见玛丽・赫西（Mary Hesse）《科学哲学中的革命与重构》（*Revolutions and Reconstructions in the Philosophy of Science*，Brighton，1980），尤见第 2 章。

个词的时候，这些社会活动并没有简单地离开。读完这部作品以后，我也很可能会终于感到，这个词现在意味着某种十分不同的东西，亦即，由于它被置入其中的那个已经被改变了的语境，它不再表示某种鸟却表示"两分的"。但确认此词却首先涉及对它的种种实际社会用法的某些了解。

从某种意义上说，主张我们能够随心所欲地让一部文学作品意味着任何东西是相当有道理的。又有什么能阻止我们这样做呢？为了让文字表达不同的东西，我们可以为这些文字创造出几乎无数的语境。但从另一种意义上说，这种想法其实只是一种简单的幻想，是从那些在教室里待得时间太长了的人们的心中生长出来的。因为，这些文本属于整个语言，并与其他种种语言实践有着错综复杂的关系，无论它们如何可能去颠覆和侵害其他语言实践。语言实际上并不能让我们随心所欲地利用它。如果说我不可能在读到单词"nightingale"（夜莺）时而没有想象到从都市社会退隐到自然的安慰之中是多么幸福，那么这个词就有某种力量给我，或有某种力量支配我，而这种力量并不会当我在一首诗中遇到这个词时就奇迹般地消失了。说文学作品制约着我们对它的解释，或者说它的意义在某种程度上"内在"于它，其意思部分就在于此。语言是那些从根本上形成着我们的种种社会力量在其中活动的一个领域；把文学作品视为某种能够逃出这一领域的无限可能性的竞技场，这只是学院主义的谬见。

然而，在某种重要的意义上，解释一首诗是比解释伦敦地铁提示更自由。其所以更自由是因为，在后一种情况中，语言是某个实际环境——一个倾向于否定对于文本的某些阅读，而肯定对它的另一些阅读的实际环境——的一部分。当然，我们已经看到，这绝不是一个绝对的制约因素，但它的确是一个重要的制约因素。在文学作品的情况中，有时也存在某种实际环境，它排斥某些阅读，而认可另一些阅读，这就是教师。正是学术机构，那些社会地合法化了的阅读作品的方法的大本营，在作为一个制约力量而活动。当然，这些得到许可的阅读方法绝不是"自然的"，也绝非仅仅是学院的：它们与整个社会中的各种占统治地位的评价和解释形式有关。即便我不是在大学教室里读诗，而是在火车上读流行小说时，这些评价和解释形式也仍在积极地发挥着作用。但是，因为读者在读小说时并没有得到一个使其语言可以理解的现成语境，所以读小说仍然与读路标有别。一部以"Lok was running as fast as he could"（洛克正在拼命跑）开头的小说就是在含蓄地对读者说："我请你来想象出某种语境，让说'洛克正在拼命跑'这句话在其中有意义。"[1]小说将会逐渐创造出这个语境，或者也可以说，读者将会逐渐地为这部小说创造出这个语境。但是，即便在这里也还是没有完全的解释自由：既然我说英语，那么这些单词如"running"（跑）的种种社会用法就支配着我对于意义的适当语境的寻找。但我所受到的限制却不像"No Exit"（不准由此出去）对我的限制那么严格；而这就是为什么人们在其以"文学"方式对待的语言的意义上发生种种重大分歧的原因之一。

　　我是以向"文学"是一个不变的客体这一观念提出挑战而开始本书的。我也论证了，文学价值远远不像人们有时所想象的那样有保证。现在我们又看到，文学作品本身也远远不像我们通常假定的那么容易被钉牢。一根可以钉进文学里去从而为它赋予一个固定意义的钉子是作者意图：我们在讨论 E. D. 赫什时已经发现了这个战术的某些问题。另一根钉子则是菲什的诉诸共享的"解释策略"，即读者，至少是那些学院读者，所应该具有的某种通常能力。当然，**确实**存在着一个学术制度（academic institution），它有力地决定着哪些阅读一般是可以容许的；这个"文学制度"（literary institution）不仅包括学院，也包括出版者们、文学编辑们和评论家们。但是，这个制度之内也可以存在种种解释之间的**斗争**，而对此菲什的模式却似乎无法说明——这种斗争不仅是在对于荷尔德林（Hölderlin）作品的这一阅读和那一阅读之间进行的，而且是围绕着解释本身的种种范畴、成规和策略而开展的。很少有什么教师或

[1]　见 T. K. 封·迪克（T. K. van Dijk）《文本语法面面观：理论语言学与诗学研究》（*Some Aspects of Textual Grammars: A Study in Theoretical Linguistics and Poetics*，The Hague，1972）。

评论家会因为关于荷尔德林或者贝克特（Beckett）的某一解释不同于他们自己的解释而去惩罚它。然而，他们中间不少人却会由于这一解释在他们看来"非文学"——由于它逾越了种种公认的界限和"文学批评"程序——而惩罚它。文学批评一般并不指定任何特定的解读，只要它是"文学批评的"就行；而什么算作文学批评又是由文学制度决定的。正因为如此，文学制度的自由主义，例如沃尔夫冈·伊瑟尔的自由主义，才通常都对自己的构成性局限视而不见。

有些文学研究者和批评家可能会为下述观念—— 一个文学文本并没有单一的"正确"意义——而忧心，但是这样的人也许为数不多。他们更有可能会为这样一个观念分心：一个文本的意义并不像智齿长在牙床之中那样存在于作品之中，耐心地等待着被拔出来；相反，读者在这一过程中起着某种积极的作用。而且，如今很多人也不会为下述思想感到不安，即读者来到文本面前之时并非某种文化处女，纯洁无瑕，与以前的社会和文学没有任何纠缠，只是一个毫无偏私的精神或者一张白纸，而让作品去转刻上它自己的铭文。我们大部分人都承认，没有任何阅读是清白的或没有任何预设（presuppositions）的。但是却很少有人探索这种读者罪过的充分含义。本书的主题之一即是，根本没有纯粹的"文学"反应：所有这样的反应——其中不少是对文学形式、对作品中那些有时令人嫉妒地保留给"美学"的方面的反应——都与我们是哪种社会的和历史的个人深深交织在一起。在我至此为止对于各种文学理论所做的阐释中，我已经力图表明，这里有待考虑的问题远远不止对于文学的种种看法——形成着并支持着所有这些理论的总是对于社会现实的或多或少的确定解读。从马修·阿诺德那种用小恩小惠安抚工人阶级的尝试一直到海德格尔的纳粹主义，在真正意义上有罪的正是**这些**解读。与文学制度决裂并非仅仅意味着对贝克特做出不同的解释；这一决裂意味着与规定着文学、文学批评以及支撑它们的社会价值标准的种种方式进行决裂。

20 世纪在其文学理论武库中还有一根用以一劳永逸地固定文学作品的巨钉。这根钉子就叫作结构主义，而现在我们就可以考察它了。

三 结构主义与符号学

　　我们在本书"导言"的末尾把美国文学理论留在新批评派的掌握之中。新批评派不断改善它的精微的技巧，且战且退地抵抗着现代科学和工业主义。但是，随着北美社会在 1950 年代的发展，它的思想模式逐渐具有了更严格的科学性，也更加程式化了。于是，一种野心更大的批评技术统治似乎就成为必要。新批评派的工作做得不错，但是在某种意义上它过于谦虚也过于专门，以致没有条件成为一种牢固实用的学术方法。它专注于孤立的文学作品以及对敏感性的精细培养，却倾向于忽视文学更宏观的和更具有结构意义的方面。文学的**历史**发生了什么？所需要的是这样一种文学理论，它一方面要保持新批评的**形式主义**癖好，紧紧盯住作为美学对象而非社会实践的文学，另一方面又要由这一切中创造出某种更系统、更"科学"的东西来。1957 年，在《批评的解剖》（*Anatomy of Criticism*）一书中，加拿大学者诺斯洛普·弗莱（Northrop Frye）有力地"总体化"了全部文学类型，从而回答了上述要求。

　　弗莱相信，批评处于可悲的非科学的混乱之中，因而必须严加整饬。它只是种种主观的价值判断和无稽之谈，极其需要受到一个客观系统的约束。而弗莱认为这是可能的，因为文学本身就形成了这样一个系统。事实上，文学并非仅仅是散布于历史中的种种作品的随意聚集：如果详加考察，你就会发现，它依据某些客观规律活动，而批评本身则可以通过系统阐述这些规律而获得系统性。这些规律是种种模式（modes）、原型（archytypes）、神话（myths）和文类（genres），一切文学作品都是依据这些规律结构起来的。全部文学都可以从根本上被归结为四种"叙

80 事范畴"（narrative categories）：喜剧的（comic）、传奇的（romantic）、悲剧的（tragic）和反讽的（ironic），它们可以被视为分别相当于春、夏、秋、冬四个神话。可以勾勒出这样一个文学"模式"理论来：在神话中，主人公在本质上高于其他人物；在传奇中，主人公在程度上高于其他人物；在悲剧和史诗（epic）的"高级模仿"（high mimetic）模式中，主人公在程度上高于其他人物，但是并不高于他的环境；在喜剧和现实主义的"低级模仿"（low mimetic）模式中，主人公与其他人物相等；在讽刺（satire）与反讽（irony）作品中，主人公则低于其他人物。悲剧和喜剧可以再被细分为高级模仿的、低级模仿的和反讽的：悲剧有关人的分离，喜剧有关人的结合。三种反复出现的象征（symbolism）类型——启示的（apocalyptic）、超凡的（demonic）和类比的（analogical）——被确认了。这个完整的系统现在就可以作为一种有关文学之历史的循环理论而发动起来：文学从神话转到反讽然后又回到神话。在 1957 年，我们显然处于反讽阶段，但已出现了即将返回神话的种种迹象。

为了建立以上已片面地描述的他的文学系统，弗莱必须首先清除价值判断，因为它们只是主观的吵闹。当我们分析文学时，我们是在谈文学；当我们评价文学时，我们却是在谈自己。这个系统也必须排除文学史以外的任何历史：文学作品是从其他文学作品中而不是从任何外在于文学系统的材料中创造出来的。弗莱理论的优点是，它以新批评的方式使文学免受历史的污染，而将文学视为文本之间的封闭性生态循环。但是，与新批评派不同，他在文学中发现了一个具有历史自身的全部跨度及其种种集合性结构的**替代**历史。文学的种种模式和神话把历史压缩为同一者（sameness），或基于种种相同主题的一系列重复性的变化，从而超越历史。为了使这一系统存在下去，它必须被严格封闭：任何外在事物都不能被允许渗透它，以免让其范畴被打乱。这就是为什么弗莱的"科学"冲动需要一个比新批评派的形式主义更为纯粹的形式主义。新批评家承认，文学在某种非常重要的意义上是认识性的，它产生一种关于世界的知识；弗莱则坚持，文学是一个"自律的词语结构"，与任何超出其自身的参照物完全分离；它是一个封闭的和内向的王国，"在一个由种种词语关系构成的系统中包含着生命和现实"。[1] 这个系统所做的一切只是根据它的种种象征单位（symbolic units）之间的关系而重新排列它们，而不是根据它们与外在于这一系统的任何一种现实的关系而重新排列它们。文学不是一种认识现实的方法，而是一个集体的乌托邦梦想，这一梦想在整个历史中持续不断，是那些人类基本欲望的表现。这些欲望创造了文明本身，但是它们在那里却从未得到过充分的满足。文学不应被视为个别作者的自我表现，因为他们只不过是这个普遍系统的种种功能：文学产生于人类自身这一集合性主体，这就是为什么文学会体现种种"原型"或种种具有普遍意义的形象。

　　弗莱的著作实际上是在强调文学的那个乌托邦根源，因为他的著作的一个标志就是对于实际社会生活的深刻恐惧，对于历史本身的极度厌恶。在文学中，而且仅仅在文学中，一个人才能摆脱掉指涉性语言（referential language）所涉及的种种肮脏的"外在之物"，并发现一个精神的家园。意味深长的是，这个理论的诸神话都是都市化社会以前的种种自然循环的形象，而这些都是对工业主义以前的历史的种种怀旧的追忆。对于弗莱来说，实际的历史是桎梏和决定论，而文学则仍然是一个我们可以自由自在地在其中的地方。值得追问的是，有哪一种我们所在经历的历史能使这一理论令人哪怕只是最勉强地信服？这一理论方法的美在于，它将极端的唯美主义与有效地进行分类的"科学性"灵巧地结合起来了，从而在按照现代社会的条件而使文学批评受到尊敬的同时，又将文学作为现代社会的一个想象性的替代而维持下来。它像一个偶像破坏者那样轻快地对待文学，以计算机般的效率把每部作品投进它事先定好的神话学小孔，但是它又将此与种种最浪漫主义的渴望混合在一起。从一种意义上说，它是轻蔑地"反人本主义的"，将个别主体从中心位置移开，却使集合性的文学系统本身成为一切的中心；从另一种意义上说，它又是一个献身的基督教人本主义者的著作（弗莱是一位神职人员），对他来说推动文学与文明的力量——欲望——只有在上帝的王

[1]　《批评的解剖》（*Anatomy of Criticism*，New York，1967），第 122 页。

国中才能最终实现。

于是，像我们已经考察过的一些文学理论家一样，弗莱也把文学作为宗教的一个替代提供给我们。文学成为宗教意识形态的缺陷的必要补偿品，为我们提供与社会生活有关的各种不同的神话。在《批评之路》（*The Critical Path*，1971）中，弗莱比较了保守的"关切神话"（myths of concerns）与开明的"自由神话"（myths of freedom），并渴望二者之间的平衡：自由神话必须去纠正保守主义的种种权威主义倾向，而保守主义的秩序感又必须去削弱自由主义的种种不对社会负责的倾向。简言之，从荷马直到上帝的王国，这个强大的神话系统最终还是把自己归结为某种中间立场，处于自由的共和主义者与保守的民主主义者之间。唯一的错误，弗莱告诉我们说，就是革命者的错误，他们天真地误解了自由神话，以为它是可以历史地实现的目标。革命者只是一个坏的批评家，他误认神话为现实，一如孩子会误认女演员为真实的漂亮公主。值得注意的是，被从一切鄙下的实际关切中分离出来以后，文学最后竟能或多或少地告诉我们如何投票。弗莱继承着阿诺德的自由人本主义的传统，渴望一个如他自己所说的"自由的、无阶级的和文雅的社会"。像在他前面的阿诺德一样，弗莱的"无阶级"社会实际上意味着一个普遍赞同他自己的种种中产阶级自由主义的价值观念的社会。

在某种宽泛的意义上，诺斯洛普·弗莱的著作可以被称为"结构主义的"（structuralist），而且，有意义的是，它与欧洲"经典"结构主义（structuralism）的成长同时。顾名思义，结构主义与种种结构（structures）有关，特别与考察结构借以工作的种种一般规律有关。像弗莱一样，结构主义也倾向于把种种个别的现象**还原**为这些规律的种种实例，但是严格意义上的结构主义包括一个在弗莱那里找不到的明确原则：相信任何系统的种种个别单位之具有意义仅仅是由于它们之间的相互关系。这并非是从你应该"结构地"考察事物这一简单信念推演来的。你可以把一首诗作为一个"结构"来考察，却仍将它的每一项作为本身就有一定意义的东西来对待。也许这首诗包含着一个太阳的意象和一个月亮的意象，而你对于这两个意象如何搭配而构成一个结构感兴趣。但是，仅当你主张，每个意象的意义都完全取决于它与其他意象的关系时，你才成为一个合格的结构主义者。意象并不具有"实体的"（substantial）意义，而仅仅具有"关系的"（relational）意义。你不必走到诗外去求助你的关于太阳和月亮的知识以解释那些意象；它们相互解释，相互定义。

请让我试以一个简单例子来阐明这一点。假定我们在分析一个故事，故事里，一个男孩与父亲吵架后离开了家。在中午时分，他开始步行穿过树林，结果掉进一个深坑。父亲出去寻找儿子。他向深坑底下看去，然而由于黑暗，他看不见自己的儿子。这时候太阳刚好升到正当头，以其直射的光线照亮了坑底，使父亲救出儿子。高兴地和解之后，他们一起回了家。

这个故事可能并不十分扣人心弦，但是它的好处是简单。它显然能够被以各种方式进行解释。一个精神分析派批评家可以察觉这篇小说中有关俄狄浦斯情结（Oedipus complex）的种种明确暗示，并且指出孩子落入坑内正是他所无意识地希望的一个为了他与父亲的不和而对他自己的惩罚。这也许是一种象征性的阉割，或者是象征性地求助于母亲的子宫。一个人本主义批评家可能认为它是内在于人类关系中的种种困境的动人的戏剧化。另一类批评家也许将其视为"儿子 / 太阳"（son/sun）这两个词之间的某种被扩大了的但却没有什么意义的文字游戏。一个结构主义批评家会做的则是以图表的形式把这篇小说程式化。意义（signification）的第一单元"孩子与父亲吵架"，可以被改写为"低反叛高"。与垂直轴"低"／"高"相对，男孩穿行树林是一个沿着水平轴的运动，可以被标记为"中"。落入坑内——一个低于地面的地方——再次表示"低"，而达到顶点的太阳则再次表示"高"。阳光射入坑内在某种意义上是太阳屈尊俯就于"低"，这样就把故事的第一个意义单元倒转过来了，在那里是"低"反对"高"。父亲与儿子之间的和解恢复了"低"与"高"之间的平衡。一起步行回家则表示"中"，它标志着一种合适的中间状态的完成。大功告成，于是结构主义者就带着胜利的兴奋重新调整他的画线尺，去对付下一个故事。

这种分析的值得注意之处是，像形式主义一样，它用括号括起了小

83

说的实际**内容**，而完全集中于它的形式。你可以用全然不同的成分，例如母亲和女儿、鸟和鼹鼠等，去代替父亲和儿子、坑和太阳，却仍然保有**同样**的故事。只要由各个单元之间的**种种关系**形成的结构被保持住，你就什么项目都可以选择。在对于这个故事的精神分析式或人本主义式的批评阅读中，情况就不是这样了，它们取决于这些项目所具有的某种**内在**含义。为了理解这些含义，我们必须诉诸文本之外的有关这个世界的知识。当然，从某种意义上说，太阳无论如何都是高的，而坑是低的，在这个范围之内，选择什么作为"内容"是有关系的。但是如果我们拿来一个叙事结构，其中所需要的是两项之间的"调解者"这一象征角色，那么这个调解者就可以是任何东西：从一只蝗虫到一条瀑布。

故事各项之间的关系可以是平行的关系、对立的关系、倒转的关系、对等的关系，等等；只要这个由种种内在关系形成的结构保持不变，个别单位是可以被换成其他东西的。关于这个方法，还有其他三点可注意。首先，这个故事不是什么伟大文学的实例，但是对于结构主义来说，这一点是无关紧要的。这个方法对于对象的文化价值漠不关心：从《战争与和平》到《战争叫喊》（*War Cry*），什么都行。[1] 这个方法是分析的而不是评价的。其次，结构主义是对常识的有意冒犯，它拒绝这个故事的"明显"意义，却力图去分离出其中某些在表面上隐而不彰的"深层结构"。它不从其表面价值来理解文本，却将其"移置"到一种完全不同的对象之中。第三，如果文本的特定内容是可以被换成其他东西的，那么在某种意义上人们就可以说，一个叙事的"内容"就是它自己的结构。这就等于主张，叙事在某种意义上是关于它自己的叙事：它的"主体／主题"（subject）就是它自己的种种内在关系，以及它自己的种种创造意义的方式。

84 　　作为将现代结构语言学（structural linguistics）的创立者斐尔迪南·德·索绪尔（Ferdinand de Saussure）的种种方法与洞见应用于文学

---

[1]　俄国作家托尔斯泰的小说《战争与和平》是世界文学名著，《战争叫喊》则是基地在伦敦的基督教宗教组织救世军（the Salvation Army）的一份定期出版物，通常被认为并无任何文学价值可言。——译注

的一个尝试，文学结构主义繁荣于 1960 年代。既然关于索绪尔的划时代著作《普通语言学教程》(*Course in General Linguistics*，1916）现在已经有很多通俗化的解释，我将仅仅勾勒一下他的几个主要观点。索绪尔视语言为一个符号系统（a system of signs），这个系统应该被"共时地"（synchronically）研究——这就是说，将其作为时间截面上的一个完整的系统来研究——而不是被"历时地"（diachronically）研究，即在其历史发展中去研究。每个符号（sign）都应该被视为由一个"能指"（signifier）（一个音—象〔sound-image〕，或它的书写对应物）和一个"所指"（signified）（概念或意义）所组成。C—a—t 这三个黑色标记是一个能指，它在一个讲英语者的心中唤起"cat"（猫）这个所指。能指与所指之间的关系是一种任意关系：除了文化上和历史上的约定俗成，没有任何其他内在的原因可以说明，为什么这三个标记的意思应该是"cat"（猫）。试比较一下法语的 *chat*（猫）。因而，整个符号与它所指涉（refers to）的东西（索绪尔称之为"所指物"〔referent〕，即那种真实的有毛的四腿动物）的关系也是任意的。系统中的每个符号之有意义仅仅是由于它与其他符号的区别。"cat"（猫）之有意义并不在于其"自身"，而在于它不是"cap"（帽）或"cad"（粗人，鄙汉）或"bat"（短棒，球拍）。只要一个能指保持住它与所有其他能指的区别，它就怎么变化都没有关系；你可以用很多不同的腔调来发这个音，只要这一区别能被维持住就行。"在语言系统中，"索绪尔说，"只有种种区别"（differences）：意义并非神秘地内在于符号，它只是功能性的，是这一符号与其他符号之间的区别的结果。最后，索绪尔相信，如果语言学让自己去关注实际的言语（speech），或他所谓的 *parole*（言语），那它就会堕入令人绝望的混乱。他无意于考察人们实际所说的东西；他关心的是使人们的言语从根本上成为可能的客观的符号结构，而这被他称作"*langue*"（语言）。索绪尔也不关心人们所说到的种种真实的事物：为了有效地研究语言，应该把符号的种种所指物，即它们实际上所表示（denote）的东西，置于括号之内。

普遍意义上的结构主义乃是一个将此种语言学理论应用于语言自身

之外的种种事物与活动的尝试。你可以把神话、摔跤比赛、部落亲属关系的系统、饭店的菜单或者油画看作一个符号系统，而结构主义的分析会试图分离出使这些符号据以结合成为意义的一组潜在规则。它会基本上忽视符号实际上"说"了些什么，却集中于这些符号的种种内在的相互关系。结构主义，正如弗雷德里克·杰姆逊（Frederic Jameson）所说，是"从语言学角度重新理解一切事物"的尝试。[1] 它是下述事实的一个征候，那就是，对于 20 世纪知识生活来说，语言，连同它的种种问题、85 种种神秘以及它与其他事物的种种纠缠牵连（implications），已经同时成为其范式（paradigm）及其偏执的对象（obsession）。

索绪尔的语言学观点影响了俄国形式主义者，尽管形式主义本身并不是标准的结构主义。形式主义"结构地"看待文学文本，悬置起对于所指物的注意而考察符号自身，但是它并没有特别关心由于区别而存在的意义，而且，在其主要研究工作中，它也没有特别关心潜在于文学文本的种种"深层"规则和结构。然而，正是一位俄国形式主义者、语言学家罗曼·雅各布逊，将成为连接形式主义与现代结构主义的重要桥梁。雅各布逊是莫斯科语言学小组的领袖。这是一个成立于 1915 年的形式主义者的小团体。1920 年雅各布逊移居布拉格，成为捷克结构主义的主要理论家之一。布拉格语言学小组成立于 1926 年，并一直存在到第二次世界大战爆发。雅各布逊后来再次移居。这一次他去了美国。第二次世界大战期间，他在那里遇到了法国人类学家克洛德·列维–斯特劳斯（Claude Lévi-Strauss）。他们的相识是一个知识上的联系，大部分现代结构主义就将由此而发展出来。

在形式主义、捷克结构主义和现代语言学中，到处都可以发现雅各布逊的影响。尤其是对于被其视为语言学领域之一部分的诗学（poetics），雅各布逊的贡献乃是这样一个观念："诗性"（the poetic）主要存在于那被置于与其自身的某种自觉关系之中的语言之内。语言的诗性活动"提高符号的具体可触性"（palpability），让人去注意符号的种种

---

[1] 《语言的牢笼》（*The Prison-House of Language*，Princeton，NJ，1972），第 vii 页。

物质特性，而不是仅仅将其作为交流的筹码而使用。在"诗性"中，符号与其对象是脱节的：符号与所指者之间的正常关系被打乱了，而这样就使符号作为自身即有价值的对象而获得了某种独立性。对于雅各布逊来说，一切交流都包含六个要素：一个说者（addresser）、一个听者（addressee）、一个传递于二者之间的信息（message）、一组使这一信息可以理解的双方共享的代码（code）、一个"接触器"（contact）亦即交流所依赖的某种物质媒介，以及一个信息所指涉的"语境"（context）。这些要素中的任何一个都可以在一个特定的交流活动中居于统治地位：从说者的角度来看，语言是"表情的"（emotive），即表达心理状态的；从听者立场出发，它是"动意的"（conative），即试图产生某种效果的；如果交流涉及语境，它就是"指涉性的"（referential）；如果它面向代码本身，那么它就是"元语言学的"（metalinguistic）（例如当两个人讨论他们是否在互相理解的时候）；转向接触器本身的交流是"纯交流性的"（phatic）（例如，"啊，我们终于在这儿聊起来了"）。而当交流聚焦于信息本身，即当词语本身，而不是谁在什么情况下为了什么目的说了什么这类问题，在我们的注意中成为"前景"的时候，语言的诗性功能就占据了统治地位。[1]

86

雅各布逊也很重视已经隐含在索绪尔理论中的有关隐喻性和换喻性之间的区别。在隐喻（metaphor）中，一个符号因其与另一个符号有所相似而被它所**代替**："激情"（passion）变成了"火焰"（flame）。在换喻（metonymy）中，一个符号则被**联系**（associated）于另一个符号："翅膀"被联系于"飞机"是因为前者是后者的组成部分，"天空"被联系于"飞机"则是因为前者与后者总是自然地联系在一起的。我们可以创造种种隐喻，因为我们有一系列"对等的"（equivalent）符号："激情""火焰"、"爱情"（love），及其他等等。在说话或写作时，我们从一系列可能的对等词中选择，然后将其合并起来以形成语句。然而，诗中发生的情况却

---

[1]　见《收束之言：语言学与诗学》（Closing Statement: Linguistics and Poetics），收入托马斯·A. 西贝奥克（Thomas A. Sebeok）编《语言风格》（*Style in Language*，Cambridge，Mass.，1960）。

是，我们在将各个语词**合并**起来的过程中也像在选择语词的时候一样地注意种种"对等词"（equivalences）：我们将一些在语义上、韵律上、语音上或在其他一些方面对等的语词串在一起。这就是为什么雅各布逊能够在一个著名的定义中说，"诗性活动乃是将对等原则从选择轴（the axis of selection）投射到合并轴（the axis of combination）上"[1]。换言之，在诗中，"相似性（similarity）被添加于邻接性（contiguity）之上"：这里种种语词之被串在一起并非仅仅由于它们所传达的思想，就像在普通言语中那样，而是着眼于它们的那些由其音响、意义、韵律和内涵所形成的种种相似、对立、平行等。某些文学体裁——例如，现实主义的散文——倾向于是换喻性的，即根据各个符号之间的相互联系(associations)来连接符号；一些其他的体裁，如浪漫主义和象征主义的诗歌，则是高度隐喻性的。[2]

布拉格语言学派——雅各布逊、让·穆卡洛夫斯基（Jan Mukařovský）、菲力克斯·瓦德茨卡（Felix Vodička）等人——代表着某种从形式主义向现代结构主义的过渡。他们更充分地阐发了形式主义者的种种想法，但是他们也将这些想法在索绪尔语言学的框架中加以更严格的系统化了。诗应该被视为"功能结构"，其中种种能指和所指为一套复杂的关系所支配。必须研究的是这些符号本身，而不是它们如何反映了外在现实：索绪尔对于符号与所指物、词语与事物之间的任意关系的强调，有助于将文本从它的周围环境中分离出来，而把它造成一个自主自律的对象。但是，文学作品依然被形式主义的"陌生化"概念联系于世界：艺术离间和暗中破坏种种约定俗成的符号系统，迫使我们注意语言自身的物质过程，从而刷新我们的感觉。由于不再把语言视为当然，我们也在改变我们的意识。捷克结构主义者则比形式主义者走得更远，他们坚持

---

[1] 见《收束之言：语言学与诗学》（Closing Statement: Linguistics and Poetics），收入托马斯·A. 西贝奥克（Thomas A. Sebeok）编《语言风格》（Style in Language，Cambridge，Mass.，1960），第 358 页。

[2] 见《语言的两个方面与失语症的两种类型》（Two Aspects of Language and Two Types of Aphasic Disturbances），收入罗曼·雅各布逊（Roman Jakobson）与莫理斯·哈利（Morris Halle）合著《语言学基础》（Fundamentals of Language，The Hague，1956）。

作品的结构统一性：作品的各个成分应该被作为一个动态整体的种种功能而加以把握，而在此动态整体中，文本的某一特定层面（捷克学派称之为"支配者"）会产生着决定性的影响，它使所有其他层面"变形"（deformed），或者将其拉入自己的力场。

至此为止，布拉格结构主义者听起来可能只是新批评派的一个更科学的翻版。这个看法也确实有几分真实性。但是，尽管艺术作品应该被视为一个封闭系统，什么**算作**艺术作品却取决于社会历史环境。根据让·穆卡洛夫斯基的看法，艺术作品仅仅是在一个更普遍的意义背景上被感受为艺术作品的，它仅仅被感受为对于某种语言规范的系统"背离"（deviation）；当这一背景改变时，作品所受到的解释和评价也随之改变，直到它可能完全不再被感受为一件艺术作品为止。穆卡洛夫斯基在《作为种种社会事实的美学功能、标准和价值》（*Aesthetic Function, Norm and Value as Social Facts*，1936）中辩称，没有任何东西能够无论其地点、时间或其评价者如何而都具有美学功能；也没有什么东西不能在适当的条件下却不具有这样的美学功能。穆卡洛夫斯基区别了"物质的艺术品"（material artefact）和"美学的对象"（aesthetic object），前者是物质性的书籍、绘画或雕塑本身，后者则仅仅存在于人对于这一物理事实的解释之中。

随着布拉格学派的著作，"结构主义"这一术语开始与"符号学"（semiotics）这一字眼或多或少地混合在一起了。"Semiotics"（符号学），或"semiology"（符号学），意味着对于符号的系统研究，而这也正是文学结构主义者实际进行的工作。"结构主义"一词本身表示一种研究**方法**，它可以被应用于一系列的对象，从足球比赛一直到种种经济生产方式；"符号学"则指一个特定的研究**领域**，即通常都会被看作符号的种种系统的那个领域：诗、鸟语、交通信号、病症等。但是这两个词是部分重合的，因为结构主义把通常不会被认为是符号系统的一些东西也作为符号系统来研究，例如部落社会的亲属关系，而符号学则普遍地运用着种种结构主义方法。

符号学的美国创立者、哲学家 C. S. 皮尔士（C. S. Peirce），区别了三种基本符号。有"图像的"（iconic）符号，它与其所代表者相似（例如，一个人的照片）；"索引的"（indexical）符号，它与它所代表者有某种联系（烟与火相联系，斑点与麻疹相联系）；以及"象征的"（symbolic）符号，它仅仅任意地或约定俗成地与其所指物相联系，就像在索绪尔语言学中一样。符号学从事这样的以及形形色色其他形式的分类：它区别"外延"（denotation）（一符号所代表者）与"内涵"（connotation）（与这一符号相联系的其他符号）；区别种种代码（由规则支配的种种结构，它们产生着意义）与它们所传递的信息；区别"聚合的"（paradigmatic）（可以互相代替的同类符号）与"组合的"（syntagmatic）（这里符号被互相搭配在一条"链"中）。它谈论种种"元语言"，这里一个符号系统表示（denotes）另一个符号系统（例如，文学批评与文学之间的关系即如此）；谈论种种"多义的"（polysemic）符号，它们都具有不止一个意义。它还谈到很多其他的技术性概念。为了了解这种分析在实际使用中的情况，我们可以简略地考虑一下苏联的所谓塔尔图（Tartu）学派的主要符号学家尤里·劳特曼（Yury Lotman）的研究工作。

在他的著作《艺术文本的结构》（*The structure of the Artistic Text*，1970）和《诗文本的分析》（*Analysis of the Poetic Text*，1972）中，劳特曼把诗文本视为一个分层的系统，意义在这个系统中仅仅语境性地存在着，为一组组的相似（similarities）和对立（oppositions）所支配。在文本中，种种差异（differences）与种种类同（parallelisms）本身都是相对而言的，它们只有在相互关系之中才能被感觉到。在诗中，是能指的性质，即印刷符号在书页上面建立起来的声音和韵律的种种型式，决定着被表达的东西。诗的文本是"在语义上饱和的"，浓缩了比任何其他话语方式更多的"信息"；虽然对于现代交流理论来说，信息的增加通常导致"交流"的减少（因为我无法把你如此密集地告诉我的所有信息都"接受"下来），但在诗中情况却并非如此，而这是因为诗所具有的独特的内在组织。诗的"冗言赘语"（redundancy）最少——这样的符号之在谈话中存在主要是为了促进交流而不是传递信息——然而却能够创造出一组比任何其他语言形式都更为丰富的信息。没有携带足够的信息的诗是坏诗，因为，正如劳特曼所说，"信息就是美"。每一文学文本都由很多（词汇的、字形的、格律的、音韵的）"系统"所组成，而文本就通过这些系统之间的种种不断撞击和张力而取得其种种效果。其中，每一系统都代表着一个要被其他系统偏离的"标准"，每一系统都建立了一套要被其他系统打破的期待代码（a code of expectations）。例如，格律（metre）创造了某种型式，而诗的句法则可能会由其中斜穿而过并破坏它。文本中的每一系统都以这种方式使其他系统"陌生化"，从而打破它们的种种规律性，并将它们投入更为鲜明的对比之中。例如，我们对于一首诗的语法结构的感受也许可以加强我们对于它的种种意义的意识。当一首诗的种种系统中的某一个势将变得过分可测之时，另一个系统就由其中斜插而过，从而把它打乱到一个新的生命之中。如果某两个词由于其相似的发音或其在韵律系统中的位置而被联系在一起，这就会使我们更强烈地意识到它们在意义上的相似或者差别。文学作品不断地丰富和改变着字词的给定意义，通过它自身的各个"层次"之间的撞击和压缩而产生种种新的意义（significances）。既然无论两个什么词都可以基于某些对等的特征而被并列在一起，这种可能性就几乎是无限的。文本中的每一个词都被一系列的形式结构连到一些其他的词之上，因此每一个词的意义都总是被"多重决定的"（overdetermined），都总是一系列不同的决定因素共同行动的结果。一个单独的词可以由于谐音或半押韵（assonance）而与另一个词相连，由于句法上的对等而与第二个相连，由于词法的对称而与第三个相连，等等。这样，每一符号都同时参加了若干不同的"聚合型式"（paradigmatic patterns）或系统，而这一复杂性又被种种"组合的"联系链（"syntagmatic" chains of association）——符号被排列于其中的那些横向的而非纵向的结构——大大增加了。

89

因而，对劳特曼来说，诗的文本是"诸系统的系统"、诸关系的关系。它是可以想象出来的最复杂的话语形式，因为它把一系列系统压缩到一起，其中每一个都包含它自己的种种张力、种种对称、种种重复和种种对立，每一个都不断地修订着所有其他的系统。因而一首诗不能只读一次，而必须一读再读，因为其某些结构只有在回顾中才能被察觉。

诗激活了能指的全部躯体，强迫词语在周围词语的强烈压力下拼命工作，并从而释放出最丰富的潜能。我们在文本中感受到的一切都只是通过对比与区别而感受到的：一个与任何其他成分都没有区别性关系的成分就会始终隐而不显。甚至某些手法（devices）的阙如也可以产生意义：如果作品已经产生的种种代码引导我们去期待一个韵或者一个大团圆的结局，而它们却没有出现，那么，这个劳特曼所谓的"负手法"（minus device）也可能会像任何其他意义单位一样地有效。的确，文学作品就是种种期待的不断产生和不断打破，是规律性与任意性、标准与偏离、惯常的形式与戏剧性的陌生化之间的复杂的相互作用。

尽管有这种独特的词语丰富性，劳特曼却并不认为诗或文学可以依据它们的种种内在语言特性来定义。文本的意义并不仅仅是内在的：它也存在于文本与种种更广泛的意义系统——与文学和整个社会中的种种其他文本、代码和标准——的关系之中。它的意义也与读者的"期待视野"相关：劳特曼相当了解接受理论。正是读者，依据某些由他或她所支配的"接受代码"（receptive codes），而在作品中认出一个作为"手法"的成分。"手法"并不只是一个内在的特征，而是一个通过某一特定代码并在某一确定的文本背景中而被认识到的特征。一个人的诗的手法可能只是另一个人的日常言语。

由上述一切看来，文学批评显然已经远离了这样的日子：那时我们除了要为想象性作品的美而激动颤栗，几乎就不需要做什么别的了。实际上，符号学所代表的正是被结构语言学改变了形式的文学批评。文学批评由此而被变成了一种更严格的和更少依赖印象的事业，而正如劳特曼的著作所见证的，这一事业对于形式和语言的丰富性比大部分传统批评不是更不而是**更为**敏感。但是，如果说结构主义改变了诗的研究，那么它也使叙事研究革命化了。的确，它创造了整个一门新的文学科学——叙事学（narratoloty），而其最有影响的实践者是立陶宛人 A. T. 格雷马斯（A. T. Greimas）、比利时人 T. 托多洛夫（Tzvetan Todorov），以及法国批评家热拉尔·热奈特（Gérard Genette）、克劳德·布雷门（Claude Bremond）和罗兰·巴特。现代结构主义的叙事分析始于法国结构主义人类学家列维－斯特劳斯对神话所进行的开创性研究。列维－斯特劳斯把表面上不同的神话视为一些基本主题（themes）的各种变化。在形形色色的神话下面，存在着某些永恒的普遍结构，任何个别的神话都可以还原成为这些结构。神话是一种语言：它们可以被分解成为种种个别的单位（"神话素"〔mythemes〕），而就像语言的基本声音单位（音素〔phonemes〕）一样，仅当这些单位被以种种特定的方式组合起来的时候，它们才获得意义。支配这些组合的种种规则于是可以被视为一种语法，即叙事的表层之下的一组关系，它们才构成神话的真正"意义"。列维－斯特劳斯认为这些关系是内在于人类心智本身的，所以在研究一个神话时，我们主要不是在注意它的叙事内容，而是在注意结构着这些叙事内容的普遍精神活动。这些精神活动，例如种种二元对立（binary oppositions）的创造，从某种意义上说其实才是神话所关于者：它们是人借以思想的一些手段，是分解与组合现实的种种方式。而正是这些，而不是任何对特定故事的讲述，才是神话的要点。列维－斯特劳斯相信，同样的看法也可适用于种种图腾（totemic）系统与亲属系统，因为它们与其说是种种社会和宗教制度，倒不如说是种种交流网络，即使"信息"的传递成为可能的种种代码。进行所有这些思维的心灵并不是个别主体：是神话通过人来思维自己，而不是相反。神话既不源于某个特定的意识，也没有任何特定的目的。于是，结构主义的结果之一就是不再被视为意义之来源或目的的个别主体之被"移离中心"(decentring)。神话具有一个准客观性的集体性存在，它们全然不顾个别思维的奇情异想而展开着自己的"具体逻辑"(concrete logic)，并且把任何特定意识都还原为仅仅是它们自身的一个功能。

　　叙事学就是将上述模式普遍化，使之超出部落神话的种种非书写"文本"而达于其他种类的故事。俄国形式主义者符拉基米尔·普洛普（Viadimir Propp）已经以其著作《民间故事的结构研究》(*The Morphology of the Folk Tale*，1928）创造了一个有前途的开端。这本书大胆地把所有民间故事都还原为 7 种"行动范围"(spheres of action) 和 31 种固定元素或"功能"。任何个别民间故事都只不过是以种种特定方式组合这些"行动范围"（主人公、助手、坏蛋、被寻者，等等）。虽然这一模式非常经济，但它却仍有可能被进一步简化。A. J. 格雷马斯在《结构语义学》（*Sémantique structurale*，1966）中发现，普洛普的体系仍然过于经验主义，可以用"行动者"（actant）的概念把他的描述进一步抽象化。行动者既不是一个特定的叙事，甚至也不是一个人物，而是一个结构单位。可以将普洛普的各种行动范围归纳为六个行动者，即主体与客体、发送者与接受者、帮助者与反对者，从而达到更优美的简单性。T. 托多洛夫对薄伽丘（Boccaccio）的《十日谈》（*Decameron*）尝试了一个与此类似的"语法"分析。在《十日谈》中，人物被视为名词，他们的种种性格特点被视为形容词，他们的种种行动被视为动词。这样，《十日谈》的每篇故事就都可以被读作一个被延展了的语句，这一语句以各种不同方式组合了这些单位。因而，正如《十日谈》最终只与它自己的准语言学性结构（quasi-linguistic structure）有关一样，对于结构主义者说来，在表面上描写某些外在现实的时候，任何一部文学作品都一直是在秘密地瞥视着它自己的结构过程。总之，结构主义不仅是对每一事物的一次重新思考，一次将其作为语言而对待的重新思考；它重新思考每一事物，就好像语言才是它的真正主题。

为了阐明我们对于叙事学的看法，我们最后还可以看一看热拉尔·热奈特的著作。在他的《叙事话语》（*Narrative Discourse*，1972）中，热奈特利用了叙事作品中的下述区分，即 *récit*、*histoire* 与 *narration* 之间的区分。他以 *récit*（叙述时序）指文本中的各个事件的实际次序，*histoire*（事实序列）是我们可以从文本中推断出来的这些事件"实际"发生时的次序，而 *narration*（叙述活动）则关系到叙述行为本身。前两个范畴相当于经典的俄国形式主义在"情节"（plot）和"故事"（story）之间所做的区分：一篇侦探小说通常从一具尸体的发现开始，再一步一步地回过来揭露谋杀是如何发生的，但是由这些事件所构成的"情节"与"故事"即这些事件的实际时序是相反的。热奈特明确分出了叙事分析的五个中心范畴。"次序"（order）指叙事的时间次序，即叙事是怎样通过 prolepsis（预叙）、analepsis（插叙）和 anachrony（时间错位）——此指"故事"与"情节"之间的种种不一致——而进行的。
"时段"（duration）表示叙事可以怎样略过或扩展种种事件，怎样进行
概叙和做出停顿，等等。"频率"（frequency）包括下述这些问题：是否
一个事件在故事中发生过一次并被叙述过一次，或它发生过一次却被叙
述了几次，或它发生过几次并被叙述了几次，或它发生过几次却只被 92
叙述了一次。"语气"（mood）这一范畴可以再分为"距离"（distance）
与"视角"（perspective）。[1]"距离"有关于叙述活动与它自己的材料
的关系：故事是被讲述（recounting）（diagesis〔叙述〕）出来的还是被
再现（representing）（mimesis〔模仿〕）出来的？叙事所用的是直接引
语（direct speech）、间接引语（indirect speech），还是"自由间接"（free
indirect）引语？"视角"是传统上可以被称为"观点"（point of view）
者，并可以再被以不同的方式细分：叙述者可以比人物知道得多，也
可以比人物知道得少，或者与人物活动于相同层次；叙述可以是"无
聚焦"（non-focalized）的，即由一个外在于事件的全知叙述者交代出来
的；或是"内在聚焦"（internally focalized）的，即由一个人物从某个固
定立场上或从一些不同的立场上讲述的，或者是从若干人物的观点讲述
的。"外在聚焦"（externally focalized）这样一种形式也是可能的，其中
叙述者所知少于人物。最后还有"语态"（voice）这一范畴，它关系到
叙述活动本身，即叙述所隐含的是何种叙述者（narrator）与叙述接受者
（narratee）。[2]在"叙事的时间"（time of the narrative）与"被叙述的时间"
（the narrated time）之间，即在讲述故事这一活动与你所讲述的事件之间，
可以有不同的组合方式：你可以在事件发生之前、之后或在其发生之中

---

[1]　"语气"（mood）这一概念借自语言学，主要指说者对其所说者的种种可能的态度，
例如，陈述事实为直陈语气（indicative mood），做出假定为虚拟语气（subjunctive mood），发布
命令为命令语气（imperative mood），等等。不同语言以不同方式表示这些语气：拉丁语是通过
动词的词形变化，英语和汉语是通过某些特定词汇（"可以""能够""应该"等助动词）。——
译注

[2]　"语态"（voice）也是来自语言学的范畴，指某些语言中通过动词的词形变化而表示
出来的主语与动词所表示的动作之间的关系，如在主动语态（active voice）中主语是动作的主体，
在被动语态（passive voice）中是动作的对象。而在所谓中间语态（middle voice）中，动作的主
体同时也是动作的对象，等等。——译注

（如在书信体小说中那样）讲述它们。一个叙述者可以是"从外叙述的"（hererodiegetic）（亦即叙述者不在自己的叙述之中），或者是"从内叙述的"（homodiegetic）（叙述者在他的叙述之内，例如第一人称小说），或是"叙述自己的"（autodiegetic）（这里他不仅在叙述之内，而且还作为主要人物而出现）。这些仅仅是热奈特的种种分类的一部分，但是它们确实使我们注意到文学话语的一个重要方面，即**叙述活动**（*narration*）与**所叙之事**（*narritive*）之间的区别：前者是讲故事这一行为和过程，后者则是你实际所讲述的东西。当我在像自传这样的作品中讲述一个关于我自己的故事时，进行讲述的那个"我"在某种意义上似乎与我所描绘的那个"我"相同，但是在另一种意义上却又不同。下面我们将会看到这个似是似非的情况是如何具有着种种超出了文学本身的令人感兴趣的内在含义的。

结构主义的收获是什么？首先，它代表着对文学的毫不留情的**去神秘化**（*demystification*）。在格雷马斯和热奈特的叙事分析之后，就不那么容易再在第三行中听到刀剑砍杀之声了，也不那么容易在读完《空心人》（*The Hollow Men*）之后就知道做一个稻草人（scarecrow）的滋味是什么了。[1] 主观的泛泛之言受到这样一种批评的惩罚：这种批评承认，正如任何其他语言产品一样，文学作品也是一个**建构**（*construct*），而其种种机制也能像任何其他科学的对象一样被归类和分析。浪漫主义的那一偏见，即认为诗就像人一样，内含着一个生命本质，一个不应被无礼地去摆弄的灵魂，现在被直截了当地揭露为一种伪装的神学，一种对合乎理性的探究的迷信的恐惧。而正是这一恐惧把文学变成一个崇拜偶像，并且加强了那些"天生"敏感的文学批评精英的权威。而且，结构主义方法含蓄地质疑了文学所要求的作为一种形式独特的话语的权利：既然深层结构既能从锡德尼爵士（Sir Sydney）也能从米齐·斯皮林（Mickey Spillane）那里被挖掘出来，并且它们还毫无二致，那么就再也不容易给

---

[1]　《空心人》是 T. S. 艾略特所作的一首诗。——译注

予文学一个本体论上的特权地位了。[1] 随着结构主义的到来，20 世纪欧洲那些伟大的美学家和人文主义文学学者们的世界——克罗齐（Croce）、库尔提乌斯（Curtius）、奥尔巴赫（Auerbach）、斯皮策（Spitzer）和韦勒克（Wellek）的世界——似乎成了一个好日子已经过完了的世界。[2] 这些学识渊博、洞见深刻、才思敏锐、通今博古的学者们，作为伟大的欧洲人文主义的一群灿烂明星，是在 20 世纪中叶的骚乱与灾难之前突然出现在历史视野之中的。这样一种丰富的文化看来显然是无法再被发明出来了——选择似乎显然是在两极之间：或者是向它学习并继续前进，或者是在我们这个时代仍然怀旧地纠缠于它的种种残骸，并去谴责这样一个"现代世界"，这里平装书已经标志了高级文化的死亡，这里当人幽室独处一卷在手之时，再也没有家仆为他看守门户。

　　结构主义对于人类意义的"被建构性"（constructedness）的强调代表了一种重大的进步，意义既不是私人经验也不是神所命令发生的事件：它是一些共享的表意系统（systems of signification）的产物。资产阶级的那一确信，即孤立的个别主体就是一切意义的源泉，遭到了强烈的一击：语言先于个人；与其说语言是他或她的产物，不如说他或她是语言的产物。意义不是"自然的"，即不是一个仅仅看见了就可以了的问题，也不是某种被永远确定下来的东西，你解释世界的方式是供你支配的种种语言的一个作用，而这些语言显然不是永恒不变的。意义并不是先被所有地方的所有男女直觉地共享着，然后再由他们以各种语言和文

---

　　[1]　米齐·斯皮林（Mickey Spillane, 1918— ），美国著名侦探小说家 Frank Morrison Spillane 的笔名。其极为流行的侦探小说以凶猛的暴力与性放荡为特色。主要作品有《我，陪审团》（*I, The Jury*, 1947）、《我的枪快》（*My Gun Is Quick*, 1950）、《大开杀戒》（*The Big Kill*, 1951）、《深》（*The Deep*, 1961）、《猎少女者》（*The Girl Hunters*, 1962）、《枪的日子》（*Day of the Guns*, 1964）、《最后一个警察也出动了》（*The Last Cop Out*, 1973）和《当大海退潮之日》（*The Day the Sea Rolled Back*, 1981）。——译注

　　[2]　见贝尼季托·克罗齐（Benedetto Croce）《美学》（*Aesthetic*, New York, 1966）、埃里希·奥尔巴赫（Erich Auerbach）《摹仿论》（*Mimesis*, Princeton, NJ, 1971）、E. R. 库尔提乌斯（E. R. Curtius）《欧洲文学与拉丁中世纪》（*European Literature and the Latin Middle Ages*, London, 1979）、利奥·斯皮策（Leo Spitzer）《语言学与文学史》（*Linguistics and Literary History*, Princeton, NJ, 1954）、勒内·韦勒克（René Wellek）《近代文学批评史》（*A History of Modern Criticism*, London, 1966）。

字表达出来的东西：你能表达什么意义首先取决于你分享了何种文字或语言。这里存在着一种关于意义的社会和历史理论的萌芽，它们所蕴涵的种种东西将对当代思想产生深刻的影响。现实已经不再有可能被简单地看作"在那里"者，即一个仅仅为语言所反映着的种种事物的固定秩序。根据这一假定，词与物之间有一条自然的纽带，一组存在于这两个领域之间的现成对应关系。我们的语言为我们揭示世界的真相，而这是不能被怀疑的。这种理性主义的或经验主义的语言观在结构主义手中大受其苦：因为，如果符号与其所指物之间的关系如索绪尔所论乃是一种任意的关系，那么又有哪一种认为知识与对象"对应"的理论还能站得住呢？现实不是被语言反映的而是被语言**产生**出来的：语言是切割世界的一种特定方式，而这一世界就深深地依赖着我们所掌握的，或者，更准确地说，掌握着我们的，种种符号系统。于是，这样的疑问就开始产生了：结构主义之不是一种经验主义，是否仅仅因为它又是另一种哲学唯心主义？它之将现实视为本质上乃语言之产物的观点，是否只是古典唯心主义把世界作为人类意识之构成物的最新翻版？

结构主义以其对个体的忽视、对文学的种种秘密的纯科学分析方法，以及它与常识（common sense）的势不两立，使文学权力当局大为震惊。结构主义之冒犯常识这一事实总是它的得分之项。常识相信，事物大多只有一个意义，而这个意义通常都是显而易见的，就铭刻在我们所遭遇的种种事物的表面之上。世界基本上就是我们所感觉到的那个样子，而我们感觉世界的方式又是一种自然的、自明的方式。我们知道太阳绕着地球转是因为我们看见它在这样做。在不同的时代里，常识曾经下令烧死女巫，吊死偷羊贼，或者因为恐惧致命的传染而躲避犹太人，但是这一陈述本身却不是常识性的，因为常识相信它自己是万古不变的。主张表面意义并非一定就是真正意义的思想家们通常都遭到轻蔑：在哥白尼之后有马克思，他主张种种社会过程的真正意义是在种种个别动因的"背后"进行的，而在马克思之后弗洛伊德又论称，我们的语言和行为的种种真正意义对于意识心灵来说是完全不可知的。结构主义是下述信念的现代继承者：现实和我们对于现实的经验并不是互相连续的。而这样一来，它就威胁了某些人的意识形态的安全感，这些人希望世界能在他们的控制之内，希望世界将其单一的意义就挂在脸上，并且将它在他们的完美无瑕的语言之镜中向他们交出来。结构主义暗暗破坏了文学人文主义者的经验主义——即相信最"真实"的东西就是被经验到的东西，而这一丰富、微妙和复杂的经验之家就是文学本身。像弗洛伊德一样，结构主义也揭示了令人震惊的真理：即使我们最内在的直接经验也是结构所产生的一个效果。

我已经说过，结构主义包含着一种关于意义的社会和历史理论的萌芽，但是，总的看来，它们却无法成长起来。因为，如果个人赖以生存的种种符号系统能够被视为在文化上是可变的，支配这些系统进行活动的那些深层规律却没有被视为是可变的。对于"最强硬"的结构主义来说，这些结构是普遍的，被镶嵌在超越任何特定文化的集体心灵之中，列维－斯特劳斯相信它们就植根于人脑本身的结构。一言以蔽之，结构主义是令人毛骨悚然地非历史的（unhistorical）：结构主义声称其所分离出来的心灵的种种规律——平行、对立、倒转及其他等等——是在一个相当远离人类历史的种种具体差异的普遍性层面上活动的。从这样一个奥林匹斯山般的高度俯视，所有的心灵看起来当然都是十分相似的。在描述了一个文学文本之下的潜在规则系统的特点之后，结构主义者所能做的就是往后一坐，不知道下一步还该做什么了。对于他们来说，既没有要把作品与它所处理的现实联系起来的问题，也不存在将作品联系于产生它的种种条件或研究了它的那些实际读者的问题，因为结构主义的最基本的姿态就是要把这类现实全部放入括号。正如我们看到的，为了揭示语言的本质，索绪尔首先必须压抑或忘掉语言所说到的东西：所指物，即符号所表示的真实客体，被悬置起来了，从而使符号自身的结构能够得到更好的研究。值得注意的是，这一姿态与胡塞尔的下述做法何其相似：为了更紧密地把握心灵经验真实客体的方式，胡塞尔也括起了真实的客体。尽管结构主义与现象学的核心方法不同，它们却都源于这样一种具有反讽意味的行为：为了更好地阐明我们对于物质世界的意识，却把这一世界关在我们的门外。对于任何相信意识在某种重要的意

95

义上是**实践的**，是与我们在现实中活动和作用于现实的种种方式不可分割地连在一起的人来说，任何这样的做法都注定是自我拆台。这就像是为了更方便地研究血液循环而把人杀死一样。

但是，这还不仅是把"世界"这样的一般性的东西关在门外的问题；这是要在一个似乎极难获得确定性的特定世界中为确定性发现一个立足点的问题。组成《普通语言学教程》的那些节课是索绪尔 1907 年至 1911 年在欧洲的中心所讲授的。当时正处在一个历史崩溃的边缘，但索绪尔自己却并没有活着见到它。也正是在这些年代里，在离索绪尔的日内瓦不远的一个欧洲中心，埃德蒙德·胡塞尔正在系统地阐述现象学的主要原理。与此同时或稍晚，20 世纪英语文学的主要作家们——叶芝、艾略特、庞德、劳伦斯、乔伊斯——也正在发展他们各自的封闭的象征体系，在它们之中，传统（Tradition）、通灵学（theosophy）、男性与女性原则（the male and female principles）、中世纪主义（medievalism）以及神话（mythology），将为一些完整的"共时"结构——用以控制和解释历史实在的一些无所不包的模式——提供基石。[1] 索绪尔自己则将设定 langue（语言）系统之下的"集体意识"的存在。在这些英国文学主要作家们求助于神话的举动中不难发现他们对于当代历史的逃避；但在一本结构语言学教科书或一种深奥的哲学之中，这种逃避却不是那么容易发现的。

比较容易地发现这一逃避之处也许是结构主义对历史变化这一问题所感到的困窘。索绪尔是从一个接着一个的各个共时系统的角度来考察语言的发展的，这很像是梵蒂冈官员们在说，无论教皇关于计划生育的即将来临的下一通告是会坚持还是会放弃以前的信条，教会仍然还是在从一种状态的确定性走向另一种状态的确定性。对于索绪尔来说，历史

---

[1] 这一大写的"传统"（Tradition）指本书第一章中所讨论的艾略特所说的那个传统。"通灵学"（theosophy），或译"通神学"或"通神论"，是一种宗教性或半宗教性的信仰，认为可以通过精神上的自我发展而洞察神性。它拒绝犹太教和基督教的上帝启示的真理和神学，并吸收了佛教或婆罗门教的某些教义。所谓"男性与女性原则"（the male and female principles）指劳伦斯作品中所宣扬者。"中世纪主义"（medievalism）指对欧洲中世纪的信仰和习俗的接受与坚持。——译注

变化是这样一种东西，它所影响的是语言的种种个别元素，并且只能通过这种间接的方式而影响整体：作为整体的语言会重新组织自己以容受这些干扰，就像人会学习用假腿走路或者艾略特的传统（Tradition）欢迎一部新杰作加入俱乐部一样。这个语言学模式背后隐藏着对于人类社会的一种明确看法：变化只是一个本质上并无任何冲突的系统之内的干扰与失衡，而这一系统只会动摇片刻，然后就会重新恢复平衡，并将变化毫不费力地接受进来。对于索绪尔来说，语言变化似乎只是一种事故：它是"盲目"发生的。直到后来的形式主义者们才开始说明变化本身可以怎样被系统地加以把握。雅各布逊与他的同事尤里·图尼雅诺夫认为文学史本身就形成一个系统，在其中的任一给定点上，都有某些形式和文类是"主要的"，而其他则是从属的。文学的发展是通过这一等级系统之内的种种主从地位的不断转移而发生的，这样原先的主要形式就变成一种从属形式，或者相反。这一过程的动力就是"陌生化"：如果一种主导文学形式已经陈腐不堪，使人无法再"感受到它的独特之处"（imperceptible），例如，它的某些手法（devices）已经被一个次要文类如通俗新闻写作所采用，从而模糊了它与这些作品之间的区别，那么，原先的某个从属形式就会冒出来使人"耳目一新"。历史变化就是系统内种种固定元素之间逐渐的重新组合和重新排列：没有任何事物消失；它们仅仅通过改变与其他元素的关系而改变了形状。照雅各布逊与图尼雅诺夫的说法，一个系统的历史本身也是一个系统：历时性（diachrony）可以被"共时地"（synchronically）研究。社会本身是由一整批（或者，照形式主义者的说法，"一系列"〔series〕）系统组成的，其中每一系统都被它自己的种种内在规律所驱动，并相对地独立于所有其他系统而自主地演进。然而，种种不同系列之间也存在着种种"相互关系"（correlations）：在任何特定的时刻，文学系列都会碰到好几条可能的发展道路，但实际选择了哪条道路却是文学系统自身与其他历史系列的"相互关系"的结果。这并不是一个被所有后来的结构主义者都接受了的意见：在他们用以处理研究对象的那一坚定不移的"共时"方法中，历史变化有时变得就像浪漫主义的象征那样地神秘莫测。

97

结构主义在很多方面都与传统的文学批评决裂了，但在其他很多方面却依然委身于传统的文学批评。正如我们已经看到的，结构主义之专注于语言具有非常根本性的意义，但对于语言的专注同时也是众所周知的学者之执迷（obsession）。语言难道真就是一切吗？那劳动、性（sexuality）、政治权力又怎么样呢？这些实在之物本身可能会摆脱不开地纠缠在话语之中，但它们却肯定是不能被仅仅归结为话语的。究竟是哪些政治条件本身决定了对于语言本身的这种极端"突出"？结构主义之将文学文本视为一个封闭系统的观点与新批评之将其作为一个孤立对象来对待真是那样地截然不同吗？作为一种社会**实践**的文学——一种不一定被产品本身所穷尽的**生产**方式——这一概念又被怎么样了呢？结构主义能够解剖这一产品，但它却拒绝研究产生这一产品的那些物质条件，因为这就可能意味着向"起源"神话屈服。很多结构主义者也并不关心文学产品的实际消费情况——不关心人们在实际阅读文学作品时发生了什么，以及这些作品在整个社会关系中起了什么作用。而且，结构主义对于符号系统的**整合**性（integrated nature）的强调难道不正是把作品视为"有机统一体"的一种翻版吗？列维－斯特劳斯将种种神话作为种种真实社会矛盾的想象性解决来谈论；尤里·劳特曼运用控制论的形象来说明诗怎样形成一个有机的整体；布拉格学派则发展了对于作品的一种"功能主义"的看法，认为在一部作品中所有的部分都毫不徇情地齐心协力为整体的利益工作。传统批评有时把文学仅仅归结为开向作者内心（psyche）的一扇窗户，结构主义却似乎把它变成了开向普遍心灵（mind）的一扇窗户。文本自身的"物质性"，即其详细的语言过程，处在被取消的危险之中：一部作品的"表层"（surface）不过只是它那隐蔽着的深层的乖乖反映。列宁曾称之为"外表之实在"（reality of appearances）的东西有被忽视的危险：作品的所有"表层"特征都能被还原成为一个"本质"（essence），一个充满作品所有方面的单独中心意义，而且这一本质不再是作者的灵魂或圣灵（the Holy Spirit），而是"深层结构"本身。文本实在只是这一"深层结构"的"拷贝"（copy），结构主义批评则是这一拷贝的拷贝。最后，如果说传统的批评家组成了一群精神精英，那么结构主义者似乎就构成了一群由远离"普通"读者的奥秘知识所装备起来的科学精英。

结构主义在括起真实客体的同时也括起了人类主体。确实，规定了结构主义事业的正是这样一个双重运动。作品既不涉及一个对象，也不是个别主体的表现；二者都被挡开了，而被留下来悬空在二者中间的东西则是一个规则系统。这一系统有自己的独立生命，不会屈尊俯就于个人意图对它的颐指气使。说结构主义跟个别主体有问题其实是说轻了：实际上那个主体是被有效地取消掉了，被化约为一个非个人性的结构的功能了。换言之，新的主体实际上是**系统本身**，它似乎配备了传统意义上的个人的一切特点（自律、自我修正、统一性，等等）。结构主义是"反人本主义的"（anti-humanist），但这并不意味着其提倡者抢走孩子们的糖果，而是说他们拒绝意义始于并终于个人"经验"这样一种神话。对于人本主义传统来说，意义是我创造的或者我们共同创造的某种东西；但是，支配着意义之创造的种种规则若非已经存在，我们又怎么能够创造意义？无论我们如何上下求索意义的起源，我们总会发现一个结构已经在位了。结构不可能只是言语的**结果**，因为如果没有结构的首先存在，我们又如何能够有条有理地说话？我们决不会发现一切都由之开始的"第一符号"，因为，正如索绪尔所阐明的，任何一个符号都必然已经涵设着（presupposes）它与之有区别的其他符号。列维－斯特劳斯推想，如果语言真是"诞生"出来的，那它必定是"一举"（at a stroke）诞生出来的。[1] 读者想必记得，罗曼·雅各布逊的交流模式始于一个说话者，这是被传达的信息的发源之处；但是这一说话者又从何而来呢？为了能够传达一个信息，他或她必须先已被语言抓住和构成。太初有言（In the beginning was the Word）。

---

[1]　这就是说，作为一个系统的语言或一个语言系统不可能是一点一点累积起来的东西，因为一个语言符号，如一个音素、一个词素、一个书写符号等，只有通过与其他语言符号的区别性联系才成为一个符号。所以，没有符号本身，或者，更准确地说，符号没有任何"本身"可言。每一个符号都必然蕴涵着其他符号，或者说，每一个符号都由它与其他符号的种种区别所构成。所以，全体语言符号必须一下到位，方才可能有所谓语言。——译注

　　与把语言简单地视为个别心灵的"表达"相比，这样看待语言是一个可贵的进步。但是它也导致严重的困难。虽然最好不要把语言理解为个人的表达，但在某种意义上语言的确牵涉着人类主体和他们的种种意向，而正是这一点结构主义却置之未论。让我们稍稍回顾一下我在前面一章中勾勒的那个情况。我在那里说，当一阵大风吹过房间的时候，我告诉你关上门。然后我说，我的话的意义独立于我可能怀有的任何个人意向——就是说，这一意义是语言本身的功能，而不是我的某种内心活动过程。的确，在某种实际情况中，无论我如何异想天开地要让它们意味些什么，这些词语都好像只意味着它们所意味的东西。但是，如果我刚花了20分钟把你捆在椅子上，就叫你去关门，那会怎么样呢？如果门已经关上了，或者根本就没有门在那里，那又会怎么样呢？你于是肯定会理所当然地问我："你是什么意思？"这并不是说你不理解我的**话**的意义，而是你不理解我的话的**意义**。即使我给你一本字典也无济于事。在这种情况下，询问"你是什么意思？"确实就是询问一个主体的意向，而除非我理解了这些意向，否则关门这一要求就根本没有意义。

　　然而，询问我的意向并不一定就是要求窥见我的心灵并观察那里进行着的内心活动过程。不必像 E. D. 赫什那样把意向在本质上视为私人性的"内心行为"。在上述这样的情况下问"你是什么意思？"其实是问我的语言想要产生什么效果：这是了解这一情况本身的一种方法，而不是在我的头脑中寻找飘忽不定的冲动的一个尝试。理解我的意向就是联系于一个有某种重要性的语境来理解我的言语和行为。当我们理解一个语篇（a piece of language）的种种"意向"时，我们在某种意义上是把它解释为是**有指向**（oriented）的，是被构造出来以取得某种效果的；而这些没有一丝一毫是可以离开这一语言在其中活动的那一实际情况而能够被把握住的。这就是将语言视为一种实践而非一个客体；而当然没有任何实践是没有人类主体的。

　　这样一种看待语言的方式总的来说是与结构主义格格不入的，至少是与其诸经典形式格格不入的。正如我已经提到的，索绪尔感兴趣的不是人们实际所说的东西，而是让他们能够去说它们的那个结构：他研究的

是 *langue*（语言）而不是 *parole*（言语），视前者为一客观社会事实，而视后者为随意的和无法被理论化的个人言谈。但是，这一语言观已经隐含了某种把个体与社会之间的关系概念化的方式，而这种方式是成问题的。这种语言观认为系统是被决定了的，而个人是自由的：它把社会的种种压力和决定因素不是作为活跃于我们实际话语中的种种力量，而是作为一个与我们对立的铁板一块的结构来把握。它假定 *parole*（言语），即个人的言谈，真就只是个人的，而不是一件不可避免地社会性的和"对话性的"事，一件将我们与其他听者和说者在整个社会价值和目的的领域中牵连在一起的事。索绪尔在其最紧要之处——语言生产，即具体社会个人的实际的说、写、听、读——剥除了语言的社会性。于是语言系统的种种制约因素自然就成为被固定的和被给定的，成为 *langue*（语言）的各个方面，而不是我们在实际交流中产生、修正和改变着的种种力量。我们也可以注意一下，正像很多经典的资产阶级模式一样，索绪尔的个人与社会这一模式并没有中间项，并没有存在于个别说话者与作为整体的语言系统之间的任何中介。下面这样一个事实，即一个人可能不仅是一个"社会的成员"，而且还是女人、工人代表（shop-steward）、天主教徒、母亲、移民以及裁军运动者，被简单地放过了。这一事实在语言方面的必然结果——我们同时居于很多不同"语言"之中，而其中一些也许是互相冲突的——也被忽视了。

从结构主义的转移，用法国语言学家爱米尔·本维尼斯特的话说，部分上是从"语言"（language）移向"话语"（discourse）。[1] "语言"是从客观角度来观察的言语（speech）或书写（writing），它被看作一条没有主体的符号链。"话语"意味着那被把握为**发言**（utterance）的语言，即包括各个说话主体与写作主体，因而至少也潜在地包括着各个读者和听者的语言。这并不是简单地回到前结构主义的日子，那时我们认为，语言分别属于我们每一个人，就像我们的眉毛属于我们每一个人一样；这也不是复归于经典的"契约"语言模式，根据这一模式，语言只

---

[1]　见他的《普通语言学问题》（*Problems in General Linguistics*，Miami，1971）。

是本质上独立的个人用以交换他们先于语言的经验的一种工具。实际上这是一种"市场"语言观，它与资产阶级个人主义的历史发展紧密相联：意义像我的商品一样地属于我，而语言则只是一套记号（tokens），让我可以像货币一样用来与也是意义私有者的其他个人交换我的意义商品（meaning-commodity）。根据这一经验主义的语言理论，我们很难知道所交换的是不是真是那个要被交换的东西？假如我有了一个概念，就给它贴上一个语词符号，然后把这一整包东西给另一个人扔过去，他看了这个符号，就在他自己的语言档案系统中搜寻那个相应的概念，那我又怎么能知道他是在以同我一样的方式搭配符号和概念呢？也可能我们一直是在系统地互相误解。就在这一经验主义的模式成为英国标准的哲学语言观之后不久，劳伦斯·斯特恩写过一本小说《商第传》（*Tristram Shandy*），他所利用的恰恰就是这个模式中潜在的可笑之处。对于结构主义的批评家来说，退回到这种可怜状态中去的问题是不存在的，在这种状态里，我们是从概念的角度来看待符号，而不是认为概念只是处理符号的某些特定方式。问题只是，一种似乎完全把人类主体挤掉了的意义理论是非常奇怪的。以前种种理论的狭隘之处在于，它们顽固坚持说者或写者的意向对于解释来说始终是至高无上的。但是，在反击这种教条主义时，却不必根本否定意向的存在。只需指出认为意向总是话语的**统治性**结构（the *ruling* structure of discourse）这一主张的武断之处就够了。

101

1962年，罗曼·雅各布逊和克洛德·列维-斯特劳斯发表了一篇对夏尔·波特莱尔（Charles Baudelaire）的诗《猫》（*Les chats*）的分析。这篇论文已经成为高级结构主义实践的经典之作。[1] 该文以梳箆式的严密从诗的语义（semantic）层、句法（syntactic）层和音位（phonological）层发掘出一批对等（equivalencies）和对立（oppositions），这些对等和对立一直伸展到种种个别的音素（phonemes）。但是正如米歇尔·拉法特里（Michael Riffaterre）在一篇著名的批评文章中所指出的，雅各布逊

---

[1] 见迈克尔·莱恩（Michael Lane）编《结构主义读本》（*Structuralism: A Reader*, London, 1970）。

和列维－斯特劳斯所辨认出的某些结构甚至连最警觉的读者也无法察觉。[1] 而且，这一分析也没有注意到阅读**过程**：它共时地把握文本，将其当作空间中的物体而非时间中的运动。诗中某个特定的意义会使我们反思地修正我们已经知道的东西；一个被重复的词或意象的意义和它第一次出现时的意义并不相同，而这恰恰就由于它乃是一个重复。没有事件发生两次，而这恰恰就因为它已经发生过一次。拉法特里认为，这篇关于波特莱尔的论文也忽视了词语的某些关键性的内涵（connotations），这些内涵是只有走出文本自身，而走向文本所利用的种种文化代码和社会代码，人们才能认识到的；但是这一做法当然是作者们的种种结构主义假定所禁止的。他们以真正的结构主义方式将这首诗作为"语言"来对待；而拉法特里，通过诉诸阅读过程和作品在其中得到理解的文化环境，已经开始走在把作品看作"话语"的路上。

索绪尔语言学的最重要的批评者之一是俄国哲学家和文学理论家 M. 巴赫金（Mikhail Bakhtin）。他以同事 V. N. 瓦洛施诺夫（V. N. Voloshinov）的名字于 1929 年发表了一项开创性的研究，题为《马克思主义与语言哲学》（*Marxism and the Philosophy of Language*）。以巴赫金与 P. N. 密特威德夫（P. N. Medvedev）为名于 1928 年出版的《文艺学中的形式方法》（*The Formal Method in Literary Scholarship*）一书，迄今仍然是对于俄国形式主义的最中肯的批评。这一批评的大部分也出自巴赫金之手。巴赫金既强烈地反对索绪尔的"客观主义的"（objectivist）语言学，也批评那些想代替它的"主观主义的"（subjectivist）语言学。他把注意从抽象的 *langue*（语言）系统转向特定社会语境中个人的具体言谈（utterances）。语言应该被视为本身就带有"对话性"（dialogic）：语言只有从它必然要面向他者这一角度才能被把握。符号（sign）主要不应被视为一个（像信号〔signal〕那样的）固定单位，而应被视为言语的一个积极组成部分，而符号在种种特定社会条件下浓缩于自身之内的种种社会语调、价值判断和内涵则会限制和改变它们的意义。既然这些价值判断和内涵总

---

[1] 见雅克·埃尔曼（Jacques Ehrmann）《结构主义》（*Structuralism*，New York，1970）。

是在不断地变化转换，既然"语言共同体"事实上是由很多互相冲突的利益所组成的一个**异质的**（heterogeneous）社会，因而对于巴赫金来说，与其说符号是一个既定结构之内的中性元素，还不如说它们是斗争和矛盾的焦点。这里的问题不单是问"符号的意思是什么"，而是要调查其变化着的历史，因为种种互相冲突的社会集团、阶级、个人和话语就力图占有符号并且以自己的意义渗透它们。简言之，语言是意识形态斗争的战场，而不是铁板一块的系统；符号则就是意识形态的物质媒介，因为没有符号任何价值或观念就都无法存在。巴赫金重视语言那所谓的"相对自主性"（relative autonomy），即语言不能仅仅被归结为社会利害关系的反映；但是他坚持认为，没有什么语言没有被各种确定的社会关系所卷入，而这些社会关系则又是种种更广阔的政治系统、意识形态系统和经济系统的一部分。词语在意义上是"多重音的"（multi-accentual），而不是冻结的：它们总是某一主体向另一主体所说的词语，而这一实际语境则会塑造和转变这些词语的意义。而且，既然所有符号都是物质性的——就像身体或者汽车一样地具有物质性——既然没有符号就没有人类意识，巴赫金的语言理论就为一个有关意识本身的唯物主义理论奠定了基础。人类意识乃是主体与他者在行为上、物质上和语义上的交往，而不是脱离了这些关系的某种封闭的内在领域；意识，也像语言一样，同时既"内在"于又"外在"于主体。语言既不应被视为"表现"和"反映"，也不应被视为抽象系统，而应被视为一种物质生产手段，借此，符号的物质实体通过社会冲突和对话的过程而被转变成意义。

已经有一些具有重要意义的研究工作在我们自己的这个时代跟随在上述这一彻底的反结构主义观点之后。[1] 这一观点与一股盎格鲁—撒克逊语言哲学潮流也有某种并非直接的关系，说"并非直接"是因为这一

---

[1] 见米歇尔·佩舍（Michel Pécheux）《语言、语义学与意识形态》（Language, Semantics and Ideology, London, 1981）、罗杰·福勒（Roger Fowler）《作为社会话语的文学》（Literature as Social Discourse, London, 1981）、冈特·克雷斯（Gunter Kress）和罗伯特·霍奇（Robert Hodge）《作为意识形态的语言》（Language as Ideology, London, 1979）、M. A. K. 哈利戴（M. A. K. Halliday）《作为社会征候的语言》（Language as Social Semiotic, London, 1978）。

语言哲学并不让自己关心像"意识形态"这样的陌生概念。这股以言语行为理论（speech act theory）为人所知的潮流始于英国哲学家 J. L. 奥斯汀（J. L. Austin）的著作，特别是他那本被幽默地题为《如何以言行事》（*How to do Things with Words*，1962）的书。奥斯汀注意到，并非我们所有的语言都实际地描述现实：有些语言是"行事性的"(performative)，它的目的是使某些事情被完成。有"行言内之事的"(illocutionary) 言语行为，它就**在**说话本身**中**做某种事："I promise to be good"（我保证好好做），或 "I hereby pronounce you man and wife"（我特此宣布汝二人为夫妻）。有"收言外之果的"(perlocutionary) 言语行为，它**通过**说话来造成一个结果：我可以做到用我的话来说服、劝告或恐吓你。有趣的是，奥斯汀最终承认，所有语言其实都是"行事性的"：甚至对于事实的种种陈述，即"定事性的"(constative) 语言，也是种种提供信息或做出肯定的行为，所以传达一个信息就像命名一条船一样，也是一种"行事"。[1] 要想使"行言内之事的"行为有效，就必须先已有某些成规(conventions)：我必须是那种被许可做出这类陈述的人，我必须对此是当真的，场合必须是合适的，手续必须是得到正确的履行的，等等。我不能为一只獾施行洗礼，而且我要根本就不是牧师的话，大概就会把事情弄得更糟（我之选洗礼为例是因为，在奥斯汀对于适当条件、正常手续及其他种种方面的讨论与关于圣礼有效性的神学辩论之间，有着某种奇怪的而且并非毫不重要的类似）。当我们认识到，文学作品本身可以被看作言语行为或言语行为之模仿时，所有这一切与文学的相关性就显而易见了。文学可以显得是在描写这个世界，并且有时也的确如此，但它的真正作用乃是行事性的：它在某些成规范围内运用语言，以期在读

103

---

[1]　奥斯汀将"行事性的"(performative) 言语行为区别于"定事性的"(constative) 言语行为。"行事性的"(performative) 话被称为"行事语"(performatives)，例如，"注意！"（＝一个警告），或"我保证不迟到"（一个保证）。相对于行事语，"定事语"(constatives) 是种种对事实之是真是假做出肯定的话，例如，"北京在中国"。奥斯汀还在明确行事语和隐含行事语之间做出了区别。前者是那些有"行事性动词"(performative verbs) 的话，例如，"（我）保证""（我）警告""（我）宣布"，等等，后者则是那些没有这些动词的话，例如，"你背后有条恶狗"（＝一个隐含的警告：小心！）——译注

者身上造成某些结果。它**在说话之中**实现某种事情：它是一种作为物质实践本身的语言，是作为社会行动的话语。在考察种种"定事性"命题即有关事实之真伪的种种陈述的时候，我们往往会无视它们作为有其自身权利的行动所具有的实在性和有效性；文学则以最强烈的方式使我们恢复对语言的行事作用的意识，因为文学肯定认为存在的东西之是否实际上存在在这里是无关紧要的。

言语行为理论本身及其作为一个分析文学的模式都存在着一些问题。很难说这样的理论就能最终避免去为了锚定自身而偷运现象学的旧的"意向主体"，而且这一理论对于语言的专注似乎也出于一种不太健康的法律兴趣，即一个谁被允许在什么条件下对谁说什么的问题。[1] 奥斯汀的分析对象，照他自己说，是"总体言语局面中的总体言语行为"（the total speech act in the total speech situation），但是巴赫金表明了，这类行为和局面中所包含着的东西要比言语行为理论所想到的还多。把种种"活的言语"局面作为分析文学的种种模式也是很危险的。因为文学文本当然不是本来意义上的言语行为：福楼拜并不是正在实际上对我说话。要是一定得说它们是什么的话，可以说它们是"伪的"（pseudo）或"虚的"（virtual）言语行为，亦即对种种言语行为的种种"模仿"，并因此就被奥斯汀作为"不当真的"和有缺陷的而多多少少地给打发掉了。理查德·奥曼（Richard Ohmann）已将文学文本的这一特点，即它们模仿或者再现本身从未发生过的言语行为，作为定义"文学"本身的一个方法，虽然这其实并不涵盖文学一词通常所指的一切。[2] 从人类主体这一角度来思考文学话语并不是首先要从**实际的**人类主体——历史上的真实作者，或历史上的某一特定读者——这一角度来思考文学。知道这一点可能是很重要的；但一部文学作品实际上也并不是"活的"对话或独白。它是已经从任何特定的"活的"关系中被分离出来的一片语

104

---

[1] 见雅克·德里达（Jacques Derrida）《有限公司》（Limited Inc），载于 *Glyph*，第 2 期（Baltimore and London，1977）。

[2] 见理查德·奥曼（Richard Ohmann）《言语行为与文学的定义》（Speech Acts and the Definition of Literature），载于《哲学与修辞学》（*Philosophy and Rhetoric*）第 4 期（1971）。

言，因而有待于很多不同的读者的种种"再铭刻"（reinscriptions）或"再解释"。作品本身不能"预见"对于它自己的解释的未来历史，也不能控制或界定这些阅读，像我们在面对面交谈中所能做到或试图做到的那样。它的"匿名性"正是其结构的组成部分，而不仅只是落在它身上的一个不幸的事故；从这个意义上说，做一个"作者"，即一个人自己的种种意义的"起源"，并且具有支配这些意义的"权威"，其实只是一个神话。

尽管如此，一部文学作品还是可以被这样来看，亦即，它建构出来了一些现在已经被称为"主体位置"（subject positions）的东西。荷马并没有预见到我这个人会读他的诗，但是他的语言，由于其种种构造方式，却不可避免地会给一个读者提供某些"位置"，即某些有利于观察和理解之点，使其作品可以由之而被解释。理解一首诗就意味着将其语言作为从一定范围内的各个位置上被"指向"（oriented）读者的语言而加以把握：在阅读中，我们逐渐形成对于下述这些事情的感觉，亦即，这一语言正在试图获得何种效果（"意图"），它认为哪些修辞方法适于运用，哪些假定支配着它所运用的这些写诗策略，而这些又蕴涵着对于现实的什么态度，等等。我们不必将所有这一切都与历史上的实际作者在写作时的种种意图、态度和前提等同起来；而如果我们试将威廉·布莱克的《天真与经验之歌》（*Songs of Innocence and Experience*）作为威廉·布莱克本人的"表现"来阅读的话，上述看法的正确性是显而易见的。我们对一个作者可能一无所知，或者一部作品可能有着几个不同的作者（谁是《以赛亚书》〔*Book of Isaiah*〕的作者，或谁是《卡萨布兰卡》〔*Casablanca*〕的"作者"？），或者成为在某一社会中可被接受的作者可能就只意味着在某一"位置"上写作。德莱顿要是写了"自由诗"就不会还是一个诗人了。理解这些文本性的效果、假定、策略和倾向恰恰就是理解作品的"意图"。而且这些策略和假定很可能是不相一致的：一篇文本可以提供若干互相冲突或矛盾的"主体位置"，而使作品分别由之被阅读。在阅读布莱克的诗《虎》（*Tyger*）的时候，我们一方面对于这一语言的来源和它的目的逐渐形成一个概念，另一方面又给作为读者的我们自己建构起来一个"主体位置"，而这两个过程是密不可分的。何种读者为这首诗的语气、修辞之策略、意象之贮存（stock of imagery）和假定之库藏（armoury of assumptions）所隐含？它期待着我们如何去接受它？它是否在期待着我们去照直接受它的种种说法，从而肯定我们是处在承认与赞同位置上的读者；或者它是在邀请我们采取一个与它所提供的位置不同的批判性和分离性位置？换言之，它具有反讽性（ironic）或讽刺性（satirical）意味吗？更加令人不安的是，这一文本是否在试图将我们暧昧地搁浅于这两种选择之间，从我们这里引出某种赞同而同时又力图暗中破坏这一赞同？

105   这样来看待语言与人类主体性之间的关系就是与结构主义一道避免那所谓的"人本主义"谬误，即这样一种天真的观念：文学作品只是那向我们发言的某一真实男女的活的声音的一种转录。对于文学的这样一种看法总是倾向于发现文学的那一区别性特征——即它是**被写成**的这一事实——有些令人不安：印刷物以其全部冰冷的非个人性将自己的粗笨身躯横在我们与作者之间。要是我们能直接跟塞万提斯说话，那该有多好！这样一种态度把文学"非物质化"了，并且力求将其作为语言的那一物质浓度稀释为一些活的"个人"（persons）之间的密切的精神接触。这一点与自由人本主义者对于从女权运动一直到工厂生产等一切不能被立即还原为人际关系（the interpersonal）者的怀疑是并行不悖的。最终，这种态度根本就不想把文学文本作为**文本**来看待。但是，如果说结构主义避免了人本主义谬误的话，它这样做的结果却仅仅是使它落入了一个相反的圈套，即或多或少地取消了人类主体。对于结构主义者来说，一部作品的"理想读者"是这样的人，他或她将拥有任其支配的全部代码，而这些代码会使作品巨细无遗地可解。读者因而只是作品本身的某种镜中之影——是会将作品"原封不动"（as it was）地加以理解的人。一个理想读者必须充分具备着为译解作品所必需的技术知识，必须能无误地运用这一知识，并且不为任何限制性条件所阻碍。如果把这个模式推而至极，那么他或她就必须无国籍、无阶级、无性别、无种族特征，而且不受种种文化假定的限制。的确，人们不会碰到很多能够完全满足上列要求的读者，不过结构主义也退而承认，理想读者不必做像去实际地存在着这么无聊的事；这一概念仅仅是一个很方便的启发性（或探索性）虚构，用以决定"合适地"（properly）阅读一篇特定的文本所必需的都是什么。换句话说，读者只不过是文本自身的一个功能：详尽地描述文本与全面地阐述文本需要其去理解自己的那种读者实际上乃是同一回事。

结构主义所设定的理想读者或"超级读者"（super-reader）实际上是一个免受一切社会决定因素限制的超越性主体。作为一个概念，它在很大程度上受到美国语言学家诺姆·乔姆斯基（Noam Chomsky）的语言"能力"（competence）这一观念的影响。"能力"这个概念意味着让我们能够掌握种种潜在的语言规则的那些固有能力（innate capacities）。但是，就是列维－斯特劳斯自己也不可能像上帝那样阅读文本。的确，人们其实已经不无道理地提出，列维－斯特劳斯之开始从事结构主义研究与他对于战后法国重建问题的政治观点有很大关系，而这些观点本身当然并没有受到什么神圣的保证。[1] 除了其他种种东西之外，结构主义也是文学理论的那一系列注定要失败的尝试中的又一个尝试，一个以某种同样有效的东西来取代宗教的尝试：在结构主义这里，就是以科学这一现代宗教。但是，追求对于文学作品的纯客观阅读显然有着严重的问题。即使在最严格的客观分析中，似乎也不可能根除某种解释性的成分，因而也就不可能根除主观性的因素。例如，结构主义者最初是如何确认文本的各种不同的"表意单位"（signifying units）呢？如果不求助于由文化假定所构成的种种框架——这是种种最严格的结构主义希望忽略掉的——他或她又怎样才能决定某一个特定的符号或某一批符号就构成了这样一个基本单位呢？对于巴赫金说来，唯其是一个社会实践的问题，所以全部语言才都不可避免地充满着种种价值判断。语言不仅指称事物，而且隐含着对待它们的种种态度：你说"Pass the cheese"（把干酪递过来）的口气可以表达着你如何看待我、看待你自己、看待干酪以

106

---

[1]　见西蒙·克拉克（Simon Clarke）《结构主义的基础》（*The Foundations of Structuralism*, Brighton，1981），第 46 页。

及看待我们置身于其中的这一境况。结构主义退而承认语言也活动于这一"内涵性"（connotative）层面，但是它却回避了这一承认所蕴涵着的全部意义。结构主义确实倾向于放弃宽泛意义上的价值判断，即说出你觉得某一文学作品是好还是坏或是不好也不坏。它这样做是因为这看起来很不科学，而且也因为它已经厌倦了美文学的矫揉造作（bellelettristic preciosity）。但这样一来，就没有任何真正的理由可以说明，你为什么不可以毕生作为一个结构主义者去研究公共汽车车票。这一科学本身不会向你提示什么可能重要或什么可能不重要。正像行为主义心理学的谨小慎微一样，结构主义逃避价值判断时的那种谨小慎微，以及它对于任何略带人类味道的语言的忸怩作态、委婉曲折的回避，并不仅仅只是有关其方法的事实。它使人联想到在多大程度上结构主义成为一种被异化了的科学实践理论——一个有力地左右着后期资本主义社会的理论——的轻易受骗者。

在其在英国所受到的接受中，结构主义之已经在某些方面变得与这一社会的种种目标和方法相一致这一事实是相当明显的。传统的英国文学批评已经在结构主义之上分成了两个阵营。一方面，是那些在结构主义中看到了我们所了解的那个文明的终结的人。另一方面，则是那些先前或本质上非常传统的批评家们，他们正在不同程度地不失身份地追赶着这个在巴黎业已消失了有些时候的浪潮。作为一种知识运动的结构主义之实际上已于几年前在欧洲结束这一事实并没有让他们止步不前：各种思想观念之通过英吉利海峡而到达英国也许通常总要十年左右。人们可以说，这些批评家干得就像一些负责知识移民的官员：他们的工作是在来自巴黎的种种新奇观念卸货时守在多佛尔（Dover）港口，从中检验出似乎多少能与传统批评方法调和起来的星星点点，并态度和蔼地放这些货物过关，但却把与之一同到货的那些更有爆炸性的思想（马克思主义、女权主义、弗洛伊德主义）挡在国门之外。任何不太有可能在中产阶级居住之区引起反感者都获得了一个工作许可；不那么合乎口味的种种观念则被装到下一班船上打发回去。不过，英国批评家对于这些新奇观念的批评有些实际上是十分尖锐的、敏感的和有用的：它代表了英国在以前所有的东西之上已经做出了重要的发展，其中最好者还展示出了一种知识的冒险精神，一种自从《细察》时代以来就非常罕见的知识冒险精神。它对于文本的个别解读经常是极为贴切和严格的，这里法国结构主义与更英国式的"语感"（feel for language）以种种可贵的方式结合起来了。而恰恰就是这一批评在其接近结构主义之时的这一极端严格的选择性，一个并非始终得到承认的选择性，是需要加以强调的。

对于种种结构主义概念的此种明智审慎地进口的要点是想让文学批评保住自己的工作。文学批评之思想贫乏、之"目光短浅"、之对于种种新鲜理论以及自己的存在意义的极端盲目，显然是已经有不少时候了。正如欧洲经济共同体能够帮助英国解决经济问题一样，结构主义也可以在知识问题上起同样的作用。结构主义对于知识不发达国家起到了一种援助作用，为它们提供了可使其衰退的国内工业振兴起来的大型设备。它许诺将整个文学研究这一学术事业置于更加坚实的基础之上，从而使其超越所谓"人文学科中的危机"。它为下述问题，即我们正在教授与学习的是什么，提供了一个新的答案。正如我们已经看到的，老的答案——文学——并不完全令人满意：粗略地说，这一答案包含着太多的主观主义。但是，如果我们正在教授和学习的并不是种种"文学作品"而是"文学系统"——由种种代码、文类与成规构成的整个系统，而我们首先就凭借这样的系统而确认和解释种种文学作品——那么我们似乎就发掘出来了一个更实在的研究对象。文学批评可以成为一种"**元批评**"（metacriticism）：它的任务主要不是做出种种解释性或评价性的陈述，而是后退一步去考察这些陈述的逻辑，并去分析我们在做出这些陈述时是在做什么，以及应用了哪些代码和模式等等。乔纳森·卡勒（Jonathan Culler）曾论称过，"从事文学研究不是要对《李尔王》（*King Lear*）再做出另一种解释，而是要促进我们对于一种制度即一种话语模式的种种成规和运作方式的理解。"[1]结构主义是一种更新文学制度的方法，因为它给它提供了一个比滔滔而谈落日更令人尊重和信服的

---

[1] 《符号的追求》（*The Pursuit of Signs*，London，1981），第 5 页。

raison d'être（存在理由）。

108 　　然而，关键可能并不在于去理解这一制度，而在于去改变它。卡勒似乎是在认为，有关文学话语如何工作的研究本身就是目的，对此无须再加以进一步论证；但是我们没有理由假定，一个制度的"种种成规和运作方式"就应该比滔滔而谈落日更少受批评，因为不加批评地研究它们就意味着加强这一制度本身的权力。正如本书试图证明的，所有这类成规和运作方式都是某一特定历史的种种意识形态产物，即那些使感受（而且不仅仅是"文学的"感受）结晶成形的方式，而它们则远非无可置疑。各种各样的社会意识形态都可能就隐含在一个表面上中立的批评方法之中；而除非我们在研究这类方法时也留心到这一问题，否则这一方法就很可能还是只会成为这一制度本身的奴仆。结构主义已经证明了，种种代码本身并非清白无染；但在将它们作为人的研究对象时，这些代码也还是并非清白无染的。进行这样的研究工作的目的究竟何在？它有可能服务于谁的利益？它有可能让文学研究者感到现存的全体成规和运作方式都是从根本上就成问题的吗？还是它倒会宣告，这些东西就构成了任何文学研究者都需要获得的某些不偏不倚的技术智慧？"有能力的"（competent）读者究竟意味着什么？是否只有一种能力，而又应该根据谁的和怎样的标准衡量这一能力？我们可以想象出来下面这样一种情况，即对于一首诗的某种惊人地富于启发性的解释乃是由一个完全缺乏约定俗成意义上的那种"文学能力"的人做出来的，而这个人不是通过遵循既成的种种诠释程序而是通过轻视和嘲弄它们而得出这样一种解读的。一种阅读并不一定因为它忽视约定俗成的批评操作方式就必然是"无能的"（incompetent）：很多阅读之在另一种意义上无能却正是因为它们过分忠实地沿袭了这些成规。当我们考虑到文学解释是如何使用那些并不限于文学领域的种种价值标准、信仰和假定时，要评判"能力"就更不容易了。宣称自己准备对种种信仰宽容，但却不准备对种种技术程序宽容，这对文学批评家并没有什么好处：因为此二者实在是太密不可分了。

　　有些结构主义论点似乎是假定，批评家应该先找出译解文本的种种"合适"代码，然后再去运用这些代码，而这样文本的种种代码与读者的种种代码就会逐渐融为统一的知识。但这实在是把阅读实际所牵涉到的东西想得过分简单了。在将一套代码用于文本时，我们可能会发现代码在阅读过程中受到了修正和改造；继续以这套代码来阅读，我们发现它现在产生了一个"不同的"文本，而这一文本又会反过来再改变我们用以阅读的代码，并如此往复不已。这一辩证过程原则上是无限的；而如果确实如此的话，这就破坏了下述假定，即我们一旦确认出来那些适用于文本的代码，就算是大功告成了。文学文本既是"肯定代码的"（code-confirming），但也是"产生代码的"（code-productive）和"打破代码的"（code-transgressive）：它们可以教给我们种种新的阅读方法，而不是仅仅加强我们那些原有的方法。"理想的"或"有能力的"读者只是一个静态的概念，它倾向于掩盖这样一个真理，即关于能力的所有判断都具有文化上的和意识形态上的相对性，以及一切阅读都要动用超出文学之外的种种假定，而用"能力"这一模式来衡量这些假定是远远不够的。

109

　　然而，即便在技术层次上，能力这一概念也有其局限性。有能力的读者是能将某些规则运用于文本的人，但是运用这些规则的规则们又是什么呢？规则似乎就像是一根伸出的手指，正在指给我们应走的路。但是，你的手指之所"指"取决于我对于你这一行为的某种解释：这是一个引我去看所指之对象而不是去看你自己的手臂的解释。指示并不是一种"一目了然的"活动；同样，规则也不会把自己的使用方法挂在脸上；如果规则硬性地决定了我们应该如何去运用它们，那它们就根本不是什么"规则"了。对规则的遵循包含着创造性的解释；而且经常很难说我是否在以与你相同的方式运用着某一规则，甚至于我们是否在运用着同一规则。你运用规则的方式不仅仅是技术问题：它与对于现实的种种更广泛的解释有关，与种种承担和种种偏爱有关，而这些东西本身却并不可以被化简为一个是否符合某一规则的问题。某一规则也许是要在诗中找出种种对句（parallelisms），但是什么可以算作一个对句？如果你不同意我认为是对句的东西是对句，你并没有破坏任何规则；我只能诉诸文学制度的权威来解决这一争论，说："**这**就是我们用对句一词所指的东西。"如果你问为什么我们就该遵循这一特定规则，我就只能再次诉诸文学制度并且说："这就是我们所做的事。"而对此你总是可以回答说："那么，干点别的吧。"诉诸那些规定着何为能力的规则不会让我能对此有所反驳，诉诸文本也不行：人们可以用文本做成千上万种不同的事情。但这并不是说你是"无政府主义的"（anarchistic）：一个无政府主义者，就此词宽泛的、流行的意义而言，不是一个破坏规则的人，而是一个**有意**破坏规则的人，他以破坏规则为规则。你就是在向文学制度所做的一切挑战，而我虽然能基于不同的理由抵挡你的挑战，但我却肯定不能通过诉诸"能力"来这么做，因为现在成为问题的恰恰就是这个"能力"。结构主义可以去考察并诉诸现存的实践，但它又用什么来回答那些说"干点别的吧"的人呢？

四　后结构主义

　　读者会记得，索绪尔认为，语言的意义只是一个区别问题。"cat"（猫）之所以是"cat"因为它不是"cap"（帽）或"bat"（短棒，球拍）。但是人们应该将这个区别过程推向多远呢？"cat"之所以是"cat"也因为它不是"cad"（粗人，鄙汉）或者"mat"（地席，垫子），而"mat"是"mat"因为它不是"map"（地图）或者"hat"。人们应该在什么地方停下来呢？语言中的这个区别过程似乎可以被转着圈儿地无限追溯下去；但是，果真如此的话，索绪尔关于语言之形成一个封闭的、稳定的系统的看法又成了什么呢？如果每个符号都因为它不是所有其他符号所以才是它自己，那么每个符号就似乎都是由潜在地无限的连串区别所组成的。这样，去定义一个符号就会显得比人们所能想到的更为棘手。索绪尔的 *langue*（语言）让人想到一个**边界确定的**（*delimited*）意义结构；但是，你究竟在语言中的什么地方**来**划这条界线呢？

　　用另一种方式来表述索绪尔的这个论点，即意义之具有依赖区别而成这样一种性质，我们可以说，意义始终是各个符号之被分开或被"连接"（articulation）的结果。"boat"（船）这个能指之所以给我们"boat"这个概念或所指，是因为它把自己跟"moat"（壕沟）这个能指分开了。这就是说，这一所指是两个能指之间的区别的产物。但是这一所指也是一系列其他能指之间的区别的产物："coat"（大衣）、"boar"（野猪）、"bolt"（螺栓），等等。但这样一说就质疑了索绪尔之认为一个符号乃是由一个能指与一个所指所形成的整齐对称的统一体的观点。因为"船"这个所指实际上是各个能指之间的复杂的相互作用的产物，而这一作用过程

则并没有任何可见的终结之点。意义乃是各个能指之间能够无始无终地
进行下去的游戏的副产品，而不是牢牢拴在一个特定能指的尾巴上的概
念。能指并不像镜子反映给我们一个形象那样直接交给我们一个所指：
111　语言之中的能指层和所指层之间并不存在着和谐的一对一的对应。使问
题更加复杂的是，能指与所指之间也并没有任何固定的区别。如果你想
知道一个能指的意义（或其所指），你可以去查字典；但是你所能发现
的只是更多的能指，而它们的所指你可以再到字典里去找，等等。我们
正在讨论的这一过程不仅从理论上说是无限的，而且也由于某种原因而
是循环的：能指不断地变成所指，所指又不断地变成能指，而你永远不
会达到一个本身不是能指的终极所指。如果结构主义把符号从所指物那
里分开了，那么上述这种思想——经常以“后结构主义”而著称——就
更进了一步：它把能指从所指那里分开了。

　　表述我们刚才说到的东西的另一种方式是，意义并非直接**存在**于一
个符号之内。既然一个符号的意义取决于一个符号**不**是什么，那么它的
意义从某种意义上说就不在它自身之内。如果你愿意的话，可以说意义
是被打散和分布在整个一条能指链上的：它无法被轻易地确定，它从
不完全存在于任何一个单独的符号之中，却总是不断地忽隐忽现。阅读
一篇文本更好像是去追踪这个不断的隐现过程，而不是去一粒粒地数项
链上的珠子。我们也还在另外一种意义上永远不可能把意义牢牢地抓在
手里，而这是因为语言乃是一个时间过程。当我读一句话的时候，它的
意义由于某种原因总是悬而未决的，即某种被拖到以后的或仍然有待于
到来的东西：一个能指把我转给下一个能指，这个能指再将我转给下一
个能指，后来的种种意义改变着先前的种种意义，而且虽然这句话是可
以结束的，但语言本身的过程却是无穷的。这一过程总是产生着更多的
意义。我并非仅仅通过机械地罗列字词来理解一句话的含义：为了使这
些字词构成某种相对连贯一致的意义，其中每个字词都必须包含先行字
词的痕迹（traces），并且让自己向后来的字词的痕迹开放。因此，这一
意义链中的每个符号都这样或那样地被所有其他符号刻上了或划下了痕
迹，或跟其他符号连成一气了，并从而形成一个在意义上永远也无法穷

尽的复杂串联；就此而论，没有任何一个符号是"纯粹的"或者"充分有意义的"。在这一切发生的同时，我也能够，哪怕仅仅是无意识地，在每个符号中都侦察到它为了成为自己而排除掉的其他字词的种种痕迹。"Cat"之所以是其之所是仅仅由于它挡开了"cap"和"bat"，但其他这些可能的符号，因为它们实际上构成着"cat"一词与其自身的同一（identity），却依然这样或那样地内在于它。

因而，我们可以说，意义从来不与自己同一。意义是分开或连接这样一个过程的结果，即符号仅仅因为不是其他符号才是它们自己这样一个过程的结果。意义也是某种悬而未决的、被拖到以后的或将要到来的东西。意义从来不与自己同一的另一含义是，符号必须始终都是可被重复的或可被复制的。我们不会把一个仅仅出现一次的标记（mark）称为"符号"（sign）。符号之可被复制因而就是其与自身之同一性的一个组成部分；但是这一可复制性也是割裂符号的自身同一的东西，因为一个符号总是可以在一个改变其意义的不同上下文中被复制出来。很难知道一个符号"本来"意味着什么，以及其"本来"的上下文是什么：我们只是在很多不同的情境中遭遇这一符号。当然，哪怕只是为了可以被辨认为一个符号，它也必须在所有这些情境中都保持某种一致性，但由于其上下文总是不一样的，所以它从来都不是**绝对**相同的，从来都未与自己完全地同一。在英语中，"cat"可以意味着一只长毛的四腿动物，一个恶毒的人，一条九尾鞭，一个美国人，一辆起锚滑车，一只六脚器，一根尖头短棍，等等。但是，即使当它仅仅意味着一只长毛的四脚动物时，这一意义也不会在所有不同的上下文中都永远一样：所指会为它被纠缠于其中的各种各样的能指链所改变。

上述这些所蕴涵着的是，语言远不像经典结构主义者所认为的那样稳定。与其说它是一个定义明确而界限清晰的结构，其中包含着种种能指与所指组成的对称单位，它现在开始更像是一张无边无际的蔓延的网，其中各种成分不断地交换和循环，其中没有什么成分是可以被绝对规定下来的，其中每个东西都被所有其他东西牵扯和穿通。果真如此的话，这就严重打击了某些传统的意义理论。对于这些理论来说，符号的

112

功能是反映种种内在经验或者现实世界中的种种客体，是"呈现"（make present）人的种种思想感情或是描述现实。在前面讨论结构主义的时候，我们已经看到了这种"再现"（representation）观的某些问题，而现在则出现了甚至更多的困难。因为，对于我刚才所概括的这个理论来说，从来也没有任何东西是充分存在于符号之内的：相信我在我所说或所写的东西之中能够完全地在你面前，这只是一个错觉。因为，一使用符号就必然会使我的意义总是这样那样地被打散，被分割，并永远也不能与自己完全一致。的确，这还不仅只是我的意义，而且也包括了**我**：既然语言乃是某种用来做成我的东西，而不仅仅只是一个我所使用的方便工具，那认为我是一个稳定、统一的实体的思想就必然也是一个虚构。我不仅不可能充分地在你面前，而且也绝不可能充分地在我自己面前。当我看进自己的内心或者搜索自己的灵魂时，我也仍然需要使用符号，而这就意味着，我将永远也不会体验到与我自己的任何"充分交流"。这并不是说我可以拥有纯粹无瑕的意义、目的或经验，而它们后来受到了有缺陷的语言媒介的歪曲和折射：语言就是我所呼吸的空气，因此我从来就不可能拥有任何纯粹无瑕的意义或经验。

113

　　我可以说服自己相信这些都是可能的一个方法是在我说话的时候倾听我自己的声音，而不是把我的思想写在纸上。因为，在说话这一行为中，我似乎与我自己"重合"，而这与我写作时所发生的情况是完全不同的。我所说的话似乎直接就在我的意识面前，我的声音则成为我的话的最直接的和自然而然的媒介。相反，在写作中，我的意义则有逃出我的控制的危险：我将我的思想委托给非个人性的印记这一媒介，而既然一部印出来的作品具有一个可以延续的物质性的存在，它就总是能以我没有料到或者我不希望的种种方式被传播、复制、征引和使用。写作似乎把我的存在从我这里给夺走了：它是一种第二手的交流模式，是言语的苍白的、机械的转录，因而总是与我的意识隔了一层。正是由于这一原因，西方哲学传统，从柏拉图一直到列维－斯特劳斯，才都始终一贯地将写作诋毁为一种无生命的、被异化了的表达方式，并都始终一贯地赞美活的声音。在这种偏见背后，存在着对于"人"的一种特定看法：

人可以自发地创造和表达他的意义，可以充分地占有自己，并可以将语言作为表达其最内在的本质（being）的透明媒介而加以支配。这种理论未能看到的是，事实上，"活的声音"就像印记一样，也是非常物质性的；而且，既然说出来的符号就像写下来的符号一样，也只能依靠区别和分割过程而发挥作用，那么说话完全可以被说成是一种形式的写作，正如写作可以被说成是一种第二手形式的说话一样。

西方哲学既是"语音中心的"（phonocentric），即以"活的声音"为中心并深刻地怀疑文字，也在某种更广泛的意义上是"逻各斯中心的"（logocentric），即坚定不移地相信某个终极的"词"（word），如在（presence）、本质（essence）、真理（truth）或实在（reality），等等，它们将作为我们一切思想、语言和经验的基础而活动。它一直渴求着能够为所有其他符号赋予意义的那个符号——"超越的能指"（transcendental signifier）——和我们所有的符号都可以被视为在指向着它的那个锚定一切的和无可置疑的意义（"超越的所指"〔transcendental signified〕）。这个角色的众多候选人——上帝、理念（the Idea）、世界精神（the World Spirit）、自我（the Self）、实体（substance）以及物质（matter），等等——都此一时彼一时地出过风头。既然这些概念每一个都希望成为我们整个思想和语言系统的**基础**，它们自己就必须超出这个系统，而不为这个系统的种种语言区别之间的游戏所污染。它不能被牵扯到那些它试图给予秩序和加以锚定的语言之中：它必须这样或那样地先于这些话语，必须先于它们的存在而存在。它必须是一个意义，但却不能像任何其他意义那样只是某种区别游戏的产物。它必须体现为诸意义之意义，即整个思想系统的支点与关键，一个所有其他符号都环绕着它旋转并且顺从地反映着它的符号。

所有这样的超越意义都是虚构，尽管也许是必要的虚构——这就是从我以上所概括的这种语言理论而来的一个必然结果。没有任何概念不被卷入结尾开放的表意游戏之中，或不被其他观念的种种痕迹与片断所射穿。情况只不过是，从这个能指的游戏中，某些意义被种种社会意识形态提升到一个特权地位之上，或被弄成了其他意义被迫绕着它们打转

114

的中心。试思考一下我们自己的社会中的自由、家庭、民主、独立、权威、秩序等概念吧。有时这类意义被视为所有其他意义的**起源**（origin），即其他意义由之流出的源头；但是，我们已经看到，这是一种很奇怪的思想方式，因为要想使这一意义成为可能，其他符号就必须已经存在。很难在想到一个起源的时候而不去追溯这个起源的起源。有时这类意义可能不被视为起源而被视为**目标**（goal），而所有其他意义都正在或都应该正在坚定地向着它们前进。"目的论"（teleology），即根据生命、语言和历史之如何朝向某一 telos 或目的（end）来思考它们，是在一个意义等级（a hierarchy of significance）中整理和排序意义的一种方法，它按照某一终极目的（purpose）而在各个意义之中创造出一种尊卑贵贱秩序。但是，任何这样一种视历史或语言为简单直线进化的理论都错过了我正在描述的符号的这种网状复杂性，即语言在其种种实际过程之中的种种或前或后、或左或右、或隐或现的运动。的确，后结构主义用"文本"（text）一词所表示的就正是这种网状复杂性。

法国哲学家雅克·德里达（Jacques Derrida）——以上我一直在阐释他的观点——将"形而上学的"（metaphysical）这一标签贴在任何一种这样的思想体系上：它们依赖于一个牢不可破的基础、一个第一原则或无懈可击的根据，即整个意义等级都可以被建构于其上的基础或根据。这并不是说他相信我们可以简简单单地就摆脱掉去锻造这些第一原则的冲动，因为这种冲动深深地植根于我们的历史之中，故不可能——至少现在还不可能——被根除或被忽视。德里达会认为他自己的思想工作也无可避免地要为这样的形而上学思想所"污染"，尽管他尽力要从它们那里逃脱出来。不过，如果你仔细考察这些第一原则，就能够发现它们总是可以被"解构"（deconstructed）的：它们可以被证明是特定意义体系的产物，而不是从外部支撑这一体系的东西。这样的第一原则通常都为其所排斥者所界定：它们是结构主义者心爱的那种"二元对立"（binary opposition）的组成部分。于是，对于男性统治的社会来说，男人就是基本原则，女人则是被排斥的对立项；而只要这样一个分别被牢牢地保持住，整个系统就可以有效地运行。"解构"（deconstruction）乃是被给予了这样一种批评操作的名称，通过它这类对立可以被部分地颠覆，或者可以被表明它们是在文本意义的过程中部分地互相颠覆的。女人是对立项，是男／人（man）的"他者"（other）：她是非男／人，是有缺陷的男／人，并因而被相对于男性第一原则而赋予了主要是反面的价值。但是，男人之成为男人同样也只是由于不断把这个"他者"或对立项关在外面，从而在与她的对立之中来规定自己，但这样一来他的整个自我认同（identity）就恰恰在他力图借以肯定其独特的自主的存在的这一姿态之中被抓住了并且出了危险。女人并不是一个作为超出了他的理解范围的某种东西这一意义上的"他者"，而是一个作为他所不是者之形象而与他最内在地联系在一起的"他者"，并因而也是一个从根本上提醒他是什么的提醒者。因此，男人甚至在轻蔑地踢开这个"他者"之时也需要这个"他者"，并被迫去赋予他视之为非物（no-thing）者一个正面的身份（identity）。不仅他自己的存在寄生性地取决于女人，取决于排斥和臣属她这一行为，而且这种排斥之所以必要的理由之一乃是因为她可能毕竟并不那么"他者"。也许她乃是男人之内的某种东西的一个符号，而那正是他需要压抑，需要从他自己的存在之中逐出，并需要将其贬斥到在他自己的种种确定界线之外的某个保证使她不出问题的异域的。也许外在之物也这样或那样地是内在之物，而异己之物也是切己之物，所以男人才需要如此警惕地守卫着这两个领域之间的这条绝对边界，而这只是因为这条边界始终是可以被越过去的，始终是已经被越过了的，而且也远不如它表面看上去那么绝对。

这就是说，解构批评抓住了这样一个要害，即经典结构主义愿意用以进行工作的二元对立代表着各种意识形态的一种典型的认识方式。各种意识形态都喜欢在可接受的和不可接受的东西之间划出严格的界限：自我与非自我，真实与虚假，意义与无意义，理智与疯狂，中心与边缘，表面与深层。而正如我已经说过的，这样的形而上学思维方式不可能简简单单地就被躲开了：我们不可能把自己从这种二元的思想习惯中弹入某个超形而上学领域之内。但是，通过以某种方法来解剖文本——无论是"文学的"还是"哲学的"文本——我们可以开始把这些对立拆松一点儿，证明相对项中的一项是怎样秘密地内在于另一项的。只要能将文本切割为种种二元对立（高／低、明／暗、自然／文化，等等），并且暴露它们的活动逻辑，结构主义一般就满足了。解构批评则试图表明，这些对立为了保持自己，如何有时竟被诱惑到去造成自身的颠倒或崩溃，或者它们如何需要把某些恼人的细枝末节，那些可以被弄回来纠缠它们的细枝末节，放逐到文本的种种边缘地带。德里达自己的典型的阅读习惯就是去抓住作品中某些表面上非常边缘的片断——某个脚注，某个一再出现的小字眼或意象，某个漫不经心的典故——并坚持不懈地把它推到一个威胁着要粉碎那些支配整个文本的对立的地步。这就是说，解构批评的战略是表明文本是怎样跟它们自己的起支配作用的逻辑系统为难的；而解构是通过抓住种种"征候"点，即 aporia 或种种意义死角来表明这一点的。文本就在这些地方陷入麻烦，松散开来，想要跟自己相矛盾。

这并不仅仅是对某些种类的写作的经验性观察，而是关于写作本身的性质的普遍命题。因为，假使我从本章开头就在描述的这种有关表意（signification）的理论真是有效的，那么**写作本身**中就有着某种最终逃避一切系统和逻辑的东西。这里有着意义的连续不断的隐现、流溢和扩散——德里达称之为"播散"（dissemination）——它们很难被纳入文本的结构的种种范畴，或被纳入传统批评方法的种种范畴。像任何语言过程一样，写作也依靠区别进行工作；但是区别本身并不是一个**概念**（concept），并不是某种能被我们**想**的东西。一个文本可能会把它无力表述为一个命题的东西，某种与意义（meaning）与表意（signification）的本质有关的东西，"示"（show）于我们。对于德里达来说，一切语言都展示着这种超出准确意义的"剩余"，一切语言都始终威胁着要跑过和逃离那个试图容限它的意义（sense）。这种情况在"文学的"话语中最为显著，但是一切其他类型的写作也莫不如此：解构拒绝将文学与非文学之间的对立接受为一种绝对区分。于是，写作（writing）这个概念的到来就是对于结构这一观念本身的挑战：因为一个结构总是假定了一个中心、一个固定原则、一个意义等级和一个牢固基础，而恰恰就是这些概念被写作的无穷无尽的区别活动（differing）和推延（defering）活动抛入疑问之中。换言之，我们已经从结构主义的朝代转入后结构主义的治下。后结构主义作为一种思想方式包括德里达的解构操作、法国历史学家米歇尔·福柯（Michel Foucault）的研究工作、法国精神分析学家雅克·拉康（Jacques Lacan）和女权主义哲学家及批评家朱莉娅·克里斯蒂娃（Julia Kristeva）的著作。我并没有在本书中直接讨论福柯的著作；但是我的"结论"如果没有了它就是不可能的，因为它的影响在其中是随处都可以被感觉到的。

勾勒这个发展过程的一个方法是简略地回顾一下法国批评家罗兰·巴特的工作。在《神话学》（*Mythologies*，1957）、《论拉辛》（*On Racine*，1963）、《符号学原理》（*Elements of Semiology*，1964）和《流行体系》（*Système de la mode*，1967）这类早期著作中，巴特是一个"高级"结构主义者，挥洒自如地分析着时装、脱衣舞、拉辛悲剧以及牛排与土豆条的表意系统（signifying systems）。写于 1966 年的重要论文《叙事作品结构分析引论》（Introduction to the Structural Analysis of Narrative），使用了雅各布逊和列维-斯特劳斯式的方法，其中将叙述结构分解成个别的单元、功能和"标记"（indices）（指示人物心理、"气氛"等的标志物）。尽管这些单元在叙事本身的时间中是前后相随的，这位批评家的任务却是将其纳入一个非时间性的解释框架。然而，即使在这个较早的阶段，巴特的结构主义也被掺进了一些其他理论——《米什莱》（*Michelet par lui-même*，1954）中有一点现象学；《论拉辛》中有一点精神分析——并且首先就为其文学风格所柔化。巴特那潇洒、戏谑、爱造新词的文体表达着写作对结构主义研究方法的严格性的某种"超过"（excess）：写作是一片自由之域，在那里他可以寻欢作乐，从而部分地摆脱意义的专制。他的著作《萨德、傅立叶、罗犹拉》（*Sade, Fourier, Loyola*，1971）是早先的结构主义与后来的情欲游戏的有趣混合，这一著作在萨德的作品中发现了种种情欲立场的不停的系统的变换。

语言自始至终都是巴特的主题，尤其是索绪尔的那个洞见，即符号问题始终都是一个历史的和文化的约定俗成（convention）的问题。对于巴特来说，"健康的"符号是让人注意它自己的任意性的符号：它并不打算把自己冒充为"自然的"，它反而就在传递意义之时也传达了某种有关它自己的相对性的和人为性的地位的东西。在这些早期著作中的这一信念背后的推动力是政治性的：那些把自己冒充为"自然的"的符号，那些把自己当作唯一可以想象到的观察世界的方法的符号，就恰恰由于它们的此种行为而是权威主义的和意识形态的。意识形态的功能之一就是把社会现实"自然化"，使它看来像自然（Nature）本身一样单纯和永恒。意识形态力图把文化转变成自然，"自然的"符号则是它的武器之一。向旗帜致敬，或者同意西方民主代表"自由"一词的真正意义，于是就都成了天下最无可怀疑的和完全自然而然的反应。意识形态在这一意义上乃是一种当代神话，是一个将自己的暧昧之处和选择可能性全部涤净了的领域。

在巴特看来，存在着一个与此种"自然态度"相对应的文学意识形态，而它的名字就是现实主义。现实主义文学倾向于掩盖语言的社会相对性或被建构性：它帮助肯定下述偏见，即存在着某种"普通"语言，某种这样地或那样地自然的语言。这种自然语言把现实"原封不动"地交给我们：它不像浪漫主义或者象征主义那样把现实扭曲成为种种主观的形状，却把世界按上帝自己所可能了解的那个样子再现给我们。符号没有被视为一个由某一特定的可变的符号系统的种种规则所决定的可变之物，却被看作开向事物或心灵的一扇透明的窗户。它本身是相当中性的而且没有任何色彩：它的唯一工作就是去再现别的事物，去成为独立于符号而被设想出来的意义的运载工具，并且必须尽可能少地去干扰它所中介的东西。在现实主义或再现论这一意识形态中，我们觉得语言是以从根本上正确的和无可争辩的方式而与它们所代表的种种观念或事物连在一起的：词成为观看事物或表达观念的唯一合适方式。

因而，对于巴特来说，现实主义的或再现的符号从本质上就是有害的。它抹掉自己的符号身份，以便培养一个幻觉，即我们在感受现实时并没有它的介入。作为"反映"（reflection）、"表达"（expression）或"再现"（representation）的符号否认语言的**生产性**（the *productive* character of language）：它掩盖了下述事实，即我们拥有一个"世界"仅仅是因为我们拥有表达这一世界的语言，而我们之把什么当作"实在的"则取决于我们居于哪些可被改变的表意结构之内。巴特的"双重"符号——在传达意义的同时又以姿态来表示它自己的物质性存在的符号——是形式主义者和捷克结构主义者的"疏离"（estranged）语言和雅各布逊的炫耀自身的具体可触的语言存在的"诗性"语言的孙子。我说"孙子"而不说"儿子"是因为，形式主义者的直接后代是包括布莱希特（Bertolt Brecht）在内的德国魏玛共和国（the German Weimar Republic）的社会主义艺术家们。他们把这类的"疏离效果"（estrangement effect）用于政治目的。在他们手中，什克洛夫斯基和雅各布逊的种种疏离手法已经不只是种种文字功能：它们成为诗歌、电影和戏剧的工具，用来将政治社会"非自然化"和"陌生化"，以表现出被每一个人都当作"不言而喻"而径直接受下来的东西实际上是如何地大有问题。这些艺术家也是布尔什维克未来主义者和其他俄国先锋派的继承者，是马雅可夫斯基（Mayakovsky）、"艺术左翼前线"和 1920 年代苏维埃的文化革命者的继承者。巴特在其《文艺批评文集》（*Critical Essays*，1964）中有一篇关于布莱希特戏剧的热情论文，并且是这种戏剧在法国的一个早期支持者。

早期的结构主义者巴特仍然相信一种有关文学的"科学"的可能性，虽然这种科学只能是像他评论的那样，是关于"形式"的而不是关于"内容"的科学。这样一种科学批评的目标从某种意义上说是"按照对象的真实面貌"认识对象；但这难道不是与巴特对于中性符号的敌意相冲突吗？为了分析文学作品，批评家毕竟也得使用语言，而没有理由相信这种语言就会逃脱巴特对于一般再现话语的苛责。批评话语与文学话语的关系是什么？对于结构主义来说，批评是一种"元语言" 119（metalanguage）—— 一种关于另一种语言的语言——它升到了对象之上的一个高点，由此它可以向下俯察并公正地研究自己的对象。但是，正如巴特在《流行体系》中所承认的，不可能有终极的元语言：另外一个批评家总可以跟在你后面把你的批评作为他的研究对象，而这样的倒推过程是无穷无尽的。巴特在《文艺批评文集》中说批评"尽可能全面地以自己的语言掩盖文本"；在《批评与真理》(*Critique et vérité*, 1966) 中，批评被视为一种"第二语言"（second language），它"漂在作品的主要语言上"。也就是这篇论文开始用如今公认的后结构主义术语来描述文学语言本身的特点：文学语言是一种"无底"的语言，就好像是由一个"空的意义"所支持着的一个"纯粹的暧昧"（pure ambiguity）。果真如此的话，经典结构主义的种种方法之能否对付它就是很值得怀疑的了。

《S/Z》一书是巴特对巴尔扎克的小说《撒拉辛》（*Sarrasine*）所作的惊人的研究，一项"具有突破性的研究工作"。现在文学作品不再被当作一个稳定的客体或界线分明的结构来对待了，而批评家的语言也已经放弃了任何对科学客观性的要求。最能激起批评的兴趣的文本不是那些可**读**（readable）的文本，而是那些"可写的"（writable）（*scriptible*）文本，那些鼓励批评家分割它们，把它们转入种种不同的话语，并横穿作品本身而产生出他们自己的半带任意性的意义游戏的文本。读者或批评家的角色从消费者变成了生产者。这并不完全是说，在解释中似乎"什么都行"，因为巴特很小心地说，你不可能想让作品说什么它们就说什么；但是文学现在却主要不是一个批评必须与之一致的对象，而是批评可以在其中游戏的自由空间。"可写的"文本通常是现代主义的文本，它没有确定的意义，没有固定的所指，它是多元的和放散的，是不可穷尽的能指串或能指群，是种种代码与种种代码片断的无缝编织，从它们中间批评家可以开辟出自己的至歧之径。没有任何开始也没有任何结尾，没有任何不能颠倒的次序，也没有任何可以告诉你什么重要或不重要的文本"层次"之等级。一切文学文本都是用其他文学文本织成的，而这并不是从习惯意义上说的，即它们都带着"影响"的种种痕迹；而是从一个更根本的意义上说的，即每一个词汇、短语或分段都是先于或环绕这一个别作品的其他写作物的重造。没有什么文学"独创性"，也没有什么"第一部"文学作品：所有文学都是"互文的"（intertextual）。因此一部特定的作品并没有任何明确规定下来的边界：它不断地溢入簇集于其周围的作品之中，从而产生成百个不同的透视角度，一直缩小到消失不见的投射角度。诉诸作者也不能使作品的意义得到确定，因为"作者的死亡"正是现代批评现在能够自信地宣布的口号。[1] 作者的传记最终也只是另一篇文本，因此不必被赋予任何特权：这一文本同样可以被解构。是语言，而不是作者自己，在其密密麻麻的"多义的"（polysemic）多元性（plurality）中，在文学作品中说话。如果真有什么地方让文本的这一沸腾的多元状态在其中有片刻的集中的话，那这个地方并不是作者，而是**读者**。

当后结构主义者说到"写作"或者"文本性"（textuality）的时候，他们所想到的通常都是这些意义上的写作和文本。从结构主义转向后结构主义，正如巴特自己所说，部分地是从"作品"转到"文本"。[2] 这就是从视诗或小说为具有种种确定意义——而理解这些意义正是批评家的任务——的封闭实体转向视它们为不可还原的多元体，一个永远不能被最终钉到任何单一的中心、本质或意义上去的无限的能指游戏。这些在批评本身的实践中显然导致了彻底的不同，正如《S/Z》所清楚地表明的那样。巴特在这本书中使用的方法是将巴尔扎克的小说分成很多小单元或"语义单位"（lexies），然后运用五种代码来译解它们："情节"（proiaretic）（或叙事）代码；与故事中种种谜团之展开有关的"诠释"（hermeneutic）代码；考察作品所利用的种种社会知识的"文化"代码；处理人物、地点和事物之种种内在含义（connotations）的"内涵"（semic）代码以及勾勒文本中所建立起来的种种性的和精神分析的关系的"象征"（symbolic）代码。至此为止，这一切似乎都还没有远离标准的结构主义实践。但是，把文本分成单元多少带有任意性；这五种代码

（右侧页码）120

---

[1]　见罗兰·巴特（Roland Barthes）《作者的死亡》（The Death of the Author），收入斯蒂芬·希思（Stephen Heath）编《意象—音乐—文本：罗兰·巴特》（Image-Music-Text: Roland Barthes，伦敦 London，1977）。本书还收入了巴特的《叙事结构分析引论》（Introduction to the Structural Analysis of Narrative）。

[2]　见《从作品到文本》（From Work to Text），收入《意象—音乐—文本：罗兰·巴特》（Image-Music-Text: Roland Barthes）。

只是从无数种可能的代码中挑选出来的五种而已；它们不是被排列在任何等级体系之中的，而是在一种多元主义的方式中被运用的，有时三种代码被用于同一语义单位；而且它们不让自己把作品最终"总体化"为任何一种连贯统一的意义。相反，它们证明作品之如何分散与破碎。文本，巴特论证说，与其说是一个结构（structure），还不如说它是一个开放的"结构"（structuration）过程，而进行这一结构工作的正是批评。巴尔扎克的中篇小说看起来是一部现实主义作品，显然不会屈从于巴特对它施加的这种符号学暴力：他的批评描述并不是把自己的对象"再次创造"出来，而是把它狠狠地改写或改组，以至于使其面目全非而无法辨认。然而，作品中一个至今一直未被注意的层面却借此而被揭示出来了。《撒拉辛》被暴露为文学现实主义的一部"极限作品"（limit text），一部其中之种种占统治地位的假定被表明为处在隐秘的困境之中的作品：这一叙事就在一个受到挫折的叙述活动之上，在性的阉割之上，在资本主义财富的种种神秘来源之上，以及在确定的性角色的深刻混淆之上，团团打转。在其 *coup de grâce*（最后的致命一击）之中，巴特终于能够宣布，这部中篇小说的真正"内容"是与他自己的分析方法有联系的：这部小说与文学再现之中的、各种性关系之中的以及经济交换之中的某种危机有关。在所有这些情况之中，视符号之为"再现"的这一资产阶级意识形态在开始受到质疑；从这个意义上说，借助某种解释的暴力和 *bravuva*（勇气），巴尔扎克的叙事就可以被读成这样一部作品，即它的目光越出了自己的 19 世纪早期的历史阶段而达到了巴特自己的现代主义时期。

事实上，正是现代主义文学运动首先导致了结构主义和后结构主义批评的诞生。巴特和德里达的一些后期著作本身就是现代主义的文学作品：它们是试验性的、令人莫名其妙的，而且是极度暧昧的。对于后结构主义来说，"批评"（criticism）与"创作"（creation）之间并没有明确的区别：两种模式都被纳入了"写作"（writing）本身。结构主义是在语言成为占据知识分子全部注意的事物之时才开始产生的；它的产生也因为，在 19 世纪后期和 20 世纪的西欧，人们感到语言正在深刻的危机之中痛苦挣扎。在一个话语已经降格为科学、商业、广告和官僚体制的单纯工具的工业社会中，一个人应该怎样写作？假如读者群都已经被一种"大众的"（mass）、追逐利润的、麻醉性的文化所浸透，一个人又究竟应该为怎样的读者写作？文学作品可以同时既是艺术品又是市场上的商品吗？19世纪中期中产阶级的自信的理性主义或经验主义相信，语言确实让自己跟世界挂钩，但我们还能分享这种信念吗？如果没有一个与读者共同分享的集体信仰作为框架，写作又如何可能？但在20世纪的意识形态动荡之中，这样一个共享的框架还有可能被重新发明出来吗？

正是这些植根于现代写作的种种真实历史条件之中的问题，如此强烈地"突出"了语言问题。形式主义者、未来主义者和结构主义者之全神贯注于语言的疏离与更新，之全神贯注于使异化了的语言恢复它已被剥夺的丰富性，乃是他们对于这同一历史困境的各自不同的反应。但是，也有可能就将语言本身设定为可以取代折磨你的种种社会问题之物：绝望地，或胜利地，宣布抛弃这个传统概念，即一个人的写作总是**为了**某个人的**关于**某种东西的写作，并将语言自身变为自己所珍视的对象。在他那篇出色的早期论文《写作的零度》（*Writing Degree Zero*，1953）中，巴特勾勒了历史发展中的某些情况，由于这些情况，写作对于法国19世纪象征主义诗人来说成为一种"不及物的"（intransitive）活动：写作不是为了某个具体的目的而论述某个特定的题目，就像"古典"文学的时代那样，而是写作本身成为目的和激情。如果现实世界中的种种物体和事件被体验为无生命者和被异化者，如果历史似乎已经丧失方向并陷入混乱，那总还是有可能将所有这一切都放入"括号之内"，"将所指物悬置起来"，而把词语作为你的对象。写作在一个深刻的自恋行为之中转到自身之上，但却始终被它对自己的无用性所怀有的社会有罪感烦扰着和笼罩着。尽管无可避免地要成为那些把写作化为一种非必需商品的人的共谋，它还是尽力使自己不受社会意义的污染，其手段或是如象征主义者那样趋向纯粹的沉默，或是寻求一种严格的中立性，一个"写作的零度"，即一个这样的东西，它会希望显得清白无辜，但却正如海明威所体现出来的，实际上也只是像任何其他风格一样的一种风格而已。巴特所说到的"有罪感"无疑是文学制度本身之有罪感——这个制度，正如他所评论的，见证着种种语言之间的分裂与各个阶级之间的分裂。在现代社会中，以"文学"方式写作就不可避免地会成为此一分裂状态的同谋。

最好是把结构主义既视为我所概括的这一社会和语言危机的征候，也视为对于这一危机的反应。结构主义从历史逃向语言：一个具有反讽意味的行动，因为，正如巴特所认为的那样，几乎没有什么能比这一行动更具有历史的重要性了。但是，在不让历史和所指物逼近前来之时，结构主义也力图使人们重新感到他们赖以生活的种种符号的"非自然性"，从而使人们彻底意识到它们的历史可变性。这样，结构主义也许就可以重新加入那个它以对它的抛弃而开始自己的历史了。然而，它是否这样做取决于所指物的悬置是暂时的还是永久的。由于后结构主义的到来，结构主义的反动之处似乎并不是它对历史的这一拒绝，而恰恰就是结构这一概念本身。对于写作《文之悦》的巴特来说，似乎所有的理论、意识形态、确定意义和社会承担都本身就带有恐怖性，而"写作"则是对它们全体的回答。写作，或作为写作之阅读（reading-as-writing），是最后一片未被殖民的围中之域，在这里面知识分子可以随意嬉戏，享受能指的奢华，而任性地无视爱丽舍宫（Elysée Palace）或雷诺（Renault）汽车制造厂中可能正在进行的一切。在写作中，结构意义的专制可以被自由的语言游戏暂时地打破和扰乱，而写作—阅读主体则能够从单一认同的束缚中被释放到一个狂喜地四处弥散的自我之中。文本，巴特宣布说，"是……那样一个无法无天的人，他把自己的屁股露给政父（the Polictial Father）"。现在我们确实已经离开马修·阿诺德很远了。

对政父的这一提及并不是偶然的。《文之悦》出版于一次社会动乱的 5 年之后，而就是这次社会动乱从根本上震动了法国的政父们。1968年，学生运动席卷了欧洲。学生们罢课反对教育制度的权威主义，在法国还曾短时地威胁了这个资本主义国家本身。在一个富有戏剧性的转瞬之间，这个国家摇摇欲坠，濒临毁灭：它的警察和军队在街上与那些奋力要与工人阶级团结起来的学生们作战。由于无力提供一致的政治领导，并且陷入了一场社会主义、无政府主义和幼稚无知之间的混战，学生运动被击退和驱散了；为因循被动的斯大林主义领导人所出卖，工人阶级运动也无力当权执政。夏尔·戴高乐（Charles de Gaulle）从一次仓促的出亡之中返回来了，法国的国家机器以爱国主义、法律和秩序的名义重新聚集起了它的力量。

后结构主义是从兴奋与幻灭、解放与纵情、狂欢与灾难——这就是1968年——的混合中产生出来的。尽管无力打碎国家权力的种种结构，后结构主义发现还是有可能去颠覆语言的种种结构的。总不会有人因为你这样做就打你的脑袋吧。学生运动被从街上冲入地下，从而被驱入话语之中。其敌人，就像对于晚期的巴特那样，变成了任何一种统一连贯的信念体系（belief-systems）——尤其是所有那些力图分析并作用于整个社会结构的政治理论和政治组织。因为似乎已经失败了的恰恰就是这种政治学说和活动：体系对于它们来说已被证明为是过分强大的，而严重斯大林化的马克思主义对于它的"总体"批判则已经被暴露为问题的一部分，而不是问题的解决。所有这样的整体系统思想现在都被怀疑为是恐怖主义的：被与力必多姿态（libidinal gesture）和无政府主义自发性对立起来的概念性意义本身就被惧怕为是压抑性的。阅读对于后来的巴特来说不是认识活动而是色情游戏。现在被感到可以接受的那些政治行动只是那种局部性的、弥散性的和策略性的政治行动：与囚犯和其他那些被边缘化的社会集团共同工作，以及一些特殊的文化和教育计划。敌视各种经典形式的左翼组织的妇女运动发展了自由主义的、"非中心化的"代替物，并且在其某些部分中把系统的理论作为男性的东西加以拒绝。对于许多后结构主义者来说，最坏的错误就是相信，应该在对垄断资本主义的活动规律的全面理解中把这些局部计划和特殊活动集中起来，因为这只能像它所反对的系统一样也是压迫人的"总体"。权力是无处不在的，是一种流动的、像水银一样的力量，从社会的每一个毛孔中渗出来，但是它也像文学作品一样不再有任何中心。"作为一个整体

124　的系统"是无法反对的，因为事实上根本就没有"作为一个整体的系统"。这样你就可以在随便哪一点上介入社会和政治生活，就像巴特可以把《S/Z》剁成一个种种代码之间的任意性游戏一样。并不完全清楚的是，如果各种普遍概念都是禁忌的话，人又怎么**知道**没有作为一个整体的系统？同样也不清楚的是，这种观点在世界其他地方是否也像在巴黎一样可行。在所谓第三世界中，在对于帝国主义逻辑的某种总体性把握的指导下，人们力图把自己的国家从欧洲和美国的政治经济统治下解放出来。与欧洲学生运动同时，越南人民就正在如此地进行着争取解放的斗争，而尽管他们是有"总体理论"的，他们几年以后将被证明为比巴黎学生们更为成功。然而，这些理论在欧洲却迅速成为过去。一如各种老的"总体"政治教条主义地宣称局部的关注只有暂时的意义，新的碎片政治（the new politics of the fragments）也倾向于教条主义地主张任何全面的介入都是危险的幻想。

　　这样一种立场，正如我已经论证的那样，产生于特定的政治失败和幻灭。被后结构主义认作敌人的"总体结构"（total structure）是特定的历史产物：后期垄断资本主义的那一武装起来的、压迫人的国家机器，以及表面与之对立，其实却与这种统治深深地共谋着的斯大林主义政治。早在后结构主义产生之前，一代又一代的社会主义者就一直在与这两个铁板一块的东西进行战斗。但是他们，以及危地马拉（Guatemala）的游击队员们，却都忽略了这样一种可能性，即阅读所产生的色情的 frissons（身体震颤），甚至那种仅限于那些被称为可悲地神志不清者的作品，竟是对此问题的适当解决。

　　在其种种不同发展的某一部分之中，后结构主义成为全然逃避这些政治问题的一条捷径。德里达和其他一些人的著作在真理、现实、意义和知识这些古典概念之上投下了严重的怀疑，所有这些概念都可以被暴露为是基于某种朴素的语言再现论的。如果说意义，即所指，只是词语或能指的暂时产物，并因而始终变动不居，半现半隐，那又怎么能有任何确定的意义或真理？如果现实是被我们的话语构造的而不是被它反映的，我们又怎么能了解现实本身，而非仅仅只是了解我们自己的话语？

是否所有谈论都只是关于我们的谈论的谈论？主张有关现实、历史或文学文本的一种解释"好于"另一种又有何意义？诠释学致力于同情地理解过去的意义；但是，除了仅仅作为目前话语的活动以外，真有任何需要了解的过去吗？

无论这一切是不是那些后结构主义之父的本意，这样的怀疑主义却已经迅速成为一些左翼学术团体的时髦风格。在某些地方，使用诸如"真理"（truth）、"确定性"（certainty）和"实在"（the real）这类字眼的人会不断地被指责为形而上学家（metaphysician）。如果你对我们根本就不可能了解任何事物这一教条有所迟疑与保留，那这只是因为你还怀旧地坚持着那些有关绝对真理的概念，并且还妄自尊大地相信，你，以及某些比别人更聪明的自然科学家，可以完全看到现实的"本来面目"。尽管事实是，如今一个人已经很难再碰到——尤其是在科学哲学家中——什么还相信这种理论的人，但这似乎却并没有吓住这些怀疑主义者。后结构主义经常嘲弄的科学模式通常都是一个实证主义的模式，是 19 世纪理性主义之认为可以有一种关于"事实"的超越性的、无价值判断的知识这一主张的某种翻版。然而，这一模式实际上只是个草靶子。它并没有穷尽"科学"一词的全部意义，而此种对于科学自我反思的讽刺也将不会有任何收获。说不存在使用真理、确定性和实在等类字眼的绝对依据并不就是说这些字眼缺乏意义或没有效用。到底谁会认为这种绝对依据存在呢？而如果它们存在的话，它们看起来又会是什么样子呢？

后结构主义的教条是，我们是自己的话语的囚徒，因而无法合理地提出某些真理主张（truth-claims），因为这样的主张仅仅与我们的语言相关。这个教条的优势是，它允许你驾车驱马经过所有其他人的信念之田而却没有自己需要接受任何信念之负担。这其实乃是一个无懈可击的立场，但其之亦需完全空洞就是一个人必须为此付出的代价。认为任何语言作品的最重要方面都是它不知自己之所云，这种看法具有向真理的不可能性疲倦地屈服的味道，而这与 1968 年以后的历史幻灭感绝非毫无关系。但是这种看法也使你可以一举超然世外，而不必在重要问题上

125

采取一定立场，因为你对这些问题所发表的意见只不过是能指的暂时产物，所以无论怎样都不应该被当作"真实的"或"严肃的"。这一立场的进一步好处是，它在对于任何其他人的意见上毫不留情，一捅到底，能把种种最严肃的宣言都揭露为仅仅是种种被弄乱了的符号游戏，但在其他方面却极端保守。既然它不要求你肯定任何东西，所以它就像不能伤人的空弹一样没有杀伤力。

英美世界的解构批评已经基本上倾向于采取这条道路。在所谓耶鲁解构批评学派（Yale school of deconstruction）——包括保尔·德·曼（Paul de Man）、J. 希利斯·米勒、杰弗里·哈特曼（Geoffrey Hartman），在某些方面也包括哈罗德·布鲁姆（Harold Bloom）——中，德·曼的批评尤其致力于证明文学语言不断暗中破坏自己的意义。的确，德·曼在这一批评操作中所发现者已经完全不亚于一种定义文学自身的"本质"的新方法。所有语言，就如德·曼正确地感到的那样，都必然从根本上就是隐喻性的（metaphorical），从而要通过形象性的和类比性的说法进行活动，所以相信任何语言都言其**字面**之所言乃是一个错误。[1]哲学、法律、政治理论也像诗一样依靠隐喻进行活动，因而它们也像诗一样是虚构的。既然隐喻本质上乃是"无根据的"（groundless），即只是一套符号之代替另一套符号，语言就倾向于在其想表示自己最有说服力之时泄露它自己的虚构性和任意性。"文学"是此种暧昧在其中表现得最为明显的领域——在文学中，读者发现自己被悬在"字面"（literal）意义和比喻（figurative）意义之间，而无法从中进行选择，这样他就被已经成为"不可读"的文本抛进了一个无底的语言深渊。然而，在某种意义上，文学作品不像其他各种话语那么骗人，因为它们隐含地承认自己的修辞身份，即承认它们所说的并不同于它们所做的，承认它们声称自己所拥有的知识乃是通过种种比喻结构（figurative structures）而来的，而这些比喻结构则使得这些知识变得暧昧与不定。人们可以说，它们在本

---

[1]　此句原文为："… it is a mistake to believe that any language is *literally* literal."译文没有采取直译。——译注

质上乃是反讽的。其他形式的写作也像文学一样是比喻性的和暧昧的，但是却把它们自己冒充为毫无疑义的真理。对于德·曼和他的同事希利斯·米勒来说，文学并不需要批评家来解构：它可以被表明在自己"解构"自己，而且它其实就是"关于"这一解构活动的。

耶鲁批评家们的种种文本暧昧（textual ambiguities）与新批评的种种诗的情感矛盾（poetic ambivalences）不同。阅读不再像新批评认为的那样，是两个不同的然而确定的意义的融合问题。阅读现在成了这样一种情况：它被卡在既无法被调和也无法被拒绝的两个意义之间。文学批评因而成了一件反讽性的、令人难堪的事，一种进入文本之内在虚空的不安冒险，它揭露了意义的虚幻性、真理的不可能性和一切话语的骗人伎俩。然而，从另一种意义上说，这种英美解构批评又只不过是老的新批评形式主义的复归。当然，它是以一种被强化了的形式复归的，因为对于这些解构批评家来说，文学证明着语言除了像酒吧里的讨厌鬼那样谈论自己的失败以外，就不可能再做更多的事情了，而对于新批评来说，诗确实还是以某种间接的方式论述诗以外的现实的。文学毁灭了语言对其他事物的一切指称，埋葬了语言的交流作用。[1] 新批评认为文学文本把一个日益意识形态化的世界中的教条信念令人愉悦地悬置起来；解构批评则把社会现实看作主要是一些闪烁不定的、一直伸向视野尽头的网，而不是某种具有压迫人的确定性的东西。文学已经不像我们在新批评那里所看到的那样，只满足于为物质性的历史提供一个世外桃源性的替代；文学现在走出了象牙之塔，占领了那个历史，从而按照自己的形象而改写它，将种种饥馑、革命、足球比赛和雪利甜食（sherry trifle）皆视为不可决定的"文本"。既然精明谨慎的人们不愿在意义不明的情境中采取行动，上述观点对于一个人社会的和政治生活的方式就并非没有某些可能的影响。而既然文学就是所有这些不确定性的一个被赋予了

127

---

[1] 对于意义之在文学中既十分紧要但同时却又"不可能"这一情况的关心是法国批评家莫理斯·布朗肖（Maurice Blanchot）的著作的显著特征，尽管他并不该被视为后结构主义者。参见加布里埃尔·乔西波维奇（Gabriel Josipovici）为他编辑的论文集《海妖之歌》（The Siren's Song, Brighton, 1982）。

特权的范式，所以，与批评将复仇之手伸向世界并且把它的意义一扫而空同时，新批评式的向文学文本之内的**退却**就可以被重新产生出来。对于早先的种种批评理论来说，躲闪回避、短暂易逝并极端暧昧者乃是**经验**，而现在则是语言。字眼已经改变了，这一世界观却令人注目地基本上保持着原样。

但是，这个语言并不是巴赫金的那个作为"话语"的语言；雅克·德里达的工作对这样的关注是令人吃惊地无动于衷的。主要就是由于这一原因，才出现了对于"无法被决定性"（undecidability）在理论上的执迷的专注。意义很可能是根本就无法被决定的，如果我们只是以一种沉思默想的方式视语言为纸页上的能指链的话；但当我们把语言作为某种我们所**做**的事情，作为与我们的种种实际生活方式不可分割地交织在一起的事物来考虑的时候，语言就变得"可被决定"了，"真理""实在""知识"和"确定性"这类字眼的某些力量也就被恢复了。这当然并不是说，语言因而就成为"被固定下来的"和"被照亮了的"东西了：相反，它变得比最"被解构了的"（deconstructed）文学文本还更加令人焦虑并充满冲突。只不过这样一来我们就能够以一种实践的而不是学院主义的方式看到，什么可以**算作**做出决定（deciding）、进行确定（determining）、进行说服（persuading）、确定性（certainty）、说真话（being truthful）和说假话（falsifying），等等，而且也会进一步看到，还有哪些语言自身之外的东西也被**包含**在这些定义之中。英美解构批评基本上忽视这个实在的斗争领域，而只是继续大量地机械地生产它的那些封闭的批评文本。这些文本是封闭的恰恰正是由于它们是空洞的：它们至多只能令人羡慕它们的残酷无情，文本意义中一切实在成分都被这种残酷无情消解无遗。在学院式的解构比赛中，这种消解乃是一个绝对命令：因为你完全清楚，如果你对别人对一篇文本的批评阐释所做的批评阐释还让其种种褶缝之中留有任何最微小的"确定"意义颗粒的话，那么另一个别人就会再过来解构你。这样的解构是力量的比赛，是正统的学术竞争的一个倒影。只不过现在的情况是，在为那个旧的意识形态赋予一个新的宗教性意义之中，胜利乃是通过 kenosis（放弃神圣性）或弄空自己而取得的：赢家是那个设法抛掉了自己所有的牌并两手空空的人。[1]

如果说英国和美国的解构批评标志着这两个社会的现代历史中人们所熟悉的那个自由主义的怀疑主义（a liberal scepticism）的最后阶段的话，欧洲的故事就有些更加复杂了。随着 1960 年代让路给 1970 年代，随着 1968 年的狂欢记忆的消退和世界资本主义陷入经济危机，与先锋派的文学刊物《原样》（*Tel Quel*）原先过从甚密的一些法国后结构主义者从战斗的毛主义转向了尖厉的反共产主义。法国的后结构主义已经可以问心无愧地赞扬伊朗的毛拉，庆贺美国是受到严格统治的世界沙漠中幸存下来的一片自由和多元化的绿洲，并且将各种不同品牌的神秘主义作为人类疾病的解药而加以推荐。要是索绪尔料到了他所开始的这一切，他当时很可能就只盯住他的梵语所有格了。

然而，就像所有的故事一样，后结构主义的故事也有其另一面。如果美国的解构批评家们认为他们的文本事业是忠于德里达的精神的，那么并不以此为然的人们中的一个就是德里达本人。德里达曾经评论说，美国对解构的某些运用乃是为了保证"一种制度的封闭"（an institutional closure）而工作，而这一"制度的封闭"是为美国社会的占统治地位的政治和经济利益服务的。[2] 德里达显然不想仅仅发展一种新的阅读方法：对于他来说，解构最终是一种**政治**实践，它试图摧毁特定思想体系及其背后的那一整个由种种政治结构和社会制度形成的系统借以维持自己势力的逻辑。他并不是在荒诞地力图否定种种相对确定的真理、意义、同一性、意向和历史连续性的存在，他是在力图把这些东西视为一个更加深广的历史——语言的历史、无意识的历史、种种社会制度和习俗的历史——的种种效果。不应否认，他自己的工作是极端非历史的，是回避政治的，并且是在事实上忽略了作为"话语"的语言的：在"真正的"

128

---

[1]　"Kenosis"是基督教神学中的一个概念，指基督全部或至少部分地放弃自己的神圣性而获得肉身。此词为希腊语词，其动词性词根本义为"使……变空""弄空……"。故作者此处随后即以"弄空自己"（self-emptying）进一步充实其文意。——译注

[2]　菲力普·拉库－拉巴特（Phillippe Lacoue-Labarthe）与让－吕克·南希（Jean-Luc Nancy）编《人之终结／完成》（*Les fins de l'homme*，Paris，1981），第 526—529 页。

德里达和他的追随者对他的思想的滥用之间不可能做出一个整齐的二元对立。但是，那个广泛流传的看法，即认为解构否认除话语以外的一切东西的存在，或它只肯定一个所有意义和同一性都消解于其中的纯粹差异的领域（a realm of pure difference），却只是对于德里达自己的工作和它所引出的最有创造性的工作的一种歪曲而已。

把后结构主义当作一种简单的无政府主义或享乐主义而打发掉也是不行的，尽管在它里面这些成分确实是显而易见的。后结构主义之将它同时代的正统左翼政治严厉批评为失败是准确的：在 1960 年代末和 1970 年代初，种种新的政治活动形式开始涌现，而传统的左翼却站在它们面前目瞪口呆、犹豫不决。它的直接反应或是小看它们，或是试图把它们作为从属部分而吸收到自己的计划中去。但是这个对其两种策略都无动于衷的新政治存在是在欧洲和美国复兴的妇女运动。这一妇女运动拒绝了大部分经典马克思主义思想的狭隘的经济关注，这种对经济的关注显然无力说明妇女作为一个被压迫的社会群体的种种特定的情况，也不能对这些情况的改变有所裨益。因为，尽管妇女的受压迫的确是一种物质性的现实，即母亲身份、家务劳动、职业歧视和同工不同酬等问题，但是妇女所受的压迫却不能被仅仅归结为这些因素：它也是下面这样一些问题，即有关性别的意识形态（sexual ideology）的问题、男性统治社会中男人和女人构想自己和对方形象的方式的问题，以及从最显而易见的直到最无意识的种种感受方式和行为的问题。任何一种不能把这些问题置于自己的理论和实践中心的政治都会被抛入历史的垃圾堆。因为性别歧视（sexism）和性别角色（gender roles）是占据人类生活的最深个人层面的问题，所以盲目于人类主体之经验的政治从一开始就残废而无能了。从结构主义向后结构主义的移动部分上是对于这些政治要求的一个反应。当然，说妇女运动垄断了"经验"（experience）是不对的，虽然时有这样的暗示：社会主义要不是世世代代、千千万万的男男女女的种种痛苦的希望和欲求又是什么呢？而这些人们是曾经为了某些比一个"有关总体的学说"（doctrine of the totality）或经济第一性更多的东西的缘故而生活和献身的。把个人的与政治的**等同起来**也是不够的：说个人的就是政治的，这当然是非常正确的，但是从另一种重要意义上说，个人的就是个人的，政治的就是政治的。政治斗争不能被**仅仅归结**为个人的，反之亦然。妇女运动正确地拒绝了某些僵硬严格的组织形式和某些"过分总体化的"政治理论；但在这样做的时候，它却经常抬高了个人的、自发性和经验性的东西，好像这些就提供了一个合适的政治策略一样，而它拒绝"理论"的某些方式则几乎无异于普通的反知识主义。而且，这个运动的一些部分似乎除了妇女的痛苦以外就根本不关心其他任何人的痛苦，也不关心从政治上解决妇女的痛苦，就像一些所谓的马克思主义者似乎除了工人阶级所受的压迫以外对其他任何人所受的压迫都不关心一样。

女权主义与后结构主义之间还存在着其他一些关系。因为，在后结构主义力图拆散的所有二元对立之中，男女之间的等级对立也许是最有害的一个。它好像也是最持久的一个：人类的整整一半在历史上无时无刻不被当作一个有缺陷的存在、一个异己的低劣者而遭受排斥和压迫。这一惊人情况当然不可能被一个新的理论方法就纠正了，但是它却使我们有可能看到，尽管历史地说，男女之间的冲突是再真实不过的了，但这种歧视妇女的意识形态却包含着一个形而上学的错误观念。如果说这一意识形态是被男人从其中不断获得的物质上的和心理上的种种好处保持在位的，那它也是被一个由恐惧、欲望、进攻性、受虐和焦虑所组成的复杂结构保持在位的，而这些都迫切地需要加以研究。女权主义不是一个可以孤立起来的问题，一个与其他政治计划并行的特定"攻势"，而是形成着和质疑着个人的、社会的和政治生活的所有方方面面的一个向度。妇女运动的要旨并不像妇女运动之外的某些人所解释的那样，只是妇女应该获得与男子平等的权利和地位；妇女运动乃是对所有这些权力和地位本身的质疑。问题并不在于，有了更多的女性参与，世界就会更好一点儿；问题在于，要是没有人类历史的"女性化"，世界就不可能继续存在下去。

随着后结构主义，我们已经把这个关于现代文学理论的故事带到了目前这个时代。在作为"整体"的后结构主义之内，存在着种种实在的

130

冲突和差异，所以其未来的历史还是无法预测的。有些种类的后结构主义代表了一种从历史那里的享乐主义式撤退，或代表着对暧昧性和不负责任的无政府主义的热情崇拜；也有一些种类的后结构主义却在不无其种种严重问题的同时也指向着一个更为积极的方向，正如法国历史学家福柯的异常丰富的研究工作所代表的那样。有些形式的"激进"（radical）女权主义强调多元性、差异以及性别隔离（sexual separatism），也有一些形式的社会主义女权主义，它们在拒绝视妇女斗争仅为一个可能会统治和吞没了它的运动的成分或部下之时，也认为社会中其他各个受压迫群体和阶级的解放不仅本身就是道德和政治的需要，而且也是妇女解放的一个必要的（尽管绝不是充分的）条件。

无论如何，我们都已经从索绪尔的符号之间的区别走到了世界上这个最古老的区别；现在我们可以进一步探索的就正是这个区别了。

五　精神分析

在前面几章中，我已经点出了现代文学理论之中的种种发展与 20 世纪的政治及意识形态动荡之间的某种关系。但是这样的动荡绝不仅仅只是一个种种战争、种种经济衰退和种种革命的问题：它也是为那些被卷入其中者以种种最直接的个人方式体验到的。它既是社会的骚动，也是种种人的关系的危机，以及人的个性（personality）的危机。这当然不是要争论说，焦虑（anxiety）、对迫害的恐惧以及自我的碎裂（the fragmentation of the self）乃是从马修·阿诺德到保尔·德·曼这一时代所特有的经验：整个有记录的历史都遍布它们的踪迹。真有意义的也许是，在这个时代，这样的经验以一种新的方式构成了一个系统的知识领域。这个知识领域就是西格蒙·弗洛伊德（Sigmund Freud）在 19 世纪末的维也纳发展起来的精神分析。我现在要简略概括的就是弗洛伊德的理论原则。

"人类社会的动力归根结底是经济。"这不是马克思的话，而是弗洛伊德在《精神分析引论》（*Introductory Lectures on Psychoanalysis*）中所说的话。迄今为止左右着人类历史的一直是劳动的需要；对于弗洛伊德来说，这一严酷的必要性意味着我们必须压抑一部分追求快乐和满足的趋向。如果我们不是为了生存而被召唤去工作，也许就会终日倦眠而无所事事。每个人都得经受弗洛伊德所谓的"现实原则"（reality principle）对"快乐原则"（pleasure principle）的压抑，但是对于我们有些人来说，甚至对于整个社会来说，压抑都可以变得过度而让我们致病。我们有时甚至情愿像英雄那样地放弃满足，不过通常总是同时精明地相信着，通

过推迟眼前的快乐，我们到头来会把它们如数地甚至加倍地拿回来。我

132 们是准备忍受压抑的，只要我们发现其中能有什么好处给我们；然而，如果我们被要求得太过分了，我们就有可能会生病。这种病以"神经官能症"（neurosis）而为人所知；而且像我刚才已经说过的，既然所有人都必然要受到某种程度的压抑，人类就可以，按照弗洛伊德的一个评论者的说法，被称作一种"神经质的动物"（neurotic animal）。重要的是应该看到，这种神经官能症既与造成我们不幸的种种原因有关，也与作为人类的我们的创造性有关。我们对付我们不能实现的种种欲望的一个方法就是使之"升华"（subliming），弗洛伊德以此词所指的是把这些欲望导向为更有社会价值的目标。我们可以通过建造桥梁与大教堂来使我们受挫的性欲得到无意识的宣泄。对于弗洛伊德来说，文明本身就是由于这样的升华而产生的：驾驭我们的本能并将其转用于这些更高的目标，就创造了文化历史本身。

如果说马克思是从与其有关的种种社会关系、社会阶级和政治形式的角度出发来观察我们的劳动需要所产生的种种影响的，那么弗洛伊德观察的就是这一需要所蕴涵的对心理生活的种种意义。弗洛伊德的研究工作基于其上的那个悖论（paradox）或矛盾是：我们之所以成为我们今天这个样子恰恰是由于那些造就了我们自身的各种要素之备受压抑。我们当然是意识不到这一点的，正如在马克思看来，人们通常都意识不到那些决定了他们的生活的种种社会过程一样。确实，我们是不可能意识到这一事实的，因为我们放逐我们那些无法实现的欲望的地方即以无意识（the unconscious）为名。然而，立即随之而来的一个问题是，为什么人就应该是"神经质的动物"，而蜗牛或乌龟却不是。这也很有可能只不过是对这些动物的某种浪漫主义的理想化，而它们比我们所设想的其实要神经质得多；但它们在一个局外人看来还是很有适应能力的，尽管可能也会有关于它们的癔病瘫痪（hysterical paralysis）的一二例记录。

将人类区别于其他动物的一个特点是，由于种种进化上的原因，我们生下来的时候是几乎完全不能自立的，需要全部依靠这一族类中更成

熟的成员们——通常是我们的父母——的照料才能生存。我们全都是
"早产的"。没有这样直接的、不断的照料，我们很快就会死掉。对我们
父母的这种非同寻常的长时间依赖首先是一件纯粹的物质上的事情，是
一个要被喂养和要受保护而免遭伤害的问题，即一个使我们那些可以被
称为"本能"（instincts）者得到满足的问题。"本能"这里意味着人所具
有的那些对于温饱等等的确定生理需要（我们下面将会看到，这样的自
我保存本能〔instincts〕比种种"驱力"〔drives〕要稳定得多，后者是经
常改变其性质的[1]）。但是我们在这些事情上对于父母的依赖并不仅仅
停在生理性的东西上面。婴儿会为了奶而吮吸母亲的乳房，但在这样做
的时候会发现这个从生理角度看来必不可少的活动也能给予快感；而对
弗洛伊德来说，这就是性欲的最初觉醒。婴儿的嘴不仅是一个为了生存
的器官，而且也成为一个"性感带"（erotogenic zone），几年后孩子有
可能通过吮吸手指来使这个性感带复苏，而再过几年就通过接吻。与母
亲的关系表现出一个新的、力必多的（libidinal）层面：性欲（sexuality）
诞生了。作为一种驱力，它起初与生物本能是分不开的，但它现在把自
己与它分开了，并获得了某种自主性。对于弗洛伊德来说，性欲本身就
是一种"反常"（perversion），即一种自然的自我保存本能之被"一下子
转向"另一目标。

　　随着婴儿的成长，其他性感带开始活动起来。被弗洛伊德称之为口
唇期（the oral stage）者是性生活的第一阶段，它与那个要吸收对象的驱
力联系在一起。在肛门期（the anal stage），肛门成为一个性感带，而且
随着儿童在排便中得到的快感，其在口唇期还一无所知的某种新的主动
与被动之间的对比就开始显露出来了。肛门期是施虐性（sadistic）的，
这就是说，儿童从排出和毁坏中获得了性的快感；但肛门期也与那个想

---

　　[1]　"Drive"在心理学上指欲达到某一目标或满足某一需要的内在驱动力。此词在被宽用
之时也包括所谓生理本能在内。例如，饥饿感即"驱动"（drives）着一个人去获取食物。但这里，
在作者对弗洛伊德理论的阐述中，"drive"，即"驱力"，或可译为"心理驱力"，被明确区别于
"instinct"，即"本能"或"生理本能"，并主要被用以指推动着一个人去追求某种欲望，尤其是
性欲望之满足的种种内在心理驱力，种种经常或主要都是"无意识的"，即不为意识主体所自觉
到的内在心理驱动力量。——译注

保留和想占有控制的欲望相联，因为儿童通过"许可"排便或忍住不排而学到了一种新的支配和操纵别人的愿望的方法。随后而来的"阴茎的"（phallic）阶段则开始把儿童的力必多（libido）（或性驱力）集中于生殖器，而这一阶段之被称为"阴茎的"而非"生殖器的"（genital）是因为，按照弗洛伊德的看法，这时只有这个男性器官是被承认的。小女孩依弗洛伊德看来就只好满足于阴蒂（clitoris），即阴茎（penis）的"对应者"，而非阴道。

在这一过程——不过这些阶段是互有重合的，所以不应被视为一个严格的序列——中所正在发生的是各个力必多驱力之被逐渐组织起来，但这一组织过程仍然是以儿童自己的身体为中心的。各个驱力本身是极其易变的，完全不像生物本能那样确定：它们的对象是偶然的和可替换的，而且一个性驱力也可以用自己来代替另一个性驱力。于是，我们在儿童的幼年生活中所能想象到的就不是一个统一主体之面对并欲望着一个稳定的对象，而是一个复杂的、不断变动的力场，其中主体（即儿童自己）被抓住并被打散，其中它还没有一个认同的中心，其中自身与外部世界之间的种种边界还是不确定的。在这个力必多力场中，种种对象和对象之部分现而复隐，像万花筒景象一样地变换着位置，而在这些对象之中，在种种驱力的浪涛拍溅而过之时，突显出来的是儿童的身体。我们也可以把这作为某种"自我色情"（auto-eroticism）来谈论，弗洛伊德有时以此词包括整个幼儿性欲：儿童在自身中发现了色情的（erotic）快乐，但是还没有能够把他的身体视为一个完整的对象。[1] 因此"自我色情"必须被区别于弗洛伊德称之为"自恋"（narcissism）者，即这样一种状态，其中一个人自己的身体或自我作为一个整体而在心理上被全

134

---

[1]　"Auto-eroticism"指并非由于外来刺激而在自身性感带中体验到的快感，或种种自己刺激自己以获得性快感的行为，如手淫。本译本原译为"自淫"，此次试姑改为"自我色情"。"色情"此处不含任何淫荡之意。此处译文中的"他"在英文原文中为第三人称中性单数代词"it"。这并不是作者的有意之为，而是英语的习惯表达方式。但这似乎也已经蕴涵着，儿童还不是作者下文所说的那种"性别化的主体"。当然，这并不意味着我们还不知道儿童的自然生理性别。汉语译文此处从汉语习惯而采用了"他"。——译注

神贯注着（cathected），即被当作欲望的一个对象。[1]

显然，处于这一状态之中的儿童是没有什么可能在未来成为一个能从早到晚勤奋工作的可靠公民的。处在弗洛伊德所谓快乐原则的控制和影响之下，他是无法无天的（anarchic）、是性喜施虐的（sadistic）、是攻击性的和自我专注的（self-involved），而且毫无顾忌地追求着快乐；他对性别的差异也毫不尊重。他还不是那个我们可以称之为"性别化的主体"（gendered subject）者：他随着种种性的驱力而起伏跌宕，但这一力必多能量还不承认男性与女性之间的分别。如果想让儿童在生活中成功，那他显然就必须被控制起来；而使这一控制发生的机制就是弗洛伊德所说的那个著名的俄狄浦斯情结（Oedipus complex）。从我们上面所跟随的各个前俄狄浦斯阶段中涌现出来的儿童不仅是无法无天的和性喜施虐的，而且同时也是乱伦的（incestuous）：男孩与母亲身体的密切接触把他引向一个想与母亲结婚（sexual union）的无意识欲望；而女孩呢，她到此为止同样也是一直与母亲待在一起的，因而她的第一欲望总是同性恋的，现在则开始把自己的力必多转向父亲。这就是说，婴儿与母亲之间早期的那种"二合一"（dyadic）关系或双项关系现在扩展成为一个由儿童与双亲构成的三角关系；而对于儿童来说，与其性别相同的那一亲长将会在其对异性之亲的恋欲中作为一个情敌的形象而出现。

说服男孩放弃其对母亲的乱伦欲望的是父亲的阉割（castration）威胁。这一威胁不必是明说出来的，但是男孩，当他在发现女孩本身是"被阉割的"的时候，就开始把这想象为一个可能也会落到自己头上来的惩罚。他于是在一种提心吊胆的顺从中压抑自己的乱伦欲望，使自己去顺应"现实原则"，让自己向父亲屈服，把自己跟母亲分开，并且令自己安于这样一种无意识的慰解，即尽管他**现在**是不可能希望去驱逐父亲而占有母亲的，但父亲却象征了一个地位，一种可能性，而这些是他自己将来能够占据和实现的。如果他现在还不是一个男性家长

---

[1]　"Cathect"是"cathexis"的动词形式。此词源自希腊语，有"紧紧抓住"或"抓牢"之意，在英语中被用来翻译弗洛伊德的*bezetzung*，意为将心理能量全部集中于某一特定的人、物、观念或自我的某一方面。我们此处暂且以"全神贯注"译之。——译注

(patriarch)，那他以后会是的。男孩与父亲和解，与他认同，并就这样地被导入了男性身份（manhood）这一象征性的角色。他已经变成一个性别化的主体，超越了他的俄狄浦斯情结：但就在这样做的时候，他就已经把他的受到禁止的欲望驱入了地下，即把它压抑到了我们所谓的无意识这样一个地方。但这个地方却并不是一个等着接纳这样一种欲望的现成地方：它乃是由这个最初的压抑行为所产生和打开的。作为一个正在形成之中的男人，男孩现在将在那些恰好为他所在的那一社会规定为"男性的"（masculine）的种种形象和做法中长大。他自己有一天也会变成父亲，并且就这样地通过为生殖之事尽力而为社会传宗接代。他以前的四处弥散的力必多通过俄狄浦斯情结而以这样一种方式被组织起来了，即它被集中到了生殖器性欲（genital sexuality）之上。如果男孩不能成功地克服俄狄浦斯情结，他就可能会由于在性上面被弄得无能而承担不了这一角色：他可能会赋予母亲的形象以高于所有其他妇女的特殊地位，而弗洛伊德以为这样就可以导致同性恋；或者，他可能由于知道了妇女之为"被阉割的"而已经在精神上受到了重创（traumatized），以致不能享受跟她们的令人满足的性关系。

关于小女孩之如何通过俄狄浦斯情结的故事就远远不是这样直截了当了。现在应该马上就说，弗洛伊德在女性性欲（female sexuality）——他曾称之为"黑暗的大陆"——面前所表现出来的困惑最典型地反映了他自己的男性统治的社会的性质。我们以后将有机会来评论对妇女的这些贬损的、偏见的态度，它们使他的工作蒙受了形象上的损害，而他对女孩的俄狄浦斯化（oedipalization）过程的说明也是难以与这种性别歧视分开的。小女孩，在感觉到自己因为是"被阉割的"而低下之时，就在失望之中从同样也是被"阉割过的"母亲转向了一个勾引父亲的计划；但既然这一计划是注定要失败的，她就必须最终勉强地转回到母亲那里，与母亲进行认同，接受她的女性性别角色，并且无意识地以一个她渴望着从父亲那里接受下来的婴儿来代替这个她所羡慕但却无法拥有的阴茎。没有任何明显的理由说明为什么女孩就应该放弃对父亲的欲望，因为既然她已经是"被阉割的"了，阉割就不再能威胁她；于是我们就很难看到她的俄狄浦斯情结是通过什么机制消解的。与男孩的情况不同，阉割不仅不禁止她的乱伦欲望，而且是首先使其成为可能的东西。而且，为了进入俄狄浦斯情结，女孩还得把她的"爱恋对象"（love-object）从母亲转变为父亲，男孩却只要继续爱他的母亲就行；而既然爱恋对象的变更是一个更加复杂和困难的事情，这也给女性俄狄浦斯化造成了一个问题。

在离开俄狄浦斯情结这一问题之前，其对于弗洛伊德的工作的极端中心性应该被强调一下。它并非只是诸种情结之一而已：它是一个使我们成为我们所是的男人和女人的种种关系的结构。它是那个我们作为主体得以产生和构成的关键；但对于我们来说，这里的一个问题在于，它在某种意义上始终是一个片面的和有缺陷的机制。它标志着从快乐原则向现实原则的过渡；从家庭圈子向广大社会的过渡，既然这里我们是从乱伦转向家庭之外的种种关系；从自然向文化的过渡，既然这里我们可以把婴儿与母亲的关系视为"自然的"，而把后俄狄浦斯阶段（post-Oedipal）的儿童视为一个正处于在作为整体的文化秩序中接受一个位置这一过程之中的人（然而，在某种意义上，视母亲—儿童关系之为"自然"的是相当可疑的：对于婴儿来说，谁实际上是供养者是一点关系都没有的）。而且，按照弗洛伊德的观点，俄狄浦斯情结还是道德、良心（conscience）、法律以及各种形式的社会与宗教权威的开端。父亲对乱伦的真实的或被儿童想象出来的禁止是以后要遭遇到的所有更高权威的象征；在"内投"（introjecting）（使其成为自己的）这一父权法规之时，儿童就开始形成他的一个弗洛伊德所谓的"超我"（superego），即内在于他的良心的那个可畏的、施加惩罚的声音。

于是，能让下述情况发生的一切东西现在似乎都已经就位了，这样性别角色就可望加强，满足就可被延迟，权威就可被接受，而家庭和社会就可得以繁衍。但是我们却已经忘了桀骜不驯的无意识。儿童现在已经发展出来了一个自我（ego）或个体认同（individual identity），即性的、家庭的和社会的各种网络之中的一个特定地位；但他只有把他的那些让他感到负疚的欲望分离出去，并且将它们压抑到无意识里面去，他才能做到这一点。从俄狄浦斯过程中涌现出来的人的主体是一个**分裂的**主体，被危险地撕扯在意识与无意识之间，而无意识则总是可以再转回来折磨它。在日常英语言谈中，经常被使用的是"潜意识"（subconscious）这个词而不是"无意识"（unconscious）这个词，但这乃是低估了无意识的彻底的**异己性**（otherness），即仅把它设想成了一个就在表面之下即可达到的地方。它低估了无意识的极端陌生性：无意识既是一个地方又不是一个地方（a non-place），它对现实完全无动于衷，它对逻辑或否定或因果性或矛盾均置之不理，却完完全全地把自己交给了种种驱力的本能性游戏以及对于快乐的追求。

通往无意识的"康庄大道"就是梦。梦让我们可以极其难得地瞥见无意识之如何工作。在弗洛伊德看来，梦本质上乃是种种无意识愿望的象征性实现；而它们之所以被放入象征形式是因为，如果这些内容被直接表现出来，就足有可能让我们惊醒。为了我们应该得到一点儿睡眠，无意识善意地掩盖、软化和扭曲梦的意义，于是我们的梦就变成了需要破译的种种具有象征性的文本。警惕的自我（ego）甚至在我们的梦中都在工作，这里检查一下某个意象，那里弄乱某个信息；而无意识自身又以它的种种独特的活动模式增加了梦的晦涩性。它会像一个懒于辞令的人那样把一大批的意象压缩成单独一个"陈述"；或把一个对象的意义"移置"（displace）到多少与它有些联系的另一个对象之上，这样我在梦中就可能会把我对一个姓"Crabbe"（克雷布）的人所怀有的进攻性冲动发泄到一只螃蟹（crab）身上。[1] 词义的这种不断压缩和移置相应于罗曼·雅各布逊所确认的人类语言的两种基本活动：隐喻（metaphor）（将种种意义压缩到一起）与换喻（metonymy）（把一个意义移置到另一个之上）。正是这一点推动法国精神分析学家雅克·拉康（Jacques Lacan）做了这样一个评论："无意识是像语言一样结构起来的。"梦文本（dream-texts）之隐晦难懂也是因为，由于主要被局限于一些视觉形象，无意识对于它所想说的东西并没有多少手段来表达，所以就必

---

[1] 英语的姓"Crabbe"与英语单词"crab"即"螃蟹"谐音。——译注

须经常巧妙地把一个语词的意义翻译到一个视觉形象之上：它也许会抓住网球的**球拍**（racket）这个意象来让人注意某个可疑的交易。[1] 无论如何，梦都足以证明无意识具有一位懒惰而又原料不足的厨师的那种令人羡慕的多谋善变。他把各种极不相同的原料一股脑儿地扔进一锅大杂烩，用他手头所有的调料代替他所没有的，并且是市场上当天早晨到什么就凑凑合合地用什么，就像梦会随机地利用那些"白天的残渣"，再把白日里所发生的各种事件或睡眠中所感觉到的各种感觉与深深汲自我们童年的各种意象都掺到梦里一样。

梦为我们提供了接近无意识的主要的但却并不是唯一的途径。此外还有弗洛伊德所谓的种种"失常之为"（parapraxes），包括种种无法说明的口误（slips of the tongue）、种种失忆（failures of memory）、种种弄坏的事情（bunglings）、种种误读（misreadings）和种种误置（mislayings），这些都可以被追溯到种种无意识愿望和意图之上。玩笑也暴露着无意识的存在，而且在弗洛伊德看来，玩笑大部分都具有力必多的、焦虑的或者攻击性的内容。但对我们损害最大的无意识活动乃是在各种形式的心理障碍之中。我们可能会有某些无意识欲望，它们既是无法被否认的，但它们也不敢寻找实际的发泄渠道：在这种情况下，欲望竭力要从无意识那里冲进来，自我则防御性地挡住它们，而这一内在冲突的结果就是我们所谓的神经官能症。病人开始发展出来一些症状，它们以一种妥协的方式既抗御那个无意识欲望，同时却又把它隐秘地表现出来。这样的神经官能症可能表现为强迫症性的（obsessional）（如一定要逐个去摸街上的路灯杆）、癔症性的（hysterical）（如一只手臂开始瘫痪，却并没有任何器质性病因），或恐惧症性的（phobic）（如毫无理由地害怕空旷之处或某些动物）。在这些神经官能症背后，精神分析发现了植根于个人早期发展中的种种没有解决的冲突，而它们很可能是集中在俄狄浦斯

---

[1]　在英语中，"racket"这个词的一个意思是那些拍面由网所形成的球拍，如网球拍、羽毛球拍等，但这个词也意味着以非法手段，尤其是以暴力、相威胁而获取钱财，或不诚实的计划与行为，等等。在梦中，由于缺乏语言上的词汇，"rachet"这个词的后面这些复杂意思就被网球拍这个直接的视觉意象代替了。——译注

阶段的；的确，弗洛伊德是把俄狄浦斯情结称为"种种神经官能症的核心"的。一个病人表现出来的那一神经官能症一般总是与他或她的心理发展在其上被停止下来或被"固结"住了的前俄狄浦斯情结阶段中的那一点有某种联系。精神分析的目的就是揭示神经官能症的隐蔽病因，以便把病人从他或她的种种冲突中解放出来，并因此而使这些令人痛苦的症状消解。

但精神病（psychosis）的情况就要比这难对付得多了，因为这里自我已经不像在神经官能症中那样，还能在某种程度上压抑无意识欲望，而是实际上完完全全地被它左右了。一旦出现了这种情况，自我与外部世界的联系就被打破了，于是无意识就开始建立一个替代性的、妄想出来的现实。换言之，精神病患者在种种关键之处与现实失去了联系，例如在偏执症（paranoia）和精神分裂症（schizophrenia）中出现的情况：如果神经官能症患者会出现手臂瘫痪，那么精神病患者就会相信他的手臂已经变成了象鼻子。[1] "偏执症"指或多或少地系统化了的妄想状态，而按照弗洛伊德的定义，它不仅包括被迫害妄想，而且也包括嫉妒妄想和夸大妄想。弗洛伊德认为这些妄想的根源是在对于同性恋的无意识的抗拒之中：为了否认这个欲望，心灵就把爱恋对象转成一个情敌或者迫害者，并且系统地重新组织和重新解释现实以肯定这一猜疑。精神分裂症中包括着一个与现实世界的脱离，和一个向着自己内部的转入，并且伴随着过度地但并没有太多系统性地制造各种幻想：这种情况就好像是"本我"（id）亦即无意识欲望已经翻涌起来，并以其非逻辑性、种种费解的联想以及各个观念之间的感情性的而非概念性的连接而湮没了意识心灵。从这个意义上说，精神分裂的语言与诗之间有着让人感兴趣的相似。

---

[1] "Paranoia"一词源于现代拉丁语，后者又源于希腊语的"paranoos"："para-"，在一边，偏；"noos"＝"nous"，心，心灵，心智。合在一起表示分心或心之失常状态。故可译为"偏执"或"心之偏执"。"Schizophrenia"亦来自源于希腊语的现代拉丁语。"Schizo"等于希腊语中的"skhizō"，意为"分裂"，"phrenia"是希腊语的"phrēn"，意为"心灵"或"精神"，再加拉丁语后缀"ia"。——译注

　　精神分析不仅是有关人类心灵的一种理论，而且也是治疗那些被认为有精神疾病或障碍的人的一项医疗业务。对于弗洛伊德来说，这类治疗的成功并不是仅凭向病人解释他的病情以及为他揭示他的种种无意识动因而取得的。这是精神分析业务的一部分，但是单凭这一点是治不好任何病人的。弗洛伊德在这一意义上并不是一个理性主义者，即相信我们只要理解自己或者世界，就能采取适当的行动了。对于弗洛伊德理论来说，治愈的关键是所谓"转移"（transference），但这个概念有时被与弗洛伊德所谓的"投射"（projection），亦即把实际属于我们自己的感情和愿望归于别人，在流行说法中混为一谈。在治疗过程中，被分析对象（或病人）可能开始把折磨着他或她的心理冲突无意识地"转移"（transfer）到分析者身上。例如，如果他跟父亲的关系不好，他就可能不自觉地把分析者变作那一角色。这就给分析者带来了一个问题，因为对于原来的冲突的这种"重复"或仪式性的再现乃是病人逃避必须跟原来的冲突妥协的无意识方式之一。我们重复，有时乃是身不由己地重复，那些我们不能正常记住的东西，而我们不能记住它们是因为它们是令人不快的。但是转移也使分析者能在一个被他们控制着的，因而他们可以随时干预的情况下洞察到别人所难以洞察的病人的心理生活（精神分析者自己在受培训过程中之所以也必须接受分析，其原因之一就是要让他们能够在相当程度上意识到他们自己的无意识过程，以便尽可能地抵抗那个将他们自身的问题"反转移"到他们的病人身上去的危险）。由于这一转移戏剧，以及它许给分析者的种种洞察与干预，病人的各种问题就在这一分析场合中以精神分析的语言而被逐渐重新定义了。从这一意义上说，不无悖论意味的是，诊疗室里所处理的那些问题从来都不完全就是病人在实际生活中的那些问题：它们与那些真实生活问题之间也许有某种不无"虚构性"（fictional）的关系，就像一个文学文本与其所改造的那些真实生活素材之间的关系一样。人们离开治疗室时所治好的从来都不完全是他们前去就诊时的问题。病人很有可能会以人们所熟悉的一些手段对分析者进行抵抗，不让他接近她的无意识，但如果一切顺利的话，转移过程将会使她的问题被"打通"（worked through）而进入意识之中，

139

而通过在适当时机解除这个转移关系，分析者就有希望把她从这些问题中解脱出来。描述这一过程的另一种方法是说，病人开始能够回忆起她所压抑到无意识之中的那一部分生活：她能够以新的方式更完整地讲述她自己的经历，并通过这一讲述而解释和理解那些令她搅扰不安的东西。所谓的"谈话治疗"（talking cure），就将这样开始生效。

弗洛伊德自己的一句口号也许最能概括精神分析的工作："哪里有了本我，哪里就会有自我。"哪里人们处在他们不能理解的种种力量的让人动弹不得的掌握之中，哪里理性和自制（self-mastery）就应该统治。这样一个口号使弗洛伊德听起来比他实际上更像是一个理性主义者。但尽管他曾经说过，没有什么东西到头来是能够抵挡理性与经验的，他却从来也没有低估过心灵的狡猾与顽固。他对人的种种能力的估计总的说来是保守的和悲观的：我们是被那个追求满足的欲望以及对于任何可能阻挫它的东西的厌憎统治着的。在晚期著作中，他开始认为人类正在可怕的死亡驱力（death drive）的掌握之中憔悴凋萎，而这一死亡驱力就是自我（ego）释放到自己身上的一种原始受虐欲（a primary masochism）。[1]生命的最后目标就是死亡，是向着寂然不动的极乐状态的复归，在那里自我再也不会受到伤害。爱神（Eros），或性能量，是建设历史的动力，但它却被紧紧锁在一个与死神（Thanatos）即死亡驱力的悲剧性矛盾之中。我们奋力向前，结果却是不断地被逼着后退，最终挣扎着返回到我们有知之前的状态。自我是一个四面受敌的可怜实体：受外部世界痛击猛打，受超我严责痛斥，受本我贪婪无厌的欲望的残酷折磨。弗洛伊德对于自我的怜悯是对于人类的怜悯：一个建筑在欲望的压抑和满足的推迟之上的文明强加给这个人类一些几乎无法忍受的要求，而这个人类就是在这些要求之下茹苦含辛。对所有企图改变这一

140

---

[1] "Masochism"原指在性伙伴对自己的种种虐待（包括严重的身体伤害）之中获得性快感，故通常译为"受虐"（的状态、欲望等等）。此与"sadism"即施虐——通过虐待性伙伴而获得快感——相对。"Masochism"一词来自奥地利作家 Leopold von Sacher-Masoch（1835—1895）的姓"Masoch"。他的小说中描写了种种性受虐的情况。在日常用法中，"masochism"泛指能从各种痛苦中得到快感的情况。——译注

状况的乌托邦式的主张弗洛伊德都嗤之以鼻；可尽管他的很多社会观点又保守又独裁，他却怀着几分赞同看待那些企图消灭或者至少是改良种种私有财产制度和民族国家的尝试。他这么做是因为他深信现代社会的压抑已经变成暴虐。正如他在《一个幻想的前途》（*The Future of an Illusion*）中论证的，如果一个社会还不能超越下面这种状态，即其中一个群体的满足要依赖于对其他群体的压迫，那么被压迫者对于这样一个文化产生出强烈的敌意就是理所当然之事，因为正是他们的劳动使这个文化的存在成为可能，但是他们从中所分享到的财富却寥寥无几。弗洛伊德宣告说："不言而喻的是，一个让如此众多的成员愤愤不满并且迫使他们揭竿而起的文明是既不可能也不应该永世长存的。"

任何像弗洛伊德的理论那样复杂而富有独创性的理论都必然会成为激烈论争的缘由。弗洛伊德主义已经受到了很多基于各种根据的攻击，而且无论如何也不应该被看成是毫无问题的。例如，关于它之如何验证其学说，以及关于什么之可以算作能够支持或者反对其种种主张的证据，就有着一些问题；正如一位美国行为主义心理学家在闲谈中曾经说到的那样："关于弗洛伊德的研究，麻烦就在于它太不**睾丸**了（testicle）！"[1]当然，这完全取决于你赋予"可验证的"（testable）一词以何种意义；不过弗洛伊德似乎有时确实乞灵于一种 19 世纪的有关科学的概念，而这种概念其实已经不可接受了。尽管力求公正客观，但他的著作还是贯穿着由他自己的种种无意识欲望所形成的、有时还被他的自觉的意识形态信仰所扭曲的"反转移"（counter-transference）。我们前面已经提到的

---

[1]　原文为"The trouble with Freud's work is that it just isn't *testicle!*"在英语中，"testicle"（睾丸）与"testable"（可验证的）发音相近，所以说弗洛伊德的研究"不睾丸"就暗指弗洛伊德学说是无法验证的。不过此话似乎并非仅仅利用恰好发音相近的两个词做了一个语言游戏，它还有另一层更深的意思：弗洛伊德的研究从某种意义上说都是有关于性的，而睾丸在某种意义上则可为性问题的一个象征。然而，如果性问题真可以被归结为睾丸这样的实在的性器官之上，那它就是可以通过某些科学手段被验证的了。所以，说弗洛伊德的研究"不（是）睾丸"也是说他的理论不像睾丸问题那样可以被实际验证。最后值得一提的是，"testicle"（睾丸）源自拉丁语"*testiculus*"，由"*testis*"加上表示"小"的后缀构成。"*Testis*"意为"见证"，尤指对男性性能力的见证。而英语的"testify"，即"做见证"，也是源于此词。——译注

那些反映着性别歧视的价值观念就是一个很恰当的例子。弗洛伊德大概并不比 19 世纪其他维也纳男性的父权态度更多，但他那种认为女人被动、自恋、性喜受虐、羡慕阴茎（penis-envying）并且比男人更缺少道德上的认真的观点，已经受到一些女权主义者的彻底而尖锐的批判。[1]人们只要对比一下弗洛伊德对一位青年女子（多拉〔Dora〕）的病例研究的语气与他对一个小男孩（小汉斯〔little Hans〕）的分析的语气，就能马上看到他对待两性的不同态度：在多拉的病例中他语气尖刻、猜疑，并时有迹近荒诞的借题发挥；对于那个具有弗洛伊德主义哲学家原型的小汉斯则是亲切、赞美，而且颇具长者风度。

同样严重的是对于精神分析的这样一个抱怨，即它作为一种医疗乃是一种具有压迫性的社会控制，给个人贴标签并强迫他们符合种种人为的"正常"（normality）定义。这一指责事实上往往更是针对着整个心理医学（psychiatric medicine）的：就弗洛伊德本人对于"正常"的看法而论，这一指责基本上是不中腠理的。弗洛伊德的研究工作恰恰令人震惊地表明了，力必多在对象选择上其实是如何地"可塑"和易变，种种所谓性倒错（sexual perversions）如何地乃是那些被当作正常性行为的东西的组成部分，而异性恋（heterosexuality）又如何地绝不是一个自然而然的或不言而喻的事实。弗洛伊德的精神分析确实经常要根据对于性"常规"（norm）的某种看法来进行工作；但这却绝不是被自然（Nature）给予的。

对于弗洛伊德还有其他一些很难成立的普通批评。其中之一仅仅只是一个从常识出发的不耐烦：一个小女孩怎么有可能会渴望为她父亲生个孩子？无论其是真是假，这都不是"常识"就能让我们决定的事。在光凭这样的直觉就急于要把弗洛伊德打发掉以前，人们应该记住在睡梦中显现自己的那个无意识的极端古怪性，以及它与自我的那个白日世界之间的距离。另一常见的批评是，弗洛伊德"把什么都弄低到性上面去

---

[1]　例如，见凯特·米利特（Kate Millett）《性政治》（*Sexual Politics*, London, 1971），关于女权主义对弗洛伊德的保卫，则可见朱丽叶·米奇尔（Juliet Mitchell）《精神分析与女权主义》（*Psychoanalysis and Feminism*, Harmondsworth, 1975）。

了"——用术语来说，这就是说他是一个"泛性论者"（pan-sexualist）。
这当然是站不住脚的：弗洛伊德是一位彻底的，而且无疑也是非常过分
的，二元论思想家，因而总是用种种并非来自性欲的力量，例如趋向于
自我保存（self-preservation）的种种"自我本能"（ego-instincts）等，来
与种种性驱力相对。泛性论这一指责的合理成分在于，弗洛伊德认为性
在人的生活中已经中心到了足以为我们的所有活动提供一个**构成部分**
（component）的程度；但这却并不是性还原论（sexual reductionism）。

　　至今有时仍然还能够从政治左派那里听到的一个对于弗洛伊德的批
评是说他的思想是个人主义的——他用种种"一己的"（private）心理原
因和解释来代替种种社会的和历史的原因和解释。这一指责反映了对弗
洛伊德学说的一种根本误解。确实是有一个如何把种种社会的和历史的
因素与无意识**联系**起来的问题；但是弗洛伊德的工作的目的之一就在于
它使我们有可能从社会和历史的角度去思考人类个体的发展。其实，弗
洛伊德所创立的恰恰就是一个有关人类主体之形成的唯物主义理论。我
们之成为我们现在这个样子乃是通过各个身体之间的相互关系——通过
那在幼儿时期发生于我们的身体与围绕我们的人的身体之间的复杂的相
互作用。这并非生物还原论：弗洛伊德当然并不相信我们就只不过是
我们的身体，或我们的心灵就只不过是身体的种种反映而已。它也不是
一个关于生命的非社会性模式（an a social model of life），既然围绕着我
们的那些身体，以及我们与它们的种种关系，始终都是因具体社会而异
的。父母的种种角色、儿童抚育的种种习惯方式，以及与此一切相连的
种种意象和信仰，都是文化的问题，它们在不同的社会或不同的历史阶
段中可以极为不同。"童年"（childhood）只是最近的一个历史发明，而
为"家庭"这个词所囊括的一系列不同的历史家庭组织形式又使这个词
本身的价值十分有限。一个显然还没有在这些制度中发生变化的信仰就
是下面这个假定，即女孩和女子低劣于男孩和男子：这个偏见看来会把
所有已知的社会都连成一体。而既然这乃是一个深深植根于我们早年的
性的和家庭的发展之中的偏见，精神分析对于某些女权主义者就变得极
其重要了。

　　这些女权主义者为此目的而求助的一位弗洛伊德主义理论家是法国精神分析学家雅克·拉康。但这并不是说拉康就是一位主张女权主义的思想家：正相反，他对妇女运动的态度基本是傲慢与轻蔑。但是拉康的研究工作乃是一个尝试"重写"弗洛伊德主义的惊人创举，而其种种做法则使其成为与所有关心人类主体、这一主体在社会中的地位，尤其是这一主体与语言的关系这些问题的人们都有关者。而且最后这一点是拉康也使文学理论家们感兴趣的原因。拉康在《作品集》（*Ecrits*）一书中力图做的就是用结构主义的和后结构主义的关于话语（discourse）的理论来重新解释弗洛伊德；虽然这往往导致他的有些研究工作晦涩费解而令人困惑，但是我们如果要了解后结构主义与精神分析是如何相互联系在一起的话，那他的工作就仍然是我们现在必须加以简要考虑者。

　　我已经描述过，对于弗洛伊德来说，在幼儿发育的早期阶段中，主体与对象、自己与外部世界之间的明确区别如何尚未成为可能。而正是这一存在状态，拉康名之为"想象的"（the imaginary），他以此来指这样一种状态，其中我们没有任何中心明确的自己，其中，在一个闭合起来的不停的交换里面，我们所拥有的"自己"（self）似乎化入种种对象，而种种对象又化入这个自己。[1] 在这个前俄狄浦斯状态中，儿童经历着自己与母亲的身体之间的一种"共生"（symbiotic）关系，而这一关系模糊了此二者之间的一切明确的边界：儿童是为了自身的生存而依赖这一身体的；但我们同样也可以这样来想象，即儿童是在把他所知道的外部

---

　　[1]　"The imaginary"，此处被译为"想象的"，在拉康这里与"the symbolic"，即"象征的"，和"the real"，即"实在的"相对。"想象的"指一切想象出来的事物或状态，以及它们所形成的那一特定领域。"象征的"指一切由象征或符号所代表或表示出来的东西。"实在的"则指与想象之事物与象征之事物有别之实际存在的一切。曾有将拉康的这三个范畴分别译为"想象界""象征界"和"实在界"者。但这样的译法似有过分"落实"之嫌。我觉得还是将它们直译为"想象的""象征的"和"实在的"为好，因为这样似乎才最能贴近拉康欲以这些说法所表达者。要提请读者注意的只是，这些都是被"的"字名词化了的概念。其实，在现代汉语中，以"的"字将形容词名词化乃是——至少在口语中——惯例，如**男的女的都行**，"只要**大的**，不要**小的**"，等等，只是我们似乎仍然还不太习惯于在正式学术文字中使用这样的表述而已。在本章以下译文中，出于便于读者理解的需要或语境上的考虑，我有时也译为"想象出来者"，并加括号以标出原文。——译注

世界体验为是依赖于他自己的。根据弗洛伊德主义理论家梅兰妮·克莱茵（Melanie Klein）的看法，两个同一体（identities）的此种合而为一并不像表面看上去那样是一种极大的幸福：幼儿非常小的时候就会有种种对于母亲身体的谋杀性攻击本能，并且既怀着种种将母亲身体撕成碎片的幻想，又受着那些害怕这一身体将会反过来消灭他的偏执妄想的折磨。[1]

如果我们想象一个幼儿如何凝视镜中的自己——拉康那个所谓的"镜子阶段"——我们就能看到，儿童的一个自我（ego），一个整合起来的自我形象（self-image），最初是怎样从其存在的这个"想象的"阶段中开始发展出来的。身体活动尚不协调的幼儿在镜中看到了一个令人愉悦的统一的自我形象被反射给他；而尽管他与这个形象的关系仍然是一种"想象性的"关系——镜中形象既是他自己又不是他自己，主体与客体之间的混淆依然存在——但他之为他自己构造一个中心的过程却已经开始了。这个自己，正如照镜这一局面所提示我们的那样，本质上是自恋的：我们是由于发现了一个被世界上的某一对象或个人向我们反映回来的"我"（I），才达到了对"我"的某种意识。这一对象既这样或那样地是我们自己的一部分——我们与它**认同**——然而同时又还不是我们自己，而是某种异己之物。幼儿在镜中看到的形象就此而言乃是一个"异化了的"形象：幼儿在其中"误认"（misrecognizes）他自己，并在这一形象中发现了一个他在自己的身体中实际上还体验不到的令人高兴的统一体。对于拉康来说，想象的（the imaginary）恰恰就是这一形象领域，在其中我们进行着种种认同，但也就是在这些认同活动之中，我们被导向误察（misperceive）和误认我们自己之途。儿童在成长中会继续与种种对象进行这样的想象性的认同，而他的自我（ego）就将是这样逐步建立起来的。在拉康看来，自我就是这一自恋过程，凭借着它，通过在世界上发现某种我们可以与之认同的东西，我们支撑起来一个虚构出来的统一自我感（a fictive sense of unitary selfhood）。

在讨论前俄狄浦斯阶段或想象阶段时，我们所考虑的乃是对于这样

143

---

[1]　见她的《爱、罪感、补偿及其他著作：1921—1945》（*Love, Guilt and Reparation and Other Works, 1921-1945*，London，1975）。

一种存在的登录，其中实际上并不超过两项：儿童本身与另一个身体，这一身体此时通常是母亲，而这一身体对于儿童来说就代表着外在的现实。但正如我们在阐述俄狄浦斯情结时所看到的那样，这个"二而一"（dyadic）结构注定要为一个"三而一"（triadic）结构让位：当父亲出场并打乱这一和谐场景之时，这一让位的情况就发生了。父亲代表着拉康称之为律法（Law）者，而这首先就是社会的乱伦禁忌：儿童在其与母亲的力必多关系上被打扰了，他必须开始在父亲这一形象中认识到，还存在着一个更宽广的家庭和社会网络，而他只是其中的一部分。而且，儿童还不仅只是这一网络的一部分，他必须扮演的那个角色也是事先就已经决定下来的，亦即，是他生入其中的那个社会的种种惯常之规为他安排好的。父亲的出现把儿童与母亲的身体分开，并且就这样地，正如我们已经看到的，把他的欲望驱入地下，使其进入无意识。从这一意义上说，律法的初次出现与无意识欲望的展开乃是在同一时刻发生的：只是在承认父亲所象征着的塔布（taboo）或禁止时，儿童才压抑他那让他感到有罪的欲望，而这个欲望就正**是**那被称为无意识者。

为了让俄狄浦斯情结这一戏剧能被演出来，儿童当然就必须已经朦胧地意识到两性之间的区别。而表示着这一两性之别的正是父亲的出场；拉康著作中的一个关键术语，菲勒斯（phallus）[1]，指的就是对于两性之别的这一表示（this signification of sexual distinction）。只有通过将两性之别以及不同性别角色接受为必然之事，原来一直没有意识到这些问题的儿童才能被真正地"社会化"。拉康的独创性就在于从语言的角度重写我们在弗洛伊德对俄狄浦斯情结的阐述中已经看到的这一过程。我们可以把凝视镜中自己的那个幼儿想成某种"能指"——某种能够赠予意义者——而把儿童在镜中所看到的形象想成一种"所指"。幼儿所看到的这一形象在某种程度上就是他自己的"意义"。能指和所指在这里就像它们在索绪尔的符号中那样被和谐地联合起来了。我们也可以把照镜这一局面读为一种隐喻：一项事物（幼儿）在另一项事物（映象）

---

[1]　"Phallus"原指作为男性生殖器官组成部分之阴茎的图形或表象，在古希腊的狄俄尼索斯（Dionysiac）欢庆活动中被作为生殖力量的象征而崇拜。——译注

中发现了一个与自己相似者。拉康认为这是整个"想象的"一个很合适的形象：在这一存在模式里，各个对象在一个密封起来的回路之内不断地相互反映着，而种种真正的差别或区分则未显露出来。这是一个**充实完满**的世界，没有任何形式的匮乏与排斥：站在镜前，"能指"（幼儿）在他自己的映象这一所指中看到了一个"完满"（fullness），即一个完整而无瑕的同一体。能指与所指、主体与世界之间尚未出现任何裂痕。至此为止，这个幼儿一直还很快乐地没有为后结构主义的种种问题所折磨，亦即没有为我们已经看到的那个事实——语言与现实其实并非像这种局面所提示的那样完全和谐同步——所折磨。

随着父亲的出场，儿童被投入后结构主义的焦虑之中。他现在必须理解索绪尔的那个要点，即同一（identity）仅仅是作为差异的结果而出现的：一项或一个主体之所以是其所是者仅仅是由于排除了另一项或另一主体。极其有意义的是，儿童对两性之别的最初发现与他对语言本身的发现大致是在同一时间发生的。婴儿的啼哭其实并不是一个符号（sign）而只是一个信号（singal）：它指示着婴儿的饥饿、寒冷以及其他情况。在接触语言的过程中，儿童无意识地学到了一个符号之所以具有意义仅仅是由于它与其他符号的区别，并且也学到了一个符号涵设着（presupposes）它所表示的事物的**不在**（absence）。我们的语言"代替"（stands in）事物：所有语言都以某种方式是"隐喻的"，亦即它以自己来代替对于事物本身的某种无言的直接占有。语言能使我们免于斯威夫特（Swift）的拉普它岛民（Laputans）的不便，他们随身背着大口袋，里面装满他们交谈时可能需要的所有事物，并且就把这些事物直接拿给人看以作为他们的谈话方式。[1] 但就像儿童在语言领域中无意识地学到这些东西那样，他也在性的世界中无意识地学到它们。为菲勒斯所象征着的父亲之在场教孩子必须在家庭中占据一个地位，而这个家庭是由两性之别、由排除（他或她不能是母亲或父亲的情人）以及由不在（他或

145

---

[1]　拉普它（Laputa）是斯威夫特（Jonathan Swift，笔名 Isaac Bickerstaff，1667—1745，盎格鲁－爱尔兰作家）的小说《格里佛游记》（*Gullivers' Travels*）中的一个飞岛，上面住着一些不务实际、充满幻想、尽干各种荒唐事的哲学家们。——译注

她必须放弃他以前与母亲的身体的种种联系）所界定的。他开始感觉到，作为一个主体的他的同一性是由他与周围各个主体之间的差异与相似这些关系所构成的。随着对于所有这一切的接受，儿童就从想象的这个领域转入拉康所谓的"象征秩序"（the symbolic order）：那个已经事先给定了的包含着不同社会角色和性别角色的结构，以及构成着家庭和社会的种种关系。用弗洛伊德自己的话来说，儿童已经成功地通过了俄狄浦斯情结的痛苦道路。

然而，并非一切顺利。因为正如我们已经看到的，在弗洛伊德那里，从这一过程中涌现出来的主体是"分裂的"主体，一个被截然分开在自我的意识生活与无意识或受压抑欲望之间的主体。正是对欲望的这种原始压抑把我们造就为我们所是者。儿童现在必须在一个事实面前低头，这个事实就是他再也无法**直接**接近现实，特别是接近母亲的那个现在已经被禁止接近的身体。他已经被从这一"完满的"想象性占有之中放逐到那个"空洞的"语言世界。语言之所以是"空洞的"是因为它只是一个无穷无尽的区别与不在的过程：代替对于任何一个事物的完满占有，孩子现在将只不过是从一个能指移向另一个能指，沿着一条语言链，一条可以是没有尽头的语言链。一个能指蕴涵着另一个能指，另一个又蕴涵着另一个，如此以至于无穷：镜子的"隐喻"（metaphorical）世界已经让位给语言的"换喻"（metonymic）世界。沿着这条换喻的能指链，意义，或者说所指，将被生产出来；但却没有任何物或人能完满地"在"（present）于此链之中，因为正如我们已经跟德里达一起看到的那样，这一能指链的作用就是分割和区别所有的同一（identities）。

这个可能是没有任何尽头的从一个能指向另一能指的运动就是拉康用欲望所指的东西。所有欲望都源于缺少，一个欲望不断努力去补充的缺少。人类语言就是通过这种缺少而活动的：此即各个符号所指的各个实在事物之不在，亦即词语只是由于其他词语的不在和被排除才具有意义这一事实。进入语言于是就是成为欲望的猎取对象：拉康说语言是"把存在弄空成欲望"的东西。语言分裂——**连接／表达**（*articulates*）——想象出来者（the imaginary）的完满：我们现在将再也无法在单个事物之中，即在那会使其他一切都具有意义的终极意义之中，找到安宁。[1] 进入语言就是被分离于那被拉康称之为"实在的"（the real）的东西，那个无法接近的领域，一个始终超出表意（signification）之所及的领域，一个始终处在象征秩序之外的领域。分离尤其是我们之被分离于母亲的身体：在俄狄浦斯危机之后，我们再也不能重新得到这一宝贵的对象，哪怕我们将毕生以求。相反，我们必须以种种替代性的对象，即那些拉康称之为"对象小 a"（object little a）的东西，来凑合，　146
而我们就徒劳地试图以此来堵住那个就在我们的存在的正中心的缺口。[2] 我们在替代的替代和隐喻的隐喻中间活动，再也找不回来我们在想象出来者（the imaginary）中所知道的那纯粹的（即便是虚构的）自我同一（self-identity）和自我完满。没有任何能够为这一无穷渴望提供基础的"超越的"意义或物体，或者说，如果真有这样一个超越的实在的话，那它就是菲勒斯本身，它即被拉康称为"超越的能指"（the transcendental signifier）。但这其实并不是一个对象或实在，也不是实际的男性性器官：它只是一个标志着差异的空洞标志，一个把我们与想象的分开，并把我们插入我们在象征秩序中的那个已经注定了的位置的东西的符号而已。

我们在讨论弗洛伊德时已经看到，拉康认为无意识是像语言那样结构起来的。这不仅是因为无意识靠隐喻和换喻来工作，而且也是因为，就像后结构主义者眼中的语言一样，无意识与其说是由种种**符**

---

[1]　此处译文试以"连接／表达"两词的并列来翻译这个被作者以斜体字所强调的英语动词"to articulate"。此词在其拉丁语词源上有"将某物分离成其各个结合部分"及"清晰地单独地发出每一音节或单词"之意。在英语中，此词作为动词基本上有两个意思，一是以接头或关节等将各个分离部分连接起来，一是清晰地单独地发出每一音节或单词，由此又引申为以语言清晰地表达。作者此处是在一语双关地使用"to articulate"一词：语言既分裂或分割想象出来者之完满，但也将其所分裂或分割者连接起来／清晰地表达出来。当然，没有分割其实也就无所谓连接或表达。试比较王弼在一极为不同的语境中所作的如下表述："名必有所分，称必有所由。有分则有不兼，有由则有不尽；不兼则大殊其真，不尽则不可以名。"（《老子指略》）整体或完满或道是说不出来的，但却又必须被说出来。此说或表达或"to articulate"既是破坏（想象之）整体或完满者，也是让它们得以被"连接"起来以成为整体或完满者，即让它们得以被"表达"者。——译注

[2]　如果对象 A，即以大写的第一字母"A"标志出来的对象，是我们的第一对象的话，那么对象 a 或对象小 a 就只是这一大写的原初的对象的某种替代而已。——译注

号（*signs*）——种种稳定的意义——所构成的，还不如说是由种种**能指**（*signifiers*）所构成的。如果你梦见了一匹马，那么它之表示着什么意义却并不是立即就一目了然的：它可能有很多互相矛盾的意义，可能只是同样具有多重意义的一整系列能指之中的一个。这就是说，马这一意象并不是索绪尔意义上的符号——它并没有一个确定的所指整整齐齐地拴在它的尾巴上——而是一个能指，它可以被拴到很多不同的所指上去，而且它本身也可以带有周围其他能指的痕迹（当我写下上面这句话的时候，我并没有意识到包含在"马"和"尾巴"中的文字游戏：一个能指与另一能指并非出于我的有意识的意图而相互作用了）。无意识只是各个能指的连续运动（*movement*）和活动（*activity*），而它们的各个所指我们却常常都是无法接近的，因为它们被**压抑**了。这就是为什么拉康说无意识是"所指在能指之下的滑动"（*sliding of the signified beneath the signifier*），是意义的不断淡化和蒸发，是一个莫名其妙的"现代主义"文本，它几乎是无法阅读的，并且肯定也不会把自己的种种最后秘密解释给交出来。

如果我们的意识生活也像这一样是意义的不断滑动和隐藏，那我们当然就永远也不能有条有理地说话了。如果我说话的时候整个语言全都在我面前，那我就没法清晰地表达出任何东西来了。所以自我，或者说，意识，只有通过压抑这一骚乱的活动，并且暂时地把语词钉到意义上去，它才能工作。时而，某个我不需要的词就从无意识中偷偷溜进我的话语，而这就是弗洛伊德的著名的口误或失常之为。但对于拉康来说，我们的整个话语在某种意义上都是一种口误：如果语言的过程真是像他所建议的那样滑溜和暧昧，那我们就永远不能准确地欲我们之所说，也永远不能准确地说出我们之所欲。[1] 意义在某种意义上总是一种

---

[1] "... We can never mean precisely what we say and never say precisely what we mean"：作者这里强调的是心中所想（所欲）与嘴上所说之间的差距，但我们在这里似乎想不出更为满意的翻译。传统上，我们当然都或多或少地相信我们能让自己的话就意味着我们想让这些话表达的东西，但这一信念已经假定了思想与语言或内心与表达之间的某种距离。然而，如果没有能够离开语言而"独立"的思想，那么所谓不能准确地说出自己之所想或想出自己之说就只是说，语言并不完全在我们的有意识的控制之下，而不是说辞不能尽达我之某种先于"语"辞之本来"心"意。——译注

近似（approximation），一种失之交臂（a near-miss），一种局部失误（a 147 part-failure），总是把无意义和非交流混入意义和对话。我们肯定不能以某种"纯粹的"直接的方式说出真理：拉康自己那众所周知的神谕体（sybilline）风格，一种本身就全都是无意识所说的语言，就是打算向人们表明，在言语或书写中，任何一种企图传达完整而无瑕的意义的尝试都是前弗洛伊德的幻想。在意识生活里，我们多少能够意识到我们自己是相对统一的、前后一致的自己（selves），没有这一点，行动就是不可能的了。但是所有这些都仅仅是在自我（ego）的那个想象的层次之上，而这一自我则只是精神分析学所了解的那个人类主体的冰山之顶。自我是下面这样一个主体的一种功能或效果，这一主体始终都是被打散的，是从来也不与自身同一的，是被沿着那些构成它的话语链一直拉伸开去的。在存在的这两个不同层次之间有一个完全的断裂——一道鸿沟，而在语句中提及自己这样一种语言行为则最为生动地体现了这一鸿沟。当我说"明天我要修剪草坪"时，我说出来的这个"我"乃是一个立即就可以理解的并且相当稳定的参考点（point of reference），但它把说出这个"我"的那个"我"的幽暗深处伪装起来了。前一个"我"是语言学理论中的"言中主体"（subject of enunciation），即我的语句所言及的对象；后一个"我"，即说出这一语句的人，则是"发言主体"（subject of enunciating），即这一实际说话行为的主体。在说和写的过程中，这两个"我"似乎达到了某种大致的统一；但这却只是一种想象出来的统一。"发言主体"，即正在实际说、写的个人，绝不可能在他所说的东西中充分再现他或她自己：这也就是说，没有任何会把我的整个存在都总括在一起的符号。我在语言中只能用一个方便的代词来**指出**（*designate*）我自己。人称代词"我"**站进来**代替（*stands in for*）那个不断躲避着的主体，一个始终会从任何特定的语篇之网中溜出去的主体；这就等于说，我不可能既"意欲表达着什么"（mean）而又同时"存在着"（be）。为了表述这一要点，拉康大胆地把笛卡儿的"我思故我在"（I think, therefore I am）改写为："我不在我思之处，我思在我不在之处"（I am not where I think, and I think where I am not）。

在我们以上所描述者与那些以文学为人所知的"发言行为"（acts of enunciation）之间，有着令人感兴趣的类似。[1] 在某些文学作品中，特别是在现实主义小说中，作为读者的我们的注意力不是被引向那个"发言行为"（act of enunciating），即某件事是**如何**（how）被说出来的，以及是从何种立场上带着什么目的被说出来的，而只是**什么**（what）被说出来了，即所发之言（enunciation）本身。凡是这样的"匿名的"发言，比起那让我们注意它实际上是如何被建构起来的发言来，都可能具有更大的权威性，更可能更容易地获取我们的赞同。一份法律文件或一本科学教科书的语言之所以可能让我们印象深刻甚至吓住我们，是因为我们看不到这些语言是如何来到这里面的。这一文本不让读者看到它所包括的种种事实是怎样选择的，哪些东西被排除了，为什么这些事实是以此种特定方式组织起来的，哪些假定支配了这一过程，哪些形式的工作进入了这一文本的制造，以及所有这一切本来都是可以如何地不同。这样一些文本的部分力量于是就在于，那些可以被叫作它们的生产方式的东西，即它们之如何成为它们这个样子，被它们给压制下去了；就此而言，它们与人的自我的生活异常相似，因为人的自我也通过压抑它自己的制造过程而繁荣。相形之下，许多现代主义文学作品却使"发言行为"，即它们自己的生产过程，成为它们的实际"内容"的一部分。它们不像巴特的"自然"符号那样试图把自己冒充为无可置疑的，却如形式主义者会说的那样，把它们的创作的"手段暴露出来"（lay bare the device）。它们这样做以便不让自己会被误认为绝对真理——这样读者就会被鼓励去批判地反思它们建构现实的那些片面的、特定的方法，并从而认识到这一切本来如何都可以是以另一种方式发生的。这种文学的最好的例子也许就是布莱希特的戏剧；不过现代艺术中其他例子也随手可得，电影中也不少。一方面，可以设想一下一部典型的好莱坞影片，它

[1] "发言行为"只是"acts of enunciation"的勉强译法，因为英语中很多以"-tion"结尾的由动词而来的名词经常同时指其所表示的行为本身以及这一行为的结果。此处的"enunciation"亦兼此两义。所以作者随后讲现实主义小说时即以"enunciating"与"enunciation"分别表示"发言行为"与"所发之言"，以更明文意。——译注

只把摄影机作为观众由之而凝视现实的某种"窗户"或另一只眼睛——它就把稳摄影机,让它简单地"记录"正在发生的一切。观看这样一部影片时,我们倾向于忘记,"正在发生的一切"事实上并不仅仅只是"在发生",而是一个高度复杂的**建构**,包含着一大批人的种种活动和种种假定。另一方面,也可以设想一下一组电影连续镜头,这里摄影机紧张不安地从一个对象冲向另一个对象,先对准了一个,然后又抛下它而瞄上了另一个,并且反复不停地从各个角度探索着这些对象,直到似乎是恋恋不舍地拉开了镜头去拍摄别的东西为止。这并不是一种特别先锋性的方法;但即便如此,与第一种类型的电影相比,这种方法也让人集中注意到摄影机的**活动**(activity),其安置这一情节的方法,是怎样被"带到前台"的,于是作为观众的我们就无法再简单地透过这个硬行插入的操作而只去注视对象本身了。[1] 这组连续镜头的"内容"可以被作为一系列特定技术手段的**产物**来把握,而不是被作为摄影机在那里简简单单地所反映的"自然的"或者给定的现实而把握。"所指"——这组连续镜头的"意义"——乃是"能指"——种种摄影技巧——的产物,而不是什么先于它的东西。

为了进一步探讨拉康的思想对于人类主体的各种含义,我们将需要先绕道来讨论一下法国马克思主义哲学家路易·阿尔都塞(Louis Althusser)在拉康影响之下所写的一篇著名论文。在收入他的《列宁与哲学》(*Lenin and Philosophy*,1971)一书中的文章《意识形态与意识形态的国家机器》(Ideology and Ideological State Apparatuses)中,在拉康的精神分析理论的隐含支持之下,阿尔都塞试图阐明意识形态在社会中的活动方式。论文问道,为什么人们经常让自己服从他们社会中的那些占统治地位的意识形态——那些在阿尔都塞看来是为维持统治阶级权力所不可缺少的意识形态?这种情况是通过哪些机制发生的?阿尔都塞有时被视为一个"结构主义的"马克思主义者,因为他认为个人乃是很多

149

---

[1] 关于这一方面的一些可贵的分析,参见影视教育社(Society for Education in Film and Television)在伦敦出版的电影杂志《银幕》(*Screen*)。亦可参见克里斯琴·梅茨(Christian Metz)《精神分析与电影》(*Psychoanalysis and Cinema*,London,1982)。

不同的社会决定因素的产物，因而并没有任何本质上的统一性。就一门关于人类社会的科学而言，这些个体可以仅仅被作为这一或那一社会结构的种种功能或效果而加以研究——作为在某一生产方式中居于某种地位者，作为某一特定的社会阶级的成员，等等。但这当然完全不是我们实际体验自己的方式。我们倾向于把自己看作自由的、统一的、自主自律的（autonomous）和自我产生的（self-generating）个体；不如此，我们就无力在社会生活中扮演我们的角色。在阿尔都塞看来，使我们能以上述方式体验自己的就是意识形态。应该怎样来理解这一点呢？

从社会的角度来看，我作为个人完完全全的是可有可无的。无疑得有某个人来完成我所做的事情（写作、教书、讲演等），因为教育在这种社会系统的再生产中是具有重要作用的，但却没有任何特殊的理由为什么这个人就应该是我。那么，这种思想为什么没有导致我参加马戏团或吞服安眠药呢？原因之一是，这通常并不是我体验自己的身份（identity）的方式，不是我实际上"过"（live out）我日子的方式。我并**不感到**我自己只是一个社会结构的某种功能而已，而它没有我也行，尽管当我**分析**这一情况时，这一点显出来是对的。相反，我感到自己是一个与社会和广大世界有着重要**关系**的人，而这是一种给我以意义感和价值感，从而足以使我能够有目的地行动的关系。这就好像是，社会对于我并不只是一个非个人性的结构，而是一个亲自"对我说话"（addresses me）的"主体"——它承认我，告诉我说我是受重视的，并且就以这一承认行为而使我成为自由而自律的主体。我开始感到，虽说世界并不完全只为我一人而存在，但世界就像是有意义地以我为"中心"的，而我反过来也就像是有意义地以世界为"中心"的。对于阿尔都塞来说，意识形态就是进行这种确定中心的工作的一套信念和实践。它比起一套明确的教义要微妙、普遍和无意识得多：它就是我在其中"经历"（live out）着我与社会之关系的那个媒介，即种种符号和种种社会实践这样一个领域，这些东西把我与社会结构联系在一起，并且给予我一种统一的目的感和身份感。在这一意义上，意识形态可以包括去教堂、投票以及让妇女优先进门出门这类行为；它还可以包括不仅像我对君主政体的深切忠诚这类自觉的偏爱，而且像我的衣着方式和所开汽车的种类，即我心中的关于他人的和关于自己的那些非常无意识的形象。

换言之，阿尔都塞所做的是按照拉康的那个"想象的"来重新思考意识形态这一概念。因为阿尔都塞理论中个别主体与整个社会的关系很像是拉康理论中儿童与他或她的镜像的关系。在这两种情况中，人类主体都通过与一个对象认同而获得了有关自我之为自我（selfhood）的一个令人满意的统一的形象，而这是由这个对象在一个封闭的自恋的循环中反映给他的。在这两种情况中，这一形象也都包含一种**误认**（*mis*recognition），因为这一形象把主体的真实境况理想化了。儿童其实并不像其镜像所反映的那样和谐一体；我其实也不是我在意识形态领域中所了解的那个连贯的、自主自律的、自我产生的主体，而是一系列社会决定因素的一个"不在中心"（decentred）的功能。由于被这个我所接受的关于我自己的形象大大地迷住了，我使自己服从于它，而正是通过这一"服从"（subjection），我成了一个主体（subject）。[1]

大多数评论者现在大概都会同意，阿尔都塞的富于启发性的论文存在着严重的缺陷。例如，它似乎假定意识形态几乎就只是征服控制我们的压迫力量，因而并没有给意识形态**斗争**的种种现实留下足够的余地；它也包含对拉康的某些严重误解（misinterpretations）。不过，这篇论文仍然是一个表明拉康的理论与诊疗所以外的问题的相关性的尝试；它正确地看到了这些工作对于精神分析本身以外的一系列领域具有深刻的意义。的确，通过从语言角度重新解释弗洛伊德的理论，拉康使我们可以探索无意识与人类社会的关系。描述他的工作的方法之一是说，他使我们认识到，无意识不是"内在"于我们的某种沸扬激扰的私人区域，而是我们个人相互之间的种种关系的一个效果。这也就是说，无意识不在我们"之内"而在我们"之外"，或者更准确地说，它存在于我们"之间"，就像我们的种种关系存在于我们之间一样。无意识的难以捉摸主要并不是因为它深埋在我们心灵之内，而是因为它是一个广大的、错综

---

[1]　"Subject"作为动词有"使服从""使隶属"之意。名词"subjection"，"服从"，即由动词"subject"而来。二者之间在词源上的联系在汉语翻译中失去了。——译注

复杂的网络，这个网络包围着我们并且把我们织入其中，因而我们绝对无法把它固定下来。对于这样一个既在我们之外又是造成我们的材料的网络来说，语言本身就是它最好的形象；的确，在拉康看来，无意识就是语言的一个特定效果，一个为差异所发动起来的欲望过程。当我们进入象征秩序之时，我们进入语言本身；但这一语言，无论是在拉康看来还是在结构主义者看来，都从来不在我们的个别控制之下。相反，我们已经看到，语言并不是我们可以自信地操纵的工具，却是从里面**分割**我们的东西。语言总是先于我们而存在：它总是已经"在位"（in place），等着为我们指定**我们**在它里面的种种位置（places）。它准备好了在等着我们就像我们的父母准备好了在等着我们一样；我们永远不会完全统治语言或使它服从于我们自己的种种目的，正像我们永远也无法彻底摆脱父母在塑造我们的过程中所起的支配性作用。语言、无意识、父母、象征秩序：这些术语在拉康那里并非完全同义，但它们是密切地联合在一起的。它们有时被拉康作为"他者"（Other）来谈论，即作为这样的东西来谈论：它们就像语言一样总是先于我们而又总是逃避我们，它们把我们作为主体而带进存在，但它们又总是跑出我们的掌握。我们已经看到，对于拉康来说，我们的无意识欲望是被导向这一他者的，它表现为某种可以最终满足我们的实在，但我们却从来不可能占有它；不过对于拉康来说，同样真实的是，我们的欲望在某种程度上也总是从"他者"那里**接受**来的。我们欲望他人——例如，我们的父母——无意识地为我们欲望的东西；而且欲望之所以能够产生也只是因为我们是被那些产生欲望的语言关系、性关系和社会关系——整个的"他者"领域——卷在其中的。

拉康本人对于他的理论与社会的相关性并没有太多的兴趣，而且他当然也不"解决"（solve）社会与无意识的关系这一问题。[1] 然而，弗洛伊德主义作为一个整体却的确能使我们提出这个问题；而我现在就想

---

[1] 作者此处似乎是在一语双关："solve"既有令人满意地"解释"问题之意，也有令人满意地具体"解决"问题之意。前者是语言上的或理论性的，后者是实际上的或社会性的。——译注

从一部具体的文学作品，D. H. 劳伦斯的小说《儿子与情人》(Sons and Lovers) 来考察这个问题。甚至那些保守的批评家们，那些怀疑"俄狄浦斯情结"这类用语是外来怪词的人，有时也承认，这一文本中有某种东西在活动着，而它看来确实很像是弗洛伊德的那个著名的情结（顺便说一下，有意思的是，这些墨守成规的批评家们如何一方面似乎相当满意地运用着诸如"象征"〔symbol〕、"戏剧性的反讽"〔dramatic irony〕以及"细密的肌理"〔densely textured〕这样的专业词汇，而另一方面却仍然奇怪地抵制着诸如"能指"和"移心"〔decentring〕这类技术术语）。就我们所知，劳伦斯写作《儿子与情人》的时候，从他的德国妻子弗里达（Frieda）那儿间接知道一些弗洛伊德的东西，但是似乎没有证据表明他对弗洛伊德的工作有直接的详细的了解，因此《儿子与情人》可以被作为对弗洛伊德的学说的一个引人注目的独立肯定。因为，尽管小说本身似乎完全没有意识到这一点，但《儿子与情人》确实乃是一部深刻地表现了俄狄浦斯情结的小说：跟母亲在同一张床上睡觉的年轻的保尔·莫瑞（Paul Morel）以情人的温柔对待母亲，并对父亲怀着强烈的憎恨。他长成了男人保尔，却无力维持跟一个女人的令人满足的关系，并最终通过杀死自己的母亲——在一个混合着爱、复仇和自我解放意味的暧昧行为之中——而获得了可能的解脱。至于莫瑞太太那一方面，她嫉妒保尔与玛丽安（Miriam）的关系，表现得就像一个争风吃醋的情妇。保尔为了母亲而拒绝了玛丽安；但就在对玛丽安的拒绝之中，他也无意识地拒绝了在她**之内**的，即在保尔在玛丽安身上所感觉到的那种令人窒息的精神占有欲（possessiveness）之内的，他的母亲。 152

然而，保尔的心理发展并不是在社会真空中进行的。他的父亲瓦尔特·莫瑞（Walter Morel）是个矿工，而他的母亲则出身于地位略高的社会阶层。莫瑞太太关心的是保尔不应该随他父亲下矿井，并想让他找个职员工作。她自己则一直留在家里作家庭主妇：因此，莫瑞的家庭结构是所谓"性别的劳动分工"的一部分，这种分工在资本主义社会中采取的形式是男性家长在家外充当生产过程的劳动力，女性家长则留在家里为他提供物质上的和感情上的"保养"以及未来的劳动力（孩子）。

莫瑞先生与家里的强烈感情生活的疏远应该部分地归咎于这一社会分工——一种把他与自己的孩子们分开，从而使他们在感情上更加靠近母亲的分工。如果父亲的工作就像瓦尔特·莫瑞那样过分繁重耗人，那么他在家庭中的角色可能就会被进一步削弱：莫瑞被弄到了只能通过他的实际家务技能来与孩子们建立人际接触。加之，他的缺乏教育又使他难于表达感情，这就更进一步地增加了他与家庭之间的距离。要求严格而且消耗体力的工作过程使他在家里变得暴躁易怒，而这就把孩子们更深地推入母亲的怀抱，并且刺激了她对孩子们的强烈的占有欲。为了弥补他在工作中的低下地位，这位父亲就拼命要在家里确立传统的男性权威，而这样就使他与孩子们更加疏远了。

在莫瑞家的情况中，成员之间的阶级差别使这些社会因素更加复杂化了。莫瑞身上有着小说认为是无产阶级特点的东西：言语不清，举止粗俗，消极被动。《儿子与情人》把矿工描绘成社会底层的生物，他们似乎只有肉体生活而没有精神生活。但这是一个很奇怪的描绘，因为就在劳伦斯完成此书的 1912 年，矿工举行了英国有史以来最大的罢工。一年以后，即小说出版的那一年，由于资方的严重管理疏忽，发生了百年未遇的矿业事故，但是最后却仅以微不足道的罚金了事，所以当时英国煤矿到处都弥漫着阶级斗争的空气。这些运动具有强烈的政治意识和复杂的组织机构，因此并不是没有头脑的笨蛋的行动。莫瑞太太（我们之不情愿直呼其名而称其姓也许是不无意味的）出身于下层中产阶级，受过相当一些教育，言语清楚，意志坚定。她因此就成了年轻、敏感、具有艺术气质的保尔希望达到的目标之象征：他在感情上从父亲转向母亲也是——此二者是联在一起的——从贫困的、剥削人的矿工世界转向解放了的意识的生活。保尔于是发现自己陷入了一种几乎把他毁灭了的具有潜在的悲剧性的张力之中，而这一张力来自下述事实，即他的母亲——那个推动他雄心勃勃地走出家庭和矿井的动力来源——同时也是一种把他拉回去的强大感情力量。

于是，对这本小说的精神分析阅读不必就得代替对它所作的社会解释。我们正在谈论的其实倒是同一种人类境况的双边或两个方面。我们可以同时从俄狄浦斯情结的角度和阶级的角度来讨论保尔心目中父亲的"弱"意象和母亲的"强"意象；我们可以看到，无论从无意识过程的角度还是从某些社会力量和关系的角度出发，我们都可以理解一个工作在外、性格暴躁的父亲，一个雄心勃勃、感情要求强烈的母亲与一个敏感的孩子之间的这种人际关系（当然，有些批评家会发现这两种方法都不可接受，而选择一种"人的"阅读方法来看这本小说。但我们很难知道这个"人"究竟是什么，因为它把种种人物的具体生活情境、他们的工作和历史、他们的种种个人关系与身份的更深层的重要性和性生活等全部排除了）。但所有这些都仍然是局限于所谓"内容分析"的，即只看作品说了什么而不看作品是怎样说的，只看"主题"（theme）而不看"形式"（form）。但是我们也可以将上述这些考虑带进"形式"本身，即带进下面这些问题之中，如这部小说怎样讲述和结构它的故事，它怎样刻画人物，采取了哪些叙事观点，等等。例如，很明显地，这一文本虽然绝非全部但却大部与保尔的观点认同并且支持他的观点：既然故事主要是通过他的眼睛被看到的，除他以外，我们就没有其他的真实证据来源了。当保尔进入故事的前景时，他的父亲就退入背景。这本小说在对莫瑞太太的处理上一般说来也比对她丈夫的处理更"内向"（inward）；的确，我们可以论证说，小说的那种组织方式就倾向于使她突出而使他晦暗，而这是一个加强主人公自己的种种态度的形式手段。换言之，这一叙事的结构方式本身就在某种程度上与保尔自己的无意识串通一气了：例如，我们并不清楚，作品中主要是从保尔自己的视点来呈现的玛丽安是否确实值得保尔那样对她大发脾气，而很多读者是都已经有一种不舒服的感觉，认为小说对待玛丽安是有些"不公平"的（实际生活中的玛丽安，即杰茜·钱伯斯〔Jessie Chambers〕，也非常强烈地这样认为，但这当然与我们目前的论题无关）。但是，当保尔自己的视点被始终不变地置于"前景"，以作为我们的应该是可靠的证据来源时，我们 154 又怎样才能证实这一不公平感呢？

在另一方面，小说中也有一些方面看起来似乎会与上述"有角度的"（angled）呈现相冲突。正如达列斯基（H. M. Daleski）敏锐地指出的那样："劳伦斯对莫瑞的敌意性评论被他对他的生动呈现中的无意识同情所抵消，而对莫瑞太太的公开赞扬却受到她在行动中表现出来的苛刻性格的挑战。"[1] 用我们评论拉康时的话来说，这部小说并没有真正地说出它所想的，或想了它所说的。这种情况可以部分地以精神分析的说法加以解释：保尔与他父亲的俄狄浦斯式关系是一种暧昧的关系，因为他的父亲既作为情敌而被无意识地恨着，也作为父亲而被爱着，所以孩子会尽力保护父亲不受他自己对他的无意识攻击欲望的伤害。然而，这一暧昧的另一原因却是，在某一层次上，小说清楚地知道，虽然为了能去中产阶级意识中冒险，保尔必须拒绝这个狭隘而狂暴的矿工世界，但是这样一种意识却决非完全值得羡慕，因为其中既有某些可贵的东西，但也有很多统治性的和否定生活的东西，就像我们在莫瑞太太的性格中所能看到的那样。是瓦尔特·莫瑞，小说这样告诉我们说，"否定了他自身中的上帝"；不过这一沉重的作者插入，尽管又严肃又醒目，却很难让人感到它是可信的。因为这样**告诉**（*tells*）了我们的这同一本小说也给我们**显示**（*shows*）了它的反面。小说为我们显示了莫瑞在某些方面是如何地活力充沛；它无法不让我们看到，莫瑞形象的削弱与小说本身对叙事的组织有很大的关系，因为它所做的就是从父亲转向儿子；小说也有意或无意地向我们显示了，即使莫瑞**已经**"否定了他自身中的上帝"，最终应该受到谴责的也不是他，而是弱肉强食的资本主义制度，一个除了把他当成生产过程中的一个齿轮以外就不能让他做什么更好事情的制度。一心一意想把自己从父亲的世界中拔出来的保尔是付不起面对这些真相所需要的代价的，小说显然也不能：在写作《儿子与情人》的时候，劳伦斯并不仅仅只是在写工人阶级，而且也是在写他脱离工人阶级的历程。但是在巴克斯特·道斯（Baxter Dawes）（一个某些方面与莫瑞平行的人物）与失和的妻子克拉拉（Clara）最终破镜重圆这样一些富有揭示性的插曲中，小说却"无意识地"纠正了以牺牲父亲为代价的对保尔（这一插曲把他置于不太有利的光线之下）的拔高。劳伦

---

[1] 《分叉的火焰：D. H. 劳伦斯研究》（*The Forked Flame: A Study of D. H. Lawrence*，London，1968），第 43 页。

斯对莫瑞的最终补偿（reparation）将是梅洛斯（Mellors），《查特莱夫人的情人》（*Lady Chatterley's Lover*）中那个"女性"（feminine）而有力的男主人公。保尔从不被小说允许去对他母亲的占有欲发出一种充分而尖锐的批评，那种看起来会被某些"客观"证据保证为应当发出的批评；但小说的那一实际上表现母亲与儿子的关系的方式却允许**我们**看到，这种占有欲是应该受到批评的。

　　带着对这些方面的某种注意来阅读《儿子与情人》，我们就是在为作品构造一个可以被称为"潜文本"（sub-text）的东西，一个活动于作品内部的文本，它在暧昧、回避或过度强调这样一些"征候"点上暴露出来，而且即使小说本身没有把它写出来，我们作为读者也能把它"写"出来。一切文学作品都包含着一个或几个这样的潜文本，而它们在某种意义上可以被称为作品本身的"无意识"。所有写作的情况都表明，作品的洞察力与它的盲目性是紧密相联的：作品没有说出的东西，以及它**如何**不说这些东西，与它所清晰表达的东西可能是同等重要的；作品中那些看起来像是不在的、边缘的或感情矛盾的东西可能会为作品的种种意义提供一个集中的暗示。我们并不是在简单地拒绝或扭转"小说所说的"，比如说，论证莫瑞是真正的英雄而他的妻子是个坏蛋。保尔的观点并非完全无效，他的母亲的确远比他的父亲令人同情。相反，我们是在观看这类陈述不可避免地要压制或隐瞒的东西，我们是在探究小说在哪些方面与自身并不完全一致。换言之，精神分析批评所能做的比搜寻种种菲勒斯象征（phallic symbols）要多：它可以就文学作品实际上是怎样形成的而告诉我们一些事情，并且揭示有关这一形成过程的意义的某种东西。

　　依据其将什么作为自己的注意对象，精神分析的文学批评可以被大致分为四种。它可以注意作品的**作者**，或作品的**内容**，或作品的**形式构造**（formal construction），或作品的**读者**。大部分精神分析批评是前两种，但这两种批评事实上是最有局限性和最成问题的。对作者进行精神分析是一件投机生意（speculative business），它刚好撞上了我们在讨论

155

作者"意图"与文学作品的关系时所考察过的那些问题。[1] "内容"的精神分析——评论人物的种种无意识动机，或者评论文本中事物和活动在精神分析学上的意义——虽具有一定的价值，但在它那种令众人侧目的对菲勒斯象征的搜寻中却经常显得是过分地还原化的。弗洛伊德本人在文学艺术领域中进行的偶然冒险主要是这两种模式。他写过一部关于列奥纳多·达·芬奇（Leonardo da Vinci）的极有吸引力的专论，一篇关于米开朗琪罗（Michelandgelo）的雕像《摩西》（Moses）的论文，以及一些文学分析，其中值得注意的是对德国作家威廉·詹森（Wilhelm Jensen）的一部较短的长篇小说《格拉底瓦》（Gradiva）的分析。这些论著或者就作者在作品中揭示出来的自我做出精神分析的解释，或者像考察生活中的无意识征候一样考察艺术中的无意识征候。在这两种情况中，艺术作品本身的"物质性"、它的特定的形式构成，都往往是受到忽略的。

　　弗洛伊德的那个谁都记得住的关于艺术的意见也同样存在着不足之处：他把艺术比作神经官能症。[2] 他做这样的比较的意思是，就像神经官能症患者一样，艺术家也受到种种异常强大的本能需要的压迫，这些需要把他从现实引向幻想。然而，与其他幻想者不同的是，艺术家懂得怎样以别人可以接受的方式重新加工、塑形和软化他自己的种种白日梦——因为，作为妒心甚重的自我主义者们，我们照弗洛伊德的看法往往会发现别人的白日梦是很讨厌的。对于这种塑形和软化至关重要的是艺术形式所具有的力量，它给予读者或观众弗洛伊德所谓的"前期快感"（fore-pleasure），松弛他们对别人的如意美梦（wish-fulfillments）的种种抵抗，从而使他们在短时间内解除压抑，而在自己的无意识过程中

---

[1]　作者此处的"speculative business"（投机生意）一语双关，因为"speculative"既意味着"思辨的""猜想的"，也意味着"投机的""在生意上冒险以牟利的"。对作者进行精神分析并没有直接的文本根据，所以具有思辨或猜想的性质，因而也是一种冒险甚至投机。——译注

[2]　见弗洛伊德的论文《作家与白日梦》（Creative Writers and Day-Dreaming），收入詹姆斯·斯特雷奇（James Strachey）编《西格蒙特·弗洛伊德心理学著作全集标准版》（The Standard Edition of the Complete Psychological Works of Sigmund Freud，London，1953—1973），第9卷。

享受品尝禁脔的快乐。[1] 对于弗洛伊德的《玩笑及其与无意识之关系》
(*Jokes and their Relation to the Unconscious*, 1905) 一书中的玩笑理论来说，
情况也是这样：玩笑表现正常情况下受到禁止的攻击冲动或者力必多冲
动，但是玩笑的"形式"、它的机智和文字游戏，却使得它可以被社会
接受。

因而，关于形式的种种问题确实进入了弗洛伊德对艺术的思考；但
是把艺术家的形象弄成一个神经官能症患者肯定是过分简单化的，是身
体结实的公民对疯狂迷乱的浪漫主义者的漫画。对精神分析文学理论
更具有启发性的是弗洛伊德在其杰作《梦的解析》(*The Interpretation of
Dreams*, 1900) 一书中对于做梦的性质的评论。当然，文学作品包含意
识的劳作，而梦则不然：在这个意义上，文学更像玩笑而不像梦。不
过，除了这个保留之外，弗洛伊德书中所论者还是极有重要意义的。梦
的"原材料"，即被弗洛伊德称为梦的"潜伏内容"(latent content) 者，
乃是种种无意识的愿望，睡眠中感到的种种身体刺激，以及从前一天的
种种经历中获取的种种意象；但是梦本身则是这些材料之被集中改造后
的一个产物，这一改造过程即是所谓的"梦的工作"(dream-work)。我
们已经考察过梦的工作的种种机制：它们是无意识所用的这样一些技术
手段，即压缩和移置梦的种种材料，以及为梦寻求可以理解的表现方
式。由这一劳作所产生的梦，即我们实际记住的梦，弗洛伊德称之为
"显露内容"(manifest content)。于是，梦并非仅仅只是无意识的"表达"
或者"复制"：在无意识与我们所有的梦之间，已经插入了一个"生产"
或改造过程。弗洛伊德认为梦的"本质"不是那些原材料或者"潜伏内
容"，而是梦的工作本身：他的分析对象就正是这一"实践"。梦工作的
一个阶段，即所谓"二次修正"(secondary revision)，在于对梦的重新组
织，以便使它以相对连贯和可以把握的叙事形式显现出来。二次修正使
梦系统化；它补苴罅漏，弭平矛盾，从而把梦的种种混乱成分重新整理

157

---

[1] "Fore-pleasure"本指性交高潮前之快感。"Wish-fulfillments"在精神分析中专指以梦或
幻想为形式的无意识欲望或心愿的象征性实现或满足，在日常用法中则指一般意义上的欲望或
心愿的实现或满足。——译注

成较为连贯的寓言。

我们在本书中所已经考察过的文学理论大部分都可以被认为是对于文学文本的某种"二次修正"。在对于"和谐""连贯一致""深层结构"或者"根本意义"的执着追求中，这类理论为文本补苴罅漏，弭平矛盾，调和分裂，消除冲突。它这么做就好像是为了要让作品更容易被"消费"——为读者铺平道路，以使他不会受到任何未经解释的反常现象的干扰。很多文学研究则更是坚定地致力于这一目标，轻快地"消解"（resolving）种种暧昧，固定文本，以使读者毫无麻烦地去观看它们。这类二次修正的一个虽然极端，但对于大多数批评解释来说却并非毫不典型的例子是对于 T. S. 艾略特的《荒原》的这样一种解释，它把这首诗读为一个小姑娘的故事。她和她的公爵叔叔进行了一次雪橇旅行，又在伦敦几次改变了性别，并被卷入了对圣杯（Holy Grail）的寻找，最后则结束于在一片干旱的平原边上闷闷不乐地钓鱼。艾略特诗中种种散漫无关的材料被驯服为一个连贯一致的叙事，作品的那些支离破碎的人类主体被统合为单一的自我。

我们已经考察过的很多文学理论也都倾向于把文学作品视为现实的"表达"或"反映"：文学演出着人类经验，或体现着作者意图，或其种种结构复制着人类心灵的种种结构。相比之下，弗洛伊德对于梦的解释却使我们能够把文学作品看作一种生产而非一个"反映"。像梦一样，作品也利用一些"原材料"——语言、其他文学文本、感受世界的种种方式——并且以某些技术把它们改造为产品。使这种生产得以实现的种种技术是被我们认作"文学形式"的各种艺术手段。在加工它的原材料时，文学文本会倾向于让这些原料服从它自己的二次修正形式：除非是像《芬尼根的守灵夜》那样的"革命性"文本，不然它总会试图将原材料组成比较连贯一致的、可以消费的整体，即使它并非始终都是成功的，如《儿子与情人》的情况那样。但是，正如我们可以用一些方法来分析、破译和分解梦文本，从而揭示出有关梦的种种生产过程的某些情况一样，我们也可以这样来处理文学作品。对文学的"朴素"（naïve）阅读可能会停在文本产品自身而止步不前，正如我可以听你描述一个动人的梦而并不费心去进一步探索它一样。相反，精神分析用它的一位解释者的话来说却是一种"对疑义的诠释"（hermeneutic of suspicion）：它关注的不仅是去"阅读"无意识的"文本"，而且也是去揭示这一文本由之而被生产出来的种种过程，即梦的工作。为了完成这个任务，它尤其注意梦文本中那些所谓的暴露"征候"之处——种种歪曲、种种暧昧、种种不在和种种省略，它们可以为接近"潜伏内容"或种种无意识驱力——那些进入了梦的制造之中的无意识驱力——提供某种特别可贵的通道。文学批评，正如我们在对劳伦斯的小说的分析中看到的那样，可以做类似的事情：通过注意叙事中那些看起来似乎是种种回避、种种情感矛盾和种种紧张之点的地方——那些没有得以说出口的话，那些被说得异常频繁的话，语言的种种重复（doublings）和种种滑动（slidings）——文学批评就能够开始探穿层层二次修正，从而揭露有关"潜文本"的某些情况，而这一"潜文本"就像一个无意识愿望一样，乃是作品既加以隐藏而又加以暴露的。换言之，文学批评不仅可以去注意文本所说的，而且可以去注意它怎样**工作**。[1]

　　一些弗洛伊德主义文学批评已经把这一课题的研究进行到了一定的程度。在《文学反应的动力学》（*The Dynamics of Literary Response*，1968）一书中，追随着弗洛伊德，美国批评家诺尔曼·N. 霍兰德（Norman N. Holland）认为文学作品在读者意识中启动了种种无意识幻想与对于它们的种种有意识抵抗之间的交互作用（interplay）。文学作品使人愉快是因为，它通过迂回的形式手段把我们种种最深层的焦虑与欲望变成了社会可以接受的种种意义。如果文学作品没有以其形式和语言"软化"这些欲望，从而使我们能够充分支配和抵抗它们的话，它就会变得无法接受；但如果它仅仅加强我们的种种压抑，它也会是无法接受的。事实上，这不过是在精神分析的伪装之下重新陈述那个老的混乱内容

---

[1]　关于从马克思主义的角度将弗洛伊德的梦理论运用于文学作品分析的情况，见皮埃尔·麦切利（Pierre Macherey）《文学生产理论》（*A Theory of Literary Production*，London，1978），第150—151页，以及特里·伊格尔顿（Terry Eagleton）《批评与意识形态》（*Criticism and Ideology*，London，1976），第90—92页。

与和谐形式之间的浪漫主义对立。在《小说与无意识》（*Fiction and the Unconscious*，1957）一书中，美国批评家西蒙·莱塞（Simon Lesser）认为，文学形式具有"使人恢复信心的影响力"（reassuring influence），它与焦虑进行战斗，歌颂我们对于生活、爱情和秩序的忠诚。按照莱塞的看法，我们通过文学"向超我致敬"。但是那些粉碎秩序、颠覆意义和摧毁我们的自信的现代主义形式又是什么呢？文学难道仅仅就是一种疗法吗？霍兰德后来的作品表明他就是这样想的：《五个读者阅读》（*Five Readers Reading*，1975）一书考察了一些读者对于种种文学作品的种种无意识反应，以便发现这些读者如何在解释过程中逐渐调整他们的认同，以及借此调整而在自身之中发现了令人放心的统一。霍兰德的信念，即我们能够从个人生命中抽出个人同一性的"不变本质"，使他的工作相应于所谓的美国"自我心理学"（ego-psychology）——一种被驯化了的弗洛伊德主义，它把注意从经典精神分析学的"分裂的主体"上转开，却将其投到自我的统一之上。它是一种关心自我如何去适应社会生活的心理学：通过种种治疗技术，个人被"纳入"到他的那个作为雄心勃勃的经理、有着合适品牌的汽车的自然、健康的角色之中，而可能会偏离这一"常规"的那些使人痛苦的个性特点则都被"治"掉了。随着这一牌号的心理学，作为对中产阶级社会的一种侮辱与冒犯而开始的弗洛伊德主义却成为赞同这一社会的种种价值标准的一个方法。

同受弗洛伊德影响的两位截然不同的美国批评家是肯尼斯·伯克（Kenneth Burke）和哈罗德·布鲁姆（Harold Bloom）。前者折中地调和弗洛伊德、马克思和语言学以产生出他自己的一个富有启发性的看法，即文学作品是某种形式的象征活动（symbolic action）；后者则利用弗洛伊德的著作提出了过去十年中最富有大胆创新精神的文学理论之一。布鲁姆所做的实际上乃是从俄狄浦斯情结的角度重写文学史。诗人们焦虑不安地生活在一个"强大的"前辈诗人的阴影之中，犹如儿子在受着父亲的压迫；任何一首特定的诗都可以被看作是试图通过对以前某一首诗的系统再铸而逃离这种"由于惧怕影响而产生的焦虑不安"（anxiety of influence）。被紧紧地套在与进行阉割的前辈的俄狄浦斯式竞争之中，诗人会力图以进入其内部而解除那个力量的武装，于是他就以修改、移置和再造前辈之诗的方式来进行创作；从这一意义上说，一切诗都可以被读作其他的诗的改写，读作对于那些诗的种种"误读"或"误解"（misprision），即种种力图抵挡那些诗的压倒力量，从而使诗人能够为自己的想象独创性开辟空间进行尝试。每个诗人都是"迟到的"，都是某个传统之中的最后者；强大的诗人则是这样的人，他有承认这一迟到的勇气，并且开始来颠覆前辈的权力。的确，任何一首诗都**只**就是这样一种颠覆——即一系列的艺术手段，它们既可被视为修辞策略，也可被视为精神分析的种种防卫机制，用以拆解和超越另一首诗。一首诗的意义就是另一首诗。

布鲁姆的文学理论代表着一种充满激情而且富于挑战精神的回归，即回归那个从斯宾塞和弥尔顿到布莱克、雪莱和叶芝的新教浪漫主义（Protestant Romantic）"传统"，一个被艾略特、利维斯及其追随者们所勾勒出来的保守的英国国教派（Anglo-Catholic）谱系（邓恩、赫伯特、蒲伯、约翰逊、霍普金斯）排挤掉了的传统。布鲁姆是现代的创造性想象力的先知式代言人，把文学史读为巨人之间的英勇战斗或宏大的心理戏剧，并依赖为自我独创而进行斗争的强大诗人的"表达意志"（will to expression）。这种英勇的浪漫主义的个人主义与一个解构时代的怀疑主义的、反人本主义的**精神**（ethos）是极端针锋相对的，而布鲁姆的确是为保卫个人的诗的"声音"和天才的价值而抵抗了他的那些德里达式的耶鲁同事们（哈特曼、德·曼、希利斯·米勒）。他希望从在某些方面受他尊敬的某个解构批评的虎口中抢救出一个将把作者、意图以及想象的力量都恢复起来的浪漫主义的人本主义。这样一个人本主义将向布鲁姆在很多美国解构主义批评中正确辨认出来的"冷静的语言虚无主义"（serene linguistic nihilism）开战，以从仅仅对于确定意义进行无穷无尽的拆解而转向将诗视为人的意志和肯定。但是，他自己的许多作品中那种殚精竭虑的、准备战斗的、启示录式的（apocalyptic）语气，及其对种种奥秘字眼的大量奇怪繁殖，却见证着这一事业的紧张和绝望。布鲁姆的批评理论完完全全地暴露了现代自由主义的或浪漫主义的人本主义的两难困境：一方面，在马克思、弗洛伊德和后结构主义之后，复归于一个明朗而乐观的人的信念已经成为不可能了；但是另一方面，任何像布鲁姆的人本主义一样已经接受了这些学说的令人痛苦的压力的人本主义都注定要受到它们的致命损伤和污染。布鲁姆的诗歌巨人们进行的史诗式战斗保持了前弗洛伊德时代的精神的壮伟，但是却丧失了它的单纯：这些战斗是种种的家庭纠纷，一幕幕的犯罪、妒忌、焦虑和攻击的场景。任何一种忽视这些现实的人本主义文学理论都无法声称自己是真正地"现代的"，但任何一种考虑这些现实的人本主义文学理论都肯定会被它们弄得清醒和痛苦到这样一种地步，在此它自己的矢言自认的能力已经成为几乎疯狂的固执任性。布鲁姆沿着美国解构的寻乐之径（primrose path）走得已经够远了，远到了他只有像尼采那样诉诸个人想象力的"权力意志"（will to power）和"信仰意志"（will to persuasion）才能赶快爬回到英雄主义的人的东西这一边来，但是这种个人想象力注定只能始终都是任意的和夸张的。[1] 在这个其中只有父亲们与儿子们的完全父权的世界之中，一切都带着刺耳之声与日俱增的修辞高调而集中到了权力、斗争和意志力之上；批评本身对于布鲁姆来说其实只是某种形式的诗，就像诗乃是对于其他的诗的隐含的文学批评一样，于是一个批评阅读的"成功"与否到头来就不在于其真理价值（truth-value），而在于批评家自己的修辞力量。这是一个处于其极限之上（on the extreme edge）的人本主义，除了自己的武断信念以外就不再有其他任何的基础，并且搁浅在一个已经失去信用的理性主义与一个令人难以忍受的怀疑主义之间。

一天，看着他孙子在童车里玩耍，弗洛伊德注意到，他喊着"*fort*！"（走啦）把一个玩偶扔出童车，然后又随着一声"*da*！"（来啦）把它

---

[1] "Primrose path"典出莎士比亚的《哈姆雷特》（*Hamlet*），指一味寻欢作乐，而不顾其可能的灾难性后果。——译注

用线再拉回来。[1] 弗洛伊德在《超越快乐原则》(*Beyond the Pleasure Principle*，1920）中将这一著名的 *fort-da* 游戏解释为幼儿对不在自己身边的母亲的象征性支配；但这也可以被读作叙事的最初闪光。*Fort-da* 也许是我们所能想象到的最短的故事：一个东西失去了，然后又被找回来了。不过，即使那些最复杂的叙事也可以被读为这一模式的种种变体：经典叙事的形式就是，一个原来的安排被打乱了，而又最终得到了恢复。从这一角度来看，故事乃是安慰的来源：失去了的对象是造成我们焦虑的一个原因，因为它们象征着某些更深层的无意识的丧失（如出身、粪便、母亲的丧失），而发现这些丧失之物的安全复归原位总是令人愉快的。在拉康的理论中，正是一个最原初的丧失物——母亲的身体——驱使我们叙述自己的生活，强迫我们在欲望的无穷无尽的换喻运动中找寻种种东西来替代这个失去的乐园。对于弗洛伊德来说，正是一个想要匆忙赶回到那个不会让我们再受到伤害的地方去的欲望，即那个想回到先于一切意识生命的无机存在之中的欲望，才使我们不停地挣扎向前：我们的种种从不止息的依恋之情（爱神）是处在死亡驱力（死神）的奴役之下的。任何叙事中都得有某种东西丧失或不在，这样叙事才能展开：如果一切都原封不动，那就没有故事可讲了。这种丧失是令人痛苦的，但它也令人激动：欲望是被我们无法完全占有的东西刺激起来的，这是故事给人满足的原因之一。然而，如果我们**永远**不能占有那个东西，我们的激动可能就会变得无法忍受，并且转变为痛苦；因而我们必须知道，那个东西最终是要被还给我们的，我们必须知道汤姆·琼斯（Tom Jones）将返回乐园厅，赫克尔·波洛（Hercule Poirot）将追出杀人犯。[2] 我们的激动被令人满足地释放出来了：我们的那些能量被叙事中的种种悬念和重复狡猾地"束缚"起来，但这却只是为了

161

---

　　[1]　这里作者直接用了弗洛伊德所用的这两个德语词，"*fort*"和"*da*"，并在随后的括号中放进了英语的解释。"*Da*"的字面意思是"这里""这儿"。译文中没有采取直译。——译注

　　[2]　Tom Jones 是英国小说家戏剧家亨利·菲尔丁（Henry Fielding，1707—1754）的著名小说《弃儿汤姆·琼斯史》(*The History of Tom Jones, a Foundling*，1749）中的主人公。Hercule Poirot 是英国著名侦探小说作家阿加莎·克里斯蒂（Dame Agatha Mary Clarissa Christie，1890—1976）的大约 25 部小说中的主角，一个怪僻的、自我中心的比利时侦探。——译注

能让它们被快乐地花费掉而做的一种准备。[1] 我们之所以能够忍受对象的消失是因为，在我们的未结的悬念之中其实始终贯穿着这样一个秘密的认识，即它最终是会回到家里来的。*Fort* 仅仅在与 *da* 相连之时才有意义。

但是，当然，反之亦然。一旦被置入象征秩序，我们就再也无法凝视或占有任何对象而没有已经无意识地把它作为可能不在之物来看待，知道它的在场从某个方面来看总是任意的和暂时的。如果母亲离开，那么这只是为她的归来所做的准备，但是当她再次和我们在一起的时候，我们却无法忘掉那个事实，即她总是有可能消失的，而且也许也总是有可能不再归来的。经典的现实主义类型的叙事总的来说是一种"保守的"形式，因为它把我们对不在（absence）的焦虑悄悄滑到标志着在场（presence）的那一令人舒服的标记之下；很多现代主义作品，例如布莱希特和贝克特的作品，却提醒我们，我们正在看到的一切总是本有可能以不同的方式发生的，甚至是根本就不会发生的。如果，对于精神分析来说，所有不在的原型都是阉割——男孩因可能会丧失其性器官而产生的恐惧，以及女孩那据说是因为已经"丧失"了其性器官而产生的失望——那么后结构主义就会说，这些文本已经接受了阉割这一现实，即人类生活中丧失、不在和差异的不可避免。阅读这些作品使我们也遭遇这些现实——使我们把自己从"想象的"之中撬松出来，在那里丧失和差异都是不可想象的，在那里似乎世界是为我们而创造的，而我们也是为世界而创造的。在想象的之中没有死亡，因为在那里世界的连续存在之依赖于我的生命一如我的生命之依赖于世界；只是由于进入象征秩序，我们才面对了我们会死这个真理，既然世界的存在事实上是并不依赖于我们的。只要我们依然留在一个想象的存在领域之中，我们就会误认我们的种种身份（identities），将其视为固定的和圆满的，并且还会把现实误认为某种永远不会改变的东西。这样我们就依然，用阿尔都塞的

----

[1] 见彼得·布鲁克斯（Peter Brooks）《弗洛伊德的主情节：叙事问题种种》（Freud's Masterplot: Questions of Narrative），收入肖沙纳·费尔曼（Shoshana Felman）编《文学与精神分析》（*Literature and Psychoanalysis*，Baltimore，1982）。

话来说，处在意识形态的掌握之中，并因而只将社会现实作为"自然的"而让自己去顺应，而不是去批判地探究社会，以及我们自己，究竟是怎样被构造出来的，因而也是有可能被改变的。

在讨论罗兰·巴特时我们就已经看到了，在多大程度上文学的种种形式本身就已经在与其他东西串通一气地试图先发制人地阻止这样的批评质询。巴特的"被自然化了"的符号相当于拉康的"想象的"：在这两种情况中，都是一个被异化了的个人同一性（personal identity）被一个"给定了的"、必然如此的世界所肯定了。这并不是说，按照这种模式所写的文学作品在其所**说**的东西上面就必然保守；而是说，它的种种所说的激进性可能会被那些让它们被说出来的形式暗中伤害。雷蒙·威廉斯（Raymond Williams）曾经指出过很多自然主义戏剧（例如，萧伯纳〔Shaw〕）中的社会激进主义（social radicalism）内容与这类戏剧作品的种种形式方法之间的有趣矛盾。剧中的话语也许极力催促改革、批评、反叛；但是它的种种戏剧形式——开列家具清单、追求完全的"逼真"——却不可避免地让我们无法不感到这一社会世界在其所有方面，一直到女仆的长袜的颜色，都具有不可改变的坚固性。[1] 如果想使戏剧与这些认识方式决裂，就需要完全超越自然主义而进入某种更具有试验性的方式——就像后期的易卜生（Ibsen）和斯特林堡（Strindberg）所做的那样。这些被改变了样子的形式可能会动摇观众在认识上的自信——动摇人们在凝视一个熟悉的世界时所产生的那种自我安全感。我们可以把萧伯纳和布莱希特在这一方面加以对比。后者运用某些戏剧技巧（即所谓的"疏离效果"）而使社会现实中那些被认为最理所当然的方面表现出惊人的陌生感，从而唤起观众对于它们的崭新的批判意识。诚如布莱希特所说，他想要的不仅不是去加强观众的安全感，而且反而是要"在他们心里创造矛盾"——动摇他们的确信，粉碎并改塑他们的种种被接受下来的身份（identities），并将此种自我统一（the unity of this

---

[1]　见雷蒙·威廉斯（Raymond Williams）《从易卜生到布莱希特的戏剧》（*Drama from Ibsen to Brecht*, London, 1968），《结论》章。

selfhood）暴露为一个意识形态的幻觉。

在女权主义哲学家朱莉娅·克里斯蒂娃（Julia Kristeva）的著作里，我们可以发现政治理论与精神分析理论的另一个交汇点。克里斯蒂娃的思想是深受拉康影响的，但这样的影响显然给任何女权主义者都造成了一个问题。因为拉康所谈论的象征秩序事实上乃是现代阶级社会的父权的、性的和社会的秩序，它是围绕着菲勒斯（phallus）这一"超越的能指"结构起来的，并由父亲所体现的律法统治着。因而，一个女权主义者或支持女权主义的人在任何方面都不可能无批判地赞美以牺牲想象的为代价的象征秩序：相反，这样一个系统中的实际社会关系和性关系对于人的压迫性正是女权主义批评的靶子。因而，在《诗性语言的革命》（*La révolution du langage poétique*，1974）一书中，克里斯蒂娃就主要不是以想象的，而是以她称之为"符号的"（the semiotic）的东西，来与象征秩序相对立。[1] 她以这一说法来指我们可以在语言内部察觉出来的一个由种种力量所形成的图式（pattern），或这些力量之间的一种游戏，它们代表着前俄狄浦斯阶段的某种残余。前俄狄浦斯阶段的儿童还没有能够与语言接触（"infant"〔幼儿〕一词的意思是"speechless"〔不能说话的〕），但是我们可以把他们的身体想象为被一条驱力之流纵横穿插的身体，而这条驱力之流此时还没有被完全组织起来。[2] 这一有节奏的图式可以被视为某种语言，尽管它还没有意义。为了使真正的语言产生，这条成分异质的驱力之流就必须要被切开剁碎，并被连接成为一个

---

[1] 在《诗性语言的革命》中，克里斯蒂娃将"符号的"（the semiotic）和"象征的"（the symbolic）视为表意过程（signifying process）的两种形态或模式。"符号的"和"象征的"这两个说法在汉语中颇能导致误解。在一个只能语焉不详的注释中，也许可以说，克里斯蒂娃的"符号的"指种种不像日常语言的词汇那样具有较为确定的（约定俗成的）意义的"能指"，例如梦中的一个需要被解释并可以被赋予不同所指或意义的形象，或者音乐中的一个可以与不同情感或心绪连接的音符或旋律。"象征的"则指一个自觉的发言主体以由意义明确的词语组成的语言来象征（symbolize）即表达一个相对明确的意思。就此而言，"象征的"以压抑"符号的"为代价，而"符号的"则可以打乱或破坏"象征的"。——译注

[2] 这是从英语或法语的词源上说的。英语"infant"的词源经中世纪英语的"infaunt"再经古法语的"enfant"而回溯至拉丁语的"*infans*"："in-"为表示"不""非"等意义的否定性前缀，"fans"的意思为说话。——译注

个稳定的语词（terms），于是在进入象征秩序之时，这个"符号的"过程就被压抑了。然而，这一压抑并不是全面的：因为这些符号性的东西（the semiotic）仍然可以作为某种来自驱力的压力而在语言本身之内被感到，例如，它们可在语调和节奏之中，亦即在语言的身体性和物质性之中，被感到，但也可在语言的矛盾、无意义、打乱、沉默和不在之中被感到。符号的（the semiotic）是语言的"他者"，但却又还是与语言内在地纠缠在一起的。因为符号的源于前俄狄浦斯阶段，所以它是跟孩子与母亲的身体接触联在一起的；而象征的，正如我们已经看到的，则与父亲的律法相联。因此，符号的是与女性性（femininity）紧密相联的：但它却绝不是仅仅只属于女人的语言，因为它乃是在一个还不承认两性之别的前俄狄浦斯时期之中出现的。

克里斯蒂娃把这一符号性的东西的"语言"（"language" of the semiotic）看作破坏象征秩序的一种手段。在一些法国象征主义诗人以及其他先锋派作家的作品中，"普通"语言的那些相对安全的意义被这一表意之流（flow of signification）骚扰并打乱了，这一表意之流把语言符号推逼到它的极限，它重视语言符号的语调的、节奏的和物质的种种特性，并且在文本中建立起来一个威胁要分裂种种公认的社会意义的无意识驱力的游戏（a play of unconscious drives）。符号的是流动的和多义的，是对准确意义的一种快乐的创造性的超越，而且它也从消灭或否定种种这样的符号之中得到一种施虐的喜悦。它与所有固定的超越的意义（significations）相对；而既然现代的男性统治的阶级社会的种种意识形态就依赖这些固定的符号（上帝、父亲、国家、秩序、财产，等等）的威力，上述文学就成为政治领域中的革命在文学领域内的某种对应物。这些文本的读者也同样被这种语言力量打碎或"移离中心"，被抛入矛盾之中，而无法相对于这些多形的（polymorphous）作品而采取任何一元的、简单的"主体位置"（subject position）。符号的把男性的与女性的之间的所有严格区别都统统扔到混乱之中——它是一种"双性的"（bisexual）写作——并且还表示愿意去解构一切谨小慎微的二元对立——合礼（proper）/非礼（improper）、规范/偏离、清醒/疯狂、我的/你的、权威／反叛——那些像我们这样的社会就依赖这些二元对立而幸存。

在英语作家中，也许詹姆斯·乔伊斯的作品是克里斯蒂娃理论的最引人注目的例证。[1] 不过这个理论的一些方面在弗吉尼亚·伍尔芙的作品中也很明显。她那流动不居的、弥漫放散的和诉诸感觉的文体为《到灯塔去》（*To the Lighthouse*）中的那种为哲学家兰姆塞（Ramsay）先生所象征着的男性的形而上学的世界提供了某种抵抗。兰姆塞的世界根据种种抽象的真理、明确的区别和固定的本质进行活动：这是一个父权世界，因为这里菲勒斯（Phallus）就是肯定的、自我同一的真理的象征，它是不应该受到挑战的。后结构主义者会说，现代社会是"菲勒斯中心的"（phallocentric）；这个社会也是，正如我们已经看到的，"逻各斯中心的"（logocentric），即相信它的种种话语能使我们无间地接近种种事物的全面真相（truth）和存在（presence）。雅克·德里达已经将这两个词合并成为一个复合词"菲勒逻各斯中心的"（phallogocentric），我们也许能把它大致翻译成"过分自信的"（cocksure）。[2] 伍尔芙的"符号的"小说正可以被视为对于这种过分自信的挑战，因为那些行使性的和社会的权力的人们正是依赖这一过分自信来维持他们的统治。

这就惹出了女权主义文学理论中一个聚讼纷纭的扰人难题，即是否有一种特殊的女性写作方式。正如我们已经看到的，克里斯蒂娃的"符号的"并不是**天生地**（inherently）女性的：她讨论的绝大多数"革命性"作者其实都是男性的。但是，因为符号的与母亲的身体密切相关，也因为有一些复杂的精神分析学上的理由让我们认为，女人所保持的与这一身体的关系比男人与它的关系更为密切，所以人们也许可以期

---

[1]　见科林·麦凯布（Colin MacCabe）《詹姆斯·乔伊斯与词语的革命》（*James Joyce and the Revolution of the Word*，London，1978）。

[2]　英语"cocksure"有形容人过分自信并因此而对自己信心之外的任何人或物都不屑一顾的傲慢态度的意思。此词由"cock"与"sure"合成。前者本义为雄鸡或雄鸟（尤其是雄性家禽），但也是被用来指阴茎的俚语，因此与"菲勒斯"相应。"Sure"本义为安全、保险，日常用法中常表示肯定之意，故与"逻各斯中心的"不无相应之处。作者这里似乎是想以一个较为通俗流行的英语词来阐发德里达的理论表述的含义。——译注

望这种写作方式总的来说对妇女是更为典型的。一些女权主义者强烈地拒绝这个理论，害怕它只是简单地重新虚构出了某种非文化性的"女性本质"（female essence），而且或许也怀疑它可能只不过是妇女们所喋喋不休地说到的性别歧视观点的一个装腔作势的翻版。在我看来，克里斯蒂娃的理论并不必然地隐含着这样一些信念。重要的是应该看到，符号的并不是象征秩序的一个**替代，**即不是人们可以代替"规范"（normal）话语而说的一种语言：它乃是我们的种种约定俗成的符号系统**之内**的一个过程，这一过程质疑并逾越这些符号系统的种种限度。在拉康的理论中，任何一个完全不能进入象征秩序的人，即一个不能通过语言来表达（symbolize）其经验的人，都会成为精神病患者。人们也许可以把符号的看作象征秩序的某种内在限度或边界；从这个意义上说，"女性的"同样可以被视为是存在于这样一个边界之上的。因为，像任何性别一样，女性的也是在这个象征秩序之内被建构出来的，然而却又同时被贬黜到这一秩序的边缘之上，并被判定为是低劣于男性力量的。妇女既"内在"于而又"外在"于男性社会，既是这个社会中的被浪漫主义地理想化了的成员，又是受害了的被遗弃者。她有时是站在男人与混沌之间者，有时则就是混沌本身的体现。而这就是为什么她会扰乱这样一个制度的种种整齐范畴，并模糊它的种种明确边界。在男性管理的社会中，妇女是得到代表／表现（represented）的——一种为符号、形象和意义所固定下来的代表／表现，然而，因为她们也是那一社会秩序的"否定因素"（the "negative"），所以她们身上总有某些东西是被剩下来的，是多余的，是无法代表／表现的，是拒绝在那里得到明确形象的。

　　由此看来，女性的（the feminine）——这是一种并不一定与女人（women）同一的存在方式和话语方式——表达着那个反对它的社会之内的一种力量。以妇女运动的形式体现出来的这种力量具有很明显的政治内涵。克里斯蒂娃自己的理论——关于破坏一切稳定意义和制度的征候性东西的力量的理论——在政治上的相关物看来会是某种无政府主义。如果说，在政治领域里，对于一切固定下来的结构的仅仅不断推翻

165

还是不够的话，那么，在理论范围内，假定那些破坏意义的文学文本**就由于这一事实本身**（*ipso facto*）而具有"革命性"也同样是不够的。一个文本完全有可能会出于某种右翼的非理性主义的缘故而这么做，或者可以根本就不为了什么而就去那么做。克里斯蒂娃的论点是危险的形式主义的，并且是很容易被漫画化的：阅读马拉美（Mallarmé）就会推翻资产阶级国家吗？她当然并没有主张情况就将会如此；但是她几乎完全不注意一个文本的政治**内容**，不注意所指的颠覆是在什么历史条件下进行的，以及所有这一切又是在什么历史条件下被解释和利用的。对统一主体的摧毁也并不本身就是一个革命姿态。克里斯蒂娃正确地感觉到，资产阶级个人主义就是在对于统一主体的迷信之上繁荣起来的；但她的工作却往往在主体被粉碎或被投入矛盾之中的时候就止步不前了。相形之下，对于布莱希特来说，通过艺术来摧毁我们的种种给定身份的活动与产生一种新的人类主体的实践完全是密不可分的，这就需要不仅知道内在世界的破裂，而且知道社会性的团结，而这也将不仅去体验力必多语言的快乐满足，而且也去体验反对政治上的不公正的斗争的种种成功。所以，克里斯蒂娃的那些富于启发性的理论中所隐含的无政府主义和意志自由主义（libertarianism）并不是从她的这一认识，即妇女，以及某些"革命性"文学作品，之所以给现存社会提出了一个根本的问题，恰恰是因为她（它）们标志着社会所不敢冒险超越的那道边界，而来的唯一的一种政治。

166

精神分析学与文学之间存在着一个简单而明显的关系，值得在结论中提及。无论其正确与否，弗洛伊德的理论认为所有人类行为的基本动机都是避苦求乐：从哲学上说，这是一种所谓的享乐主义（hedonism）。绝大多数人们阅读诗歌、小说和戏剧是因为他们发现作品令人快乐。这一事实是如此显而易见，以致在大学里几乎就不被提及。众所周知，人们很难在花费了数年时间埋头多所大学研究文学之后，最终还能感到文学的乐趣：很多大学文学课程之设置方式似乎就是要阻止这一乐趣发生，因而那些仍然能够享受文学作品的过来人也许可以被认为或者是英雄或者是怪物。正如我们在本书前面所看到的，文学阅读一般说来是一种享受的消遣这个事实给那些最初把文学设立为一门学术"专业"（discipline）的人造成了一个严重问题：如果"英国文学研究"打算作为古典文学研究的可敬同行而保住饭碗，那么就有必要使整个文学研究让人望而却步，气丧神馁。同时，在学院之外的世界上，人们却继续吞读着种种传奇故事（romances）、惊险作品和历史小说，丝毫也没有意识到学院的讲堂正在遭受着这些焦虑的围困。

这种奇特局面的一个征候就是，"快乐"（pleasure）一词带有着某些令人感到无足轻重的泛音；"快乐"肯定是比"严肃"（serious）更不严肃的词。说我们发现一首诗给人以强烈的快感与声称我们认为它具有道德的深刻性相比，前一种批评陈述似乎更不容易被接受。要想认为喜剧不比悲剧肤浅也是非常困难的。在大谈"道德严肃性"的剑桥圆头（roundheads）与发现乔治·艾略特"令人愉快"的牛津骑士（cavaliers）之间，似乎没有一席之地留给一种更合适的有关快乐的理论。[1] 但是精神分析除了是其他东西以外就正是这样一种理论：它的全副知识武装都被坚定地用来探索这样一些根本问题，如人们对什么感到满意，又对什么感到不满？怎样才能使他们解除自己的痛苦，创造更多的幸福？如果弗洛伊德主义是一门科学，一门关心着如何对种种心理力量（psychical forces）进行非个人性的分析的科学，那它乃是一门致力于使人类从阻挫他们的满足与健康存在的东西中解放出来的科学。它是一种服务于改造实践（transformative practice）的理论，就此而论，它与激进的政治学说是有一些并行不悖之处的。它承认快乐与不快乐乃是一些极其复杂的问题，这与那种传统文学批评家是不一样的，对于后者来说，有关个人好恶的种种陈述只是有关"趣味"（taste）的种种命题，对此是无法进行更加深入的分析的。对于这样一个批评家来说，说你欣赏一首诗就是

167

---

[1] "Roundheads"原指英国内战期间议会党或清教徒党之成员，他们因其所留之短发而得此名。"Cavaliers"则指当时内战中支持国王查理一世（Charles I）的人，他们所留之长发恰与前者的短发形成对照。作者此处以此二词戏指剑桥大学学者与牛津大学学者在文学研究上的不同立场。——译注

论辩的结束之点了；而对于另一种批评家来说，这可能恰恰正是论辩的开始之处。

这并非想要建议精神分析学独自就能为文学的价值和快乐问题的解决提供钥匙。我们之喜欢或不喜欢某些语言作品不仅是因为它们诱发了我们的无意识驱力的游戏，而且也是因为我们所分享的某些有意识的信念和偏好。在这两个领域之间存在着复杂的相互作用，而这需要在对于具体文学文本的详尽研究中去证明。[1] 有关文学的价值和快乐的种种问题看来是处于精神分析、语言学和意识形态的某一结合之处，而这里尚未进行过什么工作。不过，我们所知道的就已经足够让我们推测，完全有可能比传统文学批评所相信的更好地说出为什么某个人会享受某种文字组合。

更重要的是，通过更加充分地理解读者从文学中获得的种种快乐或不快乐，我们也许能给一些更为紧迫的有关幸福与痛苦的问题投上一线虽然有限但却意味深长的光明。从弗洛伊德自己的作品中涌现出来的一个最丰富的传统乃是一个远离种种拉康式关注的传统：这是某种形式的政治—精神分析工作，研究的是影响着整个社会的幸福问题。德国精神分析家威廉·赖希（Wilhelm Reich），以及赫伯特·马尔库塞（Herbert Marcuse）和所谓法兰克福社会研究学派的其他成员的工作是这一传统中的突出者。[2] 我们生活在这样一个社会中，它一方面压迫我们进入对于短暂快乐的追求，另一方面又把对满足的无尽推延强加给社会中的所

---

[1] 见我的论文《诗、快感与政治：叶芝的〈1916 年复活节〉》（Poetry, Pleasure and Politics: Yeats's "Easter 1916"），发表于《形成》（Formations）杂志（London，1984）。

[2] 见威廉·赖希（Wilhelm Reich）《法西斯主义的大众心理学》（The Mass Psychology of Fascism，Harmondsworth，1975）、赫伯特·马尔库塞（Herbert Marcuse）《爱欲与文明》（Eros and Civilization，London，1956）和《单向度的人》（One-Dimensional Man，London，1958）。亦见西奥多·阿多诺（Theodor Adorno）等《独裁主义的个性》（The Authoritarian Personality，New York，1950）。关于对阿多诺与法兰克福学派的阐述，见马丁·杰伊（Martin Jay）《辩证的想象》（The Dialectical Imagination，Boston，1973）、吉丽恩·罗斯（Gillian Rose）《忧郁的科学：西奥多·阿多诺思想引论》（The Melancholy Science: An Introduction to the Thought of Theodor Adorno，伦敦 London，1978），以及苏珊·巴克－莫斯（Susan Buck-Morss）《否定辩证法的起源》（The Origin of Negative Dialectic，Hassocks，1977）。

有人。经济、政治和文化生活这些领域都被"色情化"（eroticized）了，其中充斥着诱发情欲的商品和花里胡哨的形象，而男女之间的种种性关系则成为病态的和混乱的。这样一个社会里的攻击性并不只是兄弟姐妹之间的竞争（sibling rivalry）：它已经变成了与日俱增的核自我毁灭的可能性，一个被合法化为军事战略的死亡驱力。一方面是权势者的施虐的满足，另一方面是众多无权者的受虐的服从。在这种情况下，弗洛伊德的标题《日常生活心理病理学》（*The Psychopathology of Everyday Life*）就带上了一种新的、不祥的含义。我们需要研究乐与苦的动力学的理由之一就是，我们需要了解一个社会究竟能容忍多少压抑和迟迟不来的满足；为什么欲望可以被从种种我们认为有价值的目的扭向那些使它浅薄和堕落的目的；为什么人们有时准备忍受压迫和侮辱，而这种屈从的可能崩溃之点又是什么。我们可以从精神分析理论中更加了解到，为什么大多数人喜爱约翰·济慈（John Keats）胜过利·亨特（Leigh Hunt）；我们也可以更加了解到这样一个文明的本性，即那个"迫使如此众多的成员愤愤不满并且迫使他们揭竿而起的文明，（它）既不可能也不应该永世长存"。

168

结论：政治批评

在本书中，我们已经考虑了有关文学理论的若干问题。但所有问题之中的那个最重要的问题却仍然悬而未解。文学理论的**要义**（*point*）何在？首先，有必要去操心它吗？在这个世界上，难道就没有比代码、能指和阅读主体更重要的问题？

让我们就来考虑一下其中一个这样的问题。就在我写作此书之时，据估计世界上已有 6 万以上的核弹头，且其中很多都比毁灭广岛的原子弹威力大 1000 倍。这些武器在我们有生之年就可能会被使用，而且这种可能性一直在稳步增加。这些武器的大约费用为每年 5000 亿美元，或每天 13 亿美元。拿出这笔数目的 5%——250 亿美元——就可以使第三世界的贫困问题得到根本性的缓解。毫无疑问，任何一个相信文学理论比这些问题还重要的人都会被认为有些不正常，但也许比那些认为这两个论题可以被这样或那样地联系起来的人还要好一点。国际政治与文学理论有什么相干？为什么一定要反常地坚持把政治拉进这一辩论中来呢？

实际上，不必把政治拉进文学理论：就像在南非的体育运动中一样，政治从一开始就在那里。我用政治的（the political）这个词所指的仅仅是我们把自己的社会生活组织在一起的方式，及其所涉及的种种权力关系（power-relations）；在本书中，我从头到尾都在试图表明的就是，现代文学理论的历史乃是我们时代的政治和意识形态的历史的一部分。从雪莱到诺曼·N. 霍兰德，文学理论一直就与种种政治信念和意识形态价值标准密不可分。的确，与其说文学理论本身就有权作为理智探究的一个对象，还不如说它是由以观察我们时代的历史的一个特殊角度。而这一点儿都不应该是让人感到惊奇的原因。因为，与人的意义、价值、语言、感情和经验有关的任何一种理论都必然会涉及种种更深更广的信念，那些与个体和社会的本质、权力和性的种种问题、对于过去历史的种种解释、对于现在的种种理解和对于未来的种种瞻望有关的信念。这里的问题不在于因情况如此而感到**遗憾**，即不在于去**责备**文学理论被卷入这类问题，并把它们与某种可能免受这类问题影响的"纯"文学理论对立起来。这样的"纯"文学理论只是一种学术神话：在本书所考察的各种文学理论中，有些理论在任何时候都不像它们在企图全然无视历史和政治时那样清楚地表现出自己的意识形态性。文学理论不应因其政治性而受到谴责。应该谴责的是它对自己的政治性的掩盖或无知，是它们在将自己的学说作为据说是"技术的""自明的""科学的"或"普遍的"真理而提供出来之时的那种盲目性，而这些学说我们只要稍加反思就可以发现其实是联系于并且加强着特定时代中特定集团的特殊利益的。本节的标题"结论：政治批评"并非打算意味着："最后，一个政治的替代"，却打算意味着："结论是我们已经考察的文学理论是具有政治性的。"

然而，问题还不仅仅在于这类政治倾向是隐蔽的或无意识的。有时候，它们两者皆非，例如马修·阿诺德的情况；有时候，它们当然是隐蔽的，但却绝不是无意识的，例如 T. S. 艾略特的情况。可以反对的并不是文学理论本身的政治性，也不是因其经常健忘于此而倾向于将人误导：真正可以反对的是其政治的性质。这个反对可以简括如下：本书所勾勒的文学理论大部分都不是向这个权力系统的那些假定进行挑战，而是加强了它们，而这些假定在当今所造成的种种结果有些我已经描述过了。我这么说并非意味着马修·阿诺德支持核武器，或很多文学理论家会以这种或那种方式赞同这样一个社会制度，其中一些人靠着武器生产牟利发财，而另一些人则饿死街头。我不相信许多或绝大多数的文学理论家和批评家面对这样一个世界会无动于衷，其中一些国家的经济由于世代的殖民剥削而停滞失衡，现在仍然由于沉重的债务负担而受着西方资本主义的支配。我也不相信所有文学理论家都会温和地赞同一个像我们的社会一样的社会，其中大量的私人财富仍然集中于极少数人之手，而为了绝大多数人的教育、保健、文化和娱乐的那些服务则被撕成碎片。问题仅仅在于，这些文学理论家并不认为文学理论与这些事情有关。而在我看来，正如我已经评论过的，文学理论与这个政治制度有着最特定的关系：文学理论有意或无意地帮助维持和加强了它的种种假定。

我们被告诉说，文学与男男女女的种种生存状况密切相关：它是具体的而不是抽象的，它在其全部丰富多样性中展示生活，并为了对于生活的感受和品味而拒绝不结果实的概念探究。然而具有悖论意味的是，现代文学理论的故事却是一个从种种这样的现实逃向似乎是无穷无尽的一系列替代的故事：诗本身、有机社会、永恒真理（eternal verities）、想象力、人类心智结构、神话、语言，等等。作为对在 19 世纪中占据支配地位的那种钻故纸堆的历史还原主义批评（historically reductionist criticism）的一个反动，这一逃离真实历史的现象多少是可以理解的；但是这一反动的极端性（extremism）还是触目惊心。的确，正是文学理论的这种**极端主义**（extremism）、它对于社会和历史现实的那种顽固的、反常和托词无穷的拒绝去面对，最能引起一个研究其文献的学者的注意，尽管"极端主义"一词通常更被用来指那些力图使人们注意文学在实际生活中之作用的人。然而，甚至就在逃离种种现代意识形态的举动之中，文学理论也暴露出它与这些现代意识形态的经常是无意识的同谋关系，并且恰恰就在那些被它认为是自然的语言之中，即在那些被它用于文学作品的"美学性的"或"非政治性的"语言之中，流露出它的精英主义、性别歧视或个人主义。大体来说，它假定处在世界中心的是那个凝视沉思的个别自我，它埋头于书籍，努力由此而与经验、真理、实在、历史或传统进行接触。当然，其他事情也是很重要的——这一个体与他人有种种人间关系，而我们也从来就不仅仅只是读者——但值得注意的是，这样一个被安放在它的小小关系圈中的个人意识是多么经常地成为其他一切的试金石。我们离开个人生命／生活的丰富内在性

（inwardness）越远，存在变得就越枯燥、越机械化和非人化，而文学则是个人生命／生活的丰富内在性的最高典范。这种观点乃是社会领域内所谓占有个人主义（possessive individualism）在文学范围内的对等物，无论后一态度对前一态度会如何地厌恶；这种观点反映着这样一种政治制度的，亦即一种使人的生活的社会性从属于孤独的个人事业的政治制度的，种种价值观念。

我是以论证文学的不存在来开始本书的。文学不存在，文学理论又怎么能够存在呢？任何理论都可以通过两种熟悉的方法来为自己提供一个明确的目的和身份。或者它可以通过它的特定研究**方法**来界定自己；或者它可以通过它所正在研究的特定**对象**来界定自己。任何想从特定方法的角度来界定文学理论的企图都注定是要失败的。文学理论被认为应该对文学和文学批评的本质进行反思。但是试想一下文学批评包括多少方法吧！你可以讨论这位诗人的有气喘病史的童年，或研究她运用句法的独特方式；你可以在这些"S"音中听出丝绸的窸窣之声，可以探索阅读现象学，可以联系文学作品于阶级斗争状况，也可以考察文学作品的销售数量。这些方法没有任何重要的共同之处。事实上，它们与其他一些"专业"——语言学、历史学、社会学，等等——之间的共同之处倒比它们互相之间的共同之处还多一些。从方法论上说，文学批评是一个"非学科"（non-subject）。而如果说文学理论是一种"元批评"（metacriticism），即对于批评的批评反思的话，那么结论就必然是，文学理论也是一个非学科。

于是，文学研究的统一性也许应该到别处去找。也许文学批评和文学理论仅仅意味着对于某个名为"文学"的对象的任何一种谈论（当然，这种谈论必须具有一定水平的"能力"〔competence〕）。也许，区别和界定这种话语的是其对象而非方法。只要对象保持着相对的稳定，我们就可以平等地从传记学方法转到神话学方法再转到符号学方法，而仍然知道自己究竟在哪儿。但是，就像我在《导言》中已经论证过的，文学并不具有这样的稳定性。对象的统一性也像方法的统一性一样虚无缥缈。"文学"，正如罗兰·巴特所说过的，"就是〔课堂上〕所教的那些

172

东西"。[1]

也许，文学研究中方法上的统一性的这一缺乏不必让我们过分担心。毕竟，只有一个急躁轻率的人才会去界定地理学或哲学，去整整齐齐地区分社会学与人类学，或去提出一个有关"历史学"的仓促急就的定义。也许，我们应该庆幸各种批评方法的多元性，采取一种宽容的普世主义（ecumenical）姿态，并为我们能够摆脱任何单一方法的专制而欢欣鼓舞。然而，且慢兴奋过度。我们应该注意到，这里依然存在着某些问题。其一，这些方法并非都能并行不悖。无论我们如何致力于宽宏大度而不拘一格，试图把结构主义、现象学和精神分析学结合起来的做法恐怕也只能导致精神崩溃而不会导致光辉的文学研究生涯。那些炫耀多元主义的批评家能够这么做通常都是因为，他们心目中的这些不同方法到头来其实并非那么截然不同。其二，这些"方法"中有些几乎就不是什么方法。很多文学批评家则根本就不喜欢方法这一概念，而宁愿依靠印象和预感、直觉和顿悟来工作。也许幸好这种做法还没有渗入医学和航空工程学之中；不过，尽管如此，我们也无须认真看待这种对方法的谦虚的抛弃，因为你之有怎样的印象和预感是取决于一个种种假定所形成的潜在结构的，而这一结构则经常就像任何结构主义者的结构一样的顽固。值得注意的是，这样的不依靠"方法"而仰赖"智力敏感性"（intelligent sensitivity）的"直觉"批评似乎往往不能直觉到，比如说，种种意识形态性价值标准在文学中的存在。而就其本身的前提而言，它又没有理由不该如此。有些传统批评家看起来则像是这样认为的，即其他人是信奉各种理论的，而他们则是宁愿"直截了当地"（straightforwardly）阅读文学作品的。换言之，在他们自己与文本之间是没有任何理论上的或意识形态上的偏爱来作为中介的：似乎称乔治·艾略特的后期世界为一个"成熟的逆来顺受"（mature resignatipon）

[1] 作者这里所引的巴特的话在英文里为"Literature is what gets taught"。其言外之意为，在文学课上教什么，什么就算是文学；不教什么，什么就不算是文学。换言之，作为所谓文学研究之对象的文学只是那些被文学制度规定为文学的写作，实则并无任何"客观存在的"文学。——译注

的世界就没有意识形态性，而一主张它暴露了逃避和妥协就有了意识形态性一样。这么一来，使这样的批评家加入关于种种意识形态成见（preconceptions）的辩论就十分困难了，因为意识形态力量对于他们的支配在任何时候都不如在他们衷心相信自己的阅读的"清白"（innocent）之时表现得那么明显。他们似乎相信，是攻击弥尔顿时的利维斯，而不是保卫弥尔顿的路易斯（C. S. Lewis），表现着他的"教条性"；是考察种种虚构的性别意象的女权主义批评家们，而不是论辩说理查森的克莱丽莎（Clarissa）应对自己的强奸负责的传统批评家们，坚持将文学与政治混同。

即便如此，一些批评方法比另一些更缺少方法性这一事实也还是会使那些相信任何事物中都有一点真理的多元主义者大受其窘（这种理论多元主义亦有其政治上的对应物：试图理解每一个人的观点其实经常暗示着你自己是高高在上或允执其中的，而打算把互相冲突的观点融为统一的意见则意味着拒绝这样的真理，即有些冲突只能够从一方加以解决）。文学批评实在有点像一个实验室，其中一些成员身穿白外衣在控制台前正襟危坐，而另一些人却在扔棍子或旋硬币。绅士派头的票友们与精明干练的专家们你推我挤，而经过一个世纪左右的"英国文学研究"之后，他们仍然不能决定这一学科到底属于哪一阵营。这一两难困境是英国文学研究史的特产，而它之无法被真正消除是因为，问题远不止于方法上的冲突或方法的缺少。说这些多元主义者是一厢情愿的思想家的真正原因是，种种不同文学理论或"非理论"之间的争论所涉及的问题其实是有关现代社会中英国文学研究之命运的各种对抗的意识形态策略。文学理论的问题在于，它既不能战胜又不能加入后期工业资本主义的种种占统治地位的意识形态。自由人本主义试图在一个对它有敌意的世界中以其对于技术专制主义的厌恶和对于精神完整性的培养来对抗或至少限制这些意识形态；某些牌号的形式主义和结构主义则试图接过这样一个社会的技术专制主义理性（technocratic rationality），从而使自己与之融为一体。诺思洛普·弗莱和新批评家们认为他们已经实现了二者的综合，但今天还有多少文

174

学研究者阅读他们的著作呢？自由人本主义已经缩小为资产阶级社会的软弱无力的良心，温和、敏感而没有效力；结构主义则已经或多或少地消失到文学博物馆中去了。

自由人本主义的软弱无力乃是它与现代资本主义之间的根本性矛盾关系的一种征候。因为尽管它构成这种社会的"官方"意识形态的一部分，而"人文学科"（humanities）的存在就是为了它的再生产，但它生存于其中的那个社会秩序从某种意义上说却几乎对它无暇顾及。[1]在外交部或标准石油公司董事会议室里，有谁关心个人之为独一无二，关心人类状况的种种不朽真理，或关心亲身体验的感性质地（the sensuous textures of lived experience）呢？除非能把艺术作为一笔稳妥的投资挂在墙上时，资本主义对于艺术（the arts）的敬意显然是虚伪的。然而资本主义国家还是一直在源源不断地为高等教育中的人文学科投资；所以，尽管这类学科在资本主义进入周期性危机时通常总是首先大遭削减，却很难说迫使它勉强支持人文学科的只是一种虚伪，即一种对于暴露自己的势利本色的恐惧。事实是，自由人本主义虽然大半无效，它却又是现存资产阶级社会所能集合起来的一个关于"人"的最好的意识形态。当问题是要保护企业家谋求利润的权利而使男男女女失业之时，"独一无二的个人"的确是非常重要的；如果"选择的权利"首先并不是意味着妇女决定是否要孩子的权利，而是意味着，在其他孩子连学校伙食都得不到的时候，某人却有去为自己的子女支付昂贵的私立教育费用的权利的话，那么个人当然要不惜一切代价去享有这种权利。"人类状况的种种不朽真理"包括诸如自由和民主这些真理（verities），而它们的本质就

---

[1]　在英语中，狭义的"humanities"（人文学科）指语言与文学研究，尤指对古代希腊和罗马的语言与文学的研究。其广义的用法则指与科学相对的种种有关人类文化的研究，尤其是文学、历史、哲学等。此词与作者随后所说的"the arts"的一个用法基本上是同义的。带定冠词"the"的复数形式的"art"经常被用来指那些与科学有别的、需要某种创造性的（或者"艺术性的"）学科，尤其是语言、文学、历史等。但这一用法也指我们在汉语中称为"艺术"的那些部门，即绘画、音乐、文学创作等，以及这些部门产生的作品。正因为在英语中"the arts"有这样几种意义，所以作者下文才可以一语双关地说资本主义对"the arts"的虚伪敬意的实质乃是要把艺术品作为投资保存起来。——译注

体现在我们的特定生活方式之中。"亲身体验的感性质地"则可以大致被翻译为出自本能的反应——根据习惯、成见和"常识"来进行判断，而不是根据某些麻烦的、"枯燥的理论化的"、大有争辩余地的概念来进行判断。毕竟还是有那么一席之地给人文学科的，尽管那些保证我们的自由和民主的人们对它们是那么地蔑视。

因而，高等教育机构的各个文学系乃是现代资本主义国家的意识形态机器的组成部分。但它们并不是完全可以信赖的机器，因为，从一方面说，人文学科包含着很多价值、意义和传统，而它们是与那个国家所优先考虑的社会问题相对立的，而且它们所富于的那种种智慧和经验也超出了它的理解范围。从另一方面说，如果你让一些年轻人几年之内除了埋头读书和互相讨论以外就别的什么都不干，那么，假如某些更大的历史情况允许的话，这些年轻人就很有可能不仅会开始对传授给他们的某些价值观念提出问题，而且会开始质询那一传授这些价值观念的权威。当然，学生们是不妨质疑那些传授给他们的价值观念的：高等教育的意义之一确实就在于他们是应当如此的。独立的思想、批评性的反对与言之有据的论辩正是人文教育的基本内容之一；几乎没有什么人，正如我前面评论过的那样，会要求你的乔叟或波特莱尔论文必须一字不差地达到某些事先就被规定下来了的结论。所要求的一切仅仅是，你必须以可接受的方式来操纵一种特定的语言。成为国家认可的文学研究专家乃是一个能够以某些方式说话和写作的问题。正在被教授的、考核的和认可的乃是这些东西，而不是你个人所思考和相信的东西，不过可想的东西当然是会为语言本身所制约的。你随便想什么或信什么都可以，只要你能说这种特定的语言就行。谁都不会特别在乎你说什么，采取着怎样极端的、中庸的、激进的或保守的立场，只要它们能与特定形式的话语相容，并且能在其中得到明确表达就行。问题只是，某些意义和立场在这种话语之内是无法表达的。这就是说，文学研究是一个关于能指的问题，而不是一个关于所指的问题。那些被聘来教你这种话语的人在忘掉了你所说的之后很久还会记得你是否能够流利地说它。

因而，与其说文学理论家们、批评家们和教师们是学说的供应者，不如说他们是话语的监督人。他们的任务乃是保存这种话语，在必要时扩展和完善它，保护它不受其他各种话语的侵犯，引导初学者进入它，并确定他们是否已经成功地掌握了它。这一话语本身并没有明确的所指，但这却不是说它并不体现出任何假定：它其实倒是一个能够涵括种种意义、种种对象和种种实践的能指网络（network of signifiers）。某些作品被当作更能经得起这一话语之检验者／更能顺从这一话语者而精选出来，而这些就是所谓的文学或"文学经典"（literary canon）。[1] 这些经典通常都被视为是相当确定的，有时甚至被视为是永恒不变的，但这种情况是很有一点儿反讽意味的，因为既然文学批评话语并没有任何明确的所指，那它是可以，只要它愿意的话，把它的注意转向几乎任何一种作品的。有些最为热烈地捍卫着这些经典的人却已经不时地证明了这一话语如何也可以被用来操纵"非文学"作品。这当然是一件很让文学批评发窘的事：它给自己规定了一个特殊的对象，即文学，而它自己却作为一套没有任何理由仅仅停在这一对象之上的话语技术（discursive techniques）而存在。如果你在晚会上没有什么更好的可干，你就可以试着给它来一个文学批评分析，谈论它的种种风格和类型，分辨它在意义上的种种细微差别，或将它的种种符号系统予以形式化。这样的"文本"完全可以证明能像种种经典作品一样丰富，而对它的批评解剖也完全能像对莎士比亚作品的解剖一样心裁独出。于是，要么文学批评就承认它既可以研究莎士比亚也可以研究晚会，而这样它就有使自己的身份与其对象一道丧失的危险；要么它就同意，晚会是可以受到有趣分析的，只要这种分析能叫个别的名字就行，比如说，民俗方法学（ethnomethodology），或者，诠释现象学。而它自己所关心的则是文学，

---

[1] 这句话的第一分句原文为："Certain pieces of writing are selected as being more amenable to this discourse than others." "Amenable"既有去负责（尤其是公民之对法律负责）之意和服从或听从之意，也有可被（科学规律等）检验或分析之意。作者这里是同时在此词的这几重意义上使用这个词的，意思既是说某些文本更能经受批评话语的分析检验，也是说这些文本被认为更能顺从批评话语的支配。所以在此段的末尾此词第二次被使用时作者特意为之加上了引号。——译注

因为文学比批评话语所能操纵的任何其他文本都更有价值也更有回报。这一主张的不利之处是它毫不真实：许多电影和哲学作品都比很多被包括在"文学经典"中的东西要有价值得多。而且这也并不是说它们是以一些不同的方式而有价值的：它们恰恰可以就在批评为价值一词所规定的意义上提供种种有价值的对象。它们之被排斥在文学研究对象之外并非因为它们"经不起"这一话语的"检验" / 不"顺从"（amenable）这一话语：问题在于文学制度的武断的权威。

文学批评之不能通过诉诸某些作品的"价值"而把它自己之让自己局限于某些作品的行为合理化的另一原因是，批评乃是一个首先已经将这些作品构成为有价值的作品的文学制度（the literary institution）的组成部分。需要通过种种特定的处理方法而被**弄成**值得研究的文学对象的不仅是晚会，而且还有莎士比亚。莎士比亚并不是现成地就在手边的伟大文学，于是就这样被文学制度幸福地发现了：他之所以是伟大文学是因为文学制度将他构成为这样。这并非意味着他的作品并不是"真正的"伟大文学，亦即，所谓伟大文学只不过是人们对他的看法而已，因为，离开了作品在种种特定形式的社会生活和制度生活中所受到的种种对待方式，就根本无所谓"真正"伟大的或"真正"如何的文学。讨论莎士比亚有无数的方法，但并非全都可以算作文学批评。也许莎士比亚本人、他的朋友们和演员们并不以那些会被我们视为文学批评的方式谈论他的戏剧。也许人们关于莎士比亚戏剧所能说出的某些最有意义的话也不会被算作文学批评。文学批评根据某些制度化了的"文学"标准来挑选、加工、修正和改写文本，但是这些标准在任何时候都是可争辩的，而且始终是历史地变化着的。因为，虽然我说批评话语没有确定的所指，但当然还是有相当多的谈论文学的方法是被它所排斥的，相当多的话语步骤和策略是被它当作无效的、非法的、非批评的或无意义的而取消了资格的。它在所指这一层上的表面宽宏大量恰与它在能指这一层上的褊狭不容相辅相成。这一话语中的各种方言可说是得到了承认有时也受到容忍的，但你却绝不能让人觉得你听起来好像完全是在说另一种语言。而这样做就是以最分明的方式承认，批评话语是权力。在这一话

177

语本身的里边就是对这一权力视而不见，因为还有什么比说自己的语言更自然更随便的呢？

批评话语的权力在几个层次上活动。它是"警卫"（policing）语言的权力，有权决定哪些陈述因其与公认为可说者不一致而必须被排斥。它又是警卫作品本身的权力，它把作品分成"文学的"与"非文学的"、经久伟大的与一时流行的。它还是以权威而支配他人的权力，即界定和保存这一话语的那些人与被有选择地接纳到这一话语中的那些人之间的种种权力关系。它也是为那些已经被判断为能够或不能够很好说这种话语的人授予或不授予证书的权力。归根结底，这是文学—学术制度——上述一切都发生在其中——与整个社会的占统治地位的权力—利益（power-interests）之间的种种权力关系的问题：对这一话语的保存和有控制地扩展将服务于这一社会的种种意识形态需要，并将使它的成员得到再生产。

我已经试图论明，批评话语从理论上说所具有的无限延展性，亦即它只是被人为地局限于所谓"文学"这一事实，会使或应使文学经典的看守者们感到困窘。就像弗洛伊德的驱力的种种对象一样，批评的种种对象从某种意义上来说也是偶然的和可换的。但具有反讽意味的是，只是在感觉到自己的自由人本主义正在精疲力竭，从而转向种种更有雄心的或者更加严格的批评方法以寻求支持时，批评才真正意识到这一点。它觉得，只要这儿撒上一撮儿明智的历史分析，那儿吞服一剂不会致瘾的结构主义，它就可以利用那些不然就是异己的方法去补贴自己那日益减少的精神资本。然而，这却很可能是南辕北辙。[1]

178　因为，你不可能对文学进行历史分析而却不承认，文学本身就是最近的历史发明；你也不可能将种种结构主义分析工具用于《失乐园》（*Paradise Lost*）而却不承认，同样的分析工具也可被用于《每日镜报》（*Daily Mirror*）。因此，只有冒着失去那个使自己得以确定的对象的危险，批评才能把自己支撑起来；它的出路无法令人羡慕：或者窒息，

---

[1]　此句原文为："The boot, however, might well prove to be on the other foot."译文没有直译。——译注

或者闷死。如果文学理论把自身之内所蕴涵的推究得太远的话，那它就已经说服自己停止存在了。

让我说，这就是它最应该做的事。在一个以承认文学是幻觉而开始的过程中，最后的逻辑步骤只能是承认文学理论也是幻觉。当然，说它是幻觉并非意味着本书中讨论的不同人物乃是我所虚构的：诺思洛普·弗莱确实存在过，F. R. 利维斯也确实存在过。说文学理论是幻觉首先意味着——希望我已经表明了这一点——文学理论实在不过是种种社会意识形态的一个分支，根本就没有任何统一性或同一性而使它可以充分地区别于哲学、语言学、心理学或文化和社会思想；其次，这种说法也意味着，它那个想要与众不同的希望——想缠住一个名为文学的对象的希望——是被放错了地方的。因此，我们必须说，与其认为本书是介绍，不如说它是一份附有死者传略的讣告（obituary），而我们则以埋葬我们力图发掘的对象而告终。

换言之，我并不打算用自己的文学理论，一个会声称自己在政治上更可接受的文学理论，来对抗我在本书中批判地考察过的这些文学理论。那些一直在期望地等待着一种马克思主义理论的读者显然还没有在以应有的注意阅读本书。的确存在着马克思主义的和女权主义的文学理论，而它们在我看来是比这里所讨论的任何理论都更有价值的，读者可以在本书所列的参考书目中查到它们。但这并非关键所在。真正的要害在于，是否有可能谈论"文学理论"而却并没有使这样一种幻觉——相信文学是独立的、有边界的知识对象——永久化？或者是否应该从文学理论既可对付弥尔顿也可对付鲍伯·迪伦（Bob Dylan）这一事实中引出其种种实际后果？我的观点是，最有用的就是把"文学"视为人们在不同时间出于不同理由赋予某些种类的作品的一个名称，这些作品则处于被米歇尔·福柯称为"话语实践"（discursive practices）的整个领域之内；如果真有什么确实应该成为研究对象的话，那就是整个这一实践领域，而不仅仅只是那些有时被颇为模糊地标为"文学"的东西。我用以对抗本书所阐述的这些理论的并不是一种**文学**理论，而是一种不同的话语——叫它"文化"也好，叫它"表意实践"（signifying practices）也好，或无论叫它什么也好，都并非十分重要——它会包括其他这些理论所研究的这些对象（"文学"），但它却会通过将其置于一个更加广阔的语境之中而改变它们。

179　　但是，这不就是要把文学理论的边界扩展到使其丧失任何特殊性的地步吗？一种"话语理论"就不会碰上我们在文学研究的情况中已经看到的那些有关研究方法和研究对象的同样问题吗？无论怎么说，话语的数量毕竟是无限的，研究它们的方法也是无限的。然而，我所设想的这种研究的特殊之处将会在于它对于种种话语所产生的各种**效果**（effects）以及它们之如何产生这些效果的关心。为了了解长颈鹿而去读动物学教科书是研究动物学的一部分，但如果读它是为了看出其话语是如何结构和组织起来的，并且考察这些形式和手段对于种种实际境况中的种种特定读者产生的效果，那就是另一种研究了。其实，这大概就是"文学批评"在这个世界上的最古老的形式，即修辞学（rhetoric）。修辞学从古代社会直到 18 世纪一直都是批评分析的公认形式，它考察种种话语是如何为了实现某些效果而被建构起来的。它并不在乎自己的研究对象是说话还是写作，是诗歌还是哲学，是小说还是历史：它的视野其实就是整个社会之中的那个话语实践领域，而它的特殊兴趣则在于将这些实践作为种种形式的权力和行事（performance）而加以把握。这并非意味着它就忽视了这些话语的真理价值，因为这些话语的真理价值可能经常是与这些话语在其种种读者和听众身上所产生的那些效果密切相关的。修辞学在其全盛时期既非一种以某种直觉的方式关心着人们的语言经验的"人文主义"，也不是一种仅仅全神贯注于分析种种语言手段的"形式主义"。它从具体的行事的角度来看待这些手段——它们是进行申辩、说服、劝诱及其他等等的方法——并且从话语在其中发挥作用的种种语言结构和物质环境的角度来看待人们对于话语的种种反应。它并不把说话和写作仅仅视为进行美学沉思或无限解构的文本对象，却把它们视为与种种作者和读者、种种讲者和听众之间的种种更宽广的社会关系密不可分的种种形式的**活动**，并且认为，它们如果脱离了它们被嵌入其中的那些社会目的和状况，就基本上是不可理解的了。[1]

于是，正如一切最好的激进立场一样，我的立场也是一个彻底的传统主义立场。我希望从已经引诱了它的某些时髦的、求新的思想方法——认为"文学"是赋有特权的对象，认为"审美的"是可与种种社会决定因素相分离的，等等——那里把文学批评唤回来，并使其回到它已经离弃的古道之上。虽然我这样做是反动的，但我的意思并不是我们应该把全部古代修辞学术语都恢复起来，并以之取代现代批评语言。我们大可不必如此，因为本书所考察的种种文学理论中已经包含了足够的概念，使我们至少可以迈出第一步。修辞学，或话语理论，与形式主义、结构主义和符号学一起分享着对于语言的种种形式手段的兴趣，但它又像接受理论一样关心着这些手段怎样在"消费"点上产生实际效果；在对作为某种形式的权力和欲望的话语的专注方面，它可以向解构和精神分析理论学到很多东西，而它对于话语之可以成为一项人的改造事业的信念则与自由人本主义有不少共同之处。"文学理论"之为幻觉这一事实并不意味着我们就不能从中为一种全然不同的话语实践找回很多宝贵的概念。

当然，修辞学之介意于对种种话语进行分析是有原因的。它分析种种话语并非仅仅因为它们就在那儿，正如当代的绝大多数文学批评也并非仅仅是为文学而研究文学。修辞学要发现种种最有效的申辩、说服和论争的方式，而修辞学家们研究他人语言中的这些手段则是为了在自己的语言中更为有效地运用它们。我们如今会说，它既是一项"批评"活动也是一项"创造"活动："修辞学"一词同时涵盖着有效的话语实践与研究它的科学。同样地，我们之认为值得去发展下述这种形式的研究也必须是有原因的。这一研究将考察我们自己的社会中的各种不同的符号系统和表意实践，从《白鲸》（*Moby Dick*）到电视傀儡剧（Muppet show）、从德莱顿（Dryden）和让－吕克·戈达尔（Jean-Luc Godard）到

180

---

[1] 见我的《瓦尔特·本雅明，或走向革命批评》（*Walter Benjamin, or Towards a Revolutionary Criticism*，London，1981），第 2 部，第 2 章"修辞学小史"（A Small History of Rhetoric）。

广告中的妇女肖像和政府报告中的修辞技巧。[1] 所有理论和知识，如我前面所说的那样，都是"受利益影响的"（interested），意即你始终可以问为什么人们竟然会费心去发展它。绝大多数形式主义和结构主义批评的一个惊人的弱点就是它们无力回答这一问题。结构主义者之研究种种符号系统确实就只是因为它们恰好就在那儿，而如果这样说似乎还不能防卫他们自己的话，他们就会被迫诉诸某种基本理由，例如，研究我们的种种理解模式（modes of sense-making）将会深化我们的批判性的自我意识，但这样的理由与那些自由人本主义者的标准路线基本上是没有什么两样的。相比之下，自由人本主义的力量就在于它能够回答为什么是值得与文学打交道的。它的回答，正如我们已经看到的，大致是这把你变成一个更好的人。但这也正是自由人本主义的软弱之处。

然而，自由人本主义这一回答之所以软弱却并非由于它相信文学可以具有改造力量。它的软弱是因为它通常都过分地高估这一改造力量，并且脱离任何起着决定作用的社会语境来考虑这一力量，于是它就只能用最狭窄最抽象的字眼来表述它所说的"更好的人"的意义。这些字眼一般都忽视下述事实，即在 20 世纪后期的西方社会中，做一个人就意味着与我在本章开始时所概述的那种种政治状况卷在一起，并在某种意义上对它们之如此而负有一定的责任。自由人本主义是一种褊狭的（suburban）道德意识形态，在实践中把自己主要局限于各种人际关系问题。它在通奸问题上就比在军备问题上更有力，而它对于自由、民主和种种个人权利的可贵关切则完全不够具体。例如，它对民主的看法

181

---

[1] 长篇小说 *Moby Dick* 是美国作家麦尔维尔（Herman Melville, 1819—1891）的杰作，1851 年 10 月出版于伦敦。其故事表层是关于船长阿哈伯（Ahab）如何在海上追捕白鲸莫比·狄克（Moby Dick），并终为后者所杀。故事非常逼真而动人。其深层关切则是人类精神的种种失败与胜利的复杂含义，以及人类精神中交融在一起的种种创造性与谋杀性的冲动。被我们这里姑且译为"电视傀儡剧"的"Muppet show"是在英国制作并于 1976 年在英国电视台首次上演的著名流行电视连续剧，为美国傀儡师 Jim Henson（1936—1990）所创造，以各种傀儡为其中角色。此剧获得了极大的国际成功，曾经在近百个国家上演过。德莱顿（John Dryden, 1631—1700），英国诗人及剧作家，1670 年至 1688 年间为英国桂冠诗人。让－吕克·戈达尔（Jean-Luc Godard, 1930— ）是著名法国电影导演，以导演 1950 年代和 1960 年代的一些法国新浪潮电影而开始知名。——译注

就是一种很抽象的看法，只去注意选票箱，却不去注意可能也会以某种方式关系到外交部或标准石油公司的活动的那种具体的、生动的和实践的民主。它对于个人自由的看法也同样是很抽象的：只要个人自由仍然依赖于他人的那浪费其生命的劳动以及对于他人的积极压迫，那么任何特定个人的自由就都只能是残废的和寄生的。文学是可以对这样的状况提出抗议或保持沉默的，但文学却首先正是由于它们才成为可能。正如德国批评家瓦尔特·本雅明（Walter Benjamin）所说："没有任何一份文化文献同时不是一份关于野蛮（barbarism）的记录。"[1] 社会主义者是那些希望使自由人本主义所赞同的自由与民主等抽象概念得到充分的、具体的和实际的应用的人，所以他们在注意那"生动的特殊"（vividly particular）之时是真正地接受并按照这些概念行动的。也正因为如此，很多西方社会主义者才不安于自由人本主义者对于东欧的种种专制制度的意见，因为他们认为这些意见远远不够彻底：推翻这些专制制度所需要的不会仅仅只是更多的自由言论，而是一个反对国家机器的工人革命。

因而，成为"更好的人"的意义必须具体而实际——这也就是说，必须与人们的整个政治境况相关——而不能狭隘抽象，即仅仅关注着可从这一具体的整体中抽象出来的种种直接的人际关系。问题必须是政治的而不仅仅是"道德的"论辩（argument）：这也就是说，它必须是**真正的**道德论辩，一个看到或留心于个人的种种性质和价值与我们整个的物质存在状况之间的种种关系的论辩。政治论辩并不是各种道德关注的替代：政治论辩就是从其种种充分内在含义上被认真对待了的道德关注。但是自由人本主义者有一点是看得很对的，即文学研究确有某种**意义**（point），而这一意义本身最终并不是一个文学上的意义。其实，他们正在论辩的乃是文学有**用**（use），尽管以这样的说法把这一点表达出来会让他们觉得十分刺耳。没有什么字眼比"用"更能冒犯文学的耳朵

---

[1] 瓦尔特·本雅明（Walter Benjamin）《爱德华·富赤斯：收藏者与史学家》（Eduard Fuchs, Collector and Historian），收入其《单行道及其他作品》（*One-Way Street and Other Writings*，London，1979），第359页。

的了，因为这会使人想到回形针和干发器。浪漫主义对资本主义的功利主义意识形态的反对使"用"成了一个不可用的词：对于唯美主义者来说，艺术的光荣之处就是它的完全无用。然而，今天我们之中很少有人会愿意赞同**这样的看法**了：对一部作品的每一次阅读从某种意义上说当然都是对它的一次使用。我们也许不会用《白鲸》来学习如何捕鲸，但即便如此，我们也还是"从它里面得到某种东西"。每种文学理论都以对于文学的某种使用为前提，即使你从它里面所得到的乃是它的完全的无用。自由人本主义批评并不错在去用文学，却错在自欺地相信它并非如此。它用文学来促进某些道德价值标准，而这些价值标准，正如我希望我已经表明的那样，事实上与某些意识形态价值标准是密不可分的，而且它们最终是隐含着某种特定形式的政治的。这并不是说，它先"无私地"阅读作品，然后再让它所读到的东西去服务于它的种种价值标准：这些价值标准支配着实际阅读过程本身，并影响着批评对它所研究的作品的意义的理解。因此，我并不准备去为某种"政治批评"进行论辩，某种依据与种种政治信仰和行动联系在一起的某些价值标准来阅读文学作品的"政治批评"；一切批评都在这么做。认为存在着种种形式的"非政治的"批评，这其实只是一个神话，一个更加有效地促进了文学的某些政治用途的神话。"政治的"与"非政治的"批评之间的差别只是首相与君主之间的差别：后者是通过假装不搞政治而促进某些政治目的的实现的，前者则是直言不讳的。在这些事情上，最好还是始终诚实坦率一点。谈论康拉德（Conrad）或伍尔芙作品中"经验的混沌"的传统批评家与考察这些作者的种种性别意象的女权主义者之间的差异并不是非政治批评与政治批评之间的区别。这是不同形式的政治之间的区别，即这样一个区别：一方赞同这样一种学说，即认为历史、社会和人类现实都是破碎的、随意的和没有方向的，而另一方则有着其他的关切，这些关切则隐含了对于世界之何以如此的一些不同的看法。哪一种政治更可取这个问题从文学批评的角度是根本无法解决的。你只能去就政治进行论辩。这并不是一个去争论"文学"是否应该被联系于"历史"的问题，而是一个对历史本身的不同解读的问题。

女权主义批评家研究对于性别的种种表现并非仅仅因为她相信这种研究将促进其种种政治目标的实现。她也相信性别（gender）与性（sexuality）在文学和其他各种话语中都是中心性的主题，而任何压制掩盖这些问题的批评解释都是有严重缺陷的。同样，社会主义批评家从意识形态的或阶级斗争的角度考察文学也并不是因为这些正好就是他们的政治利益之所在，于是它们就被人为地投射到了文学作品上。他们会认为这些东西正是历史的本质（stuff），而既然文学也是一种历史现象，那么这些东西也正是文学的本质。奇怪的倒会是如果女权主义或社会主义批评家会认为分析有关性别或阶级的种种问题仅仅是一件学术兴趣上的事情，即仅仅是一个对文学做出更加令人满意的全面的解释的问题。因为，为什么这是值得去这么做的呢？自由人本主义批评家并非只是一心要对文学做出更为全面的解释：他们希望以那些将会深化、丰富和扩展我们的生活的方式来讨论文学。社会主义与女权主义的批评家在这上面与他们是完全一致的：问题仅仅在于，他们希望强调指出，这种深化和丰富必然要求对一个分裂为阶级和性别的社会进行改造。他们愿意自由人本主义者充分领会自己所取立场的内在含义。如果自由人本主义者不同意的话，那这就是一个政治论辩，而不是一个关于人们是否在"用"文学的论辩。

前面我曾论称，无论是试图从方法还是从对象出发来界定文学研究的做法都注定是要失败的。但我们现在已经开始在讨论如何设想是什么区别了各种话语的另外一种方法：区别一种话语于另一种话语者既非本体论的亦非方法论的，而是**策略**上的。这就意味着，首先要问的并非对象是**什么**或我们应该**如何**接近它，而是我们**为何**应该要研究它。我已经说过，自由人本主义者对这一问题的回答既是非常合理的，同时，照其实际情况来看，又是完全无用的。让我们试以提出下述问题来略微具体地说明这一点，即我所提议的那个修辞学（虽然它同样也可以被称为"话语理论"或"文化研究"等）的重新发明怎样才能有助于使我们变成更好的人？各种各样的话语、符号系统和意指实践，从电影与电视到小说和自然科学语言，都产生种种效果，并塑造各种形式的意识和无意

183

识，而这些则与我们种种现存权力系统的维持或改造紧密相联。它们因此也与作为一个人的意义是什么这一问题紧密相联。而我们确实可以认为"意识形态"所表示的其实就仅止于这种联系（connection）——种种话语与权力之间的连环（link）或接系（nexus）。一旦我们有见于此，就能让理论和方法的问题面貌一新。这里的事情并不是要从某些理论和方法问题开始，而是要从我们要**做**什么开始，然后再看一看哪些方法和理论将最有助于我们实现这些目的。选定你的策略并不就能同时决定了哪些研究方法和对象是最有价值的。就研究对象而言，你决定考察什么基本上取决于实际情况。也许最好是考察普鲁斯特（Proust）和《李尔王》，也许最好是研究儿童电视节目或流行小说或先锋派电影。在这些问题上，一个彻底的（radical）批评家是相当宽大的（liberal）：他拒绝那种坚持认为普鲁斯特永远比种种电视广告更值得研究的教条主义。研184 究什么完全取决于你试图去做什么，以及置身于何种情况之中。彻底的批评家对于种种理论和方法问题也是虚怀若谷的：在此他们倾向于成为多元主义者。任何方法或理论，只要有助于人类解放的战略目标，即通过对社会的社会主义改造而产生"更好的人"，就都是可以接受的。结构主义、符号学、精神分析、解构批评、接受理论等：所有这些方法以及其他一些方法都各有其可以被派上用场的可贵洞见。然而，事实证明，并非所有文学理论都经得起上述战略目标的检验：在我看来，本书中所考察的有些文学理论就很难做到这一点。你在理论上选择与拒绝什么取决于你在实际上试图去做什么。文学批评的情况其实历来就如此：只不过它经常十分不情愿去正视这一事实罢了。在任何学术研究中，我们都选择我们认为最重要的对象和程序方法，而我们对其重要性的评价则是由深深植根于我们的社会生活的种种实际形式之中的种种利益框架（frames of interests）所制约的。彻底的批评家在此毫无二致：问题仅仅在于，他们有自己的一批现在往往不为大多数人所赞同的社会优先问题。而这就是他们通常都被斥为"具有意识形态性"的原因，因为"意识形态"始终都是描述别人的而非自己的利益的一种方式。

无论在什么情况下，也没有任何理论或方法会仅仅只有一种策略用途。它们可以在各种不同的策略中被动用于各种不同的目的。但是，并非所有的方法都同样经得起不同特殊目的的考验。问题在于去发现而不是从一开始就假定某一方法或理论将会适用。我之并没有以阐述社会主义或女权主义的文学理论来结束本书，理由之一就是我相信，这样一种做法会使读者犯哲学家所谓的"范畴错误"。这会使人们误以为"政治批评"只是另一种批评方法，与我所讨论过的那些批评方法相比只是其种种假定不同，而本质上则是同样的东西。既然我已经明确了我的观点，即所有批评在某种意义上都是政治的，既然人们倾向于把"政治的"一词加给那些其政治与他们自己的政治有分歧的批评，所以我是不可能那么做的。当然，社会主义和女权主义批评是关心于发展一些适于其种种目标的理论和方法的：他们考虑写作与性之间的种种关系的问题或文本与意识形态的问题，而其他理论对这些通常是并不加以考虑的。他们肯定也会主张这些理论比其他理论具有更强的解释力，因为假如这些理论并非如此的话，那将其作为理论而提出来就没有什么意义了。但是，如果认为这些批评的特殊性就仅仅在于提出了另一些可行的方法理论（theories of methods），那也会是错误的。这些批评不同于其他批评是因为它们对分析的对象作了不同的界定，有着种种不同的价值标准、信念和目标，并因此而为这些目标的实现提出了种种不同的策略。

185

我说"种种目标"（goals）是因为，不应该认为这种形式的批评就只有一个目标。有很多应该实现的目标，也有很多实现它们的方法。在某些情况中，最有成效的做法也许就是探索一个"文学"文本的种种表意系统怎样产生某些意识形态效果；有时问题则可能是应对好莱坞电影进行类似的研究。这类研究项目在为孩子们教文化研究的时候也许能被证明是非常重要的；而利用文学来培养他们的社会环境所没能给予他们的那种对语言潜能的感受性（a sense of linguistic potential）可能也是很有价值的。有着不少对于文学的这样一种"乌托邦式的"（utopian）使用，也有着一个由这样的乌托邦思想所形成的丰富传统，而这些都不应被当作"理想主义的／唯心主义的"（idealist）而给轻易地弄掉。然而，不应该把对于种种文化作品（artefacts）的积极享受贬入小学之中，却把更为艰苦的分析工作留给年龄更大的学生。快感、享受、话语所具有的种种潜在的改造效果，对于"大学"（higher）研究来说也是相当"合适的"（proper）课题，就像将那些宣传清教的小册子（Puritan tracts）置入17世纪的种种话语形成（discursive formations）之中来研究是合适的课题一样。在其他场合中，更有用处的也许就不是批评或享受他人的话语，而是创作自己的话语了。在这里，情况也正如在修辞学传统那里一样，研究他人所做的可以是有帮助的。你可能想进行自己的种种表意实践以丰富、抵抗、修正或改造其他人的种种表意实践所产生的种种效果。

在整个这一变化众多的活动之内，对流行意义上的"文学"的研究将拥有其一席之地。但是，下面这一点却不应该被当作一个**必然的**假定（*a priori* assumption），即流行意义上的文学将永远和到处都是最重要的注意焦点。这种教条主义在文化研究领域中没有存在的余地。而且，一旦它们回到种种更深更广的话语组织——它们本来就是其组成部分——之中；目下那些被封为"文学"的文本就不太可能会再像它们现在这样被感受和界定了。它们将不可避免地会被"改写"（rewritten），被再生（recycled），被派作不同的用场，被嵌入种种不同的关系和实践之中。当然，它们一直就是被这样地对待的；但"文学"一词的效果之一就是阻止我们认识或承认这一事实。

这样一个策略显然是具有种种深远的制度含义（implications）的。例如，这就将意味着，我们目前所知的这些高等教育机构中的文学系将会停止存在。但是，既然就在我写作此书之时，政府看来就已经在比我自己更加迅速与更加有效地实现这一目的，那就有必要补充说，对于那些对这些科系组织的种种意识形态含义存有怀疑的人们来说，其最首要的政治任务却是先无条件地保护它们免遭政府毒手。但这一首要任务却并非意味着拒绝考虑如何更好地组织长远的文学研究。这些科系的意识形态效果不仅在于它们所传播的那些特定的价值标准，而且也在于它们隐含地和实际地使"文学"与种种其他文化和社会实践相脱节。我们不必让那种将这些实践小气地承认为文学的"背景"的做法挡住我们："背景"一词的那种静态的和拉开距离的意味是不言而喻的。从长远的角度看，无论以什么来代替这些科系——现在所提出来的乃是一个极其谦和的提议，因为这样的试验已经在高等教育内的某些地方开始了——它们当然都会包括有关文化分析的种种不同理论和方法的教育。现有的很多文学系之并不常规性地提供这种教育，或者仅仅把这种教育作为"选修"课程或次要课程而提供，乃是它们的最可气和最可笑的特征之一（它们的另一个极其可气也极其可笑的特征也许就是，精力基本上都是被浪费的，因为研究生得把精力倾注在那些冷僻的，而且经常是虚假的研究课题之上，但这些论文经常都最好也不过就是不出成果的学术训练，很少有人真会去读它们）。多少年来，这种把批评视为某种自发的第六感觉的绅士派业余作风不仅仅使大量学文学的学生陷入可理解的混乱，而且还帮助巩固了当权者的权威。如果批评只不过是某种雕虫小技（knack），就像能够同时既吹口哨又哼小曲一样，那么它就既稀罕又"普通"（ordinary），稀罕到足以被控制在少数人之手，"普通"到足以不需要任何严格的理论论证（theoretical justification）。在英国的"普通语言"（ordinary language）哲学之中，也在进行着完全一样的钳形攻势。但是问题的解决并不在于以一种衣冠楚楚的专业主义——它一心只想向讨厌它的纳税人证明自己的存在的合理性——来代替这种披头散发的业余作风。正如我们已经看到的，这种专业主义的活动同样没有任何社会依据（validation），因为，除了把文学整理一下，把种种文本分门别类，然后就去干海洋生物学之外，它无法回答它为什么应该费心于文学这一问题。如果批评的意义不在于解释文学作品，而在于以某种不偏不倚的精神去掌握那些产生种种文学作品的潜在符号系统，那么这种掌握一旦实现——而这是花不了一生时间的，大概顶多只要几年就够了——之后批评又该去干什么呢？

文学研究领域中的现存危机从根本上说是这一学科本身的定义的危机。而正如我希望在本书中所已经表明的，这样一个定义之会如此难下基本上是并不令人惊奇的。谁也不太可能由于试用一点符号学来分析爱 **187**

德蒙·斯宾塞就失去自己的学术工作；然而，如果他们怀疑那个从斯宾塞到莎士比亚和弥尔顿的"传统"是将话语切割为教学大纲的最好或唯一根据，那他们就很可能会被开除，或者从一开始就被拒之门外。文学经典／法规（canon）就在这一点上被亮了出来，以便将犯规者们罚下文学竞技场。[1]

那些在文化实践领域内进行研究工作的人是不太可能误以为自己的活动是具有绝对中心性的。人们并非仅以文化为生，历史上有无数人就完全被剥夺了任何以文化为生的机会，而少数幸运到足可以文化为生者现在之能够如此也只是因为那些无幸于此者的劳动。在我看来，任何文化理论或批评理论，如果不从这一最重要的事实出发，并且不在其种种活动中将此铭记于心，那就不可能有什么价值。没有任何文化文献同时不是一份关于野蛮的记录。但是，即使在那些无暇于文化的社会中，例如，就像马克思提醒我们的，在我们自己的社会中，文化在有些时候和有些地方也会突然重新成为与我们有关的问题，并且带上了某种超出其自身的重要性。在我们自己这个世界中，有四个这样的重要时刻是很明显的。在为摆脱帝国主义和争取独立而斗争的民族的生活之中，文化所具有的意义显然与那些周末报刊评论版相去甚远。帝国主义不仅意味着对于廉价劳动力、原材料和倾销市场的剥削，而且也意味着对语言和习俗的灭绝——不仅是把外国军队强加于人，而且也是把异文化的经验方式强加于人。帝国主义不仅体现在公司的资产负债表和空军基地之中，而且也可以被追溯到最内在的言语和表意根源之上。在这些距离我们其实并非千里之遥的境况中，文化与人们的普通身份是如此地密切相联，以致根本就没有任何必要去论辩它与政治斗争的关系。不可理解的倒是对于此种看法的反对。

文化行动与政治行动已经在其中紧密结合起来了的第二个地方是妇女运动。正是由于女权主义政治的性质，种种符号与种种意象，亦即文

---

[1]　作者在本书（页边原书页码）第 175 页中提到 "the literary canon"，即"文学经典"，但 "canon" 本身也有"法规""基本原则""进行判断的标准"之意。作者此处即一语双关地使用了 "canon" 这个词，故此处的汉语译文亦将此两义同时列出。——译注

本化的和戏剧化的经验，才具有特别的重要性。所有形式之中的话语都显然是女权主义者所关心的对象，因为或者可以在其中译解妇女所遭受的压迫，或者可以在其中向这些压迫进行挑战。在任何一种这样的政治之中，一种将身份和关系置于生命攸关的中心地位，从而使人们重新注意亲身体验（lived experience）和身体话语（the discourse of the body）的政治之中，文化与政治的相关性都是不言而喻的。妇女运动的成就之一就是从很多文学理论赋予它们的种种经验主义的内涵（empiricist connotations）中拯救出了"亲身经验"和"身体话语"这类概念。"经验"现在不必再意味着离开种种权力系统和社会关系而去诉诸那些被认为具有特别的确定性的一己性的东西，因为女权主义并不承认人类主体问题与政治斗争问题之间存在这样的区别。身体话语并不是一个劳伦斯所描写的腱鞘疙瘩（ganglions）和黑暗之中的光滑腰区（suave loins of darkness）的问题，而是一种身体的**政治**，一个通过对于控制和奴役着身体的种种势力的意识而对身体的社会性的重新发现。[1]

  我们说到的第三个领域是"文化工业"。文学批评家一直在致力于培养少数人的敏感性，而大部分传播媒介却一直在忙于毁灭多数人的敏感性；然而人们却仍然假定，就是去研究例如格雷（Gray）或柯林斯（Collins）这样的作家在本质上也比考察电视或流行报刊要重要得多。[2]这一领域中的研究计划与我已经概括的前两个计划的不同之处在于它本质上是防御性的：它代表着对于别人的某种文化意识形态的批评性的反应，而不是为了自己的目的而对于文化的利用。尽管如此，它仍然还是一个极为重要的计划，所以绝不能让它屈服于左派或右派所散布的那种

---

  [1] "…suave loins of darkness"是文学语言。"Loins"，即"腰区"，指包括生殖器官在内的上身的下半部分，在文学中是生殖力之源泉的象征，因此当然也会引起性的联想。"黑暗之中的光滑腰区"让人想象到的是一个在黑暗之中抚摸一个人的性感区域的色情景象。——译注

  [2] 托马斯·格雷（Thomas Gray, 1716—1771），英国诗人，其《作于乡村教堂墓地的挽歌》（An Elegy Written in a Country Church Yard）是最著名的英语抒情诗之一。他的作品不多，但却是18世纪中叶的诗坛之主，并且是后来的浪漫主义诗歌运动的前辈之一。威廉·柯林斯（William Collins, 1721—1759），英国诗人，其诗作在形式上是新古典主义的，在主题和感情上则是浪漫主义的。他虽寿命不长，作品数量不多，但却被认为是英国18世纪最优秀的抒情诗人之一。——译注

认为传播媒介是铁板一块的忧郁神话。我们知道，人们毕竟并非看了和读了什么就相信什么；但我们还是应该比现在更多地了解这类影响在他们的一般意识中所起的作用，虽然这种批评研究从政治上来说只应被视为一项顺便的工作。在任何未来的社会主义运动的议事日程上，如何对于这些意识形态机器进行民主控制的问题，以及如何以其他能够流行的东西替代它们的问题，都必然要占据重要地位。[1]

第四个即最后一个领域乃是正在有力地涌现出来的工人阶级创作运动这一领域。在英国最近十年之间，原先被弄得世世代代无声无息，并且被教得把文学视为一种他们无法理解的小圈子活动的工人阶级，已经开始积极地组织起来以寻找自己的文学风格和声音。[2]工人作家的运动几乎是不为学术界所知的，而且也从未真正受到过国家文化机构的鼓励；但它却标志着与占统治地位的文学生产关系的一种重要决裂。社区和合作出版事业是互相关联的计划，它们所关心的不仅是一个与种种不同社会价值标准相结合的文学，而且也是一个向作者、出版者、读者和其他文学工作者之间的种种现存社会关系挑战并改变着这些关系的文学。正因为这些大胆活动质疑了那些占统治地位的文学**定义**，所以它们是很难被那个相当乐于欢迎《儿子与情人》，有时甚至也乐于欢迎罗伯特·特莱塞尔（Robert Tressell）的文学制度轻易收编的。

这些领域并不是莎士比亚或普鲁斯特研究的替代。如果对于这些作者的研究也能变得像我刚才所回顾的这些活动一样充满活力、紧迫感和热情，那文学制度就应该欣喜而不是抱怨。然而，当这些文本仍然被严密地绝缘于历史，屈从于毫无结果的形式主义批评，虔诚地束缚于种种永恒真理，并被用来肯定任何稍有头脑的学生都能感到应该反对的种种偏见之时，这种情况之能否发生是值得怀疑的。从这样的控制中把莎士比亚和普鲁斯特解放出来很可能就需要文学的死亡，但这也可能正是文

---

[1]　见雷蒙·威廉斯（Raymond Williams）《种种交流传播体系》(*Communications*, London, 1962)，其中可以找到关于这一方面的有趣的实际建议。

[2]　见《文坛：工人阶级创作与地方出版》(*The Republic of Letters: Working Class Writing and Local Publishing*, Comedia Publishing Group, Poland Street, London W1 3DG , 9)。

学的得救。

　　我想以一个寓言作为结束。**我们**知道狮子强于驯狮者，驯狮者也知道这一点。问题是狮子并不知道这一点。文学的死亡也许有助于狮子的觉醒——而这并不是不可能的。

后 记

190　　本书写于 1982 年，那是两个非常不同的十年之间的一道分水岭。如果说本书那时还不能预见那以后将要来临的东西，它那时也还不能从文学理论的未来走向上去把握文学理论中已经发生的一切。理解在某种意义上始终具有回顾的性质，而这也就是黑格尔说密涅瓦（Minerva）的猫头鹰只在夜里飞翔的意思。一个现象的来生（afterlife）乃是其意义的一部分，但这一部分却是一个当时在场的人们很难看透的意义。我们对法国大革命知道得比罗伯斯庇尔（Robespierre）多，亦即他并不知道它最后走向了君主制度的复辟。如果历史是向前运动的，关于它的知识就是向后运动的，所以在写我们自己的不久的过去之时，我们总是不断地在另一条路上遇到向我们走来的自己。

　　1970 年代，或至少是其前半段，乃是一个社会希望、政治斗争和高级理论相会合的年代。这一会合并不是偶然的：宏大性质的理论往往爆发于种种日常社会实践与思想实践开始四分五裂、陷入麻烦并因此而迫切需要重新思考自身之时。确实，理论在某种意义上并不是别的，而就只是这一时刻，即这些实践被迫首次把自身作为自己的探究对象的时刻。因此理论始终都带有一些无可避免的自恋性质，而这无疑是任何一个撞见过几个文学理论家的人都能为你肯定的。理论的出现就是这一时刻，一个某种实践开始弯回到自身之上，从而去审视自身的种种可能性条件的时刻；但既然这种审视从根本上就是不可能的，就像我们毕竟不可能拉着自己的鞋带把自己提起来，或以一个金星人式的事不关己的诊疗态度来考察我们的种种生活形式一样，所以理论归根结底始终都是某

种自己打败自己的事业。而这确实就是自本书首次出版以来理论所发生 191
的一切之中的一个反复出现的主题。

尽管如此，1960 年代后期和 1970 年代初期仍然是一个这样的时期：
其间种种新的社会力量正在巩固，某些全球性的斗争（例如革命民族主
义）正在加强，而一大批成分异质的新学生和教师正在如潮水一般地涌
入学术机构，但他们的背景有时却使他们与学术机构中占据支配地位
的舆论相左。于是，非同寻常地，各个校园一时成了政治斗争的温床；
而这一斗争的爆发与 1960 年代后期文学理论的最初涌现恰相重合。雅
克·德里达的第一批蹊径独辟的著作就发表于法国学生正加速准备自己
与国家权力之间的正面交锋之时。在一个西方各个大学本身似乎正在被
日益卷入种种社会权力结构、意识形态控制和军事暴力，而不仅只是被
卷入越南战争问题的时代，已经不再可能把文学是什么、如何阅读它或
它可能起着怎样的社会作用这些问题都视为早已解决的东西了，也不再
容易把学界的自由主义的中立态度作为理所当然的东西而接受了。各个
人文学科是尤其依赖于教师与所教之间的某些未经明言的共同价值标准
的；而这现在却变得更加难于达到了。

最成问题的也许就是那个认为文学体现着**普遍**价值的假定，而这一
知识危机（intellectual crisis）是与大学本身的社会构成紧密地联系在一
起的。传统上，当碰到一个文学文本的时候，学生们是被期待着把他
们自己的特定身世（histories）暂时放在一边，而从某个无阶级、无性
别、无种族、无利害的普遍主体的制高点上去判断它。当他们各自
的身世都发源于大致相同的社会世界时，这是一个完全不难实现的操
作；但对那些来自少数民族或工人阶级背景的学生来说，或对那些在性
别上受到剥夺的群体来说，这些价值标准之据说的普遍性却远不是那么
显而易见的。于是，毫不奇怪地，俄国的形式主义者们、法国的结构主
义者们，还有德国的接受理论家们，一下子就那么流行起来了；因为所
有这些方法都以某种合乎这些学术新来者口味的方式将某些有关文学
的传统假定“非自然化”（denaturalized）了。形式主义者的“疏离”学
说，本来是为形容诗的种种特有手段的特点而被发明出来的，现在却可

以被扩展到批评性地疏离学术机构所自以为是的种种成规之上。结构主义将这一计划推向了甚至于更加令人愤怒的极端，坚持自我和社会此两者都只是在某些必然不为我们所意识到的深层结构支配之下的建构。它192 因此就给了人本主义那对意识、经验、深思熟虑的判断，美好生活，道德品质这些东西的全神贯注以致命的一击，所有这些都被它大胆地放入了括号。"关于文学的科学"这样一个观念，一个在人本主义者看来自相矛盾得不啻某种关于打喷嚏的科学的事业，突然就这样地被提上了议事日程。结构主义对严格分析和种种普遍规律的自信适合于一个技术专制主义的时代，它提升那个科学逻辑进入了人类精神本身这一原先还是被保护着的围中之地，就像弗洛伊德以精神分析也干了与此多少有些类似的事情一样。但就在这样做来之中，它也矛盾地让自己去暗中颠覆那个社会的种种占统治地位的信仰体系之中的一个，即那个大致可以被称为自由人本主义的信仰体系，并因此而同时既是激进的，又是技术专制主义的。接受理论拿起来的是一个表面上看起来最自然而然不过的活动，即读书，却指明了其中究竟包含了多少习得的操作和成问题的文化假定。

这种几乎毫无拘束的理论欢快大部分不久就会被驱散了。这些 1970 年代早期的理论——马克思主义、女权主义、结构主义——都有某种总体化的趋向，所关心的是以某种值得追求的可以替代现存社会的东西的名义而将整个政治生活都投入疑问之中。它们与当日的种种反叛的政治激进主义是一路走下来的，因此它们在思想上的活力与大胆也是属于后者的。它们是，套用路易·阿尔都塞的话说，理论层次上的政治斗争；而它们的勃勃雄心则反映在下述事实之中，即很快就会成为问题的并不仅仅是解剖文学的各种不同方式，而是对于这一研究领域的整个界定和构成。这些 1960 年代和 1970 年代的孩子们也是所谓流行文化（popular culture）的继承者，而这一流行文化则是他们在研究简·奥斯汀（Jane Austin）时被要求暂时搁在一边的那些东西的一部分。但结构主义却显然已经揭示出来了，那些同样的代码和成规，带着某种对种种经典的价值区分的毫不尊重，是同时横穿"高级"和"低级"这两种文化的；那么，为什么不抓住这个事实，即从方法论上说，谁也不知道《科利奥兰纳斯》(*Coriolanus*)在什么地方结束，而《科若内申街》(*Coronation Street*)又在什么地方开始，而利用其好处来建构一个全新的研究领域("文化研究")，一个既满足那些 1968 年人的反精英的反偶像主义，而又显得与种种"科学的"理论发现完全并行不悖的研究领域呢? [1] 这些理论，在其自身的学院主义方式之中，乃是跨越艺术与社会之间的种种障碍这一传统的先锋派计划的一个最新翻版，所以注定会吸引那样一些人，他们，就像那给自己做晚饭的学徒厨师一样，发现这些理论以良好的经济效益把课堂和空闲时间连在一起了。[2]

在这一事件中，所发生的不是这一计划本身的被击败，其实这一计划自那时以来一直都在加强着自己在制度中的力量，而是那些起初支持着文学理论之中的这些新发展的政治力量的被击败。学生运动被压制回

---

[1]　*Coriolanus*（《科利奥兰纳斯》）是莎士比亚所写的那些被称为政治悲剧的戏剧中的最后一部，是关于公元前 6 世纪末到 5 世纪初的罗马传奇英雄 Coriolanus 的。该剧于 1607—1608 年上演，剧本于 1623 年出版。*Coronation Street*（《科若内申街》）实可照其文意译为《加冕街》，是英国独立电视网上播放时间最长的流行电视连续剧，每周两次，讲的是英格兰北部工人阶级的生活故事。作者此处以同以"Co-"这一音节开始的一部"高级的"莎士比亚剧名与一部"低级的"电视连续剧名对举，以形象地表明结构主义之认为所谓高级文化与低级文化之间并无明确界限的看法。故汉语译文此处亦以类似的音译而试传达此意。——译注

[2]　关于文化研究这一领域的现状，见 G. 特纳（G. Turner）《英国的文化研究：导论》(*British Cultural Studies: An Introduction*, London, 1990)，以及安东尼·伊斯特厚普（Antony Easthope）与凯特·麦克戈文（Kate McGowan）编《批评与文化理论读本》(*A Critical and Cultural Theory Reader*, Buckingham, 1992)。这一领域中其他著作包括托尼·本尼特（Tony Bennett）编《流行文化与社会关系》(*Popular Culture and Social Relations*, Milton Keynes, 1986)、R. 柯林斯（R. Collins）等编《传媒、文化与社会：批评读本》(*Media, Culture and Society: A Critical Reader*, London, 1986)、狄克·海伯狄治（Dick Hebdige）《隐藏在光亮之中》(*Hiding in the Light*, London, 1988)、科林·麦凯布（Colin MacCabe）《高级理论／低级文化》(*High Theory/Low Culture*, Manchester, 1986)、朱狄斯·威廉姆森（Judith Williamson）《消费激情》(*Consuming Passions*, London, 1986)、伊安·钱伯斯（Iain Chambers）《流行文化：都市的经验》(*Popular Culture: The Metropolitan Experience*, London, 1986)、毛若戈·什阿克（Morag Shiach）《有关流行文化之话语种种》(*Discourses on Popular Culture*, Cambridge, 1987)、约翰·费斯克（John Fiske）《理解流行文化》(*Understanding Popular Culture*, London, 1993)、劳伦斯·格劳斯伯格（Lawrence Grossberg）等编《文化研究》(*Cultural Studies*, New York, 1992)、吉姆·麦克吉根（Jim McGuigan）《文化平民主义》(*Cultural Populism*, London, 1992)、约翰·弗洛（John Frow）《文化研究与文化价值》(*Cultural Studies and Cultural Value*, Oxford, 1995)。

193　去了，他们发现政治系统是过于坚固而难以打破的。葡萄牙革命以后，整个第三世界的民族解放运动的势头在 1970 年代初期松弛下来了。[1] 西方的社会民主，由于显然无力对付一个严重危机之中的资本主义的重重问题，已经让位于种种具有显著右翼倾向的政治体制，而它们的目标则并不是仅仅要打击种种激进的价值标准，而是要将它们从当下的记忆之中完全抹去。到了 1970 年代将近结束之时，马克思主义批评迅速地失去了人们的喜爱，而背水一战的世界资本主义体系，自 1970 年代初期的石油危机以来，则在外以进攻性的姿态对抗第三世界的革命民族主义，在内向工人运动和各个左翼力量，连带着整个自由主义的或启蒙主义的思想，发起了狠毒的攻击。就好像这些还嫌不够一样，那位拥有至上权力者（the Almighty），显然是不高兴于文化理论，又站出来射倒了罗兰·巴特、米歇尔·福柯、路易·阿尔都塞和雅克·拉康。[2]

　　守住了政治批评堡垒的是很快得到了其应有承认的女权主义；而一点儿也不偶然地，这也是后结构主义的全盛时期。因为，尽管后结构主义也有其激进的一翼，但其政治总起来说却是弱音化的和非直截了当的，所以与一个后激进时代倒是更加和谐一致。它保存了上一个时代的那些反对既成之事物的（dissident）精力，但又将它们与对于种种确定真理和意义的怀疑，一个能与幻灭了的自由主义感受力大致上相调和的怀疑，结合起来了。事实上，后结构主义所强调的很多东西，如对符号的封闭（semiotic closure）和形而上学所设定的种种基础（metephysical foundations）的怀疑不信、对肯定性的东西和计划性的东西的紧张不安、对有关历史进步的种种观念的厌恶不喜，以及对于教条性的东西的多元

---

[1]　1974 年 4 月 25 日，约 200 到 300 名葡萄牙军官发动了推翻独裁制度的政变，从而开始了葡萄牙从独裁向民主的过渡。是为葡萄牙革命，亦称康乃馨（carnation）革命，因为当时正是康乃馨开花季节，而且政变也是不流血的温和政变。葡萄牙在其殖民主义全盛之日，靠着其大量海外殖民地，乃是世界上最富裕的国家。但由于没有发展国内工业，到 19 世纪和 20 世纪却成了欧洲最贫困的国家之一。革命以后，葡萄牙让其在非洲的最后一些殖民地相继独立。作者这里所说的民族解放运动势头的松弛即与此相连。——译注

[2]　罗兰·巴特死于 1980 年，米歇尔·福柯死于 1984 年，雅克·拉康死于 1981 年。路易·阿尔都塞虽然到 1990 年才去世，但自 1980 年 11 月因掐死妻子而被捕并被判断为精神失常而不宜受审之后，就一直生活在精神病院中。拥有至上权力者（the Almighty）指上帝。——译注

抵抗，与那个自由主义的心态是足以合一的。后结构主义在很多方面是比这具有更大的颠覆性的计划的，但在其他方面却很适应于这样一个社会，其中反对既成之事物（dissidence）虽依旧可能，但却没有什么人继续信任那些曾经是这些反对之实行者（agent）的个别或集体主体，或信任那可能会指导其种种行动的系统性理论。[1]

女权主义理论，那时一如现在，乃是思想议程上的首务，而其之所以如此的原因是不难寻找的。[2] 在所有这些理论潮流之中，它乃是那个与半数以上的正在学习文学者的种种政治需要和经验最深刻最紧迫地

---

[1]　有关这一时期中的后结构主义论文，见德里克·阿特利奇（Derek Attridge）等编选的收入了大量论文的论文集《后结构主义与历史问题》（*Post-Structuralism and the Question of History*，Cambridge, 1987）。对后结构主义的最有力的批判是曼弗里德·弗兰克（Manfred Frank）的《新结构主义是什么?》（*What is Neostructuralism?*Minneapolis, 1984）。

[2]　从人数众多的女权主义批判领域中选择代表性著作，无论怎样都带有某种任意性。不过这一时期的主要著作至少包括南茜·阿姆斯特朗（Nancy Armstrong）《欲望与家庭小说》（*Desire and Domestic Fiction*，Oxford, 1987）；艾琳·舒瓦尔特（Elaine Showalter）《女性疾苦》（*The Female Malady*，London, 1987）与《性的无主之乱：世纪末的性别与文化》（*Sexual Anarchy: Gender and Culture at the Fin de siècIe*，New York, 1990）；珊德拉·M. 吉尔伯特（Sandra M. Gilbert）与苏珊·古巴尔（Susan Gubar）《无（男）人地带》（*No Man's Land*）第 1 卷《词语之战》（*The War of the Words*，New Haven, 1988）、第 2 卷《性改变／交换》（*Sexchanges*，New Haven, 1989）；派特里霞·帕克（Patricia Parker）《文学的胖女人》（*Literary Fat Ladies*，London, 1987）；丽达·菲斯基（Rita Feiski）《超乎女权主义美学》（*Beyond Feminist Aesthetics*，Cambridge, Mass., 1989）；特莉莎·德·劳莱第斯（Teresa de Lauretis）《爱丽丝不……：女权主义、符号学、电影》（*Alice Doesn't: Feminism, Semiotics, Cinema*，London, 1984）；吉塞拉·艾柯（Gisela Ecker）编《女权主义美学》（*Fernmist Aesthetics*，London, 1985）；爱丽丝·冉廷（Alice Jardine）《女性的诞生》（*Gynesis*，Ithaca, 1985）（这是作者别出心裁地结合英语中表示"女性"的前缀"gyneco-"与"genesis"〔开始、起源、《旧约》中的"创世记"〕而创造的新词——译注）；柯拉·卡普兰（Cora Kaplan）《大变：文化与女权主义》（*Sea Changes: Culture and Feminism*，London, 1986）；南茜·K. 米勒（Nancy K. Miller）《性别诗学》（*The Poetics of Gender*，New York, 1986）；简·斯宾塞（Jane Spencer）《女小说家的兴起》（*The Rise of the Woman Novelist*，Oxford, 1986）。有用的选集包括 C. 贝尔斯（C. Belsey）与 J. 莫尔（J. Moore）编《女权主义读本》（*The Feminist Reader*，Basingstoke and London, 1989）；玛丽·伊格尔顿（Mary Eagleton）《女权主义文学理论读本》（*Feminist Literary Theory: A Reader*，Oxford, 1986）和《女权主义文学批判》（*Feminist Literary Criticism*，London, 1991）；G. 格林（G. Greene）与 C. 卡恩（C. Kahn）编《使有不同》（*Making a Difference*，London, 1985）；艾琳·舒瓦尔特（Elaine Showalter）编《新女权主义批评》（*The New Feminist Criticism*，London, 1986）；J. 牛顿（J. Newton）与 D. 罗森费尔特（D. Rosenfelt）编《女权主义批评与社会变化》（*Feminist Criticism and Social Change*，London, 1988）；萨拉·米尔斯（Sara Mills）等编《女权主义之阅读种种／诸女权主义者阅读》（*Feminist Readings/Feminists Reading*，New York and London, 1989）；琳达·考夫曼（Linda Kauffman）编《性别与理论》（*Gender and Theory*，Oxford, 1989）；罗缤·沃霍尔（Robyn Warhol）与黛安娜·普里斯·赫恩德尔（Diane Price Herndl）编《女权主义种种：文学理论与批评选集》（*Feminisms: An Anthology of Literary Theory and Criticism*，New Brunswick, 1991）；苏珊·塞勒斯（Susan Sellers）编《女权主义批评：理论与实践》（*Feminist Criticism: Theory and Practice*，New York and London, 1991）。

联系在一起的理论。妇女现在可以带着独特的、明确的姿态介入一个学科，一个如果不是在理论上至少也是在实际上始终主要都是她们的学科。女权主义理论为学院与社会之间，以及种种有关身份（identity）的问题与种种有关政治组织的问题之间提供了一个可贵的联系环节，一个越来越难以在一个日趋保守的时代中找到的联系环节。如果说它造成了不小的思想激动的话，它也为很多被一个男性统治的高级理论严肃地排斥在外的东西，如快感、经验、肉体生活、无意识、感情性的、自传性的和人与人之间的东西、有关主体性和日常实践的种种问题，准备下了地方。它是让活的现实，那个它既向之挑战而又尊重的现实，可以理解的理论；而唯其如此，它才能够答应为那些表面上抽象的论题，诸如本质主义（essentialism）与成规主义（conventionalism）、种种身份的构成与政治权力的性质，等等，提供一个落在实地之上的居处。但它也在一个日益怀疑左翼政治的种种更传统的主张的时期之中，并在种种对于社会主义没有多少记忆的社会——尤其是北美社会——之中，提供了某种形式的理论激进（theoretical radicalism）和政治介入。当社会主义左翼的种种力量被无可挽回地驱退之时，性政治就开始同时去丰富它们和代替它们。在 1970 年代初期，被大谈的是能指、社会主义与性（sexuality）之间的种种关系；在 1980 年代初期，被大谈的则是能指与性之间的种种关系；从 1980 年代进入 1990 年代之时，被大谈的就只是性了。理论几乎一夜之间就从列宁转到了拉康，从本维尼斯特转到了身体；如果说这乃是从政治向政治以前所未能达到的种种领域的一个有益扩展的话，那这部分上也是其他种种政治斗争之陷入僵持状态的一个结果。

不过，女权主义也绝不是没有为 1970 年代末和 1980 年代初所见到的激进政治之中的这一普遍下降趋势所影响。由于妇女运动被一个传统主义的、看重家庭的、具有清教徒色彩（puritanical）的新右派严词厉拒，它遭受了一系列的政治挫折，而这些挫折则在理论活动（theorizing）本身之上留下了它们的印记。女权主义理论的全盛时期发生于 1970 年代，距离现在已经有二十多年之久。自从那时起，这一领域在种种普遍论题与各个特定作家上面已经为无数具体的理论工作所丰富；但却没有什么**理**

论上的突破，能够与那些初期先行者如莫尔兹（Moers）、米莱特（Millett）、舒瓦尔特（Showalter）、吉尔伯特（Gilbert）和古巴尔（Gubar）、克里斯蒂娃（Kristeva）、伊蕾格瑞（Irigaray）、茜克素（Cixous）的开辟性工作并驾齐驱的理论突破。这些先行者在其开辟性工作中令人陶醉地混合了符号学、语言学、精神分析、政治理论、社会学、美学和实际文学批评。这并不是要建议说从那以来还没有什么令人印象深刻的理论工作，尤其在女权主义与精神分析这一肥沃领域之中，这样的工作并不少见；[1] 但放在一起看，它们却赶不上早些年间那种思想的沸腾，那是一个让后来者尤其难以为继的活动。研究 1970 年代期间关于女权主义与马克思主义之间是否相容的种种争论的一些人已经基本上陷入沉默。到了 1980 年代中期，就已经不可能再假定一个女权主义者，尤其是在北美的女权主义者，会比——比如说——一个现象学家对社会主义计划有更多的了解或同情了。尽管如此，女权主义批评在过去十多年间还是已经将自己确立为各种文学研究方法之中也许是最流行的一个，它利用先前各个时期的种种理论修正了整个文学经典，并打开了后者原先的种种限制性的边界。

195

　　对马克思主义批评就很难也这么说了，它自其如日中天的 1970 年代中期以后就憔悴下来，并陷入了某种沮丧。[2] 主要西方马克思主义文

---

　　[1]　尤见杰奎琳·罗斯（Jacqueline Rose）《视觉领域中的性》（*Sexuality in the Field of Vision*，London,1986）与特莉莎·布里南（Teresa Brennan）《在女权主义与精神分析之间》（*Between Feminism and Psychoanalysis*，London, 1989）。

　　[2]　弗朗西斯·马尔赫恩（Francis Mulhern）所编的《当代马克思主义文学批评》（*Contemporary Marxist Literary Criticism*，London and New York, 1992）是一本很有价值的选集。尽管相对地说已经不那么时髦，但马克思主义批评在这一时期仍然有下述这样的著作出版，如彼得·比格尔（Peter Burger）的《先锋派理论》（*Theory of the Avant Garde*，Manchester, 1984）、弗朗科·莫里蒂（Franco Moretti）的《世界之道》（*The Way of the World*，London, 1987）、约翰·弗洛（John Frow）的《马克思主义与文学史》（*Marxism and Literary History*，Oxford, 1986）、雷蒙·威廉斯的（Raymond Williams）《在社会中写作》（*Writing in Society*，London, 1984）及《现代主义的政治》（*The Politics of Modernism*，伦敦 London, 1989）、弗雷德里克·杰姆逊（Fredric Jameson）的《理论的意识形态》（*The Ideologies of Theory*，两卷本，London, 1988）及《晚期马克思主义》（*Late Marxism*，London, 1990）、特里·伊格尔顿（Terry Eagleton）的《批评的功能》（*The Function of Criticism*，London, 1984）及《审美意识形态》（*The Ideology of the Aesthetic*，Oxford, 1991）。C. 尼尔森（C. Nelson）与 L. 格劳斯伯格（L. Grossberg）所编的《马克思主义与文化的解释》（*Marxism and the Interpretation of Culture*，London, 1988）也收集了有关马克思主义批评的不少有用资料。

学理论家弗雷德里克·杰姆逊在 1980 年代期间之日益转向电影和后现代主义研究就是此种情况的一个征候，尽管他在方向上仍然是坚定的马克思主义的。[1] 马克思主义的这一衰落大大早于 1980 年代末期在东欧发生的那些重大事件，其中新斯大林主义恰恰终于就被已经让西方后现代主义定论为既不可能也不可欲的那种人民革命推翻了，而这让所有的民主社会主义者（democratic socialists）都大大地松了一口气。既然这种事件正是西方马克思主义左派的种种主导潮流七十多年来一直在极力主张着的东西，导致马克思主义在西方的这一衰落的就很难说是一个对东方的"实际存在着的社会主义"的突然幻灭了。马克思主义批评从 1970 年代起的这一逐渐不流行不是第二世界之中而是第一世界之中的种种发展的结果。它部分是出于我们前面已经简略提及的全球性资本主义危机，部分是出于各种不同的"新"政治潮流对马克思主义的种种批评，这些潮流包括女权主义、同性恋权利、生态运动、种族运动及其他等等，它们都是从早先的工人阶级斗争、民族主义反抗、民权运动和学生运动的余波中涌现出来的。这些早先的政治行动绝大多数都基于一个对这样一种斗争的信念，即对以大众政治组织为一方而以压迫性国家权力为另一方之间的斗争的信念；而且它们绝大多数都设想了对资本主义、种族主义或帝国主义的彻底改变，所以它们都是以一些雄心勃勃的"总体化"（totalizing）字眼被想出来的行动。到了 1980 年代，所有这些看上去都显然已经过时了。既然国家权力已经表明自己是强大到无法被摧毁的，所谓微观政治（micropolitics）现在就成了时代的命令。种种总体化的理论和有组织的大众政治越来越被与占据统治地位的父权的或启蒙的理性联系在一起。如果所有的理论，就像有些人所怀疑的，天生就都是总体化的，那种种新型的理论就得是一些反理论（anti-theory）：局域性的、部门性的（sectoral）、从主体出发的（subjective）、依赖个人经验的（anecdotal）、审美化的（aestheticised）、自传性的，而非客观主义

---

[1] 尤见其《后现代主义，或晚期资本主义的文化逻辑》（*Postmodernism, or, the Cultural Logic of Late Capitalism*，London, 1991）及《可见者之种种署名》（*Signatures of the Visible*，London, 1992）。

的和全知性的。理论，在已经解构了几乎其他一切之后，似乎现在终于也做到了把自己也给解构了。具有改造力的、自我决定的人类行动者这一观念被作为"人本主义的"而给打发掉了，代之者则将是那个流动的、不再居于中心的（decentred）主体。不再有任何连贯的系统或统一的历史让人去加以反对，而只有一批各自分立的权力、话语、实践、叙事。革命的岁月已经让位于后现代主义的时代，而"革命"从此就只会是一个被严格地保留给广告的词儿了。新一代的文学研究者和理论家诞生了，他们为性问题着迷但对社会阶级却感到厌倦，热衷于流行文化但却无知于劳工历史，被异域他性（exotic otherness）所俘虏，但对帝国主义的活动过程却不甚熟悉。

于是，随着1980年代的逐渐逝去，米歇尔·福柯迅速地取代了卡尔·马克思而成为政治理论的高级代表，而弗洛伊德，在拉康那使之不无神秘色彩的重新解释之中，则仍然不可一世。雅克·德里达和解构的位置则更形暧昧。本书初版之时，这一潮流还非常时髦；如今，尽管仍在这里那里发挥着一些有力的影响，它却已经不那么流行了。德里达早期那些创新得让人连气都喘不过来的著作（《声音与现象》〔Voice and Phenomena〕、《论文字学》〔Of Grammatology〕、《书写与差异》〔Writing and Difference〕、《播撒》〔Dissemination〕、《哲学之种种边缘》〔Margins of Philosophy〕），就像那些早期女权主义者的开拓性工作一样，如今距离我们已经有四分之一世纪或更远了。德里达本人在1980年代和1990年代还继续发表着闪烁思想之光的著作，但却没有什么能比得上早期这些充满启发性的文本的雄伟与深刻。总的来看，他的写作已经变得更题材多样也更兼收并蓄（eclectic），但却更缺少计划性（programmatic）和总结性（synoptic）。在他的一些英美追随者的手中，解构已经被缩减为了一种狭窄地集中于文本的探究方式，通过不停地漫游于文学经典的内容并随处解构它们，反倒振兴了它原先表示要去颠覆掉的文学经典，并因此而为文学工业保持了精密复杂的新材料的良好供应。德里达自己始终是坚持其计划的政治性、历史性和对于制度的影响性的；但一旦从巴黎移植到了耶鲁或康奈尔，这一计划却有点像不寻常的法国葡萄酒那

196

样经不起旅行而变了味儿，而这一大胆的、粉碎一切偶像的思想形式变得很容易为一种形式主义的范式所吸收。总起来看，后结构主义最繁荣于当它将某些更广阔的计划调和在一起之时，例如女权主义、后殖民主义、精神分析。到了 1980 年代末，拥有会员证的解构主义者似乎已经成了一个濒危的物种，尤其是在 1987 年轰动一时的所谓德·曼事件之后，当时美国解构大师，耶鲁批评家保尔·德·曼被揭露出曾在第二次世界大战期间为一些与法西斯合作的比利时报纸撰写过一些亲德国的反犹太人的文章。[1]

　　这一丑闻所酿出的紧张感觉必然会跟解构本身的命运搅在一起。很难不会感觉到，当时有一些为德·曼进行了更勇敢的辩护的人，包括德里达自己，之所以做出那么激烈的反应是因为，受到威胁的不仅只是一位备受尊敬的同事的名声，而且也是整个解构理论的正在缩小的财富（fortunes）。这一德·曼事件，就好像是由一只隐藏的历史之手所安排的一样，与这些思想财富的下降趋势是恰相重合的，而与这通大吵大闹连在一起的交恶之感至少有一些是从这个现在正日益感到自己在背水一战的理论潮流中喷发出来的。对也罢，不对也罢，解构在被控所犯诸罪之中都有非历史形式主义（unhistorical formalism）这一条；而在整个 1980 年代之中，尤其是在美国，一直有一股浪潮在将文学理论推回到某种牌号的历史主义方向上去。然而，在已经改变了的政治情况之下，这已经不可能仍然还是那个显然已经失去了信用的马克思的或黑格尔的历史主义了，即那样一个历史主义，带着它对种种宏大的统一的叙事的信而不疑、它对终极目的的种种希望、它的由大小历史原因组成的等级体系、它对种种历史事件真相之可被确定所抱的现实主义信念，以及它对历史本身之中何为中心何为边缘的自信的区分。随着这一所谓的新历史主义一道出现在 1980 年代场景上的乃是这样一种风格的历史批评，一

---

　　[1]　见沃纳·哈马切尔（Werner Hamacher）等编《反应种种：论保尔·德·曼的战时新闻写作》（*Responses: On Paul Lie Man's Wartime Journalism*，Lincoln, Nebr. and London, 1989）。

种恰好就围绕着对于上述这一切教条的拒绝而运转的历史批评。[1]它乃是适合于一个后现代岁月的历史学,因为在这个岁月之中,恰恰正是有关历史真理、因果关系、模式、目的和方向的这些观念正日益在受到攻击。

这一将自己主要集中于文艺复兴阶段(Renaissance)的新历史主义,把一个对于已被保证的历史真理的认识论上的怀疑与一个对于种种宏大叙事的显而易见的紧张套在一起了。历史主要不再是一个确定的因果模式,而是一个种种偶然力量活动于其中的力场,其中种种原因和结果是要由观察者来建构的,而不是被认为是已经给定的。它是一团纠缠不清的叙事乱麻,其中没有任何一根会比另一根更重要;而对于过去的所有认识都被现在的种种利益和欲望所扭曲。历史的康庄大道与羊肠小径之间再也没有什么确切的分别,甚至事实与虚构之间也不再有什么截然的对立。种种历史事件被当作种种"文本"现象来对待,而种种文学作品则被视为种种物质性的(material)事件。历史撰写是为叙述者自身的种种偏见和成心所制约的某种形式的叙事,并因而本身就成了一种修辞(rhetoric)或虚构(fiction)。任何特定叙述或事件都没有一个可以确定的真相(truth),而只有一个种种解释之间的冲突,这一冲突的结果又最终决定于权力而非决定于真理(truth)。

"权力"(power)这个词让人想到米歇尔·福柯的著作;而确实在很多方面这一新历史主义都表明自己乃是种种福柯主题之(主要)被用于文艺复兴时期的文化史的研究。不过这一情况本身是有些奇怪的,因

---

[1] 关于典型的新历史主义著作,见斯蒂芬·格林布莱特(Stephen Greenblatt)《从莫尔到莎士比亚的文艺复兴自我塑形》(*Renaissance Self-Fashioning from More to Shakespeare*,Chicago, 1980)、《再现英国文艺复兴》(*Representing the English Renaissance*,Berkeley, 1988)以及《莎士比亚谈判》(*Shakespearean Negotiations*,Oxford, 1988)。亦见乔纳森·哥尔德伯格(Jonathan Goldberg)的《詹姆斯一世与文学的政治》(*James I and the Politics of Literature*,Baltimore, 1983)及《声音终点回声:后现代主义与英国文艺复兴文本》(*Voice Terminal Echo: Postmodernism and English Renaissance Texts*,New York and London, 1986)。亦见 H. A. 维塞尔(H. A. Veeser)编《新历史主义》(*The New Historicism*,New York and London, 1989)。大卫·诺布洛克(David Norbrook)对这一潮流做了一个出色的批判,见其文章《文艺复兴人的生与死》(Life and Death of Renaissance Man),载于 *Raritan*,1989 年第 8 卷第 4 期。

为如果这个叙事领域（the narrational field）真像新历史主义所乐于坚持的那样开放，那这些倾向于被讲出来的叙事又怎么基本上都竟然那么可以预见？允许讨论的似乎只是性（sexuality），而不是——基本上不是——社会阶级；只是种族问题（ethnicity），而不是劳动和物质再生产；只是政治权力，而不是——主要不是——经济学；只是文化，而不是——一般来说——宗教。略微带上一点温和的夸张，也许就可以说，只要是一个在米歇尔·福柯的著作中的某个地方出现过的论题，或只要它与当今美国文化的有些危险的情况搭上某种多少直接的关系，新历史主义就随时准备以一种多元主义的精神去加以考察。到头来，它似乎一多半都跟伊丽莎白一世的国家（the Elizabethan state）或詹姆士一世（Jacobean court）的宫廷没什么关系，反而倒是跟当代加利福尼亚的某些前激进分子的命运有关。[1] 这一学派的大师，斯蒂芬·格林布莱特，是从雷蒙·威廉斯的影响之下转到米歇尔·福柯的影响之下的，而他曾经一度是前者的学生；这一转变，除了其他东西以外，也意味着从政治希望转向政治悲观主义，而这很反映了 1980 年代的，尤其是里根时代的美国的，正在改变中的情绪。于是，新历史主义确实是通过现在而判断历史的，但却不一定是以那些始终为其增加信用的方式来这么做的，或是以那些它会随时准备对之进行自我批评和自我历史化的方式来这么做的。一个熟悉的真理就是，种种历史主义通常都最没有准备去将之置于历史判断之下的那个事情就是它们自身的种种历史条件了。就像很多后现代形式的思想一样，它把某种东西，例如，不能普遍化，作为一个普遍的绝对命令隐含地提供给我们，但若站在一定距离之外，这一绝对命令却很容易被看到其实只是西方左翼知识分子的特定一翼的历史处境的反映。也许在加利福尼亚是比在世界上的其他某些享有较少特权的地方更容易感到历史是偶然的、无系

198

---

[1] 伊丽莎白一世（Elizabeth I, 1533—1603），英国女王，于 1558—1603 年在位。詹姆士一世（James I, 1566—1625），英国国王，于 1603—1625 年在位。他们在位的时期是英国文学史上的文艺复兴时代，产生了包括莎士比亚（1564—1616）在内的一些非常重要的英国作家。——译注

统的、无方向的，正如弗吉尼亚·伍尔芙是比她的佣人更容易感到生活是破碎的和无结构的一样。新历史主义已经产生了某些少见的、大胆和出色的文学批评，并挑战了很多历史撰写上的禁令；但它对宏观历史计划的拒绝是令人不舒服地接近于普通的保守思想的，这一思想也有自己的种种政治理由去轻蔑那个相信种种历史结构和长期趋势的观念。

英国对新历史主义的回答乃是文化唯物主义这一相当不同的信条，而对于一个有着更为活跃的社会主义传统的社会来说，这一文化唯物主义确实适当地展现出了某种基本上为其太平洋对岸的同行所缺乏的政治锋芒。[1]"文化唯物主义"这一表述是英国最主要的社会主义批评家雷蒙·威廉斯在 1980 年代创造出来的，它被用以形容这样一种形式的分析，这一分析之对文化的考察主要并不是将其作为一系列孤立的艺术纪念碑，而是作为一种物质形成，完全有着其自身的种种生产方式、种种权力效果（power-effects）、种种社会关系、种种可确认的受众，以及种种历史地受到制约的思想形式。它乃是让一个毫无愧色 199 的唯物主义分析来到社会存在的那个领域——"文化"，那个被传统批评认为与物质性的东西截然相反的文化——并与之发生关系的一种方式；而其雄心与其说是将"文化"联系于"社会"，倒不如说更是要将文化作为始终已然从根本上就是社会性的和物质性的东西而加以考察。它可以被视为对经典马克思主义的一种丰富或一种稀释：丰富是因为它将唯物主义大胆地带入了"精神性的东西"（the spiritual）自身之中；稀释是因为在如此做来之时它模糊了那些对于正统马克思主义至关重

[1]　关于文化唯物主义，见雷蒙·威廉斯（Raymond Williams）《马克思主义与文学》（*Marxism and Literature*，Oxford, 1977）、《唯物主义与文化中之种种问题》（*Problems in Materialism and Culture*，London, 1980），以及《文化》（*Culture*，London, 1981）。亦见乔纳森·多利莫（Jonathan Dollimore）与艾伦·森菲尔德（Alan Sinfield）《政治的莎士比亚：文化唯物主义新论种种》（*Political Shakespeare: New Essays in Cultural Materialism*，Manchester, 1985）及艾伦·森菲尔德（Alan Sinfield）《文学、政治与战后英国文化》（*Literature, Politics and Culture in Post-War Britain*，Oxford, 1989）。安德鲁·米尔纳（Andrew Milner）的《文化唯物主义》（*Cultural Materialism*，Melbourne, 1993）对文化唯物主义做了总体性的阐述。

要的分别，即经济和文化之间的种种分别。这一方法与马克思主义是
"相容的"，威廉斯自己就是这么宣布的；但它与那种将文化贬低到第
二性的、"上层建筑的"地位上去的马克思主义之间是有争论的，并且
在其拒绝去加强这些等级对立这一方面与新历史主义相似。它与新历
史主义在下述方面也有并行之处，即它让自己去考虑马克思主义批评
传统上几乎不屑一顾的整整一系列论题，尤其是性、女权主义、种种
关于少数民族和后殖民的问题。就此而言，文化唯物主义形成了马克
思主义和后现代主义之间的某种桥梁，因为它彻底地修正了前者，而
又极其警惕于后者的那些更时髦的、更缺少批判性的、更非历史的方
面。这些也许可以说大致就是绝大部分英国左派文化批评家如今所采
取的立场。

后结构主义不仅越来越被看作是非历史的——无论这一指责是否正
当，而且，随着1980年代的慢慢结束，它也被感觉到基本上说来是未
能实现它的种种政治许诺的。它一般说来当然是政治上的左翼，但它
总的来说却似乎没有什么兴趣去谈论种种具体的政治问题，尽管它已经
为整整一系列的社会探究，从精神分析直到后殖民主义，提供了一批刺
激思想的甚至革命性的概念。也许就是这个更直接地介入政治层面的需
要，激发雅克·德里达实现了一个已经拖延了很长时间的许诺，即让
自己直接针对马克思主义这一问题而发言；[1]但那时似乎已经有些为时
过晚了。1980年代乃是种种短期看法和种种精明实际的物质兴趣这样
一个实用主义时期，其中自我是消费者而不是创造者，其中历史是商
品化了的遗产而社会则（在撒切尔夫人的恶名昭著的宣言中）是非实
体（non-entity）。这并不是一个特别欢迎种种历史通观、雄心勃勃的哲
学探究或种种普遍概念的岁月，而解构，与新实用主义和后现代主义一
道，就繁荣在这一土壤之中，与此同时，其更左翼的实践者却仍然在力
图颠覆它。不过，同样清楚的也是，当1980年代转入1990年代时，被
新实用主义和后结构主义中的若干潮流暂时搁置起来的某些令人困窘的

---

[1]　见其《马克思的幽灵》（*Specters of Marx*，New York and London, 1994）。

大问题，那些关于人类正义与自由的问题、那些关于真理与自主自律（autonomy）的问题，其实仍然顽固地拒绝化为一道青烟而消散。我们很难在这样一个世界上忽视这些问题，这里种族隔离正在受到围困，新斯大林主义正在被突然推翻，资本主义正在将其影响扩展到全球更多的地区，贫富之间的种种不平等正在急剧加大，而种种边缘社会正在遭受强烈的剥削。有这样一些人，对于他们来说，启蒙主义关于正义和自主自律的话语现在已经毫无疑问地完结了，确实，对这些人来说，历史本身已经被胜利地完成了；但也有其他那些具有较少启示录色彩的思想家们，对他们来说，那些重大的伦理和政治问题之坚定地拒绝从理论中消失恰恰就是因为它们还没有在实践中被有效地解决。后结构主义，好像是意识到了这一点似的，于是开始温和地转向伦理问题；[1] 但它却发现自己在这一领域中是很难与从黑格尔到哈贝马斯这一德国哲学探究传统竞争的，这一传统，无论其理论方式如何令人厌烦地抽象，却一直顽强地坚持着这些论题并且围绕着它们而产生了丰富的系统反思。所以，毫不令人惊奇地，一群德国倾向的哲学理论家们，尤其是在英国，为了找到那些也许过早地就被解构掉了的问题以及解决，发现他们自己在回到那个被后结构主义所如此小心提防的"形而上学"遗产之中。[2] 与此同时，随着1980年代的逐渐消逝，对于俄国理论家米哈伊尔·巴赫金的研究工作的兴趣也重新涌起，一个巨大的批评工业围绕着他出现了，它许诺要将后结构主义对文本的、身体的或话语的种种关切与一个更加历

200

---

[1] 例如，见 J. 希利斯·米勒（J. Hillis Miller）的《阅读的伦理》（*The Ethics of Reading*, New York, 1987）。

[2] 例如，见吉丽恩·罗斯（Gillian Rose）《虚无主义的辩证法》（*Dialectic of Nihilism*, Oxford, 1984）、彼得·丢斯（Peter Dews）《解体之逻辑》（*Logics of Disintegration*, London, 1987）、哈沃德·凯格尔（Howard Caygill）《判断的艺术》（*Art of Judgement*, Oxford, 1989）、安德鲁·包维宜（Andrew Bowie）《美学与主体性：从康德到尼采》（*Aesthetics and Subjectivity: From Kant to Nietzsche*, Manchester, 1990）、J. M. 伯恩斯坦（J. M. Bernstein）《艺术的命运》（*The Fate of Art*, Oxford, 1992）、彼得·奥斯本（Peter Osborne）《时间的政治》（*The Politics of Time*, London, 1995）。

史的、唯物主义的或社会学的透视角度统一起来。[1]

到此为止，我们虽然已经触及了"后现代主义"（postmodernism）一词，但却还没有停下来检视一下它里面所装着的东西。它无疑是当今文化理论中被最广为兜售的一个词，一个许诺要涵盖所有东西的词，从麦当娜（Madonna）直到元叙事（metanarrative）、从后福特主义（post-Fordism）直到通俗小说，但也就因为这样而有了一个垮到无意义之中去的危险。[2] 首先，我们可以把那个更广泛的、更历史的或更哲学的"后现代主义"与那个更狭窄的、更文化的或更美学的"后现代主义"区别开来。后现代（postmodernity）意味着现代（modernity）的结束，而这里的现代是指那些关于真理、理性、科学、进步、普遍解放的宏大叙事，这些东西则被认为是从启蒙运动以来的现代思想的特征。[3] 对于后现代来说，这些被痴爱着的希望并不仅仅只是已经被历史地证明为不可

---

[1]　关于巴赫金（Bakhtin），见卡特琳娜·克拉克（Katerina Clark）与麦克尔·霍尔克斯特（Michael Holquist）《米哈伊尔·巴赫金》（*Mikhail Bakhtin*，Cambridge, Mass., 1984）、茨维坦·托多洛夫（Tzvetan Todorov）《米哈伊尔·巴赫金：对话原则》（*Mikhail Bakhtin: The Dialogical Principle*，Manchester, 1984），以及肯·赫施考伯（Ken Hirschkop）《巴赫金与民主》（*Bakhtin and Democracy*，即出 forthcoming〔本书已经以《米哈伊尔·巴赫金：一种为了民主的美学》（*Mikhail Bakhtin: An Aesthetic for Democracy*）为题由牛津大学在 1999 年出版。——译注〕）。

[2]　麦当娜，或译麦唐娜、马当娜，原名 Madonna Louise Ciccone，美国歌手、歌曲作者、演员、企业家。1958 年 8 月 16 日生于美国密歇根州海湾城（Bay City）一个意大利移民大家庭之中。麦当娜在 1980 和 1990 年代期间的流行程度使她在娱乐业中获得了任何一个妇女在她以前都从未享有过的力量和控制。——译注

[3]　有关后现代的一般理论，见哈尔·福斯特（Hal Foster）编《反审美：后现代文化论集》（*The Anti-aesthetic: Essays on Postmodern Culture*，Washington, 1983）、让－弗朗索瓦·利奥塔（Jean-Francois Lyotard）《后现代状况》（*The Postmodern Condition*，Manchester, 1984）、大卫·哈维（David Harvey）《后现代的条件》（*The Condition of Postmodernity*，Oxford, 1989）、杰姆逊（Jameson）《后现代主义，或晚期资本主义的文化逻辑》（*Postmodernism, or, The Cultural Logic of Late Capitalism*）。其他有关阐述包括克里斯托弗·诺里斯（Christopher Norris）的《院系之间的竞争》（*The Contest of Faculties*，London, 1985）、A. 克罗克尔（A. Kroker）与 D. 库克（D. Cook）《后现代场景》（*The Postmodern Scene*，New York, 1986）、伊哈布·哈桑（Ihab Hassan）《后现代转向》（*The Postmodern Turn*，Columbus, 1987）、乔纳森·阿拉克（Jonathan Arac）编《后现代主义与政治》（*Postmodernism and Politics*，Manchester, 1986）、约翰·费克特（John Fekete）编《后现代主义之后的生活》（*Life after Postmodernism*，London, 1988），以及阿利克斯·科利尼科斯（Alex Callinicos）《反后现代主义》（*Against Postmodernism*，Cambridge, 1989）。

信任的而已；它们从一开始就是一些危险的幻想，因为它们把历史的种
种丰富的偶然性捆进了概念的紧身衣。这些专制性的计划无情地践踏实
际历史的复杂性和多样性，粗暴地根除差异，将一切他性（otherness）
压缩为令人抑郁的同一（selfsame），并几乎总是导致集权政治。它们是
沼泽上的磷火，把一些不可能的理想浮现在我们眼前，并因此而将我们
从我们实际所能实现的那些有限但却有效的政治变革上引开。它们包含
着一个危险的绝对主义的信念，即相信我们那些形式不同的偶然的生
活与知识能够被安放在某个单一的、终极的、绝对不可挑战的原则之
上：理性或种种历史规律、技术或种种生产方式、政治乌托邦或普遍人
性。对于"反基础主义的"（anti-foundationalist）后现代来说，正相反，
我们的种种生活都是相对的、无根据的、自我维持着的，仅仅由文化成
规和传统所形成的，没有任何可以确认的起源或宏伟的目标的；而"理
论"，至少对于这一信条的那些更保守的分支来说，至多就只是一种将
这些习惯和制度装腔作势地加以合理化的方式而已。我们之所以不可能
为我们的种种活动提供任何基础，不仅是因为有着种种不同的、不连续
的、或许甚至也不相容的理性（rationalities），而且也是因为我们所能提
倡的任何理由（reasons）总是被权力、信仰、利益或欲望这样一个前理
性（pre-rational）语境所形塑，而这一语境本身则永远也不可能成为理
性证明的内容。没有任何为了人类生活而存在的涵盖一切的总体、理性
或固定的中心，没有任何可以把握住人类生活的无限变化的元语言，而
只有多重文化和多重叙事，它们不可能被以排出等级的方式加以整理或
"予以特权"，因而它们都必须尊重那些并不是它们自己的做事方式的不
可侵犯的"他性"（otherness）。知识是相对于种种文化语境而言的，因
而声称自己能"原原本本"（as it is）知道世界只不过是纯粹的幻想，而
这不仅是因为我们的理解总是一件取决于解释的事，片面的、充满党派
偏见的解释，而且也是因为世界本身其实也绝不是具体的。真实（truth）
只是解释的产物，种种事实只是话语的种种建构，客观性只是当下抓
住了权力的那个解释，一个对于种种事物的可质疑的解释，而人类主
体之仅为虚构则一如他或她所凝视沉思的那个现实，一个四处弥散的、

201

自我分裂的实体（self-divided entity），没有任何固定的天性或本质。在所有这些方面，后现代都是对弗里德里希·尼采的哲学的一条加长了的注释，而这些立场中的每一个后者在 19 世纪的欧洲就几乎都已经预见到了。

因此，严格意义上的后现代主义最好是被视为对应于这一世界观的那种文化形式。[1] 典型的后现代主义艺术品是武断任意的、兼取诸家的、品物杂交的、移离中心的、流动的、断续的、连缀不同作品的。忠实于后现代的种种信念，它为了某种刻意为之的无深度性、游戏性、无感情性，即为了一个关于种种快感、种种表面和种种转瞬即逝的强烈的艺术，而鄙弃了形而上学的深刻。疑心于所有被保证了的真理和确定，因而它的形式就是反讽的，它的认识论则是相对主义的和怀疑主义的。拒绝去反映某个在其自身之外的稳定现实的一切尝试，它就带着对于自身的意识而存在于形式层面或语言层面之上。知道它自己的种种虚构是没有根据的和不请自来的，它就只能通过炫耀它自己对于这一事实的反讽性的意识，通过指出它自己的这一作为某种建构出来的东西而存在的地位，而获致某种消极意义上的本真性（negative authenticity）。紧张不安于一切可以孤立起来的同一性，警惕当心于任何有关绝对起源的观念，它就把注意吸引于它自己的"互文"（intertextual）性，它对其他作品的种种戏仿性（parodic）的再次使用，而这些作品本身也只不过是这样的对其他作品的再次使用而已。它所戏仿的有些是过去的历史，即一个这样的历史，它不应该再从线性角度被视为一个产生出了

202

---

[1] 有关论述见罗伯特·万图利（Robert Venturi）等编《从拉斯维加斯学》（*Learning from Las Vegas*，Cambridge, Mass., 1977）、克里斯托弗·巴特勒（Christopher Butler）《余波之后》（*After the Wake*，Oxford, 1980）、伊哈布·哈桑（Ihab Hassan）《奥尔弗斯的肢解》（*The Dismemberment of Orpheus*，New York, 1982）、琳达·哈奇森（Linda Hutcheon）《自恋的叙事》（*Narcissistic Narrative*，Waterloo, Ontario, 1980）及《后现代主义诗学》（*A Poetics of Postmodernism*，New York and London, 1988）、布莱恩·麦克黑尔（Brian McHale）《后现代主义小说》（*Postmodernist Fiction*，New York and London, 1987）、帕特里夏·沃弗（Patricia Waugh）《元小说》（*Metafiction*，London and New York, 1984）、莉莎·阿比纳尼西（Lisa Appignanesi）编《后现代主义：ICA 文件 5》（*Postmodernism: ICA Documents 5*，London, 1986）。

现在的因果链条，相反，它在某种永恒的现在之中作为众多被撕离于其自身的语境并被混合于当代语境的原材料而存在。最后，而且或许也是最典型的，后现代文化把自己对于种种固定边界和范畴的厌恶也转到"高级"与"流行"艺术这一传统区别之上，并通过下述做法而解构了其中的分界，即去生产那些意识到自身的民众性（populist）或通俗性（vernacular）的作品，或那些将自身作为种种供快感消费的商品而给予出来的作品。后现代主义，正如瓦尔特·本雅明的"机械复制"（mechanical reproduction）[1]，力求摧毁高级现代主义文化的吓人光圈，并代之以一个更民众性的（demotic）、更投合使用者的艺术，因为它觉得所有价值等级都是特权化的和精英主义的。没有什么更好或更坏，而只有不同。在其力求跨越艺术与普通生活之间的障碍之举中，后现代主义在有些人看来就是传统上追求过这同一目标的激进的先锋艺术在我们自己这个时代的重现。在广告、时装、生活方式（lifestyle）、购物中心和大众传媒中，审美（aesthetics）与技术终于互相渗透了，而政治生活则被改变成了某种审美景观。后现代主义对成规性的审美判断的不耐烦也具体可见地表现在所谓文化研究中，这些文化研究随着 1980 年代的展开而迅速生长，而它们也几乎总是拒绝尊重十四行诗（sonnet）与肥皂剧（soap opera）之间的价值区别。[2]

关于后现代主义和后现代的种种辩论有多种形式。例如，其中一个问题是，这些后现代发展在范围上究竟有多大，它们是否真的已经无所不及，成了我们年代的主导文化，或者它们在范围上只是局部的和特定的？后现代是适合于我们时代的哲学吗？或者它只是前不久还很革命的

---

[1] 见瓦尔特·本雅明（Walter Benjamin）《机械复制时代的艺术作品》（*The Work of Art in the Age of Mechanical Reproduction*），收入汉娜·阿伦特（Hannah Arendt）编《启迪》（*Illuminations*，New York, 1969）。

[2] "Sonnet"，或有将此词音译为"商籁诗"者，为西方文学中诗体之一，通常为十四行，每行十个音节，用抑扬格，即由一轻音和一重音构成的音步。作者以此喻高级文体。"Soap opera"指经常具有闹剧性质的通俗电视连续剧。其所以被称为"肥皂剧"是因为这些连续剧的赞助者原来多为肥皂公司。——译注

西方知识分子中一批现在已经疲倦了的人的世界观，但却被他们以典型的知识分子的傲慢投射到了整个当代历史之上？后现代主义在马里（Mali）或梅囿（Mayo）意味着什么？[1] 对于那些仍然有待于全面进入现代的社会来说，它又意味着什么？这个词是否不带价值色彩地描述了消费主义社会的情况，或者是对于某种生活方式的积极推荐？它是否，就像弗雷德里克·杰姆逊所相信的那样，是晚期资本主义的文化，即商品形式对文化本身的最终渗透，或者它是否，就像其更激进的提倡者所主张的那样，乃是对于所有精英、等级体系、主导叙事和不变真理的一个颠覆性的打击？

203   这些论辩无疑会继续下去，而这尤其是因为后现代主义乃是所有理论中之最活跃有力者，是一个植根于一批具体的社会实践和机构之中的理论。忽视现象学或符号学或接受理论是有可能的，而人类的绝大多数确实已经成功地做到了这一点，但忽视消费主义、大众传媒、审美化的政治、性差异则是不可能的。但这些论辩之将会进行下去也是因为后现代理论本身之中存在着种种严重的分歧。对于它的那些更具有政治意识的阐发者支持者来说，这些起着神秘化作用的观念，如真理、同一性、总体、普遍性、基础、元叙事、集体性的革命主体等，都必须被一一清除，而只有这样，种种真正有效的激进计划才能开始。而对于它的那些更保守的辩护者来说，对这些观念的拒绝则是与对政治现状的捍卫联手而行的。所以，在福柯与斯坦利·菲什之间、在德里达与理查德·罗蒂（Richard Rorty）之间，其实有着全然的不同，尽管他们四人宽泛地说都可以被划为后现代主义者。对于美国新实用主义者如罗蒂与菲什者流，种种超越性视点的崩溃其实就标志着真正的政治批判这一可能性的崩溃。[2] 其论点是这样的，即这样一种批判是只能从完全超出了我们的种

---

[1]   Mali，非洲国家，在非洲西部，前法国殖民地，1960 年彻底独立。Mayo，爱尔兰西北部一郡，人口十万左右。——译注

[2]   见斯坦利·菲什（Stanley Fish）《顺其自然而为》（*Doing What Comes Naturally*，牛津Oxford, 1989），及理查德·罗蒂（Richard Rorty）《偶然、反讽与团结》（*Contingency, Irony, and Solidarity*，Cambridge, 1989）。

种现行生活形式（life-forms）的某个形而上学的制高点上发出的；而既然显然并没有这样的地方让人去站在上面，或既然即使有这样的地方它也与我们无关而且也不可理解，那么我们那些显然最革命的主张也必然始终都与当下的种种话语串通一气了。简言之，我们始终都被牢固地安置在我们希望批判的文化之内，并且为其种种利益和信仰所彻底地构成到了这样一种地步，以至于去彻底质疑它们就无异于是要去脱胎换骨。只要我们所说出来的是可理解的，而任何不可理解的批判当然都不会有任何效力，我们就已经成为我们力求将之对象化的文化的共犯了，而这样我们就被抛入某种不诚（bad faith）之中。这一理论，它依赖于一个显然是非常可以解构的"内"（inside）与"外"（outside）之别，目前就正在被有些人用来捍卫美国的生活方式，而这恰恰正是因为后现代主义正在不安地意识到，对于那一生活方式的任何**理性的**（rational）批判，甚至任何其他类型的批判，都已经是不再可能的了。把种种基础从你的对手下面抽走也必然就是把它们从你自己下面抽走。于是，为了避免这个令人不欢的结论，即一个人的生活形式并不能从理性上被证明为合理，一个人就必须使批判这一观念本身无效，宣布其必然为"形而上学的"（metaphysical）、"超越的"（transcendent）、"绝对的"（absolute）或"起基础作用的"（foundational），等等。同样地，如果能够使系统或总体这些观念失去信用，那就实在没有什么父权制度或"资本主义体系"去批判了。而既然社会生活并没有什么总体，任何无所不包的变化就都没有了什么容身之地，因为并没有任何无所不包的体系去被改造。我们被要求去相信那显然极不可能者，即多国资本主义只是这一或那一实践、技术、社会关系的偶然共生之物，并没有任何系统的逻辑；而所有这一切于是就都可以被作为多元主义对于总体化所带来的种种恐怖之"激进"（radical）抵抗而提供出来。这是一个在哥伦比亚（Columbia）大学也许比在与之同名的拉丁美洲国家更容易被支持住的教条。

204

　　如果说，截至 1990 年代中期，女权主义批判已经证明自己为各种各样的新文学批判方法之中最为流行者，那么后殖民理论（post-colonial theory）其实也一直在紧继其踵。[1] 就像女权主义和后现代主义，而不像现象学或接受理论一样，后殖民理论也直接植根于一些历史发展之中。欧洲各个大帝国的崩溃；它们之为美国的世界经济霸权所取代；民族国家和种种传统的政治地理边界之被持续侵蚀，以及与之相伴的大规模全球移民和所谓多元文化社会的创立；西方和其他地方的"边缘"社会之中对少数民族群体的强烈剥削；种种新的跨国公司的可怕的巨大权力：所有这些自 1960 年代以来都在加速进行，而与之相伴的则是在我们有关空间、权力、语言、认同（identity）的那些观念之中所发生的一场真实的革命。既然文化，广义而非狭义的文化，几乎就处于其中有些问题的中心，那么这些问题过去二十年间之在那些传统上只关心于狭义的文化的人文学科之上留下它们自己的印记，就是毫不奇怪的了。正如大众传媒的统治强迫人们去重新思考文化研究之中的种种经典性的边界一样，属于同一历史时期的"多元文化主义"（multiculturalism）也对西方构想并在艺术作品经典之中表达自己的认同（identity）的方式提出了挑战。这两个潮流，文化研究与后殖民主义，都从那些在文学理论的更早阶段占据了统治地位的种种关于理论**方法**的问题之中向外迈出了决定性的一步。现在的问题所在乃是要将"文化"本身问题化，因为文化在超出孤立的艺术作品而进入语言、生活方式、社会价值、群体认同这些领域之时，是不可避免地要与有关全球政治权力的种种问题相交叉的。

这些所导致的结果就是那个被想得很窄的西方文化经典之被打开，

---

[1] 爱德华·萨义德（Edward Said）的《东方学》（*Orientalism*，New York, 1979）一般被认为是后殖民理论的奠基之作，但亦可见其《文化与帝国主义》（*Culture and Imperialism*，London, 1993）。其他有影响的著作有本尼迪克特·安德森（Benedict Anderson）的《想象的共同体》（*Imagined Communities*，London, 1983）、佳亚特里·查克拉瓦迪·斯皮瓦克（Gayatri Chakravorty Spivak）《在其他世界之中》（*In Other Worlds*，New York and London, 1987）、罗伯特·扬（Robert Young）《白色神话》（*White Mythologies*，London, 1990）、霍米·巴巴（Homi Bhahha）编《国家与叙事》（*Nation and Narration*，London and New York, 1990）及《文化之定位》（*The Location of Culture*，London, 1994）。有关对后殖民理论的尖锐批判，可参见阿扎兹·阿哈默德（Aijaz Ahmad）的《理论之中：阶级、国家及文学》（*In Theory: Classes, Nations, Literatures*，London, 1992）。

以及各个"边缘"群体和人民的遭受围困的文化之被找回。这也意味着将"高级"理论的某些问题带入当代的全球化社会。种种有关"元叙事"(meta-narrative)的问题不再只是涉及文学作品的问题,因为这些"元叙事"乃是启蒙运动之后的西方传统上用来表达它自己的帝国计划的字眼。对种种范畴和种种同一性(identities)的移心(decentring)和解构在种族主义、民族冲突、新殖民主义统治这样一个语境中带上了新鲜的紧迫性。"他者"不再只是一个理论概念,而是那些被从历史中涂抹掉了的群体和人民,他们遭受奴役,遭受侮辱,被神秘化,甚至遭受种族灭绝。"分裂"(splitting)和投射(projection)、否定(denial)和抵赖(disavowal)这些精神分析范畴已经从关于弗洛伊德理论的教科书中转出来而成为分析殖民者与被殖民者之间的种种心理—政治(psycho-political)关系的种种方式。"现代"与"后现代"之间的种种辩论在边缘文化之中,即在那些无论是好是坏但本身却还没有充分经历一种欧洲式现代性,而现在却日益被拽入后现代西方的运行轨道之中的文化之中,具有特殊的力量。而在这些社会中,妇女的苦楚与困境,那些被迫承担着它们的某些最令人难过的负担的妇女的苦楚与困境,已经导致了女权主义与后殖民主义之间的一个极有成效的联盟。

205

后殖民理论并不仅仅只是多元文化主义和非殖民化的产物。它也反映了从第三世界中的革命民族主义向一种"后革命"状况的转移,前者在 1970 年代间步履维艰,而在后革命状况中,跨国公司的势力似乎是无法打破的。与此相应,很多后殖民论述都相当地吻合于后现代对有组织的大众政治的种种怀疑,并都转向种种文化问题。文化在一个新殖民世界中不论怎么看都是很重要的;但它却很难说是具有终极的重要性者。归根结底,并不是语言、肤色或认同这些问题,而是商品价格、原材料、劳动力市场、种种军事联盟和种种政治势力这些问题,形成着富国与穷国之间的种种关系。在西方,尤其是在美国,有关少数民族的种种问题既使一种狭隘地专注于社会阶级的激进政治得以被丰富,但也由于它们自己对差异的专注而助长了对不同少数民族群体所处的共同物质生存状况的遮蔽。一言以蔽之,后殖民主义,除了其他东西之外,乃是那个近来已经席卷了西方文化理论的汹涌的"文化主义"的一个实例，它，在对于先前的生物主义、人本主义或经济主义的某种可以理解的过度反应之中，转而过分地强调了人类生活的文化层面。这样的文化相对主义绝大部分其实只不过是颠倒过来的帝国主义统治而已。

于是，就像任何其他理论一样，后殖民话语也有其种种限度与盲点。它有时包含着对于"他者"的某种浪漫的理想化，以及某种简单化的政治，一种视化"异"（other）为"同"（same）为所有政治罪恶之根源的政治。他性（otherness）与自我认同（self-identity）这一特别后现代的主题到现在已经有了本身将变得令人沉闷地自我同一（self-identical）的危险。后殖民思想中的这样一个本有可能替代其他品牌的品牌，本是以解构殖民的自我与被殖民的他者之间的任何过分僵硬的二元对立而开始的，却以强调二者的相互蕴涵而告终，并因此而有了弄钝一种反殖民主义批判的政治锋芒的危险。虽然十分强调差异，后殖民理论有时却过于迅速地在"第三世界"这同一个范畴之下将种种极为不同的社会混为一谈；而它的语言则几乎总是流露出某种有意为之的艰深与晦涩，此则与其所为之奋斗的那些人民相去甚远。这一理论的有些部分是真正地蹊径独辟的，但有些部分则最多也不过是反映了这样一个西方自由主义带着负疚感的自我厌憎，这个西方自由主义在这些艰难的政治时刻情愿自己是什么都行，只要不是它自己。

后现代社会所提供的那些更有诱惑力的商品之一就是文化理论本身。后现代理论乃是后现代市场的一个组成部分，而并不仅只是对于它的一个反思（reflection）。除了其他东西以外，后现代理论也代表着一种在日趋竞争的知识环境中积累可贵的"文化资本"的一种方式。理论，部分上由于其高度力量，其奥秘难解，其时髦、稀少与新奇，已经在学术市场上取得了高度的声望，尽管它仍然激起某个自由人本主义的恶毒敌意，一个害怕自己被理论所排挤的自由人本主义的恶毒敌意。后结构主义比菲利普·锡德尼更性感，就像夸克（quarks）比平行四边形更诱人一样。当一种概念式样（fashion）瞬息之间即取另一种而代之，快得一如发型的变化之时，理论乃是我们这个时代中知识生活本身之被商品化的一个征候。正如人的身体，以及其他很多东西，在我们这个时代都已经被审美化一样，理论也已经成为一种少数者的艺术形式，悠游戏谑，自我反讽，尽情享乐，是高级现代主义艺术背后的那些冲动现在已经向之移居之地。除了是其他种种东西以外，它也已经成了这样一个西方心智（intellect）的避难之地，这个西方心智被剥夺了自己的遗产，被现代历史的极度污秽弄得失去了自己的传统人本主义方向，并因此而既易于受骗又老于世故，既机灵干练又不知所措。在一个基本上难得找到什么政治活动的年头，它几乎总是成了政治活动的某种时髦的代替；而尽管是作为对于我们现行的种种生活方式的一个雄心勃勃的批判而开始其生涯的，它现在却大有要作为下述事物而告终的危险，即它已经成了对这些生活方式的一个自鸣得意的神圣化。

然而，可讲的故事总是不止一个。如果说文化理论已经为自身赢得了某些声望，那也是因为它勇敢地提出了某些根本性的问题，那些人们想要得到某些回答的问题。文化理论已经成了某种堆放场，以为那些被狭隘的分析哲学、经验主义的社会学和实证主义的政治学神经紧张地卸掉了的大题目，一些大得令人困窘的题目，提供一个场地。如果说文化理论倾向于以自身挤开政治行动，那么它也提供了一个空间，在其中一些至关重要的政治问题可以在一个不利于它们的气候之中得到培养。它并没有任何作为一门学科（discipline）的特殊的统一性；举例来说，现象学与同性恋理论又有什么共同之处？而且被集合在**文学**理论名下的种种方法也没有一个是专用于文学研究的；确实，它们大都萌芽于一些与文学相距甚远的领域。但这一学科上的不确定性却也标志了传统的学术劳动分工的瓦解，而"理论"一词就多少传达了这一信息。"理论"表示着我们那些为知识分门别类的经典方式现在已经由于种种实实在在的历史原因而陷入麻烦。但它既是这一瓦解的一个揭示性的征候，也是这一领域的积极的重新安排（reconfiguration）。理论的涌现提示着这样一点，即由于某些很好的历史理由，那些以人文学科为我们所知的学科已经不能再照它们所习惯的样子继续下去了。这在一方面当然是全然不错的，因为人文学科总是宣称自身的某种虚假的不偏不倚，鼓吹其实完全是为特定社会所决定的种种"普遍"价值，压抑这些价值的物质根据，荒诞地去过分强调"文化"的重要性，并培养了一种对于文化的精英主义观念。但这在另一方面也是很坏的，因为人文学科也庇护了某些被日常社会粗鲁地摈弃了的可敬的（decent）、高贵的（generous）价值，培养了——无论以怎样的唯心主义／理想主义的伪装——对于我们现行生活方式的一种深切的批判，并且在促进某种精神性的精英主义之举中至少是已经看透了市场的虚假的平等主义。

　　从宽处设想的文化理论的任务是分析传统人文学科的公认智慧。在这上面，人们可以说，它已经即使不是在实践上，至少也是在理论上取得了一定的成功。自本书初版以来，对于文学理论提出的各种论点迄今为止还没有什么令人信服的明确反驳。对理论的敌意很多都只不过是对于观念本身所感到的一种典型的盎格鲁—撒克逊式的不安，即这样一种不安，觉得枯燥的抽象来到艺术这里时将会格格不入。对于观念所感到的这一不安表现了某些社会群体的特点，即这样一些社会群体，它们自己的那些具有历史特定性的观念此时正是赢家，因而它们就可以错把这些观念或当作种种自然而然的感觉（feelings），或当作永恒的真理（verities）。那些发号施令者当然可以付得起轻视批评和概念分析的代价，但那些处于他们统治之下者却付不起这一代价。这个指责，即理论只不过是把一张有意晦涩难解的行话屏幕硬插在读者和文本之间，是可以被用来反对任何一种批评的。马修·阿诺德和 T. S. 艾略特在那些不熟悉他们特有的批评表述的街上人读来就像是有意晦涩难解的行话。正如任何熟悉儿科医生或汽车修理工的人都会证明的那样，一个人的专业话语就是另一个人的日常语言。

208　　文化理论可能已经打赢了的一场战斗是其下述主张，即对于一件艺术品来说，并没有任何中立的或清白的阅读。甚至一些相当保守的批评家们如今也已经不那么倾向于辩论说，在看作品时，激进理论家们是有意识形态斜眼的，而他们自己则是原汁原味去品尝的。某种广义的历史主义也已经取得了胜利：如今已经没有多少携带会员证的形式主义者留下来了。而即使作者并没有真正死亡，天真的传记主义（biographism）也不再时兴了。种种文学经典（canons）所具有的那种凭历史因缘机遇而定的性质（chancy nature）、它们之对于文化上特定的价值框架的依赖，以及这样一个实情，即某些社会群体是被不公正地排斥在这些经典之外的，如今也被广泛地承认了。至于高级文化在何处终止而流行文化又在何处开始，我们则已经不再有确切的把握了。

尽管如此，某些传统的人本主义的教条却衰而不亡，尤其是普遍价值这一假定。如果文学今天仍然要紧，那主要是因为，在很多保守成规的批评家看来，在一个分裂破碎的世界上，文学乃是少数这样的地方之一，这里某种普遍价值感仍可得到体现，在一个污秽卑下的世界上，这里，罕见的超越之光仍可闪现。这无疑就是为什么像文学理论这样一个少数人的、学院主义的追求竟倾向于释放出不然就几乎是无法解释地强烈，甚至狠毒的激情。因为，假如连**这**片包围之中的活命之地都可以被历史化、物质化，被解构，一个人在一个堕落了的世界上又能到哪里去发现价值呢？激进彻底者则会回答说，假定社会生活举凡堕落，而只有文化珍贵，这其实乃是问题的一部分而不是其解决。这一态度本身就反映着某种特定的政治观点，而非对事实的不偏不倚的陈述。与此同时，人本主义对于种种共同价值的信念中所蕴涵的慷慨又必须得到由衷的承认。问题只不过是，他或她误将一个仍然有待于被实现的计划、一个让世界在政治和经济上被一切人共同享有的计划，与一个尚未被如此重建出来的世界的"普遍"价值混为一谈。人本主义者并不错在相信这些普遍价值的可能性；问题只不过是还没有人能准确地说它们究竟是什么，因为那些让它们得以繁荣的物质条件尚未进入存在。如果它们真有一天存在了，那理论家就可以舒心地撂下他或她的理论活动（theorizing），那恰恰由于已然在政治上被实现而不再必要的理论活动，而换着去做点别的什么更有意思的事了。

参考书目

本书目是为希望继续探究本书论及的各种文学理论的读者编制的。每一标题之下的作品不是按字母顺序，而是按可能最有利于初学者掌握的顺序排列的。书目中列出了本书论及的全部作品以及若干补充材料，不过我已尽力使这一书目简明而易于使用。除了少数例外，所有作品都是用英文列出的。

Russian Formalism

Lee T. Lemon and Marion J. Reis（eds），*Russian Formalist Criticism: Four Essays,* Lincoln, Nebra., 1965.

L. Matejka and K. Pomorska（eds），*Readings in Russian Poetics,* Cambridge, Mass., 1971.

Stephen Bann and John E. Bowlt（eds），*Russian Formalism,* Edinburgh, 1973.

Victor Erlich, *Russian Formalism: History-Doctrine,* The Hague, 1955.

Fredric Jameson, *The Prison-House of Language,* Princeton, NJ, 1972.

Tony Bennett, *Formalism and Marxism,* London, 1979.

Ann Jefferson, 'Russian Formalism', in Ann Jefferson and David Robey（eds），*Modern Literary Theory: A Comparative Introduction,* London, 1982.

P. N. Medvedev and M. M. Bakhtin, *The Formal Method in Literary Scholarship,* Baltimore, 1978.

Christopher Pike（ed.），*The Futurists, the Formalists and the Marxist Critique,* London, 1979.

English Criticism

Matthew Arnold, *Culture and Anarchy,* Cambridge, 1963.

——*Literature and Dogma,* London, 1873.

T. S. Eliot, *Selected Essays,* London, 1963.

——*The Idea of a Christian Society,* London, 1939; 2nd ed., London, 1982.

——*Notes Towards the Definition of Culture,* London, 1948.

F. R. Leavis, *New Bearings in English Poetry,* London, 1932.

——And Denys Thompson, *Culture and Environment,* London, 1933.

——*Revaluation: Tradition and Development in English Poetry,* London, 1936.

——*The Great Tradition,* London, 1948.

——*The Common Pursuit,* London, 1952.

D. H. Lawrence, *Novelist,* London, 1955.

——*The Living Principle,* London, 1975.

Q. D. Leavis, *Fiction and the Reading Public,* London, 1932.

Francis Mulhern, *The Moment of 'Scrutiny',* London, 1979.

I. A. Richards, *Science and Poetry,* London, 1926.

——*Principles of Literary Criticism,* London, 1924.

——*Practical Criticism,* London, 1929.

William Empson, *Seven Types of Ambiguity,* London, 1930.

——*Some Versions of Pastoral,* London, 1935.

——*The Structure of Complex Words,* London, 1951.

——*Milton's God,* London, 1961.

Christopher Norris, *William Empson and the Philosophy of Literary Criticism,* London, 1978.

D. J. Palmer, *The Rise of English Studies,* London, 1965.

C. K. Stead, *The New Poetic,* London, 1964.

Chris Baldick, *The Social Mission of English Criticism,* Oxford, 1983.

American New Criticism

John Crowe Ransom, *The World's Body,* New York, 1938.

——*The New Criticism,* Norfolk, Conn., 1941.

Cleanth Brooks, *The Well Wrought Urn,* London, 1949.

W. K. Wimsatt and Monroe Beardsley, *The Verbal Icon,* New York, 1958.

——And Cleanth Brooks, *Literary Criticism: A Short History,* New York, 1957.

Allen Tate, *Collected Essays,* Denver, Col., 1959.

Northrop Frye, *Anatomy of Criticism,* Princeton, NJ, 1957.

David Robey, "Anglo-American New Criticism", in Ann Jefferson and David Robey(eds),
Modern Literary Theory: A Comparative Introduction, London, 1982.

John Fekete, *The Critical Twilight,* London, 1977.

E. M. Thompson, *Russian Formalism and Anglo-American New Criticism,* The Hague,
1971.

Frank Lentricchia, *After the New Criticism,* Chicago, 1980.

Phenomenology and Hermeneutics

Edmund Husserl, *The Idea of Phenomenology,* The Hague, 1964.

Philip Pettit, *On the Idea of Phenomenology,* Dublin, 1969.

Martin Heidegger, *Being and Time,* London, 1962.

——*Introduction to Metaphysics,* New Haven, Conn., 1959.

——*Poetry, Language, Thought,* New York, 1971.

William J. Richardson, *Heidegger: Through Phenomenology to Thought,* The Hague,
1963.

H. J. Blackham, "Martin Heidegger", in *Six Existentialist Thinkers,* London, 1961.

Hans-Georg Gadamer, *Truth and Method,* London, 1975.

Richard E. Palmer, *Hermeneutics,* Evanston, Ill., 1969.

E. D. Hirsch, *Validity in Interpretation,* New Haven, Conn., 1976.

Georges Poulet, *The Interior Distance,* Ann Arbor, 1964.

Jean-Pierre Richard, *Poésie et profondeur,* Paris, 1955.

——*L' Univers imaginaire de Mallarmé,* Paris, 1961.

Jean Rousset, *Forme et signification,* Paris, 1962.

Jean Starobinski, *L'Oeil vivant,* Paris, 1961.

——*La relation critique,* Paris, 1972.

J. Hillis Miller, *Charles Dickens: The World of his Novels,* Cambridge, Mass., 1959.

——*The Disappearance of God,* Cambridge, Mass., 1963.

——*Poets of Reality,* Cambridge, Mass., 1965.

Robert R. Magliola, *Phenomenology and Literature,* West Lafayette, Ind., 1977.

Sarah Lawall, *Critics of Consciousness,* Cambridge, Mass., 1968.

Reception Theory

Roman Ingarden, *The Literary Work of Art*, Evanston, Ill., 1973.

Wolfgang Iser, *The Implied Reader*, Baltimore, 1974.

——*The Act of Reading*, London, 1978.

Hans Robert Jauss, 'Literary History as a Challenge to Literary Theory', in Ralph Cohen (ed). *New Directions in Literary Theory*, London, 1974.

Jean-Paul Sartre, *What is Literature?*, London, 1978.

Stanley Fish, *Is There a Text in This Class? The Authority of Interpretive Communities*, Cambridge, Mass., 1980.

Umberto Eco, *The Role of the Reader*, Bloomington, Ill., 1979.

Susan R. Suleiman and Inge Crosman (eds), *The Reader in the Text*, Princeton, NJ, 1980.

Jane P. Tompkins (ed), *Reader-Response Criticism*, Baltimore, 1980.

Structuralism and Semiotics

Ferdinand de Saussure, *Course in General Linguistics*, London, 1978.

Jonathan Culler, *Saussure*, London, 1976.

Roman Jakobson, *Selected Writings* (4 vols.), The Hague, 1962.

——And Morris Halle, *Fundamentals of Language*, The Hague, 1956.

——*Main Trends in the Science of Language*, London, 1973.

Paul Garvin (ed), *A Prague School Reader on Esthetics, Literary Structure and Style*, Washington, DC, 1964.

J. Vachek, *A Prague School Reader in Linguistics*, Bloomington, Ill, 1964.

Jan Mukařovský, *Aesthetic Function, Norm and Value as Social Facts*, Ann Arbor, 1970.

Claude Lévi-Strauss, *The Savage Mind*, London, 1966.

Edmund Leach, *Lévi-Strauss*, London, 1970.

Vladimir Propp, *The Morphology of the Folktale*, Austin, Texas, 1968.

A. J. Greimas, *Sémantique structurale*, Paris, 1966 Du sens, Paris, 1970.

Claude Bremond, *Logique du récit*, Paris, 1973.

Tzvetan Todorov, *Grammaire du Décaméron*, The Hague, 1969.

Gérard Genette, *Narrative Discourse*, Oxford, 1980.

——*Figures of Literary Discourse*, Oxford, 1982.

Yury Lotman, *The Structure of the Artistic Text,* Ann Arbor, 1977.

——*Analysis of the Poetic Text,* Ann Arbor, 1976.

Umberto Eco, *A Theory of Semiotics,* London, 1977.

Michael Riffaterre, *Semiotics of Poetry,* London, 1980.

Mary Louise Pratt, *Towards a Speech Act Theory of Literary Discourse,*Bloomington, Ill., 1977.

Terence Hawkes, *Structuralism and Semiotics,* London, 1977.

Jacques Ehrmann（ed.）, *Structuralism,* New York, 1970.

Jonathan Culler, *Structuralist Poetics,* London, 1975.

——*The Pursuit of Signs,* London, 1981.

Fredric Jameson, *The Prison-House of Language,* Princeton, NJ, 1972.

Michael Lane（ed.）, *Structuralism: A Reader,* London, 1970.

David Robey（ed.）, *Structuralism: An Introduction,* Oxford, 1973.

Richard Macksey and Eugenio Donato（eds）, *The Structuralist Controversy: The Languages of Criticism and the Sciences of Man,* Baltimore, 1972.

Post-Structuralism

Jacques Derrida, *Speech and Phenomena,* Evanston, Ill., 1973.

——*Of Grammatology,* Baltimore, 1976.

——*Writing and Difference,* London, 1978.

——*Positions,* London, 1981.

Ann Jefferson, 'Structuralism and Post-Structuralism', in Ann Jefferson and David Robey, *Modern Literary Theory: A Compartive Introduction,* London, 1982.

Roland Barthes, *Writing Degree Zero,* London, 1967.

——*Elements of Semiology,* London, 1967.

——*Mythologies,* London, 1972.

——*S/Z,* London, 1975.

——*The Pleasure of the Text,* London, 1976.

Michel Foucault, *Madness and Civilization,* London, 1967.

——*The Order of Things,* London, 1970.

——*The Archaeology of Knowledge,* London, 1972.

——*Discipline and Punish,* London, 1977.

——*The History of Sexuality*（vol. 1），London, 1979.

Hayden White, 'Michel Foucault', in John Sturrock（ed.），*Structuralism and Since,* Oxford, 1979.

Colin Gordon, *Michel Foucault: The Will to Truth,* London, 1980.

Julia Kristeva, *La révolution du langage poétique,* Paris, 1974.

——*Desire in Language,* Oxford, 1980.

Paul de Man, *Allegories of Reading,* New Haven, Conn., 1979.

Geoffrey Hartman（ed.），*Deconsturction and Criticism,* London, 1979.

——*Criticism in the Wilderness,* Baltimore, 1980.

J. Hills Miller, *Fiction and Repetition,* Oxford, 1982.

Rosalind Coward and John Ellis, *Language and Materialism,* London, 1977.

Catherine Belsey, *Critical Practice,* London, 1980.

Christopher Norris, *Deconstruction: Theory and Practice,* London, 1982.

Josué V. Harari（ed.），*Textual Strategies,* Ithaca, NY, 1979.

Jonathan Culler, *On Deconstruction,* London, 1982.

Psychoanalysis

Sigmund Freud: see the volumes in the Pelican Freud Library（Harmondsworth, 1973- 86），esp. *Introductory Lectures on Psychoanalysis, The Interpretation of Dreams, On Sexuality and the Case Histories*（2 vols.）.

Richard Wollheim, *Freud,* London, 1971.

J. Laplanche and J.-B. Pontalis, *The Language of Psycho-Analysis,* London, 1980.

Herbert Marcuse, *Eros and Civilization,* London, 1956.

Raul Ricoeur, *Freud and Philosophy,* New Haven, 1970.

Jacques Lacan, *Ecrits: A Selection,* London, 1977.

——*The Four Fundamental Concepts of Psycho-Analysis,* London, 1977.

A. G. Wilden, *The Language of the Self,* Baltimore, 1968.

Anika Lemaire, *Jacques Lacan,* London, 1977.

Elizabeth Wright, 'Modern Psychoanalytic Criticism', in Ann Jefferson and David Robey, *Modern Literary Theory: A Comparative Introduction,* London, 1982.

Simon Lesser, *Fiction and the Unconscious,* Boston, 1957.

Norman N. Holland, *The Dynamics of Literary Response,* Oxford, 1968.

——*Five Readers Reading,* New Haven, Conn., 1975.

Ernst Kris, *Psychoanalytic Explorations in Art*, New York, 1952.

Kenneth Burke, *Philosophy of Literary Form*, Baton Rouge, 1941.

Harold Bloom, *The Anxiety of Influence*, London, 1975.

——*A Map of Misreading*, London, 1975.

——*Poetry and Repression*, New Haven, Conn., 1976.

Colin MacCabe, *James Joyce and the Revolution of the Word*, London, 1978.

Shoshana Felman（ed.）, *Literature and Psychoanalysis*, Baltimore, 1982.

Geoffrey Hartman（ed.）, *Psychoanalysis and the Question of the Text*, Baltimore, 1978.

Feminism

Michèle Barrett, *Women's Oppression Today*, London, 1980.

Mary Ellmann, *Thinking about Women*, New York, 1968.

Juliet Mitchell, *Women's Estate*, Harmondsworth, 1977.

M. Z. Rosaldo and L. Lamphere（eds）, *Women, Culture and Society*, Stanford, 1974.

S. McConnell-Ginet, R. Borker and N. Furman（eds）, *Women and Language in Literature and Society*, New York, 1980.

Kate Millett, *Sexual Politics*, London, 1971.

Nancy Chodorow, *The Reproduction of Mothering: Psychoanalysis and the Sociology of Gender*, Berkeley, 1978.

Juliet Mitchell, *Psychoanalysis and Feminism*, Harmondsworth, 1976.

Annette Kuhn and AnnMarie Wolpe（eds）, *Feminism and Materialism*, London, 1978.

Jane Gallop, *Feminism and Psychoanalysis: The Daughter's Seduction*, London, 1982.

Janine Chasseguet-Smirgel（ed）, *Female Sexuality*, Ann Arbor, 1970.

Elaine Showalter, *A Literature of their Own: British Women Novelists from Brontë to Lessing*, Princeton, NJ, 1977.

Josephine Donovan, *Feminist Literary Criticism*, Lexington, Ky., 1975.

Sandra Gilbert and Susan Gubar, *The Madwoman in the Attic*, London, 1979.

Patricia Stubbs, *Women and Fiction: Feminism and the Novel 1880—1920*, London, 1979.

Ellen Moers, *Literary Women*, London, 1980.

Mary Jacobus（ed.）, *Women Writing and Writing about Women*, London, 1979.

Tillie Olsen, *Silences*, London, 1980.

Elaine Marks and Isabelle de Courtivron（eds），*New French Feminisms,* Amherst, Mass., 1979.

Julia Kristeva, *About Chinese Women,* New York, 1977.

Hélène Cixous and Catherine Clément, *La jeune née,* Paris, 1975.

Hélène Cixous, Madeleine Gagnon and Annie Leclerc, *La venue à l' écriture,* Paris, 1977.

Hélène Cixous, 'The Laugh of the Medusa', in *Signs,* vol. 1, No. 4, 1976.

Luce Irigaray, *Spéculum de l'autre femme,* Paris, 1974.

——*Ce sexe qui n 'en est pas un,* Paris, 1977.

Sarah Kofman, *L'énigme de la femme,* Paris, 1980.

Marxism

Terry Eagleton, *Marxism and Literary Criticism,* London, 1976.

Raymond Williams, *Marxism and Literature,* Oxford, 1977.

Pierre Macherey, *A Theory of Literary Production,* London, 1978.

Terry Eagleton, *Criticism and Ideology,* London, 1976.

Cliff Slaughter, *Marxism,Ideology and Literature,* London, 1980.

Tony Bennett, *Formalism and Marxism,* London, 1979.

Terry Lovell, *Pictures of Reality,* London, 1980.

Lee Baxandall and Stefan Morowski（eds），*Marx and Engels on Literature and Art,* New York, 1973.

Leon Trotsky, *Literature and Revolution,* Ann Arbor, 1971.

Mikhail Bakhtin, *Rabelais and his World,* Cambridge, Mass., 1968.

V. N. Voloshinov, *Marxism and the Philosophy of Language,* New York, 1973.

Georg Lukács, *The Historical Novel,* London, 1974.

——*Studies in European Realism,* London, 1975.

Lucien Goldmann, *The Hidden God,* London, 1964.

Christopher Caudwell, *Illusion and Reality,* London, 1973.

John Willett（trans.）*Brecht on Theatre,* London, 1973.

Walter Benjamin, *Understanding Brecht,* London, 1973.

——*Illuminations,* London, 1973.

——*Charles Baudelaire,* London, 1973.

——*One-Way Street and Other Writings,* London, 1979.

Terry Eagleton, *Walter Benjamin, or Towards a Revolutionary Criticism,* London, 1981.

Pierre Macherey and Etienne Balibar, 'On Literature as an Ideological Form', in Robert Young（ed.）, *Untying the Text,* London, 1981.

Ernst Bloch et al., *Aesthetics and Politics,* London, 1977.

Fredric Jameson, *Marxism and Form,* Princeton, NJ, 1971.

——*The Political Unconscious,* London, 1981.

Martin Jay, *The Dialectical Imagination,* London, 1973.

Raymond Williams, *Politics and Letters,* London, 1979.

——*Problems in Culture and Materialism,* London, 1980.

索 引

（本索引所列页码指本书中以页边页码所表示的原书页码）

中外人名对照表

（本对照表为中译者为读者之便而编）

A

阿尔都塞，路易 Althusser, Louis（1918—1990）法国结构主义马克思主义者。

阿诺德，马修 Arnold, Matthew（1822—1888）英国文学批评家、诗人。

奥斯汀，简 Austen, Jane（1775—1817）英国小说女作家。

奥斯汀 Autsin, J. L.（1911—1960）英国哲学家。

B

培根 Bacon, Francis（1561—1626）英国哲学家。

巴赫金 Bakhtin, Mikhail（1895—1975）俄国现代文学理论家、语言哲学家。

鲍迪克，克里斯 Baldick, Chris（生卒年不详）英国文学研究者。

巴尔扎克 Balzac, Honore de（1799—1850）法国小说家。

巴尔特 Barthes, Roland（1915—1980）法国结构主义批评家、符号学家。

波特莱尔 Baudelaire, Charles（1821—1867）法国诗人。

比尔兹利，门罗 Beardsley, Monroe（1915—1985）美国批评家。

贝克特 Beckett, Samuel（1906—1989）爱尔兰剧作家、诗人和小说家。

本雅明，瓦尔特 Benjamin, Walter（1890—1940）德国马克思主义批评家、散文作家。

边沁 Bentham, Jeremy（1748—1832）英国哲学家，资产阶级功利主义哲学的主要代表人物。

本维尼斯特 Benvenistc, Emile（1902—1976）法国语言学家，曾任法兰西学院教授。研究符号学、话语语言学、意义理论、语言文化学。

布莱克默 Blackmur, R. P.（1904—1965）美国诗人、批评家，新批评派的理论家之一。

布莱克　Blake, William（1757—1827）英国浪漫主义诗人。

布鲁姆，哈罗德　Bloom, Harold（1930—　）美国当代文学理论与批评家。

薄伽丘　Boccacio, Giovanni（1313—1375）意大利作家、人文主义者。

布瓦洛　Boileau, Nicolas（1636—1711）法国古典主义批评家、诗人。

博絮埃　Bossuct, Jacques（1627—1704）法国神学家和著名传道士，路易十四宫廷中的头面人物。

布拉德雷　Bradley, F. H.（1846—1924）英国哲学家。他的哲学著作《表象与实在》被认为是对当时形而上学思想的深刻批判。

布莱希特　Brecht, Bertolt（1898—1956）著名德国戏剧家、诗人，提出"疏离效果"说，创立"史诗剧"。

布雷门，克劳德　Bremond, Claude（生卒年不详）法国结构主义批评家，研究叙事学。

布里克，奥西普　Brik, Osip（1888—1945）俄国文学批评家，形式主义者。

勃朗台　Brontë, Emily（1818—1848）英国小说家、诗人。

布鲁克斯，柯林思　Brooks, Cleanth（1906—1994）美国批评家，新批评派代表人物之一。

布朗，托马斯　Browne, Sir Thomas（1905—1982）英国医生和作家。

勃朗宁　Browning, Robert（1812—1889）英国诗人。

班扬　Bunyan, John（1628—1688）英国传教士及作家，《天路历程》（The Pilgrim's Progress）作者。

伯克，肯尼思　Burke, Kenneth（1897—1993）美国精神分析学派文学批评家。

彭斯，罗伯特　Burns, Robert（1759—1796）苏格兰诗人。

拜伦　Byron, George Corden, Lord（1788—1824）英国诗人。

C

钱德勒，雷蒙德　Chandler, Raymond（1888—1958）美国侦探小说作家。

乔叟　Chaucer, Geoffrey（1345？—1400）第一位伟大的英国诗人。

乔姆斯基　Chomsky, Noam（1928—　）美国语言学家，转换生成语法理论的创立者。

克拉仁登　Clarendon, Edward Hyde, Earl of（1609—1674）英国贵族，查理二世的枢密院顾问及首相，曾任牛津大学校长，著有关于英国革命与内战时期的历史。

柯勒律治　Coleridge, Samucl Taylor（1772—1834）英国浪漫主义诗人和哲学家。

康拉德 Conrad, Joseph（1857—1924）生于波兰之英国小说家。

哥白尼 Copernicus, Nicolaus（1473—1543）波兰天文学家，现代天文学之创始者。

考奇，阿瑟·奎勒 Couch, Sir Arthur Quiller（1863—1944）英国剑桥大学英国文
学教授。

卡勒，乔纳森 Culler, Jonathan（1944— ）美国批评家。

D

达·芬奇 Da Vinci, Leonardo（1452—1519）意大利画家、雕刻家、建筑家及工
程师。

达列斯基 Daleski, H. M.（1926—2000）文学批评家。

但丁 Dante, Alighieri（1265—1321）意大利诗人，《神曲》作者。

达尔文 Darwin, Charles（1809—1882）英国博物学家，进化论创立者。

戴高乐 de Caulle, Charles（1890—1970）法国将军，于 1945—1946 年任法国临时
总统，1959—1969 年任法国第五共和国首任总统。

德·曼 de Man, Paul（1919—1983）比利时出生的美国批评家，解构批评在美国
的主要代表之一。

塞维尼 de Sevigne, Madame（1629—1696）法国贵妇，因其写给儿子的书信而
著名。

笛福 Defoe, Daniel（1660？—1731）英国小说家。

德里达 Derrida, Jacqucs（1930—2004）法国结构主义哲学家、文学理论家、符号
学家。

笛卡尔 Descartes, René（1596—1650）法国哲学家。

狄更斯 Dickens, Charles（1812—1870）英国小说家。

狄尔泰 Dilthey, Wilhelm（1834—1911）德国哲学家，研究社会科学史，为诠释
学代表人物之一。

邓恩，约翰 Donne, John（1573—1631）英国最伟大的玄学派诗人。

道森，厄内斯特 Dowson, Ernest（1867—1900）英国诗人。

德莱顿 Dryden, John（1631—1700）英国诗人及剧作家，1670—1688 年为桂冠
诗人。

迪伦，鲍伯 Dylan, Bob（1941— ）原名 Robert Allen Zimmerman，美国民歌手，
60 年代转向滚石乐，卖出了 5800 万张唱片，创造了 500 多首歌曲，被誉为他
那一代人的莎士比亚。

E

艾钦包姆 Eichenbaum, Boris（1866—1962）俄国形式主义者，文学理论家。

艾略特 Eliot, George（1819—1880）英国小说家。

艾略特 Eliot, T. S.（1888—1965）生于美国的英国诗人及批评家，美国新批评的代表人物。

艾里斯 Ellis, John M.（生卒年不详）文学批评家。

燕卜荪，威廉 Empson, William（1906—1984）英国诗人、批评家，以其对于 20世纪文学批评的巨大影响及其理性的、充满形而上学意味的诗而著名。

F

菲尔丁 Fielding , Henry（1707—1754）英国小说家。

菲什，斯坦利 Fish, Stanley（1938—　）全名 Stanley Eugene Fish，美国当代文学理论家及批评家。

福柯 Foucault, Michel（1926—1984）法国结构主义哲学家。

弗洛伊德 Freud, Sigmund（1856—1939）奥地利心理学家及医生，精神分析学创立者。

弗莱，诺思洛普 Frye, Northrop（1912—1991）加拿大文学理论家、批评家、教育家。

G

伽达默尔 Gadamer, Hans-Georg（1900—2002）德国现象学派诠释学哲学家。

热奈特 Genette, Gerard（1930—　）法国文学批评家。

吉本 Gibbon, Edward（1737—1794）英国历史学家。

戈登 Gordon, George（1881—1942）牛津大学英文教授。

格雷马 Greimas, A. J.（1917—1993）法国著名语言学家，结构主义语义学研究者。

H

哈姆森，那特 Hamson, Knut（1859—1952）挪威小说家及戏剧家。

哈特曼 Hartman, Geoffrey（1929—2016）生于德国法兰克福—缅因，美国最有影响和最多产的现象学派文学批评家。

黑格尔 Hegel, Georg（1770—1831）德国哲学家。

海德格尔 Heidegger, Martin（1889—1976）德国存在主义哲学家、作家。

海明威 Hemingway, Ernest（1898—1961）美国小说家，1954 年获诺贝尔文学奖。

赫伯特 Herbert, George（1592—1633）英国牧师及诗人。

米勒，希利斯 Miller, Hillis J.（1928— ）美国批评家，早期受现象学影响。

赫什 Hirsch, E. D.（1928— ）美国诠释学家。

希特勒 Hitler, Adolf（1889—1945）德国纳粹党魁，第二次世界大战战犯。

荷尔德林 Hölderlin, Friedrich（1770—1843）德国抒情诗人，古希腊诗歌之创造
性的德语翻译者，在世时曾备受德国哲学家谢林（Friedrich Schiller）支持和
推许，但因生性极其敏感而终至精神失常，一生最后 36 年皆处在此种状态之
中。他生前虽基本不被承认，但在 20 世纪却被发现为最出色的德语诗人，名
列最出色的欧洲诗人之列。20 世纪德国哲学家海德格尔对荷尔德林的若干诗
歌做过深刻的哲学分析。

霍布斯 Holles, Thomas（1588—1679）英国唯物主义哲学家、政治思想家。

霍兰德 Holland, Norman N.（1927—2017）美国杰出的精神分析学派文学批评家。

荷马 Homer（约生于公元前 9 世纪左右）古希腊诗人。

霍普金斯 Hopkins, Gerard Manley（1844—1889）英国诗人。

休姆 Hulme, T. E.（1883—1917）美国意象派诗人、哲学家、美学家。

亨特 Hunt, Leigh（1784—1859）英国诗人、批评家。

胡塞尔 Husserl, Edmund（1859—1939）德国哲学家，现象学创始人。

I

易卜生 Ibsen，Henrik（1828—1906）挪威剧作家及诗人。

英伽登 Ingarden, Roman（1893—1970）波兰著名现象学哲学家、文学理论家。
他提出文学意义层次理论和美学素质理论。

伊瑟尔 Iser, Wolfgang（1926—2007）德国美学家及批评家。

J

雅各布逊 Jakobson, Roman（1896—1982）俄裔美国语言学家、文学理论家。

詹姆斯 James, Henry（1843—1916）居住英国的美国作家。

杰姆逊 Jameson, Frederic（1934— ）美国文学理论家，新马克思主义批评家。

姚斯，汉斯·罗伯特 Jauss, Hans Robert（1921—1997）德国接受美学家。

詹森 Jensen, Wilhelm（1873—1950）丹麦（书中说德国）诗人、作家、哲学家和
批评家。

约翰逊 Johnson, Dr. Samuel（1709—1784）英国辞典编纂者、作家。

琼森 Jonson, Ben（1572—1637）英国戏剧家、诗人。

乔伊斯 Joyce, James（1882—1941）爱尔兰作家，意识流小说作者。

K

康德 Kants, Immanuel（1724—1804）德国哲学家。

济慈 Keats, John（1795—1821）英国浪漫主义诗人。

凯恩斯 Keynes, J. M.（1883—1946）英国经济学家。

金斯利 Kingsley, Charles（1819—1875）英国牧师、小说家、诗人。

克莱茵 Klein, Melanie（1882—1960）奥地利出生的英国精神分析学家，以其对幼龄儿童的研究工作而著名。

奈茨 Knights, L. C.（1906—1997）英国文学批评家。

克里斯蒂娃 Kristeva, Julia（1941—　）保加利亚出生的法国女符号学家、文学理论家。

L

拉罗什富科 La Rochefoucauld, Francois, Buc de（1613—1680）法国古典作家、道德家。

拉康 Lacan, Jacques（1901—1981）法国结构主义精神分析学家，"巴黎弗洛伊德学派"创立者。

兰姆 Lamb, Charles（1775—1834）英国散文家及批评家。

劳伦斯 Lawrence, D. H.（1885—1930）英国小说家及诗人。

劳伦斯 Lawrence, Frieda 劳伦斯之妻。

利维斯 Leavis, F. R.（1895—1978）英国文学批评家，《细察》运动的主要代表人物。

利维斯 Leavis（Roth）, Queenie 利维斯之妻，与利维斯合作进行文学批评活动。

列宁 Lenin（1870—1924）马克思主义者、无产阶级革命理论家和政治家。

莱塞 Lesser, Simon（生卒年不详）美国文学理论家、批评家。

列维 - 斯特劳斯 Lévi-Strauss, Claude（1908—2009）法国社会人类学家，结构主义运动代表人物。

路易斯 Lewis, C. S.（1898—1963）英国小说家、散文家。

劳特曼 Lotman, Yuri（1922—1993）苏联当代符号学家。

卢卡契 Lukács, Georg（1885—1971）匈牙利文学史家、批评家和哲学家，马克思主义者。

M

麦考莱 Macaulay, Thomas（1800—1859）英国历史学家、评论家、诗人及政治家。

马拉美 Mallarmé, Stéphane（1842—1898）法国诗人，象征主义诗歌运动的创始
　　人和领袖之一。

马尔库塞 Marcuse, Herbert（1898—1979）德国哲学家，法兰克福学派代表人物。

马威尔 Marvell, Andrew（1621—1678）英国诗人及讽刺家。

马克思 Marx, Karl（1818—1883），哲学家，马克思主义的创始人。

莫理斯 Mauirce, F. D.（1805—1872）英国文学教授。

马雅可夫斯基 Mayakovsky, V.（1893—1930）俄国未来主义诗人，布尔什维克
　　党员。

密特威德夫 Medvedev, P. N.（1892—1938）俄国文学理论家。

米开朗琪罗 Michelangelo（1475—1564）意大利雕刻家、画家、建筑家及诗人。

穆尔 Mill, John, Stuart（1806—1873）英国哲学家与经济学家。

弥尔顿 Milton, John（1608—1674）英国诗人。

莫里斯 Morris, William（1834—1896）英国诗人、艺术家、社会主义者。

穆卡洛夫斯基 Mukařovský, Jan（1891—1975）捷克文学理论家、美学家、哲学家。
　　代表作有《捷克诗论》《美学研究》。与雅克布逊并称为捷克结构主义之父。

N

纽博尔特 Newbolt, Sit Henry（1862—1938）英国律师、作家和诗人。

纽曼 Newman, John Henry（1801—1890）英国神学家及作家。

O

奥曼 Ohmann, Richard（生卒年不详）文学批评家。

奥威尔 Orwell George（1903—1950）英国散文家及小说家。

欧文，威尔弗雷德 Owen, Wilfred（1893—1918）英国诗人，死于第一次世界大
　　战战场上。他的诗描述了战争的残酷，并对战争进行了控诉。

P

帕斯卡 Pascal, Blaise（1623—1662）法国哲学家、数学家及物理学家。

皮尔士 Peirce, C. S.（1839—1914）美国数学家及逻辑学家，符号学创立者之一。

蒲伯 Pope, Alexander（1688—1744）英国古典诗人。

普莱 Poulet, Georges（1902—1991）比利时文学批评家。代表作有《人类时间的研究》，研究著名作品中时间概念所占的位置和意义。

庞德 Pound, Ezra（1885—1973）美国诗人，意象主义诗歌运动的主要代表者。

普洛普 Propp, Vladimir（1895—1970）苏联文学理论家，研究民间故事形态学。

普鲁斯特 Proust, Marcel（1871—1922）法国小说家，意识流小说作者。

普希金 Pushkin, Alexander（1799—1837）俄国浪漫主义诗人。

R

拉辛 Racine, Jean（1639—1699）法国诗人及悲剧作家。

雷利，瓦尔特 Raleigh, Sir Walter（1861—1922）英国牛津大学英国文学教授。

兰塞姆 Ransom, John Crowe（1888—1974）美国诗人、批评家，新批评主要代表人物之一。

赖希，威廉 Reich, Wilhelm（1897—1957）德国精神分析学家，法兰克福学派成员。

理查德，让－皮埃尔 Richard, Jean-Pierre（1922—2019）法国批评家。

瑞恰兹 Richards, I. A.（1893—1979）英国批评家、诗人。

理查森 Richardson, Samuel（1689—1761）英国小说家。克莱丽莎是他同名小说中的主人公。

拉法特里 Riffaterre, Michael（1924—2006）法国批评家。

罗伯斯庇尔 Robespierre, Maximilien-Francois-Marie-Isidore de（1758—1794）激进的雅各宾党（Jacobin）领导人，法国大革命的主要人物之一，1793 年后期曾领导恐怖统治期间的革命政府的主要机构公共安全委员会，1794 年被反革命派推翻并处死。

罗蒂，理查德 Richard Rorty（1931—2007）美国实用主义哲学家。

S

萨德 Sade, Marquis de（1740—1814）法国作家。其放荡不羁的作品使他获得"虐待狂"的称号。这些作品是以喜爱残忍为特色的性反常。

萨特 Sartre, Jean-Paul（1905—1980）法国存在主义哲学家、小说家及戏剧作家。

索绪尔 Saussure，Ferdinand de（1857—1913）瑞士语言学家，现代结构主义语言学创立者。

席勒 Schiller, Johann Von（1759—1805）德国诗人及戏剧家。

施莱尔马赫 Schleiermacher, Friedrich（1768—1834）德国神学家和哲学家。

莎士比亚 Shakespeare, William（1564—1616）英国伟大的剧作家及诗人。

肖伯纳 Shaw, George Bernard（1856—1950）英国剧作家、批评家、小说家及社
　会改革者。

雪莱 Shelley, Percy Bysshe（1792—1822）英国浪漫主义诗人。

什克洛夫斯基 Shklovsky, Viktor（1893—1984）苏联作家、文学理论家和批评家。

锡德尼 Sidney, Philip（1554—1586）英国诗人及政治家。

斯宾塞 Spencer Herbert（1820—1903）英国哲学家。

斯宾塞 Spenser, Edmund（1552—1599）英国诗人，1591—1599 年为桂冠诗人。

斯太格 Staiger, Emil（1908—1987）瑞士现象学派批评家。

斯塔罗宾斯基 Starobinski, Jean（1920—　）瑞士文艺批评家、法国文学研究家、
　卢梭研究会会长。

斯特恩 Sterne, Lawrence（1713—1768）英国小说家。

斯特林堡 Strindberg, Johan（1849—1912）瑞典剧作家及小说家。

T

塔特 Tate, Allen（1899—1979）美国诗人、教师、小说家、传记作家及散文家。

丹尼生 Tennyson, Alfred, Lord（1809—1892）英国诗人，1850--1892 年为桂冠诗人。

托多洛夫 Todorov, Tzvetan（1939—2017）保裔法国符号学家、文学理论家。

托马舍夫斯基 Tomashevsky, Boris（1886—1957）俄国文学理论家。

特莱塞尔 Tressell, Robert（1871—1911）英国工人作家。

图尼雅诺夫 Tynyanov, Yury（1894—1943）俄国语言学家、人类学家，俄国形式
　主义者。

U

厄普代克 Updike, John（1932—2009）美国小说家、散文家及诗人。

V

瓦德茨卡 Vodička, Felix（生卒年不详）俄国文学理论家。

瓦洛施诺夫 Voloshinov, V, N.（1895—1936）俄国文学理论家。

W

韦伯斯特 Webster, John（1580—1625）英国戏剧家。

威廉斯 Williams, Raymond（1921—1988）英国批评家，马克思主义者。

威姆塞特　Wimsatt, W. K.（1907—1975）美国新批评派批评家，著有《语像》
　　（1953）和《文学批评简史》（与 C. 布鲁克斯合著，1957）等。

维特根斯坦　Wittgenstein, L.（1889—1951）奥地利哲学家、逻辑学家及语言学家。

伍尔芙　Woolf, Virginia（1882—1941）英国女作家。

华兹华斯　Wordsworth, William（1770—1850）英国诗人，于 1843—1850 年为桂
　　冠诗人。

Y

叶芝　Yeats, W. B.（1865—1930）爱尔兰诗人及剧作家。

中译本初版译后记

　　本书作者特雷·伊格尔顿是英国著名的马克思主义文学理论家和批评家，1943 年生于英国萨尔福德（Salford）一个爱尔兰移民工人家庭，其父是社会主义者。他早年就读于教会学校，但从中学时代起就开始接受社会主义思想。中学毕业后他进入牛津大学三一学院（Trinity College），成为英国著名马克思主义文学理论家雷蒙·威廉斯的学生，21 岁即在那里获得博士学位。此后任剑桥大学耶稣学院研究员（1964—1969），继为牛津大学瓦德姆学院（Wadham College）研究员和导师。

　　自威廉斯于 1988 年逝世以来，伊格尔顿一般被视为西方马克思主义文学批评在英国文学界的领袖人物。在他以前的一些西方马克思主义批评家如卢卡契、布莱希特、阿多诺、本雅明、阿尔都塞、戈德曼、马歇雷等，对他都有一定的影响和启发，其中以法国马克思主义哲学家、"结构"马克思主义的代表人物路易·阿尔都塞对他影响最大。伊格尔顿也受过托洛茨基的某些影响。他的批评观点仍然处在发展过程之中。以前他比较关注的是文学批评的科学性和学术性，现在则是文学批评的政治性。伊格尔顿在当今英国文学批评界十分活跃，著述甚富，迄今已经出版文学理论和批评专著多种，其中包括《新左翼教会》（1966）、《莎士比亚与社会》（1967）、《旅居国外和旅居国外的作家：现代文学研究》（1970）、《作为语言的身体》（1970）、《权力的神话：对勃朗特姐妹的马克思主义研究》（1974）、《马克思主义与文学批评》（1976，此书已由人民文学出版社翻译出版）、《批评与意识形态》（1976）、《瓦尔特·本雅明；或试论革命批评》（1981）、《克莱莉莎的被污：塞缪尔·理查森作品中的文体、性问题与阶级斗争》（1982），等等。

《二十世纪西方文学理论》出版于 1983 年，是伊格尔顿向英国普通读者系统介绍和评论西方 20 世纪文学理论的一本专著。一个有趣的事实是，尽管英国是欧洲国家，但也许是由于地处海岛吧，对于欧洲大陆的思想新潮的反应却很慢。根据本书作者幽默的说法，新思想通过英吉利海峡到达英国的时间通常总要十年左右（见本书第三章）。因此，像伊格尔顿这样的知识分子都很重视在自己的国家进行新思想的介绍、普及和批评工作。本书作者的目的是使貌似复杂艰深的各种现代文学理论通俗化，并阐明作者本人的理论观点，因此这本书也许可以帮助不谙西方现代文论的中国读者概括地了解 20 世纪西方文学理论的产生和流变，并且了解它们的问题和局限性。这是译者翻译本书的主要目的之一。

对于初次接触西方 20 世纪文学理论的读者来说，它们那些五花八门的概念、名目繁多的术语、精细入微的分析方法很可能使人感到如入云里雾中，把握不到各种因素之间的内在联系。但是，只要细心一些，这里还是不无线索可寻的，作者在书中为我们勾勒了 20 世纪西方文学理论发展的三条主要脉络：一条是从形式主义、结构主义到后结构主义；一条是从现象学、诠释学到接受美学；还有一条是精神分析理论。

20 世纪文学理论中的革命起自俄国形式主义。形式主义者推翻了"形式表现内容"的传统观念。他们认为，文学内容仅仅是文学形式的动因，并不重要，重要的是文学的技巧、手段，它们包括声音、意象、节奏、句法、音律、韵脚、叙事技巧，等等，一句话，包括文学的全部形式元素。文学作品就是这些手段的集合，而文学内容则仅仅为这种集合提供条件。这些手段具有一种所谓"陌生化"效果，可以使普通语言发生各种变形，从而使我们熟悉的日常语言突然变得陌生起来，造成新鲜感。而且，由于语言的被陌生化，这一语言所包容的世界也就被陌生化了，对于形式主义来说，造成陌生化就是文学的本质。显然，形式主义是从语言角度看待文学的，一些著名的形式主义批评家本身就是杰出的语言学家，1930 年代捷克结构主义和 1960 年代法国结构主义可以看作是俄国形式主义的进一步发展。结构主义是把索绪尔创立的现代结构语言学用于文学研究的一种尝试。像形式主义一样，结构主义也不关心文学的内容。它要寻找的是文学作品的深层规则结构。严格的结构主义文学分析把文学作品设想为由不同成分组成的复杂的"语句"，分析工作的目标则是发现支配这些语句组合的"语法"或"句法"。结构主义认为，正像人们有了普通语言的语法才可以构造有意义的、可理解的语句一样，文学作品的意义也受文学"语法"的支配。不过，结构主义者过分相信了结构的稳定性，他们试图把一切作品都塞进他们所发现的固定不变的结构之中，然后就觉得万事大吉了。但是，结构——主要是意义结构——果真是固定不变的吗？后结构主义者的回答是否定的，他们发现一个意义结构中可能存在着"结构性的自相矛盾"，这种自相矛盾可以颠覆整个貌似稳固的结构。因此，没有真正完整的文本结构，只有碎片，这就是后结构主义的结论，所以后结构主义也被称为"解构批评"或"解构主义"。为什么会出现这种惊人的观点？伊格尔顿从历史和社会角度做出了令人信服的分析：后结构主义本身就是对于晚期资本主义社会的反抗，当它发现自己"无力打碎国家权力机构"时，就转而去"颠覆语言结构"。

如果说形式主义、结构主义和后结构主义代表一支主流，那么现象学、诠释学和接受美学则代表另一支主流，前者处在语言学的领域之内，后者则与哲学问题密切相关。现象学哲学是德国哲学家胡塞尔在第一次世界大战以后欧洲文明危机的年代中创立的。它所关心的问题是人的意识如何凭借直观来描述和认识意识的对象。现象学的方法把一切有疑问的东西放入括号或存而不论，这时所剩下的就只有作为认识主体的先验自我和作为纯粹的意识现象的客观世界。据说这样所得到的认识是最确切的认识，可以成为建立真正可靠的知识的基础。现象学的文学批评的目标是对文学作品进行纯粹的"内在"阅读。为此批评家必须排除自己的一切偏见，使自己的意识成为空白，以便让作者意识来填充。这样复制下来的作者意识就是一部作品的"意义"。诠释学对文学作品的意义问题进行了更为深入的探讨，而接受美学又可以视为诠释学的进一步发展，它强调的是读者在使文学作品"具体化"时的重要作用。伊格尔顿认为，现象学、诠释学和接受美学都关心主体问题，但是它们的主体概念实际上却基于一种可疑的假定，即主体先于产生主体的社会历史条件，而其实主体首先是复杂的社会历史过程的产物；因此，像接受美学所具有的那种表面的开放性是以潜在的封闭性为基础的。

在弗洛伊德创立的精神分析学影响下形成的精神分析文学批评是20世纪西方文论的第三条主流。精神分析学把文学批评引入了无意识领域，在这里，批评家可以研究作者、作品中人物或读者的深层无意识心理。一些精神分析学家还试图把精神分析学与语言学或马克思主义结合起来（前者如本书谈到的法国精神分析学家拉康，后者如法兰克福学派），从而更好地探索无意识与语言结构和社会意识形态的关系，这是非常值得注意的理论动向，尽管这里也仍然存在不少的问题。精神分析学一直是20世纪最有启发性的理论之一，本书作者对之评价较高。他认为，解决文学的价值和快感问题也许将有赖于精神分析学、语言学和意识形态研究三种学科的通力合作。

本书作者在导论"文学是什么？"中对于许多传统的和现代的文学定义提出了质疑，并最终论证，所谓"具有永远给定的和经久不变的'客观性'"的"文学"其实并不存在，这样的"文学"只是某些特定的意识形态给人造成的幻觉。但是，这样说并不是为了取消文学研究，而是为了不使文学研究封闭于狭隘的、"自足的"范围之内。作者指出，现代文学理论中有很多虽然表面看来只是单纯的技术方法，但实际上，由于它们都把文学视为独立"客体"，因而就很容易导致文学的神秘化，而这种神秘化只会有助于加强某些特定的意识形态的统治力量。针对这种情况，作者在本书结论"政治批评"中提出，应该创立一个综合性的"话语理论"来研究文学这种"话语"。这种理论将能利用"结构主义、符号学、精神分析、解构批评、接受理论以及其他方法"的种种可贵"洞见"，从而能够在复杂的社会结构中、在文学话语与其他各种话语的复杂联系中全面地、多角度地研究文学。本书作者提出的这一个理论设想还是很有启发性的。

当然，作为一位不断进行理论探索的西方马克思主义文学理论家和批评家，伊格尔顿的有些论点只应被看作是我们进行更深入的理论探索的问题起点，而不应被视为既成的定论。例如，他对于文学批评与意识形态之间的重要关系的强调就给我们提出了一个十分值得研究的课题。但是，伊格尔顿本人对于意识形态的看法只能看作他的一家之言。我们应该进行更深入的研究，博采众长，从而在马克思主义的基础上发展意识形态理论。伊格尔顿此书是近作，它是在有时被称为"后结构主义文化"的气氛中诞生的。后结构主义强调的不是事物及其结构的整体性、稳定性、单一性和连贯性，而是其破碎性、流变性、多义性和断裂性。这种思想的影响在本书中也有表现。当然，后结构主义有时的确很正确地摧毁了人们的"整体"幻觉，但是过分强调"破碎性"就会导致另一个极端，这些都是我们所不能同意的。

最后谈一谈本书的翻译。

本书的翻译工作是在我的老师、北京大学乐黛云教授的鼓励和支持下进行的，南开大学钱建业教授曾经校阅过本书第五章的部分译稿，谨此致谢。由于译者学力有限，译稿谬误之处在所难免，冀盼同道先进，不吝批评指正。

伍晓明

1986 年 6 月于北京大学